将棋と文学セレクション

将棋と文学研究会 監修

矢口貢大 編

秀明大学出版会

将棋と文学セレクション

装幀　真田幸治
カバー写真　日本近代文学館提供

もくじ

I部　作品篇

Ⅱ部　テーマ篇

盤外こぼれ話

本書に収録した作品は、一部の作品を除き旧字旧仮名のものについては新字新仮名に改めた。一部の漢字については、適宜平仮名に改めた。読みにくい漢字については振り仮名を付け、一部の送り仮名は現在通用している形に改めた。

一部の作品には今日からすると不適切な表現が見られるが、作品発表時の歴史性を考慮してそのままとした。

Ⅰ部　作品篇

将棋で勘当される
坊っちゃん（抄）

夏目漱石（一八六七年―一九一六年）

初出：『ホトトギス』一九〇六年四月附録
底本：『定本漱石全集　第二巻』岩波書店、二〇一七年

近代日本を代表する文豪、夏目漱石も、将棋に親しみ、小説中にたびたび将棋を登場させた作家だった。漱石は「娯楽と云ふやうな物には別に要求もない。玉突は知らぬし、囲碁も将棋も何も知らぬ」（「文士の生活」『大阪朝日新聞』一九一四年三月二二日附録）とうそぶくが、漱石の詠んだ俳句や日記には将棋の光景が登場しており、実際には日常的に親しんでいたことがうかがえる。

『朝日新聞』で新聞棋戦が始まったのは、ちょうど漱石が主宰していた文芸欄が廃止された時期に当たる。新聞のコンテンツとしての将棋は、漱石の文学作品にとっては、ともに紙面を盛り上げる仲間でもあり、記事としての魅力を競い合うライバル的存在でもあった。

漱石の小説には、「琴のそら音」「坊っちゃん」「虞美人草」「それから」「行人」「こゝろ」「道草」など、代表作の多くで将棋が登場している。作品ごとに将棋には様々な役割が与えられているが、本書では「坊っちゃん」の冒頭部分を収録する。地方の学校に赴任した主人公が、いけ好かない同僚の顔面に卵を投げ付け、暴力沙汰を起こしてその地方の社会から退場していくまでを描く作品だが、兄の顔に将棋の駒を投げ付けて親から勘当されそうになる冒頭の場面は、正しく小説全体の縮図となっている。漱石にとって将棋を描くことは、ルール通りに指すことに限らずそこから逸脱することも含めて、社会における人間のあり方を描くことそのものでもあった。

（小谷瑛輔）

親譲りの無鉄砲で小供の時から損ばかりしている。小学校にいる時分(じぶん)学校の二階から飛び降りて一週間ほど腰を抜かした事がある。なぜそんな無闇をしたと聞く人があるかも知れぬ。別段深い理由でもない。新築の二階から首を出していたら、同級生の一人が冗談に、いくら威張っても、そこから飛び降りる事は出来まい。弱虫やーい。と囃(はや)したからである。小使に負ぶさって帰って来た時、おやじが大きな眼をして二階位から飛び降りて腰を抜かす奴があるかと云ったから、この次は抜かさずに飛んでみせますと答えた。

親類のものから西洋製のナイフを貰って奇麗な刃を日に翳(かざ)して、友達に見せていたら、一人が光る事は光るが切れそうもないと云った。切れぬ事があるか、何でも切ってみせると受け合った。そんなら君の指を切ってみろと注文したから、何だ指位(くらい)この通りだと右の手の親指の甲(こう)をはすに切り込んだ。幸(さいわい)ナイフが小さいのと、親指の骨が堅かったので、いまだに親指は手に付いている。しかし創痕(きずあと)は死ぬまで消えぬ。

庭を東へ二十歩に行き尽すと、南上がりに聊(いささ)かばかりの菜園(さいえん)があって、真中に栗の木が一本立っている。これは命より大事な栗だ。実の熟する時分は起き抜けに背戸(せど)を出て落ちた奴を拾ってきて、学校で食う。菜園の西側が山城屋と云う質屋の庭続きで、この質屋に勘太郎という十三四の倅(せがれ)がいた。勘太郎は無論弱虫である。弱虫の癖に四つ目垣を乗りこえて、栗を盗みにくる。ある日の夕方折戸(おりど)の蔭に隠れて、とうとう勘太郎を捕まえてやった。その時勘太郎は逃げ路を失って、一生懸命に飛びかかって来た。向こうは二つばかり年上である。弱虫だが力は強い。鉢の開いた頭を、こっちの胸へあててぐいぐい押した拍子に、勘太郎の頭がすべって、おれの袷(あわせ)の袖の中に入った。邪魔になって手が使えぬから無暗(むやみ)に手を振ったら、袖の中にある勘太郎の頭が、右左へぐらぐら靡(なび)いた。しまいに苦しがって袖の中から、おれの二の腕へ食い付いた。痛かったから勘太郎を垣根へ押しつけておいて、足搦(あしがら)をかけて向こうへ斃(たお)してやった。山城屋の地面は菜園より六尺がた低い。勘太郎は四つ目垣を半分崩して、自分の領分へ真逆様(まっさかさま)に落ちて、ぐうと云った。勘太郎が落ちるときに、おれの袷の片袖がもげて、急に手が自由になった。その晩母が山城屋へ詫びに行ったついでに袷の片袖も取り返して来た。

このほかいたずらは大分やった。大工の兼公と肴屋の角をつれて、茂作の人参畠をあらした事がある。人参の芽が出揃わぬ所へ藁が一面に敷いてあったから、その上で三人が半日相撲をとりつづけに取ったら、人参がみんな踏みつぶされてしまった。古川の持っている田圃の井戸を埋めて尻を持ち込まれた事もある。太い孟宗の節を抜いて、深く埋めた中から水が湧き出て、そこいらの稲に水がかかる仕掛けであった。その時分はどんな仕掛けか知らぬから、石や棒ちぎれをぎゅうぎゅう井戸の中へ挿し込んで、水が出なくなったのを見届けて、うちへ帰って飯を食っていたら、古川が真赤になって怒鳴り込んで来た。慥か罰金を出して済んだ様である。

おやじは些ともおれを可愛がってくれなかった。母は兄ばかり贔負にしていた。この兄はやに色が白くって、芝居の真似をして女形になるのが好きだった。おれを見る度にこいつはどうせ碌なものにはならないと、おやじが云った。乱暴で乱暴で行く先が案じられると母が云った。成程碌なものにはならない。御覧の通りの始末である。行く先が案じられたのも無理はない。ただ懲役に行かないで生きているばかりである。

母が病気で死ぬ二三日前台所で宙返りをしてへっついの角で肋骨を撲って大に痛かった。母が大層怒って、御前の様なものの顔は見たくないと云うから、親類へ泊まりに行っていた。するととうとう死んだと云う報知が来た。そう早く死ぬとは思わなかった。そんな大病なら、もう少し大人しくすればよかったと思って帰って来た。そうしたら例の兄がおれを親不孝だ、おれのために、おっかさんが早く死んだんだと云った。口惜しかったから、兄の横っ面を張って大変叱られた。

母が死んでからは、おやじと兄と三人で暮らしていた。おやじは何にもせぬ男で、人の顔さえ見れば貴様は駄目だ駄目だと口癖の様に云っていた。何が駄目なんだか今に分からない。妙なおやじがあったもんだ。兄は実業家になるとか云って頻りに英語を勉強していた。元来女の様な性分で、ずるいから、仲がよくなかった。十日に一遍位の割で喧嘩をしていた。ある時将棋をさしたら卑怯な待駒をして、人が困ると嬉しそうに冷やかした。あんまり腹が立ったから、手に在った飛車を眉間へ擲きつけてやった。眉間が割れて少々血が出た。兄がおやじに言付けた。おやじがおれを勘当すると言い出した。

その時はもう仕方がないと観念して先方の云う通り勘当されるつもりでいたら、十年来召し使っている清と云う下女が、泣きながらおやじに詫まって、漸くおやじの怒りが解けた。それにも関らずあまりおやじを怖いとは思わなかった。かえってこの清と云う下女に気の毒であった。この下女はもと由緒のあるものだったそうだが、瓦解のときに零落して、つい奉公までする様になったのだと聞いている。だから婆さんである。この婆さんがどう云う因縁か、おれを非常に可愛がってくれた。不思議なものである。母も死ぬ三日前に愛想をつかした——おやじも年中持て余している——町内では乱暴者の悪太郎と爪弾きをする——このおれを無暗に珍重してくれた。おれは到底人に好かれる性でないとあきらめていたから、他人から木の端の様に取り扱われるのは何とも思わない、かえってこの清の様にちやほやしてくれるのを不審に考えた。清は時々台所で人のいない時に「あなたはまっすぐでよい御気性だ」と賞める事が時々あった。しかしおれには清の云う意味が分からなかった。好い気性なら清以外のものも、もう少し善くしてくれるだろうと思った。清がこんな事を云う度におれは御世辞は嫌だと答えるのが常であった。すると婆さんはそれだから好い御気性ですと云っては、嬉しそうにおれの顔を眺めている。自分の力でおれを製造して誇ってる様に見える。少々気味がわるかった。

童話が描く戦争と将棋

野ばら

小川未明（一八八二年―一九六一年）

初出：『大正日日新聞』一九二〇年四月一二日
底本：『小川未明童話全集　第二巻』大日本雄弁会講談社、一九五八年

小川未明は「日本児童文学の父」とも称され、日本を代表する童話作家のひとりとして数えられるが、童話のみならず優れた小説や随筆も残した。将棋好きであった未明は、家族や友人、作家仲間たちと将棋を指しており、数々のエピソードが残る。未明は、将棋を含めた遊戯について、「全的に、その性格が露骨に現はれるものである。それだけ、多くその人に親しみ易い」（「将棋」『文藝春秋』一九二四年四月）と語っていた。その言葉通り、文学的立場を異にしていた菊池寛とも将棋を指していたといい、未明にとっての将棋は、単なる遊戯であるだけではなく、相手との交流を深めるための手段という側面を持つものでもあったのだろう。

「野ばら」では、敵対する二国の国境を守る二人の兵士の姿が描かれる。戦争が始まる前の平和なひと時、二人は将棋を介して交流を深めていく。本作において将棋は戦争のメタファーとして用いられ、青年は将棋を通して間接的に戦争の手法を学ぶこととなる。しかし他方で将棋は、世代や立場をこえて人をつなぐ力を持つ存在としても描かれるのである。それは未明自身の将棋を介したコミュニケーションの在り方とも重なる。

「野ばら」は童話であるが、こうした将棋を介しての人間模様など、もともと未明が読者として対象に含めていた大人の鑑賞にも耐え得る、幅広い世代に読まれるべき作品といえよう。

（関戸菜々子）

大きな国と、それよりすこし小さな国とがとなりあっていました。当座、その二つの国のあいだには、なにごともおこらず平和でありました。

ここは都から遠い、国境であります。そこには両方の国から、ただひとりずつの兵隊が派遣されて、国境をさだめた石碑をまもっていました。大きな国の兵士は老人でありました。そうして、小さな国の兵士は青年でありました。

ふたりは、石碑の建っている右と左に番をしていました。いたってさびしい山でありました。そして、まれにしかそのへんを旅する人かげは見られなかったのです。

はじめ、たがいに顔を知りあわないあいだは、ふたりは敵か味方かというような感じがして、ろくろくものもいいませんでしたけれど、いつしかふたりはなかよしになってしまいました。ふたりは、ほかに話をする相手もなく、たいくつであったからであります。そして、春の日は長く、うららかに、頭の上に照りかがやいているからでありました。

ちょうど、国境のところには、だれが植えたということもなく、一株の野ばらがしげっていました。その花には、朝早くから蜜ばちが飛んできて集まっていました。そのこころよい羽音が、まだふたりのねむっているうちから、夢ごこちに耳にきこえました。

「どれ、もう起きようか。あんなに蜜ばちがきている。」

と、ふたりは申しあわせたように起きました。そして外へ出ると、はたして、太陽は木の梢の上に元気よくかがやいていました。

ふたりは、岩間からわき出る清水で口をすすぎ、顔をあらいにまいりますと、顔をあわせました。

「やあ、おはよう。いい天気でございますな。」

「ほんとうにいい天気です。天気がいいと、気持ちがせいせいします。」

ふたりは、そこでこんな立ち話をしました。たがいに頭をあげて、あたりの景色をながめました。毎日見ている景色でも、新しい感じを見るたびに心にあたえるものです。

青年はさいしょ将棋の歩みかたを知りませんでした。けれど老人について、それを教わりましてから、このごろはのどかな昼ごろには、ふたりは毎日むかいあって将棋をさしていました。

はじめのうちは、老人の方がずっと強くて、駒を落としてさしていましたが、しまいにはあたりまえにさして、老人が負かされることもありました。

この青年も、老人も、いたっていい人々でありました。ふたりともしょうじきで、しんせつでありました。ふたりは一生けんめいで、将棋盤の上であらそっても、心はうちとけていました。

「やあ、これはおれの負けかいな。こうにげつづけては、くるしくてかなわない。ほんとうの戦争だったら、どんなだかしれん。」と、老人はいって、大きな口をあけて笑いました。

青年は、また勝ちみがあるのでうれしそうな顔つきをして、一生けんめいに目をかがやかしながら、相手の王さまを追っていました。

小鳥は梢の上で、おもしろそうにうたっていました。白いばらの花からは、よいかおりを送ってきました。

冬は、やはりその国にもあったのです。寒くなると老人は、南の方をこいしがりました。

その方には、せがれや、孫が住んでいました。

「早く、ひまをもらって帰りたいものだ。」と、老人はいいました。

「あなたがお帰りになれば、知らぬ人がかわりにくるでしょう。やはりしんせつな、やさしい人ならいいが、敵、味方というような考えを持った人だとこまります。どうか、もうしばらくいてください。そのうちには、春がきます。」と、青年はいいました。

やがて冬が去って、また春となりました。ちょうどそのころ、この二つの国は、なにかの利益問題から、戦争をはじめました。そうしますと、これまで毎日、なかむつまじく、くらしていたふたりは、敵、味方のあいだがらになったのです。それがいかにも、ふしぎなことに思われました。

「さあ、おまえさんと私はきょうから敵同士になったのだ。私はこんなに老いぼれていても少佐だから、私の首を持って行けば、あなたは出世ができる。だから殺してください。」と、老人はいいました。

これをきくと、青年は、あきれた顔をして、

「なにをいわれますか。どうして私とあなたとが敵同士でしょう。私の敵は、ほかになければなりません。戦争はず

っと北の方で開かれています。私は、そこへ行って戦います。」と、青年はいいのこして、去ってしまいました。

国境には、ただひとり老人だけがのこされました。青年のいなくなった日から、老人は、ぼうぜんとして日を送りました。野ばらの花が咲いて、蜜ばちは、日があがると、暮れるころまでむらがっています。今戦争は、ずっと遠くでしているので、たとえ耳をすましても、空をながめても、鉄砲の音もきこえなければ、黒いけむりのかげすら見られなかったのであります。老人は、その日から、青年の身のうえをあんじていました。日はこうしてたちました。

ある日のこと、そこを旅人が通りました。老人は戦争について、どうなったかとたずねました。すると、旅人は、小さな国が負けて、その国の兵士はみなごろしになって、戦争は終ったということを告げました。

老人は、そんなら青年も死んだのではないかと思いました。そんなことを気にかけながら、石碑のいしずえに腰をかけて、うつむいていますと、いつかしらず、うとうとといねむりをしました。かなたから、おおぜいの人のくるけはいがしました。見ると、一列の軍隊でありました。そして馬に乗って、それを指揮するのは、かの青年でありました。その軍隊はきわめて静粛で声一つたてません。やがて老人の前を通る時に、青年は黙礼をして、ばらの花をかいだのでありました。

老人は、なにかものをいおうとすると目がさめました。それはまったく夢であったのです。それから一月ばかりしますと、野ばらが枯れてしまいました。その年の秋、老人は南の方へひまをもらって帰りました。

追憶の修業時代

将棋の師

菊池　寛（一八八八年―一九四八年）

初出：『新小説』一九二一年一〇月
底本：『菊池寛全集　第三巻』高松市菊池寛記念館、一九九四年

「忠直卿行状記」（『中央公論』一九一八年九月）によって文壇的地位を確立するまでの菊池寛の道のりは平坦ではない。一九一三年四月、第一高等学校に退学届を提出（「マント事件」）。以後、新聞等の懸賞に応募しながら転々とした（片山宏行『菊池寛の航跡〈初期文学精神の展開〉』和泉書院、一九九七年九月）。同年九月に京都帝国大学文科の選科に入学、翌年に本科へ転じている（関口安義『評伝　成瀬正一』日本エディタースクール出版部、一九九四年八月）。

本作で回想される「彼」（木村）の京都での最初の冬は暗く淋しい。それを変えたのは将棋の師こと床屋（「床春」）の主人らとの出会いであった。主人の留守を店の「若い女」から告げられるも、かつての少女の記憶に「彼」は確かに存在していた。

語り手は冒頭、「彼」の俥（くるま）を上空から追跡する。同時に、「彼」の心の襞（ひだ）を「娯楽以上、遊戯以上の何物か」と表現される将棋との関係から描き出す。変化する町の風景が捉えられるとともに、主人に対する変わらぬ敬愛が浮かび上がる。「彼」が「新しい一つの生活」、「世界」を発見した「床春」が位置する出町橋も架け替えられている。「床春」を出た俥は「新道」（歴史深い若狭街道ではなく）を通って鴨川デルタの新緑を進んでいく。「悪性な感冒」、即ちスペイン風邪収束を経ての、将棋の師訪問は春こそが相応しい。続篇というべき「歓待」（『文藝春秋』一九二六年一月）では、主人との再会を描いている。

（西井弥生子）

俥(くるま)は御所の中を走っていた。うららかな春の午後である。淡く澄んだ空に、もうスッカリ緑色になった叡山が、御所の屋根越に、のびやかに聳(そび)えている。

春の日を一杯に浴びた楠や栴檀(せんだん)の大樹や、青く萌え出でた芝生が、新鮮な感じを与えた。俥の上にいる彼の心持も、暢然としたこだわりのないものになってしまう。

三条の宿を出た彼は、寺町を下って出町橋に出て、その橋の東の袂(たもと)にある、床春と云う理髪店を訪ねようと思っていた。

その店の主人は、彼の将棋の先生だった。京都に学生生活をしていた彼にとって、将棋は娯楽以上、遊戯以上の何物かであった。彼は、その頃一人の友達も持っていなかった。飲食の楽しみを擅(ほしいまま)にし得るほどの金も持っていなかった。彼は、身を噛み裂くような無聊(ぶりょう)に苦しめられた。道端で会う犬にまでも話しかけたいような寂しさに襲われた。交際下手な彼には、ちょっと親しく口を利く友達さえ出来なかった。最初の一年は、彼は毎晩のように、白河の下宿を出て、京極まで散歩に行った。どんな寒い晩でも、それを欠かさなかった。底冷えの烈しい冬の夜に、外套もなしに、一里近くの道を歩くことは、散歩でなく苦痛であったが、それでも下宿の室で、汚い洋燈(ランプ)の光の下で、一人いらいらして座っている寂しさよりは勝っていた。

彼のそうした寂しさと無聊とを、救ってくれたものは将棋であった。将棋を指すことは彼に取っては、新しい一つの生活であり、彼が発見した一つの新しい世界だった。何の生々とした慰(なぐさめ)もなかった彼の生活は、将棋によって、その日その日の生甲斐を感じた。その夜の幾番の将棋に勝ち越して、のうのうとした心持で、帰るときは、凡(すべ)てのいらいらしさや、淋しさを忘れることが出来た。京都に於ける彼の三年の孤独生活は、将棋によって、わずかに救われていたと云ってもよかった。

床春の主人は、自分自身将棋が、かなり好きだった。彼が相手もなくぼんやりしていると、よく仕事の合間を見ては、「学生さん、一つ行きましょうか。」と云って、盤に向かった。小肥りした大きい赤ら顔の男で、彼が少し考え込むと、それを自烈(じれ)ったがるように、駒で盤の腹を、パチンと叩く癖があった。が、親切にいろいろな指し手を教えてくれた。彼は、最初この主人に、二枚を落とされても、勝てなかったが、一年半ばかりの間に、一枚でも勝ちが見えるようになった。

将棋を教わる謝礼は、頭を刈って貰うことだった。そして、余計な釣銭を貰わないことだった。彼は、将棋を教わるお礼心で、充分生えていない髭を剃って貰ったり、充分生えていない髪を刈って貰ったりした。主人も、彼のそうしたお礼を欣んで受けていると見え、夏休みの始まる前などには、

「また九月においでやしたら、頭を刈らして貰わななりまへん。」

と、云うようなことを云った。子なしの夫婦者であったが、二人とも親切だった。むろん、そこへ将棋を指しに来る定連は沢山あった。その中でも、彼とよく指したのは、岩はんと云う印刷所へ通っている若い男と、留はんと云う近所の精米所の車力とであった。

岩と云う男は、彼とちょうど互格であったが、床屋の主人は、彼に対するひいきから、彼の方を少し強いと云ってくれた。留は、彼より一枚だけ強かった。鋭い指し方で、彼は幾番となく続けざまに破られることがあった。留はんはそんなとき主人でもが顔を出すと、

「今学生はん、お腹の下げるほど、負けていやはりますのや。」

と云ったような口の利き方をした。彼はこの男に、惨敗した盤面を、今でも目を閉じると一つ二つは思い出すことがある。彼は、この男が一二度精米を載せた車を引いて行くところに会ったことがある。留はんは、そんな時彼の方に顔を背けながら、通りすぎるのが常だった。彼は、何だか済まないような気がせずにはいられなかった。

こうした連中に交っている彼は、学生さんとして、皆から尊敬された。お籤の文句などを、『学生はんに、読んで貰うたらええ。』など云って頼まれた。むろん主人の配慮で、彼は外の人達よりも数多く盤に向かうことが出来た。皆も、彼によく順番を譲ってくれた。

京都に於ける彼の学生生活は、金のないためや、本当の友人のないために、不愉快なことのみが多かった。彼は、その生活が不愉快であったため、京都その物に対してさえ、いい感じを持っていない。ただ毎晩のように、将棋を指しに行ったこの床屋と、その主人などだけが、彼の頭にある

なつかしみを持っている。

彼は、学生生活を終わると同時に、京都を去って以来、三四度も京都に来た。その度に、一度将棋の師を訪ねようと思いながら、いろいろな都合で、訪ねることが出来なかったのだ。

俥が出町橋に近くなったとき、彼は手土産にする心算（つもり）の酒を買わねばならないと思った。が、酒屋の前に俥を止めたとき、彼はふと考えた。あの主人は果して、丈夫でいるかしら。彼は、二三年前に流行した悪性な感冒のことを思い出した。あの肥った心臓の弱そうな主人は、感冒にでも罹（かか）ったら、一堪りもないに違（ちがい）ない。そんなことを考えながらも、『白鶴』の一升入れの瓶詰を買った。

鴨川の河原の小石は、春の日にしらじらと輝いている。出町橋は少しく短くなって、東岸のところが埋め立てられて、そこから下加茂の方へ新道が出来ている。

俥は、出町橋を渡り切った。すぐそこの袂に立派な理髪店があった。床春がここへ移って、改築したのではないかと思った。よく、主人が、

「学生さん、もうじきに大きくしますぜ。」

と、口癖のように云っておったのを思い出した。が、その店は関谷理髪店と書いてあった。関谷と云うのは、あの主人の姓ではなかった。俥が、二三軒進むと、やっぱり元のところに、昔ながらの小さい店があった。表がかりの緑色のペンキ塗など、少しも変わっていなかった。ただ、入口の扉（ドア）だけが、それでも新しく掛け替えられていた。床春という軒燈（けんとう）の字を見たとき、彼は云い知れぬ懐しさを感じた。

一升瓶を手にして、俥から降り、そして扉（ドア）を開けた。見ると、暗い店の中に客が一人いて、その客の顔を若い女が剃っていた。

「親方はおりますか。」

彼は上半身を中に入れて訊いた。

「いやはりません。」

「じゃお神さんは?」

「お神さんもいやはりません。」

若い女は此方（こっち）を向かないで答えた。

彼は軽い失望を感ぜずにはいられなかった。

「何時頃帰って来るでしょう。」

「何時頃だか分りまへん。一緒に宿(とま)りがけでお詣りに行かはったのやけに、今日晩遅く帰って来やはりますやろう。」

そう云って、若い女は初(はじめ)て、彼の顔を見た。

「まあ、あなた木村はんやおまへんか。」

と、駭(おどろ)いて云った。彼は、この女がどうして、彼の名を覚えているかが不思議だった。が、すぐあの頃、十二三の少女が時々主婦に叱られていたことを思い出した。その少女までが、自分の名を覚えていてくれたかと思うと、彼はちょっと涙ぐましい心持になった。

「よく覚えていたね、僕の名を。」

そう云いながら、彼は持って来た一升瓶を、中へ入って、香水等を置いてある棚の上へ置いた。そして、自分の名刺を横へ置いた。

「親方が帰ったら、僕が訪ねて来たと云ってくれたまえ。二三日いるから、暇があったら来るかも知れないが、しかし多分来ないかも知れないから。」

そう云って、彼は外へ出て、俥に乗った。どこへ行っていいかちょっと方向に困った。彼は、俥の上で少し考えた末、下加茂へ行こうと思った。下加茂の境内は、京都の名所の中で、彼の一番好きな場所だった。

主人夫婦に会えなかったことは、残念であったけれども、その頃十二三であった少女までが、自分の名を覚えていてくれたことは、彼には堪らなく嬉しかった。あの様子では、主人もきっと彼の事を忘れないで、時々は話していてくれるのに違(ちが)いないと思った。主人が帰って来て、彼の訪問を知っての欣(よろこ)び方も、彼には想像が付いた。そして、酒好きの主人が、彼が贈った酒をどんなに、楽しんで味(あじわ)うかと考えていると、彼は自分自身、楽しくなって、天地に漲(みなぎ)っている、春の心の中に溶け入って行くような心持がした。

その彼の眸(ひとみ)に、灰色の若葉を透かして、下加茂の社の朱の玉垣や神殿が映り始めていた。

跳ね上がる馬

蝿

横光利一（一八九八年―一九四七年）

初出：『文藝春秋』一九二三年五月
底本：『定本横光利一全集　第一巻』河出書房新社、一九八一年

横光利一は、大正期から昭和戦中期にかけて活躍した小説家である。将棋通の菊池寛にかわいがられていた影響もあって横光も将棋を指した。『文藝春秋』（一九二八年二月）の「社中小咄」では、菊池寛と直木三十五の対局を盤側で眺める横光の姿が記録されている。さらに「社中偶語」（一九二七年三月）では文藝春秋社内の将棋熱にあてられた横光の棋風を「新感覚派の将棋」とからかっている。同じく新感覚派とされた川端康成と横光が将棋を楽しむ写真（本書カバー表の写真参照）は現在でもよく知られている。

「蝿」は横光の最初期の小説であり、それぞれ事情を抱えた登場人物たちが一緒くたに崖下に転落する顚末が描かれている。饅頭ができるまでのあいだ馭者は将棋に熱中しており、なかなか出発しない馬車に気を揉む乗客の言葉も耳に入らない。馭者は相手の桂馬に対してぽんと歩を打つ。〈桂の高跳び歩の餌食〉という格言があるが、不用意に跳ねあがった桂馬はもっとも価値の低い駒である歩兵にあっさり討ちとられてしまうことが多い。この小説もまた人や馬の生命がモノ同然にあっさり失われるなかで、もっとも軽い存在であるはずの蝿が生き残るという将棋的な逆説を描いている。ところでこの馭者を将棋で負かしつづける対局相手はいったい誰なのか（饅頭屋の床几であるとするとこの店の亭主だろうか）。なぜ彼は小説の語り手から黙殺されているのか。饅頭に「初手」をつけることと、馭者が独身であることにどのような関係があるのか――など小説の謎めいた細部は読者の想像をかきたててやまない。

（矢口貢大）

一

真夏の宿場は空虚であった。ただ眼の大きな一疋の蠅だけは、薄暗い厩(うまや)の隅の蜘蛛の巣にひっかかると、後肢で網を跳ねつつ暫(しばら)くぶらぶらと揺れていた。と、豆のようにぼたりと落ちた。そうして、馬糞の重みに斜めに突き立っている藁の端から、裸体にされた馬の背中まで這い上がった。

二

馬は一条の枯草を奥歯にひっ掛けたまま、猫背の老いた馭者の姿を捜している。

馭者は宿場の横の饅頭屋の店頭で、将棋を三番さして負け通した。

「何に？　文句を云うな。もう一番じゃ。」

すると、廂(ひさし)を脱(はず)れた日の光は、彼の腰から、円い荷物のような猫背の上へ乗りかかって来た。

三

宿場の空虚な場庭へ一人の農婦が馳けつけた。彼女はこの朝早く、街に務めている息子から危篤の電報を受けとった。それから露に湿った三里の山路を馳け続けた。

「馬車はまだかのう？」

彼女は馭者部屋を覗いて呼んだが返事がない。

「馬車はまだかのう？」

歪んだ畳の上には湯飲みが一つ転がっていて、中から酒色の番茶がひとり静に流れていた。農婦はうろうろと場庭を廻ると、饅頭屋の横からまた呼んだ。

「馬車はまだかのう？」

「先刻出ましたぞ。」

答えたのはその家の主婦である。

「出たかのう。馬車はもう出ましたかのう。いつ出ましたな。もうちと早よ来ると良かったのじゃが、もう出ぬじゃろか？」

農婦は性急な泣き声でそう云う中に、早や泣き出した。

が、涙も拭かず、往還の中央に突き立っていてから、街の方へすたすたと歩き始めた。

「一番が出るぞ。」

猫背の馭者は将棋盤を見詰めたまま農婦に云った。農婦は歩みを停めると、くるりと向き返ってその淡い眉毛を吊り上げた。

「出るかの。すぐ出るかの。倅（せがれ）が死にかけておるのじゃが、間に合わせておくれかの？」

「桂馬と来たな。」

「まアまア嬉しや。街までどれほどかかるじゃろ。いつ出しておくれるのう。」

「二番が出るわい。」と馭者はぽんと歩を打った。

「出ますかな、街までは三時間もかかりますかな。三時間はたっぷりかかりますやろ。倅が死にかけていますのじゃ、間に合わせておくれかのう？」

四

野末の陽炎（かげろう）の中から、種蓮華（たねれんげ）を叩く音が聞こえて来る。

若者と娘は宿場の方へ急いで行った。娘は若者の肩の荷物へ手をかけた。

「持とう。」

「何アに。」

「重たかろうが。」

若者は黙っていかにも軽そうな様子を見せた。が、額から流れる汗は塩辛かった。

「馬車はもう出たかしら。」と娘は呟いた。

若者は荷物の下から、眼を細めて太陽を眺めると、

「ちょっと暑うなったな、まだじゃろう。」

二人は黙ってしまった。牛の鳴き声がした。

「知れたらどうしよう。」と娘は云うとちょっと泣きそうな顔をした。

種蓮華を叩く音だけが、幽（かす）かに足音のように迫って来る。娘は後を向いて見て、それから若者の肩の荷物にまた手をかけた。

「私が持とう。もう肩が直ったえ。」

若者はやはり黙ってどしどしと歩き続けた。が、突然、

「知れたらまた逃げるだけじゃ。」と呟いた。

五

宿場の場庭へ、母親に手を曳かれた男の子が指を銜えて入って来た。

「お母ア、馬々。」

「ああ、馬々。」男の子は母親から手を振り切ると、厩の方へ馳けて来た。そうして二間ほど離れた場庭の中から馬を見ながら、「こりゃッ、こりゃッ。」と叫んで片足で地を打った。

馬は首を擡げて耳を立てた。男の子は馬の真似をして首を上げたが、耳が動かなかった。で、ただやたらに馬の前で顔を顰めると、再び「こりヤッ、こりゃッ。」と叫んで地を打った。

馬は槽の手蔓に口をひっ掛けながら、またその中へ顔を隠して馬草を食った。

「お母ア、馬々。」

「ああ、馬々。」

六

「おっと、待てよ。これは倅の下駄を買うのを忘れたぞ。あ奴は西瓜が好きじゃ。西瓜を買うと、俺もあ奴も好きじゃで両得じゃ。」

田舎紳士は宿場へ着いた。彼は四十三になる。四十三年貧困と戦い続けた効あって、昨夜漸く春蚕の仲買で八百円を手に入れた。今彼の胸は未来の画策のために詰っている。けれども、昨夜銭湯へ行ったとき、八百円の札束を鞄に入れて、洗い場まで持って入って笑われた記憶については忘れていた。

農婦は場庭の床几から立ち上がると、彼の傍へよって来た。

「馬車はいつ出るのでござんしょうな。倅が死にかかっていますので、早よ街へ行かんと死に目に逢えまい思いましてな。」

「そりゃいかん。」

「もう出るのでござんしょうな、もう出るって、さっき云わしやったがの。」

「さアて、何しておるやらな。」

若者と娘は場庭の中へ入って来た。農婦はまた二人の傍へ近寄った。

「馬車に乗りなさるのかな。馬車は出ませんぞな。」

「出ませんか？」と若者は訊き返した。

「出ませんの？」と娘は云った。

「もう二時間も待っていますのやが、出ませんぞな。街まで三時間かかりますやろ。もう何時になっていますかな。街へ着くと正午になりますやろか。」

「そりゃ正午や。」と田舎紳士は横から云った。農婦はくるりと彼の方をまた向いて、

「正午になりますかいな。それまでにゃ死にますやろな。正午になりますかいな。」

と云う中にまた泣き出した。が、すぐ饅頭屋の店頭へ馳けて行った。

「まだかのう。馬車はまだなかなか出ぬじゃろか？」

猫背の馭者は将棋盤を枕にして仰向きになったまま、簀の子を洗っている饅頭屋の主婦の方へ頭を向けた。

「饅頭はまだ蒸さらんかいのう？」

七

馬車は何時になったら出るのであろう。宿場に集った人々の汗は乾いた。しかし、馬車は何時になったら出るのであろう。これは誰も知らない。だが、もし知り得ることの出来るものがあったとすれば、それは饅頭屋の竈の中で、漸く脹れ始めた饅頭であった。なぜかと云えば、この宿場の猫背の馭者は、まだその日、誰も手をつけない蒸し立ての饅頭に初手をつけると云うことが、それほどの潔癖から長い年月の間、独身で暮さねばならなかったと云う彼のその日その日の、最高の慰めとなっていたのであったから。

八

宿場の柱時計が十時を打った。饅頭屋の竈は湯気を立てて鳴り出した。

ザク、ザク、ザク。猫背の馭者は馬草を切った。馬は猫

背の横で、水を充分飲み溜めた。ザク、ザク、ザク。

九

馬は馬車の車体に結ばれた。農婦は真先に車体の中へ乗り込むと街の方を見続けた。

「乗っとくれやア。」と猫背は云った。

五人の乗客は、傾く踏み段に気をつけて農婦の傍へ乗り始めた。

猫背の馭者は、饅頭屋の簀の子の上で、綿のように膨らんでいる饅頭を腹掛けの中へ押し込むと馭者台の上にその背を曲げた。喇叭が鳴った。鞭が鳴った。

眼の大きなかの一疋の蠅は馬の腰の余肉の匂いの中から飛び立った。そうして、車体の屋根の上にとまり直ると、今さきに、漸く蜘蛛の網からその生命をとり戻した身体を休めて、馬車と一緒に揺れていった。

馬車は炎天の下を走り通した。そうして並木をぬけ、長く続いた小豆畑の横を通り、亜麻畑と桑畑の間を揺れつつ森の中へ割り込むと、緑色の森は、漸く溜った馬の額の汗に映って逆さまに揺らめいた。

十

馬車の中では、田舎紳士の饒舌が、早くも人々を五年以来の知己にした。しかし、男の子はひとり車体の柱を握って、その生々した眼で野の中を見続けた。

「お母ア、梨々。」

「ああ、梨々。」

馭者台では鞭が動き停った。農婦は田舎紳士の帯の鎖に眼をつけた。

「もう幾時ですかいな。十二時は過ぎましたかいな。街へ着くと正午過ぎになりますやろな。」

馭者台では喇叭が鳴らなくなった。そうして、腹掛けの饅頭を、今やことごとく胃の腑の中へ落とし込んでしまった馭者は、一層猫背を張らせて居眠り出した。その居眠りは、馬車の上から、かの眼の大きな蠅が押し黙った数段の梨畑を眺め、真夏の太陽の光りを受けて真赤に栄えた赤土の断崖を仰ぎ、突然に現れた激流を見下して、そうして、馬車が高い崖路の高低でかたかたときしみ出す音を聞いてもまだ続いた。しかし、乗客の中で、その馭者の居眠りを知っていた者は、わずかにただ蠅一疋であるらしかった。蠅は車体の屋根の上から、馭者の垂れ下がった半白の頭に飛び移り、それから、濡れた馬の背中に留って汗を舐めた。

　馬車は崖の頂上へさしかかった。馬は前方に現れた眼匿しの中の路に従って柔順に曲り始めた。しかし、そのとき、彼は自分の胴と、車体の幅とを考えることは出来なかった。一つの車輪が路から外れた。突然、馬は車体に引かれて突き立った。瞬間、蠅は飛び上がった。と、車体と一緒に崖の下へ墜落して行く放埒な馬の腹が眼についた。そうして、人馬の悲鳴が高く一声発せられると、河原の上では、圧し重なった人と馬と板片との塊が、沈黙したまま動かなかった。が、眼の大きな蠅は、今や完全に休まったその羽根に力を籠めて、ただひとり、悠々と青空の中を飛んでいった。

行軍将棋ごっこ
お母さん

芥川龍之介（一八九二年―一九二七年）

初出：『中央公論』一九二四年四月
底本：『芥川龍之介全集　第一一巻』岩波書店、一九九六年

芥川龍之介は大正文壇を代表する作家である。師事した夏目漱石から「鼻」を激賞されて文名を馳せたことが有名である。

芥川は「真の芸術家は勝負事はきらひなんだよ」と吹聴し（恒藤恭『旧友芥川龍之介』朝日新聞社、一九四九年八月）、周囲で菊池寛らが将棋を流行らせていく中でもその輪に入ることを頑なに拒んでいた。一九二二年五月二一日に友人の小穴隆一に宛てた手紙には「将棋おやめの由祝着也」というものがあり、友人に将棋をやめさせようとさえしていた、筋金入りの反将棋派だ。

しかし実のところ、芥川の文学観は、本質的にはむしろ遊戯に近いところにあった。そもそもフィクションとは遊戯的なものだが、フィクションという問題を追究した芥川にとって、遊戯は重要なモチーフだった。連作短編「少年」の最終章「お母さん」は、その本領を垣間見せた作品である。若い日の作者自身の体験をモチーフにした作品だが、ここでは「行軍将棋ごっこ」に夢中になり、表象されている戦争そのものを体験しているかのように感じる主人公保吉の姿が描かれている。遊戯の中に入り込む保吉の感性は、フィクションの世界を現実以上に生き生きしたものとして捉える芥川の感性そのものである。しかも彼は、戦争／行軍将棋／行軍将棋ごっこと想像の階梯（かいてい）が多重化されていてもなお、易々とフィクションの世界にのめり込んでいる。こうした保吉の姿において、芥川文学の真髄が示されているのである。

（小谷瑛輔）

八歳か九歳の時か、とにかくどちらかの秋である。陸軍大将の川島は回向院の濡れ仏の石壇の前に佇みながら、味方の軍隊を検閲した。もっとも軍隊とは云うものの、味方は保吉とも四人しかいない。それも金釦の制服を着た保吉一人を例外に、あとは悉く紺飛白や目くら縞の筒袖を着ているのである。

これは勿論国技館の影の境内に落ちる回向院ではない。まだ野分の朝などには鼠小僧の墓のあたりにも銀杏落葉の山の出来る二昔前の回向院である。妙に鄙びた当時の景色――江戸と云うよりも江戸のはずれの本所と云う当時の景色はとうの昔に消え去ってしまった。しかしただ鳩だけは同じことである。いや、鳩も違っているかもしれない。その日も濡れ仏の石壇のまわりはほとんど鳩で一ぱいだった。が、どの鳩も今日のように小綺麗に見えはしなかったらしい。「門前の土鳩を友や樒売り」――こう云う天保の俳人の作は必ずしも回向院の樒売りをうたったものとは限らないであろう。けれども保吉はこの句さえ見れば、いつも濡れ仏の石壇のまわりにごみごみ群がっていた鳩を、――喉の奥にこもる声に薄日の光を震わせていた鳩を思い出さずにはいられないのである。

鑢屋の子の川島は悠々と検閲を終わった後、目くら縞の懐ろからナイフだのパチンコだのゴム鞠だのと一しょに一束の画札を取り出した。これは駄菓子屋に売っている行軍将棋の画札である。川島は彼らに一枚ずつその画札を渡しながら、四人の部下を任命（?）した。ここにその任命を公表すれば、桶屋の子の平松は陸軍少将、巡査の子の田宮は陸軍大尉、小間物屋の子の小栗は唯の工兵、堀川保吉は地雷火である。地雷火は悪い役ではない。ただ工兵にさえ出合わなければ、大将をも俘に出来る役である。保吉は勿論得意だった。が、円まろと肥った小栗は任命の終わるか終わらないのに、工兵になる不平を訴え出した。

「工兵じゃつまらないなあ。よう、川島さん。あたいも地雷火にしておくれよ、よう。」

「お前はいつだって俘になるじゃないか?」

川島は真顔にたしなめた。けれども小栗はまっ赤になりながら、少しも怯まずに云い返した。

「嘘をついていらあ。この前に大将を俘にしたのだってあたいじゃないか?」

「そうか？　じゃこの次には大尉にしてやる。」
川島はにやりと笑ったと思うと、たちまち小栗を懐柔した。保吉は未にこの少年の悪智慧の鋭さに驚いている。川島は小学校も終わらないうちに、熱病のために死んでしまった。が、万一死なずにいた上、幸いにも教育を受けなかったとすれば、少なくとも今は年少気鋭の市会議員か何かになっていたはずである。………

「開戦！」

この時こう云う声を挙げたのは表門の前に陣取った、やはり四五人の敵軍である。敵軍はきょうも弁護士の子の松本を大将にしているらしい。紺飛白の胸に赤シャツを出した、髪の毛を分けた松本は開戦の合図をするためか、高だかと学校帽をふりまわしている。

「開戦！」

画札を握った保吉は川島の号令のかかると共に、誰よりも先へ吶喊した。同時にまた静かに群がっていた鳩は夥しい羽音を立てながら、大まわりに中ぞらへ舞い上がった。それから――それからは未曽有の激戦である。硝煙はみるみる山をなし、敵の砲弾は雨のように彼らのまわりへ爆発した。しかし味方は勇敢にじりじり敵陣へ肉薄した。もっとも敵の地雷火は凄まじい火柱をあげるが早いか、味方の少将を粉微塵にした。が、敵軍も大佐を失い、その次にはまた保吉の恐れる唯一の工兵を失ってしまった。これを見た味方は今までよりも一層猛烈に攻撃をつづけた。――と云うのは勿論事実ではない。ただ保吉の空想に映じた回向院の激戦の光景である。けれども彼は落葉だけ明るい、もの寂びた境内を駆けまわりながら、ありありと硝煙の匂を感じ、飛び違う砲火の閃きを感じた。いや、或時は大地の底に爆発の機会を待っている地雷火の心さえ感じたものである。こう云う溌溂とした空想は中学校へはいった後、いつの間にか彼を見離してしまった。今日の彼は戦ごっこの中に旅順港の激戦を見ないばかりではない、むしろ旅順港の激戦の中にも戦ごっこを見ているばかりである。しかし追憶は幸いにも少年時代へ彼を呼び返した。彼はまず何を措いても、当時の空想を再びする無上の快楽を捉えなければならぬ。――

　硝煙はみるみる山をなし、敵の砲弾は雨のように彼らのまわりへ爆発した。保吉はその中を一文字に敵の大将へ飛びかかった。敵の大将は身を躱（かわ）すと、一散に陣地へ逃げこもうとした。保吉はそれへ追いすがった。と思うと石に躓（つまず）いたのか、俯向（うつむ）けにそこへ転んでしまった。同時にまた勇ましい空想も石鹸玉（しゃぼんだま）のように消えてしまった。もう彼は光栄に満ちた一瞬間前の地雷火ではない。顔は一面に鼻血にまみれ、ズボンの膝は大穴のあいた、帽子も何もない少年である。彼はやっと立ち上がると、思わず大声に泣きはじめた。敵味方の少年はこの騒ぎに折角の激戦も中止したまま、保吉のまわりへ集まったらしい。「やあ、負傷した」と云うものもある。「仰向けにおなりよ」と云うものもある。「おいらのせいじゃなあい」と云うものもある。が、保吉は痛みよりも名状の出来ぬ悲しさのために、二の腕に顔を隠したなり、愈（いよいよ）懸命に泣きつづけた。すると突然耳もとに嘲笑の声を挙げたのは陸軍大将の川島である。

「やあい、お母さんって泣いていやがる！」

川島の言葉はたちまちのうちに敵味方の言葉を笑い声に変じた。殊に大声に笑い出したのは地雷火になり損なった小栗である。

「可笑（おか）しいな。お母さんて泣いていやがる！」

けれども保吉は泣いたにもせよ、「お母さん」などと云った覚えはない。それを云ったように誣（し）いるのはいつもの川島の意地悪である。——こう思った彼は悲しさにも増した口惜（くや）しさに一ぱいになったまま、さらにまた震え泣きに泣きはじめた。しかしもう意気地のない彼には誰一人好意を示すものはいない。のみならず彼らは口々に川島の言葉を真似しながら、ちりぢりに何処かへ駈け出して行った。

「やあい、お母さんって泣いていやがる！」

保吉は次第に遠ざかる彼らの声を憎み憎み、いつかまた彼の足もとへ下りた無数の鳩にも目をやらずに、永い間啜（すす）り泣きをやめなかった。……

保吉は爾来（じらい）この「お母さん」を全然川島の発明した嘘とばかり信じていた。ところが丁度三年以前、上海（シャンハイ）へ上陸すると同時に、東京から持ち越したインフルエンザのために或病院へはいることになった。熱は病院へはいった後も容易に彼を離れなかった。彼は白い寝台の上に朦朧（もうろう）とした目を開いたまま、蒙古の春を運んで来る黄沙の凄じさを眺めたりしていた。すると或蒸暑い午後、小説を読んでいた看護婦は突然椅子を離れると、寝台の側へ歩み寄りながら、不思議そうに彼の顔を覗きこんだ。

「あら、お目覚（めざめ）になっていらっしゃるんですか？」

「どうして？」

「だって今お母さんって仰有（おっしゃ）ったじゃありませんか？」

保吉はこの言葉を聞くが早いか、回向院の境内を思い出した。川島も或（あるい）は意地の悪い嘘をついたのではなかったかも知れない。

消えた駒の謎

悪戯

甲賀三郎（一八九三年―一九四五年）

初出：『新青年』博文館、一九二六年四月
※掲載協力：博文館新社
底本：同

甲賀三郎（本名・春田能為）は、大正末期から昭和初期の探偵小説黎明期に活躍した作家である。東京帝国大学工学部を卒業し、農商務省臨時窒素研究所在籍時に「真珠塔の秘密」（『新趣味』一九二三年八月）でデビューした。「琥珀のパイプ」（『新青年』一九二四年六月）や「ニッケルの文鎮」（同、一九二六年一月）などの理化学的知識を用いたトリックには定評があった。

臨時窒素研究所で甲賀の同僚だった大下宇陀児の「新初段の弁」（『将棋世界』一九五二年一〇月）によると、甲賀の将棋は、大下や江戸川乱歩ら探偵小説家仲間に比べて「二枚（注：飛車・角行）は強かった」といい、有段の腕前だった。詰将棋解答も得意で、甲賀の次女、深草淑子は、道玄坂の詰将棋の夜店で「三郎はいつも難なく勝ってしまうので「また旦那かい」と言われて敬遠」されたと回想（『甲賀三郎探偵小説選Ⅱ』二〇一七年、論創社）している。「将棋の神秘」（『改造』一九三五年九月）では、道玄坂の将棋屋から嫌われる老人に甲賀の実体験を反映させた。

「悪戯」は、将棋の対局中に起きた悲劇を描く。いきなり「五四歩」と符号から始まる将棋に満ちた一作である。「櫓囲い」を巡る手順には、甲賀の棋力の程が示されている。持ち駒が握られた様子からは、明治後期に発明された駒台が、大正末年当時まだ一般には普及していなかったことがわかる。

（本多俊介）

五四歩と突いたのが私の致命的の失策でした。ほんとうに文字通り致命的だったのです。彼は暫く考えた後、五五桂と打ちました。私はハッと思いましたがもう遅かったのです。私はじっと盤を眺めました。眼の縁が熱くなって盤面中の駒がボーッと一つに見えます。彼の得意そうな顔が私の見えない網膜にありありと写ります。今日の将棋は止せば好かったと後悔の念がひしひしと胸を攻めました。

　私と彼とは中学時代からの同窓で、極く親しい間柄でしたが、お互いに会えば挨拶よりも先に悪口が出ると云う風で、彼は痩せっぽちで私は肥っていると云う違いはありましたが、いずれも強情な、そうして多分に神経質を持ち合わせていると云う点では優り劣りがないので、対手に軽蔑されたくないと云う考えから、知らず識らずの間に、二人の心中には激しい競争意識が燃えているのでした。殊にこの将棋と云う奴は、明白に勝負のつくものですから私達二人はお互いに対手を一言もない様に負かして、対手の口惜しそうな顔を眺めて、痛快な優越感を味わおうと云う気で一杯だったのです。

　私達は数年前にほとんど同時に将棋を習い始めました。そうしてお互いに、余人はとにかくあいつだけには負けたくないと云う考えで、一生懸命に稽古したのです。二人の天分が同じ位だったのか、それとも悪魔の呪いか、不幸にも私達は同じように上達していったのでした。時に勝ち誇った事もあり、時に負け込んで泣き出したいような事もありましたが、要するにどっちか一方が徹底的に他方を負かすと云うだけの力量の差がつかなかったのです。何年経っても二人はたいいまで掴み合いをしていたのでした。

　初冬にも似合わない暖かい小春日和の午後でした。私は家内と子供を遊びに出して、珍しく机に向かいながら、溜まった翻訳の仕事の整理をしていました。ところへブラリと彼が訪ねて来たのでした。暫く雑談をしている内に、将棋が始まったのです。

　この将棋は初めから危険でした。何故なら二人は最近にふとした事から、感情を害し合っているのでした。お互いに第三者に対して、随分口汚く罵り合いました。彼がこうして今日ヒョッコリ訪ねて来たのは、あるいはその事を了解し合おうと思って来たのかも知れません。しかし、私達は意地にも自分から先に切り出そうとしませんから、その事にふれない中に、将棋になってしまったのです。

それは息詰まるような手合わせでした。我々の対戦を見馴れている人が見たら、きっと不思議に思ったに相違ありません。何故なら私達の対戦は五月蠅ほどお互いに悪口雑言を交しながら、対手の顔色を覗い覗い駒を運ばせるのが常でしたが、この日は互いに全く無言で、盤面を睨めた限り、持駒さえ聞き合おうとしないのです。まさに我々の身辺からは一道の殺気が迸り出ていたに違いありません。

彼一手、我一手、中盤まで二人の駒組は何の手落ちもなく、美事に進んで行きました。私は今でも歴々と覚えていますがここまでの将棋は高段名手に見せても恥ずかしくないと思っています。それほど私達は真剣だったのです。

私は敵の櫓囲いの玉が三一にいて、二二に入っていないのに乗じて、激しく端と二筋から攻め立て、二五桂と飛んで、銀桂の替りをし、次いで、一四歩、同歩、同角、同金、同飛と、角を切って、金銀を手にして、やや優勢に見えました。この時です。私は勢いに乗じて五五の歩を五四と突いたのです。ところが隙さず、敵から五五桂と打たれて、六七の金に当てられたのです。私は五四歩を敵が同歩と取れば、五三歩と打って、五二に化り込むし、このまま置けばたちまち五三へ化りますから、勝利疑いなしと軽率にも指したのですが、何と云う事でしょう。五五桂と六七の金に当てられると、八筋の敵の飛車は通っているし敵角が四九に化り込んでいますから、私の方はたちまち危険に瀕したのです。

私は苦しい胸の中を一生懸命に落ち着けて、受け手を考えました。が、考えれば考えるほど、私の負けは明らかなのです。私は口惜しさが一杯で、後にはただ盤面を睨んでいるばかり。頭は空虚になってしまいました。碁や将棋をやられた方は誰でも経験のある事でしょうが、対手が妙手を指したためとか、または自分が考えた末指した手が思い通り行かなかったとか云う場合は、口惜しいには口惜しくても、未だ諦めがつきますが、どうにも思い切れないのは、誰でも気のつくようなつまらない見損じで、優勢な場面がガラリとひっくり返った時です。しかも敵が無慈悲にもその見損じに乗じて、得々としていると来た日には、どうにも辛抱のなるものではありません。

今の場合が正にその通りなのです。

私の軽率な一手によって、攻防たちまち地を替えたのです。私はじっと盤面を眺めたまま、顔を上げる事が出来ません。もし顔を上げれば私は彼の冷笑を鼻に泛べた勝ち誇った顔を見なければならないのです。しかし、後で考えてみると、私は思い切って顔を上げた方が好かったかも知れません。私の恐らく真蒼な、そうして殺気に充ちた顔を見れば、彼はあわてて冷笑を引込めて、面を伏せた事でありましょう。そうすればこれから先の悲劇は起こらなかったかも知れないのです。が、その時は、私は顔を上げるどころでなく、烈しくなる息遣いを抑えて、ブルブル震える拳を握りしめ、それでも対手に心の動揺を悟られぬように、必死の努力をしていたのです。

その時に彼は呟くように云いました。

『フフン。下手な考え休むに似たりか。』

この言葉が致命的の第二でありました。

私は前後の考えもなく猛然彼に飛びかかりました。私は体格では彼が私の足許にも及ばぬ弱敵である事を考慮に入れるのを忘れたのでした。気のついた時には彼は私の下敷きになって、私の右の手でしっかと喉を押さえられて動かなくなっていました。私は静かに立ち上がって、醜く横たわっている彼の姿を、ちょっと痛快な感じで眺めました。しかしそれはほんの束の間、私はたちまち打ちのめされた人のように、ガックリ座り込んで、机の上へバラリと今まで左の手で握っていた汗ばんだ手駒の金と銀を投げ出しました。これから暫くは魂の抜けた人のようにボンヤリしていました。暮れ易い冬の日はもう薄暗くなっていました。

それからどれ位経ちましたか、日はもうトップリ暮れていました。ふと傍に横たわっている死骸を見た時に私は妻子が帰らないうちにどこかへ隠さねばならぬと決心したのです。

幸いな事には小さい家ではありますが、郊外の一軒家みたいなところだけに、庭は充分ありますし、そこに生い茂っている立木の落葉を捨てるために、一隅に大きな穴が掘ってあったのです。この穴はもう落葉も大分片付いたし、子供が落ちでもすると困るから埋めてくれと、前々から家内に頼まれていたのでしたから、今日埋めてしまったからと云って、家内が不審に思う事はないはずなのです。

私は冷たい死体を抱き上げて庭に下りました。穴の中の落葉を掻き分けて死体を入れ、上から充分に落葉を被(かぶ)せて、穴の廻りに小高く積まれた土を砕き入れました。一鍬(ひとくわ)ごとにバラバラと落葉の上に土塊(つちくれ)が重なって行きます。暗(やみ)の中に鍬を握った手首が白く浮かび出て、まるで手だけが自分から離れて動いているように感ぜられました。漸く、それでも無事に埋め終わりました。

埋め終わると私はぞっとしました。泥のついた鍬を手近の縁の下へ放り込んで、家の中へ駆け上がりました。それでもそこいらを片付けて手がかりをなくする事は忘れませんでした。ポツ然(ねん)と妻子の帰るのを待っていました。この夜の電灯は今私の座っている独房の電灯の光よりも、どの位暗いと感じたか分かりません。

やがて妻子が帰って参りました。私は頭痛がするからと云って、すぐ床をとらせて寝ましたが、少しも怪しんでいる様子はありませんでした。

その夜はそれでも異常な精神的打撃を受けたためか、かえってよく寝ましたが、翌日からはおちおち眠れぬようになりました。自責、悔恨、恐怖の念がこもごも湧いて出ます。昼間は見まいとしても、庭の隅に眼が釘付けされるのです。夜は恐ろしい夢にうなされます。イライラと怒り易くなり、食欲が減り著しく憂鬱になりました。妻はいつもの神経衰弱が昂じたのだと思っておろおろしていました。しかし幸いな事には誰も私の大罪を犯した事を覚る者はありませんでした。そうして二三日は無事に過ぎたのです。一度彼の留守宅から問合わせに来ましたが、私は何も知らない振りをして帰したのでした。毎朝、私は新聞の隅から隅まで熱心に眼を通しましたが気になるような記事は少しもありませんでした。

四日目の昼でした。もう一人の将棋友達が訪ねて参りまして一向私の変わった様子に気付かぬ風で、挑戦いたしました。この友達は私より少し弱く、競争意識もさして強くない、ふだんなら最も指し易い一人なのですが、どうして今の私が将棋を指す気になれましょう。しかし、私の将棋好きを知り抜いている彼ですから、断りでもして、怪しまれてはならぬと殊更平気を装うて、将棋盤を持ち出して彼の前へ据えました。彼は早速駒をバラリと箱から出して手早く並べました。私も段々駒を並べて行くうちに、どうした事か角と歩が足りない事に気がつきました。

私はハッと顔色を変えたのです。

角と歩、角と歩、それはあの日の彼の手駒ではありませんか。そう思うと、私はフラフラと立ち上がりました。それから何をしたか少しも覚えていません。気が付くと、床の中に寝かされて、額に氷を当てていました。傍には妻が心配そうに座っていました。聞くと、私は駒が足りない、駒が足りないと弱々しい声で呟きながら、一旦縁側まで出て、それからフラフラと茶の間に入り、そのまま倒れてしまったのだそうです。友達は無論そこそこにして帰って行ったのです。

その夜です。私は妻子の寝息を覗いながらそっと起き出でました。私はいろいろに考えましたが、駒はどうしても彼が握っていたに違いない。ふだんから喧しく云って子供にも弄らせないようにしている大切な駒が、故なく失くなったのではすまぬ、駒を取り返しておかなければ、第一妻から疑われると思ったのです。妻は昼間の疲れと、私の思ったより早く快復した安心とで、グッタリと寝込んでいました。

音のしないように雨戸を一枚繰ると、空は一面の星です。地面には雪かと見紛うばかりに霜が降りていました。

寒さでガタガタ震える歯を食いしばって、縁の下に放り込んであった鍬を抱えて、一生懸命に下腹に力を入れて、庭の隅に行きました。暗にもちょっと堆高くなっているところはどうやら分ります。私は腕を捲り上げて、ハッシと鍬を打ち下ろしました。ズシンと鈍い低い音が地の底から来る呻き声のように響きます。木立の暗の中から何者とも知れない恐ろしいものが、こっちを見つめています。後ろからも何か襲って来るようです。私は夢中で鍬を振り廻しました。

私はギョッと立竦みました。

着物の端らしいものが、穴の中から暗に馴れた眼に映ったのです。私はあわてて眼を外らそうとしましたが、悪夢を見た時のように首が微塵動きもしないのです。云い現す事の出来ない不快な悪感、総身から絞り出る冷たい汗、眼には暗の中から睨めている死人の物凄い形相が幻のようにチラツキます。私は渾身の勇を奮って、恐怖を払い落として、鍬を棄てると、両手で落葉を掻き分けました。

手探りで、どうやら死人の手らしいものに触れると、私は思わずあっと手を引込めました。氷のように冷たい、それでいてジメジメと云おうか、ヌラヌラと云おうか、一種異様な手触り、一秒だって触れている事は出来ません。

私は逃げ出そうとしました。しかし頭の中で悪魔が証拠をどうすると囁きます。

証拠！　ああ悪魔よ！　私は人殺しをしたのだ。そうして証拠を残したのだ。どうしても奪い返さねばならぬ。いつか私は悪魔の心になって死人の指を開きました。

どっちの手やら分りませんが、とにかく、最初開いた手には駒はありませんでした。もう一つの手を必死の力を奮って開けますと、どうでしょう、何にもありません。あわてて最初の手を探りましたが、やはりありません。私は茫然としました。それから大急ぎで死骸に土を被せて元通りに致しました。手洗鉢で手をざっと洗うと、墓場から脱けて来た人のように居間へフラフラと入りました。この時妻はちょっと眼を見開きました。私の姿が眼に入ると妻はたちまち起き上がりました。

『御気分は？』こう彼女は聞きました。

『何ともない、もう治ったよ。便所へ行っていたんだ。』こう私が答えますと、妻は安心したらしく、ガックリと寝てしまいました。私は床に潜り込んで、寝ようとしましたが、どうにも寝つけません。両手に異様な臭が沁み込んで、鼻についてならないのです。強いて落ち着いて、駒の事を考えようと思いましたが、頭脳がズキンズキン痛んで何事も考える事が出来ません。今考えると、私はこの一夜の仕事で、全生涯の精力を費し尽してしまったに相違ありません。よく一晩の中に髪の毛が白くならなかったと思います。

翌朝眼を覚ましたのはもう昼近くでした。身体が綿のように疲れて、少し熱があるようでしたが、私は将棋の事が気にかかるので、無理に起き上がりました。食事をすますと、すぐに盤を出して、並べてみましたが、不思議、駒はちゃんとあるのです。どう考えてみても、訳が解りません。

第一に心配になったのは、昨日の友人の事です。私の怪しい行動を、彼はどこで話すかも分らない。もう現在どこかで話しているかも知れない。そうすれば何かの拍子で刑事の耳に入るかも知れない。こう考えると私はいても立ってても耐りません。私はどうしても彼に機嫌の好い顔を見せて、昨日の事を笑い話にしてしまわねばなりません。私はすぐに妻に彼の勤務先へ電話をかけさして、昨日は失礼しました。今日は気分も治りましたから、帰りがけに是非お立ち寄りくださいと云わせました。

夕方彼の元気の好い声が玄関に聞こえました。私はすぐにいそいそと彼を出迎え、勉めて快活に話しかけて、座敷に請じると、昨日の失礼を詫びまして、余り将棋に凝(こ)ったので、頭が変になったんだろうと、果ては二人で高声に笑いました。それから一番と云うので、盤が二人の間に置かれました。

だんだん駒が並べられて行くうちに、私は恐ろしい予感に襲われました。そして、ああ、事実は予想通りだったのです。私は化石した身体で、空虚な眼で盤面を見入りました。

駒が、駒が足りないのです。またしても角と歩が。

友達が君、君と呼びかけたように思います。私はハッと気がつくと、膝の前、盤の下、前後左右を探し廻しました。しかしないのです。私は盤の上につっ伏しました。やがてゲラゲラと笑い出しました。

それから私は夢中ですっかり私のした事を話してしまいました。

私の顔は蒼かったでしょう。きっと死人のように蒼かったでしょう。けれども、私の話を聞き終わった友人の顔も、血の気のない真蒼な顔でした。彼は途切れ途切れに云いました。

『君、すまない。許してくれたまえ。君にそんな恐ろしい秘密があろうとは思わなかった。実は昨日君がフラフラ立ち上がった時に、盤の下に角と歩とが落ちていたのだ。君はそれを探そうともせず、夢遊病者のように駒が足りないと云いながら居間の方へ行って倒れてしまったのだ。今日また呼ばれて来ると、君の態度がそわそわして可怪(おか)しい。僕はほんのちょっとした悪戯(いたずら)気分から、駒を並べながら、手早く角と歩とを隠したのだ。それが君にそれほど打撃を与えるとは思わなかったのだ。』

そう云って彼は左の手に握っていた二つの駒を、盤の上へ投げ出しました。

この時に私は何故か決して彼を憎みませんでした。彼に秘密を話した事も少しも後悔しませんでした。それよりも、被っていたものを脱いだように、頭がすっと軽くなって、せいせいした気分になりました。次の間に妻の忍び泣く声が、洩れ聞こえましたけれども、私は悲しいよりも、処刑を受けた後の妻子の事を、静かに考えておりました。

自由天才流の棋風

彼は昔の彼ならず（抄）

太宰　治（一九〇九年―一九四八年）

初出：『世紀』一九三四年一〇月
底本：『太宰治全集　二』筑摩書房、一九九八年

太宰治は戦前から戦後にかけて活躍した。新戯作派、無頼派などと呼ばれる。井伏鱒二を中心とした阿佐ヶ谷将棋会に出入りしていたため、太宰の将棋にまつわる回想はその関係のものが多い。井伏の「太宰治――その印象記」（『文學界』一九五三年九月）によれば、旗色が悪いと投げやりに指し、相手がミスをすると座り直して勢い込んで指すのが常であった。早指しだったとも伝えられる。

檀一雄『小説　太宰治』（審美社、一九六四年九月）によれば、太宰が「走れメロス」（『新潮』一九四〇年五月）を書くきっかけとなった出来事も、やはり将棋にまつわるものであった。熱海で檀と遊んでいて宿代の支払いに困ったとき、太宰が檀を待たせてお金を借りに行ったものの、いつまで経っても戻ってこない。檀が様子を見に行くと、太宰は井伏と将棋を指していた、というものだ。問い詰められた太宰は「待つ身が辛いかね。待たせる身が辛いかね」と述べたという。

本書に収録する「彼は昔の彼ならず」の主要登場人物である青扇も、社会規範を守らずに飄々（ひょうひょう）としている、どこか太宰的な人物である。そのキャラクターを鮮やかに描き出す最初のエピソードが、将棋を指す場面である。家賃を受け取りに行った「僕」をいつの間にか将棋に付き合わせてしまう流れも、異様な早指しで相手のペースを乱して奇襲的に王様を討ち取ってしまう棋風も、青扇の生き方を象徴するものとなっている。

（小谷瑛輔）

君にこの生活を教えよう。知りたいとならば、僕の家のものほし場まで来るとよい。そこでこっそり教えてあげよう。

僕の家のものほし場は、よく眺望がきくと思わないか。郊外の空気は、深くて、しかも軽いだろう？　人家もまばらである。気をつけたまえ。君の足もとの板は、腐りかけているようだ。もっとこっちへ来るとよい。春の風だ。こんな工合いに、耳朶(みみたぶ)をちょろちょろとくすぐりながら通るのは、南風の特徴である。

見渡したところ、郊外の家の屋根屋根は、不揃いだと思わないか。君はきっと、銀座か新宿のデパアトの屋上庭園の木柵によりかかり、頬杖ついて、巷の百万の屋根屋根をぼんやり見おろしたことがあるにちがいない。巷の百万の屋根屋根は、皆々、同じ大きさで同じ形で同じ色あいで、ひしめき合いながらかぶさりかさなり、はては黴菌(ばいきん)と車塵(しゃじん)とでうす赤くにごらされた巷の霞のなかにその端を沈没させている。君はその屋根屋根のしたの百万の一律な生活を思い、眼をつぶってふかい溜息を吐いたにちがいないのだ。見られるとおり、郊外の屋根屋根は、それと違う。一つ一つが、その存在の理由を、ゆったりと主張しているようではないか。あの細長い煙突は、桃の湯という銭湯屋のものであるが、青い煙を風のながれるままにおとなしく北方へなびかせている。あの煙突の真下の赤い西洋甍は、なんとかいう有名な将軍のものであって、あのへんから毎夜、謡曲のしらべが聞こえるのだ。赤い甍から椎の並木がうねうねと南へ伸びている。並木のつきたところに白壁が鈍く光っている。質屋の土蔵である。三十歳を越したばかりの小柄で怜悧(れいり)な女主人が経営しているのだ。このひとは僕と路で行き逢っても、僕の顔を見ぬふりをする。挨拶を受けた相手の名誉を顧慮しているのである。土蔵の裏手、翼の骨格のようにばさと葉をひろげているきたならしい樹木が五六ぽん見える。あれは棕梠(しゅろ)である。あの樹木に覆われているひくいトタン屋根は、左官屋のものだ。左官屋はいま牢のなかにいる。細君をぶち殺したのである。左官屋の毎朝の誇りを、細君が傷つけたからであった。左官屋には、毎朝、牛乳を半合ずつ飲むという贅沢な楽しみがあったのに、その朝、細君が過(あやま)って牛乳の瓶をわった。そうしてそれをさほどの過失ではないと思っていた。左官屋には、それがむらむらうらめしかったのである。細君はその場でいきをひきとり、左官屋は牢へ行き、左官屋の十歳ほどの息子が、このあいだ駅の売店のまえで新聞を買って読んでいた。僕はその姿を見た。けれども、僕の君に知らせようとしている生活は、こんな月並みのものでない。

　こっちへ来たまえ。このひがしの方面の眺望は、また一段とよいのだ。人家もいっそうまばらである。あの小さな黒い林が、われわれの眼界をさえぎっている。あれは杉の林だ。あのなかには、お稲荷をまつった社がある。林の裾のぽっと明るいところは、菜の花畑であって、それにつづいて手前のほうに百坪ほどの空地が見える。龍という緑の文字が書かれてある紙凧がひっそりあがっている。あの紙凧から垂れさがっている長い尾を見るとよい。尾の端からまっすぐに下へ線をひいてみると、ちょうど空地の東北の隅に落ちるだろう？　君はもはや、その箇所にある井戸を見つめている。いや、井戸の水を吸上喞筒（ポンプ）で汲みだしている若い女を見つめている。それでよいのだ。はじめから僕は、あの女を君に見せたかったのである。

　まっ白いエプロンを掛けている。あれはマダムだ。水を汲みおわって、バケツを右の手に持って、そうしてよろよろと歩きだす。どの家へはいるだろう。空地の東側には、ふとい孟宗竹が二三十本むらがって生えている。見ていたまえ。女は、あの孟宗竹のあいだをくぐって、それから、ふっと姿をかき消す。それ。僕の言ったとおりだろう？　見えなくなった。けれど気にすることはない。僕はあの女の行くさきを知っている。孟宗竹のうしろは、なんだかぼんやり赤いだろう。紅梅が二本あるのだ。蕾（つぼみ）がふくらみはじめたにちがいない。あのうすあかい霞の下に、黒い日本甍の屋根が見える。あの屋根だ。あの屋根のしたに、いまの女と、それから彼女の亭主とが寝起きしている。なんの奇もない屋根のしたに、知らせておきたい生活がある。ここへ座ろう。

　あの家は元来、僕のものだ。三畳と四畳半と六畳と、三間ある。間取りもよいし、日当たりもわるくないのだ。十三坪のひろさの裏庭がついていて、あの二本の紅梅が植えられてあるほかに、かなりの大きさの百日紅（さるすべり）もあれば、霧島躑躅（つつじ）が五株ほどもある。昨年の夏には、玄関の傍に南天燭（なんてんしょく）

を植えてやった。それで屋賃が十八円である。高すぎるとは思わぬ。二十四五円くらい貰いたいのであるが、駅から少し遠いゆえ、そうもなるまい。高すぎるとは思わぬ。それでも一年、ためている。あの家の屋賃は、もともと、そっくり僕のお小遣いになるはずなのであるが、おかげで、この一年間というもの、僕は様々のつきあいに肩身のせまい思いをした。

いまの男に貸したのは、昨年の三月である。裏庭の霧島躑躅がようやく若芽を出しかけていた頃であった。そのまえには、むかし水泳の選手として有名であったある銀行員が、その若い細君とふたりきりで住まっていた。銀行員は気の弱々しげな男で、酒ものまず、煙草ものまず、どうやら女好きであった。それがもとで、よく夫婦喧嘩をするのである。けれども屋賃だけはきちんきちんと納めたのだから、僕はそのひとについてあまり悪く言えない。銀行員は、あしかけ三年いてくれた。名古屋の支店へ左遷されたのである。ことしの年賀状には、百合とかいう女の子の名前とそれから夫婦の名前と三つならべて書かれていた。銀行員のまえには、三十歳くらいのビイル会社の技師に貸していた。母親と妹の三人暮しで、一家そろって無愛想であった。技師は、服装に無頓着な男で、いつも青い菜葉服を着ていて、しかもよい市民であったようである。母親は白い頭髪を短く角刈にして、気品があった。妹は二十歳前後の小柄な痩せた女で、矢絣（やがすり）模様の銘仙を好んで着ていた。あんな家庭を、つつましやかと呼ぶのであろう。ほぼ半年くらい住まって、それから品川のほうへ越していったけれど、その後の消息を知らない。僕にとっては、その当時こそ何かと不満もあったのであるが、いまになって考えてみると、あの技師にしろ、また水泳選手にしろ、よい部類の店子（たなこ）であったのである。俗にいう店子運がよかったわけだ。それが、いまの三代目の店子のために、すっかりマイナスにされてしまった。

いまごろはあの屋根のしたで、寝床にもぐりこみながらゆっくりホープをくゆらしているにちがいない。そうだ。ホープを吸うのだ。金のないわけはない。それでも屋賃を払わないのである。はじめからいけなかった。黄昏に、木下と名乗って僕の家へやって来たのであるが、玄関のたたきにつったったまま、書道を教えている、お宅の借家に住まわせていただきたい、というようなそれだけの意味のことを妙にひとなつこく搦んで来るような口調で言った。痩せていて背のきわめてひくい、細面の青年であった。肩から袖口にかけての折目がきちんと立っているま新しい久留米絣の袷を着ていたのである。たしかに青年に見えた。あとで知ったが、四十二歳だという。僕より十も年うえである。そう言えば、あの男の口のまわりや眼のしたに、たるんだ皺がたくさんあって、青年ではなさそうにも見えるのであるが、それでも、四十二歳は嘘であろうと思う。いや、それくらいの嘘は、あの男にしては何も珍しくないのである。はじめ僕の家へ来たときから、もうすでに大嘘を吐いている。僕は彼の申し出にたいして、お気にいったならば、と答えた。僕は、店子の身元についてこれまで、あまり深い詮索をしなかった。失礼なことだと思っている。敷金のことについて彼はこんなことを言った。

「敷金は二つですか？　そうですか。いいえ、失礼ですけれど、それでは五十円だけ納めさせていただきます。いいえ。私ども、持っていましたところで、使ってしまいます。あの、貯金のようなものですものな。ほほ。明朝すぐに引越しますよ。敷金はそのおり、ごあいさつかたがた持ってあがりましょうね。いけないでしょうかしら？」

こんな工合いである。いけないとは言えないだろう。それに僕は、ひとの言葉をそのままに信ずる主義である。だまされたなら、それはだましたほうが悪いのだ。僕は、かまいません、あすでもあさってでもと答えた。男は、甘えるように微笑みながらていねいにお辞儀をして、しずかに帰っていった。残された名刺には、住所はなくただ木下青扇とだけ平字で印刷され、その文字の右肩には、自由天才流書道教授とペンで小汚く書き添えられていた。僕は他意なく失笑した。翌る朝、青扇夫婦はたくさんの世帯道具をトラックで二度も運ばせて引越して来たのであるが、五十円の敷金はついにそのままになった。よこすものか。

引越してその日のひるすぎ、青扇は細君と一緒に僕の家へ挨拶しに来た。彼は黄色い毛糸のジャケツを着て、ものものしくゲエトルをつけ、女ものらしい塗下駄をはいていた。僕が玄関へ出て行くとすぐに、「ああ。やっとお引越しがおわりましたよ。こんな恰好でおかしいでしょう？」

それから僕の顔をのぞきこむようにしてにっと笑ったの

である。僕はなんだかてれくさい気がして、たいへんですな、とよい加減な返事をしながら、それでも微笑をかえしてやった。

「うちの女です。よろしく。」

青扇は、うしろにひっそりたたずんでいたやや大柄な女のひとを、おおげさに顎でしゃくってみせた。僕たちは、お辞儀をかわした。麻の葉模様の緑がかった青い銘仙の袷に、やはり銘仙らしい絞り染の朱色の羽織をかさねていた。僕はマダムのしもぶくれのやわらかい顔をちらと見て、ぎくっとしたのである。顔を見知っているというわけでもないのに、それでも強く、とむねを突かれた。色が抜けるように白く、片方の眉がきりりっとあがって、それからもう一方の眉は平静であった。眼はいくぶん細いようであって、うすい下唇をかるく噛んでいた。はじめ僕は、怒っているのだと思ったのである。けれどもそうでないことをすぐに知った。マダムはお辞儀をしてから、青扇にかくすようにして大型の熨斗袋をそっと玄関の式台にのせ、おしるしに、とひくいがきっぱりした語調で言った。それからもいちどゆっくりお辞儀をしたのである。お辞儀をするときにもやはり片方の眉をあげて、下唇を噛んでいた。僕は、これはこのひとのふだんからの癖なのであろうと思った。そのまま青扇夫婦は立ち去ったのであるが、僕はしばらくぽかんとしていた。それからむかむか不愉快になった。敷金のこともあるし、それよりもなによりも、なんだか、してやられたようないらだたしさに堪えられなくなったのである。僕は式台にしゃがんで、その恥ずかしく大きな熨斗袋をつまみあげ、なかを覗いてみたのである。お蕎麦屋の五円切手がはいっていた。ちょっとの間、僕には何も訳がわからなかった。五円の切手とは、莫迦げたことである。ふと、僕はいまわしい疑念にとらわれた。ひょっとすると敷金のつもりなのではあるまいか。そう考えたのである。それならこれはいますぐにでもたたき返さなければいけない。僕は、我慢できない胸くその悪さを覚え、その熨斗袋を懐にし、青扇夫婦のあとを追っかけるようにして家を出たのだ。

青扇もマダムも、まだ彼らの新居に帰ってはいなかった。帰途、買い物にでもまわったのであろうと思って、僕はその不用心にもあけ放されてあった玄関からのこのこ家へはいりこんでしまった。ここで待ち伏せていてやろうと考えたのである。ふだんならば僕も、こんな乱暴な料簡は起こさないのであるが、どうやら懐中の五円切手のおかげで少し調子を狂わされていたらしいのである。僕は玄関の三畳間をとおって、六畳の居間へはいった。この夫婦は引越しにずいぶん馴れているらしく、もうはや、あらかた道具もかたづいていて、床の間には、二三輪のうす赤い花をひらいているぼけの素焼の鉢が飾られていた。軸は、仮表装の北斗七星の四文字である。文句もそうであるが、書体はいっそう滑稽であった。糊刷毛かなにかでもって書いたものらしく、仰山に肉の太い文字で、そのうえ目茶苦茶ににじんでいた。落款らしいものもなかったけれど、僕はひとめで青扇の書いたものだと断定を下した。つまりこれは、自由天才流なのであろう。僕は奥の四畳半にはいった。箪笥や鏡台がきちんと場所をきめて置かれていた。首の細い脚の巨大な裸婦のデッサンがいちまい、まるいガラス張りの額縁に収められ、鏡台のすぐ傍の壁にかけられていた。これはマダムの部屋なのであろう。まだ新しい桑の長火鉢と、それと揃いらしい桑の小綺麗な茶箪笥とが壁際にならべて置かれていた。長火鉢には鉄瓶がかけられ、火がおこっていた。僕は、まずその長火鉢の傍に腰をおちつけて、煙草を吸ったのである。引越したばかりの新居は、ひとを感傷的にするものらしい。僕も、あの額縁の画についての夫婦の相談や、この長火鉢の位置についての争論を思いやって、やはり生活のあらたまった折の甲斐甲斐しいいきごみを感じたわけであった。煙草を一本吸っただけで、僕は腰を浮かせた。五月になったら畳をかえてやろう。そんなことを思いながら僕は玄関から外へ出て、あらためて玄関の傍の枝折戸から庭のほうへまわり、六畳間の縁側に腰かけて青扇夫婦を待ったのである。

青扇夫婦は、庭の百日紅の幹が夕日に赤く染まりはじめたころ、ようやく帰って来た。案のじょう買い物らしく、青扇は箒をいっぽん肩に担いで、マダムは、くさぐさの買いものをつめたバケツを重たそうに右手にさげていた。彼らは枝折戸をあけてはいって来たので、すぐに僕のすがたを認めたのであるが、たいして驚きもしなかった。

「これは、おおやさん。いらっしゃい。」

青扇は箒をかついだまま微笑んでかるく頭をさげた。

「いらっしゃいませ。」

マダムも例の眉をあげて、それでもまえよりはいくぶんくつろいだようにちかと白い歯を見せ、笑いながら挨拶した。

僕は内心こまったのである。敷金のことはきょうは言うまい。蕎麦の切手についてだけたしなめてやろうと思った。けれど、それも失敗したのである。僕はかえって青扇と握手を交し、そのうえ、だらしのないことであるが、お互いのために万歳をさえとなえたのだ。

青扇のすすめるがままに、僕は縁側から六畳の居間にあがった。僕は青扇と対座して、どういう工合いに話を切りだしてよいか、それだけを考えていた。僕がマダムのいれてくれたお茶を一口すすったとき、青扇はそっと立ちあがって、そうして隣りの部屋から将棋盤を持って来たのである。君も知っているように僕は将棋の上手である。一番くらいは指してもよいなと思った。客とろくに話もせぬうちに、だまって将棋盤を持ちだすのは、これは将棋のひとり天狗のよくやりたがる作法である。それではまず、ぎゅっと言わせてやろう。僕も微笑みながら、だまって駒をならべた。青扇の棋風は不思議であった。ひどく早いのである。こちらもそれに釣られて早く指すならば、いつの間にやら王将をとられている。そんな棋風であった。いわば奇襲である。僕は幾番となく負けて、そのうちにだんだん熱狂しはじめたようであった。部屋が少しうすぐらくなったので、縁側に出て指しつづけた。結局は、十対六くらいで僕の負けになったのであるが、僕も青扇もぐったりしてしまった。

青扇は、勝負中は全く無口であった。しっかとあぐらの腰をおちつけて、つまり斜めにかまえていた。

「おなじくらいですな。」彼は駒を箱にしまいこみながら、まじめに呟いた。「横になりませんか。あああ。疲れましたね。」

僕は失礼して脚をのばした。頭のうしろがちきちき痛んだ。青扇も将棋盤をわきへのけて、縁側へながながと寝そべった。そうして夕闇に包まれはじめた庭を頰杖ついて眺めながら、

「おや。かげろう！」ひくく叫んだ。「不思議ですねえ。ごらんなさいよ。いまじぶん、かげろうが。」

僕も、縁側に這いつくばって、庭のしめった黒土のうえをすかして見た。はっと気づいた。まだ要件をひとことも

言わぬうちに、将棋を指したり、かげろうを捜したりしているおのれの呆け加減に気づいたのである。僕はあわてて座り直した。

「木下さん。困りますよ。」そう言って、例の熨斗袋を懐から出したのである。「これは、いただけません。」

青扇はなぜかぎょっとしたらしく顔つきを変えて立ちあがった。僕も身構えた。

「なにもございませんけれど。」

マダムが縁側へ出て来て僕の顔を覗いた。部屋には電灯がぼんやりともっていたのである。

「そうか。そうか。」青扇は、せかせかした調子でなんども首肯(うなず)きながら、眉をひそめ、何か遠いものを見ているようであった。「それでは、さきにごはんをたべましょう。お話は、それからゆっくりいたしましょうよ。」

僕はこのうえめしのごちそうになど、なりたくなかったのであるが、とにかくこの熨斗袋の始末だけはつけたいと思い、マダムについて部屋へはいった。それがよくなかったのである。酒を呑んだのだ。マダムに一杯すすめられたときには、これは困ったことになったと思った。けれども二杯三杯とのむにつれて、僕はしだいしだいに落ちついて来たのである。

はじめ青扇の自由天才流をからかうつもりで、床の軸物をふりかえって見て、これが自由天才流ですかな、と尋ねたものだ。すると青扇は、酔いですこし赤らんだ眼のほとりをいっそうぽっと赤くして、苦しそうに笑いだした。

「自由天才流？　ああ。あれは嘘ですよ。なにか職業がなければ、このごろの大家さんたちは貸してくれないということを聞きましたので、ま、あんな出鱈目(でたらめ)をやったのです。怒っちゃいけませんよ。」そう言ってから、またひとしきりむせかえるようにして笑った。「これは、古道具屋で見つけたのです。こんなふざけた書家もあるものかとおどろいて、三十銭かいくらで買いました。文句も北斗七星とばかりでなんの意味もないものですから気にいりました。私はげてものが好きなのですよ。」

僕は青扇をよっぽど傲慢な男にちがいないと思った。傲慢な男ほど、おのれの趣味をひねりたがるようである。

「失礼ですけれど、無職でおいでですか？」

また五円の切手が気になりだしたのである。きっとよくない仕掛けがあるにちがいないと考えた。「そうなんです。」杯をふくみながら、まだにやにや笑っていた。「けれども御心配は要りませんよ。」「いいえ。」なるたけよそよそしくしてやるように努めたのである。「僕は、はっきり言いますけれど、この五円の切手がだいいちに気がかりなのです。」

マダムが僕にお酌をしながら口を出した。

「ほんとうに。」ふくらんでいる小さい手で襟元を直してから微笑んだ。「木下がいけないのですの。こんどの大家さんは、わかくて善良らしいとか、そんな失礼なことを言いまして、あの、むりにあんなおかしげな切手を作らせましたのでございますの。ほんとうに。」

「そうですか。」僕は思わず笑いかけた。「そうですか。僕もおどろいたのです。敷金の、」滑らせかけて口を噤(つぐ)んだ。

「そうですか。」青扇が僕の口真似をした。「わかりました。あした持ってあがりましょうね。銀行がやすみなのです。」

そう言われてみるときょうは日曜であった。僕たちはわけもなく声を合わせて笑いこけた。

僕は学生時代から天才という言葉が好きであった。ロンブロオゾオやショオペンハウエルの天才論を読んで、ひそかにその天才に該当するような人間を捜しあるいたものであったが、なかなか見つからないのである。高等学校にはいっていたとき、そこの歴史の坊主頭をしたわかい教授が、全校の生徒の姓名とそれぞれの出身中学校とをことごとくそらんじているという評判を聞いて、これは天才でなかろうかと注目していたのだが、それにしては講義がだらしなかった。あとで知ったことだけれど、生徒の姓名とその各々の出身中学校とを覚えているというのは、この教授の唯一の誇りであって、それらを記憶して置くために骨と肉と内臓とを不具にするほどの難儀をしていたのだそうである。いま僕は、こうして青扇と対座して話し合ってみるに、その骨格といい、頭恰好といい、瞳のいろといい、それから音声の調子といい、まったくロンブロオゾオやショオペンハウエルの規定している天才の特徴と酷似しているのである。たしかに、そのときにはそう思われた。蒼白痩削(そうはくそうさく)。短躯猪首(たんくいくび)。台詞がかった鼻音声。

酒が相当にまわって来たころ、僕は青扇にたずねたのである。

「あなたは、さっき職業がないようなことをおっしゃったけれど、それでは何か研究でもしておられるのですか？」

「研究？」青扇はいたずら児のように、首をすくめて大きい眼をくるっとまわしてみせた。「なにを研究するの？ 私は研究がきらいです。よい加減なひとり合点の註釈をつけることでしょう？ いやですよ。私は創るのだ。」

「なにをつくるのです。発明かしら？」

青扇はくつくつと笑いだした。黄色いジャケツを脱いでワイシャツ一枚になり、

「これは面白くなったですねえ。そうですよ。発明ですよ。無線電燈の発明だよ。世界じゅうに一本も電柱がなくなるというのはどんなにさばさばしたことでしょうね。だいいち、あなた、ちゃんばら活動のロケエションが大助かりです。私は役者ですよ。」

マダムは眼をふたつながら煙ったそうに細めて、青扇のでらでら油光りしだした顔をぼんやり見あげた。

「だめでございますよ。酔っぱらったのですの。いつもこんな出鱈目ばかり申して、こまってしまいます。お気になさらぬように。」

「なにが出鱈目だ。うるさい。おおやさん、私はほんとに発明家ですよ。どうすれば人間、有名になれるか、これを発明したのです。それ、ごらん。膝を乗りだして来たじゃないか。これだ。いまのわかいひとたちは、みんなみんな有名病という奴にかかっているのです。少しやけくそな、しかも卑屈な有名病にね。君、いや、あなた、飛行家におなり。世界一周の早まわりのレコオド。どうかしら？ 死ぬる覚悟で眼をつぶって、どこまでも西へ西へと飛ぶのだ。眼をあけたときには、群集の山さ。地球の寵児さ。たった三日の辛抱だ。どうかしら？ やる気はないかな。意気地のない野郎だねえ。ほっほっほ。いや、失礼。それでなければ犯罪だ。なあに、うまくいきますよ。自分さえがっちりしてれあ、なんでもないんだ。人を殺すもよし、ものを盗むもよし、ただ少しおおがかりな犯罪ほどよいのですよ。大丈夫。見つかるものか。時効のかかったころ、堂々と名乗り出るのさ。あなた、もてますよ。けれどもこれは、飛行機の三日間にくらべると、十年間くらいの我慢だから、あなたがた近代人にはちょっとふむきですね。よし。それでは、ちょうどあなたにむくくらいのつつましい方法を教

えましょう。君みたいな助平ったれの、小心ものの、薄志弱行の徒輩には、醜聞という恰好の方法があるよ。まずまあ、この町内では有名になれる。人の細君と駆落ちしたまえ。え？」

　僕はどうでもよかった。酒に酔ったときの青扇の顔は僕には美しく思われた。この顔はありふれていない。僕はふとプーシュキンを思い出したのである。どこかで見たことのある顔と思っていたのであるが、これはたしかに、えはがきやの店頭で見たプーシュキンの顔なのであった。みずみずしい眉のうえに、老いつかれた深い皺が幾きれも刻まれてあったあのプーシュキンの死面なのである。

　僕もしたたかに酔ったようであった。とうとう、僕は懐中の切手を出し、それでもってお蕎麦屋から酒をとどけさせたのである。そうして僕たちはさらにさらにのんだのである。ひとと始めて知り合ったときのあの浮気に似たときめきが、ふたりを気張らせ、無智な雄弁によってもっともっとおのれを相手に知らせたいというようなじれったさを僕たちはお互いに感じ合っていたようである。僕たちは、たくさんの贋（にせ）の感激をして、幾度となく杯をやりとりした。

気がついた時には、もうマダムはいなかった。寝てしまったのであろう。帰らなければなるまい、と僕は考えた。帰りしなに握手をした。

「君を好きだ。」僕はそう言った。

「私も君を好きなのだよ。」青扇もそう答えたようである。

「よし。万歳！」

「万歳。」

たしかにそんな工合いであったようである。僕には、酔いどれると万歳と叫びたてる悪癖があるのだ。

酒がよくなかった。いや、やっぱり僕がお調子ものだったからであろう。そのままずるずると僕たちのおかしなつきあいがはじまったのである。

9　四歩の青春

聴雨

織田作之助（一九一三年―一九四七年）

初出：『新潮』一九四三年八月
底本：『定本織田作之助全集　第四巻』文泉堂書店、一九七六年

織田作之助は、「夫婦善哉」や「世相」等の作品で知られており、太宰治や坂口安吾らと共に無頼派の作家として昭和期に活躍した作家である。

織田文学では、「六白金星」「合駒富士」等、将棋が重要な役割を果たす作品も多く、それは、将棋好きの父親の姿を幼少の頃から見続け、自身の生活の中に将棋が強く根付いていたためだと考えられる。また、「可能性の文学」等に見られるように織田は自分自身の主義主張を展開させる際の手段として度々将棋を用いており、このような姿勢は中学生の頃にはすでに持ち合わせていた（大谷晃一『織田作之助――生き、愛し、書いた。』沖積舎、二〇一三年）。その中でも、木村義雄八段との対局の坂田三吉の第一手の〇9四歩に由来する「端歩を突く」というフレーズを好んで使い続けていた。型破りな指し方で知られる大阪の棋士・坂田三吉をモチーフとして、私小説の形式で描いた「聴雨」でももちろん使われている。

この作品の読みどころの一つは、希望も感動もない故に孤独な「私」が、坂田の奇想天外の一手の眩しさによって救われたと同時に坂田に哀情も感じている点である。〇9四歩で結果的に負けたことを考えると一見乱暴で無理な手にしか見えない。しかしながら、「私」が感動した光とは、一手の手損ぐらいで躓くことはないという自分の芸境を一途に貫いた坂田の自信ではなかろうか。また、続編である「勝負師」との共通点や差異について考えながら読んでみても面白いだろう。

（勝倉明以）

午後から少し風が出て来た。床の間の掛軸がコツンコツンと鳴る。襟首が急に寒い。雨戸を閉めに立つと、池の面がやや鳥肌立って、冬の雨であった。火鉢に火をいれさせて、左の手をその上にかざし、右の方は懐手のまま、すこし反り身になっていると、

「火鉢にあたるような暢気な対局やおまへん」という詞をふと私は想い出し、にわかに坂田三吉のことがなつかしくなって来た。

昭和十二年の二月から三月に掛けて、読売新聞社の主催で、坂田対木村・花田の二つの対局が行われた。木村・花田は名実ともに当代の花形棋士、当時どちらも八段であった。坂田は公認段位は七段ではあったけれど、名人と自称していた。

全盛時代は名人関根金次郎をも指し負かすくらいの実力もあり、成績も挙げていたのである故、まず如何ように天下無敵を豪語しても構わないようなものの、けれど現に将棋家元の大橋宗家から名人位を授けられている関根という歴とした名人がありながら、もうひとり横合いから名人を名乗る者が出るというのは、まことに不都合な話である。おまけに当の坂田に某新聞社という背景があってみれば、ますます問題は簡単で済まない。当然坂田の名人自称問題は紛糾をきわめて、その挙句坂田は東京方棋士と絶縁し、やがて関東、関西を問わず、一切の対局から遠ざかってしまった。人にも会おうとしなかった。

彼の棋風は「坂田将棋」という名称を生んだくらいの個性の強い、横紙破りのものであった。それを、ひとびとはついに見ることが出来なくなった。かつて大崎八段と対局した時、いきなり角頭の歩を突くという奇想天外の手を指したことがある。果し合いの最中に草鞋の紐を結ぶような手である。負けるを承知にしても、なんと不逞不逞しい男かと呆れるくらいの、大胆不敵な乱暴さであった。棋界はほとんど驚倒した。一事が万事、坂田の対局には大なり小なりこのような大向こうを唸らせる奇手が現れた。その彼が急に永い沈黙を守ってしまったのである。功成り遂げてからというならまだしも、坂田将棋の真価を発揮するのはこれからという時であった。大衆はさびしがった。

けれど、坂田の沈黙によって、棋界がさびれたわけではない。木村・金子たち新進が台頭し、花田が寄せの花田の

名にふさわしいあっと息を呑むような見事な終盤を見せだした。定跡の研究が進み、花田・金子たちは近代将棋という新しい将棋の型をほぼ完成した。そうして、棋界が漸く賑わったところへ、関根名人が名人位引退を宣言した。名人一代の制度が廃止されて、名人位獲得のリーグ戦が全八段によって開始された。大阪からは木見八段が参加した。神田八段も中途から加わった。が、ただひとり坂田は沈黙している。坂田の実力はやがて棋界の謎となってしまった。隆盛期の棋界に、そこだけがぽつんとあいた穴のような感じであった。

　この穴を埋めることは、棋界に残された唯一の、と言わないまでも、かなり興味深い大きな問題である。自然大新聞社はほとんど一ツ残らず、坂田の対局を復活させようと、さまざまに交渉した。新聞社同志の虚々実々の駆引きは勿論である。けれど、坂田と東京方棋士ないし将棋大成会との間にわだかまる感情問題、面目問題はかなりに深刻である。大成会内部の意見を纏めるのさえ、容易ではなかった。おまけに肝腎の坂田自身がお話にならぬ難物であった。

　たいていの新聞社はこの坂田の口説き落としだけで参ってしまったのだ。

「銀が泣いている」という人である。――ああ、悪い銀を打ちました、進むに進めず、引くに引かれず、ああ、ほんまにえらいところへ打たれてしもたと銀が泣いている。銀が坂田の心になって泣いているというのだ。坂田にとっては、駒の一つ一つが自分の心であった。そうして、将棋盤のほかには心の場所がないのだ。盤が人生のすべてであった。将棋のほかには何物もなく、何物も考えられない人であった。無学で、新聞も読めない、交際も出来ない。それ故、世間並の常識で向かっても、駄目であった。対局の交渉を受けて、

「そんならひとつ盤に相談しときまひょ」という詞は伊達ではない。それを聴いては、もうどんな道理を持って行っても空しかった。交渉に行った記者はかんかんになって引き下がった。

　名人気質などという形容では生ぬるい。将棋のほかには常識も理論もない人、――というだけでも相当難物だが、しかもその将棋たるや、第一手に角頭の歩をつくという常識外れの、理論を無視したところが身上の人である。あれ

やこれやで、十六年間あらゆる新聞社が彼を引きだそうとして失敗したのも、無理はなかった。それを、読売新聞社が十何年間、春秋二回ずつ根気よく攻め続けて、とうとう口説き落としたのである。

　十六年振りの対局というだけでも、はや催し物としての価値は十分である。おまけに相手は当代の花形棋士、木村・花田両八段である。この二人は現に続行中の名人位獲得戦で第一・二位の成績をおさめ、名人位は十中八九この二人の間で争われるだろうという情勢であった。もし、この二人が坂田に敗れるとすれば、折角争い獲った名人位も有名無実なものとなってしまうだろう。つまりは、坂田対両八段の対局は名人位の鼎の軽重を問うものであった。花田・木村としては負けるに負けられぬところであった。一方、坂田にしても、十六年間の沈黙を破って、いわゆる坂田将棋の真価をはじめて世に問う対局である。東京方への意地もあろう。一生一代の棋戦と言っても、あながちに主催新聞社の宣伝ばかりではなかった。

「十六年間、一切の対局から遠ざかってましたけど、その間一日として研究をせん日はおまへなんだ。ま、坂田の将棋を見とくなはれ」と戦前豪語した手前でも負けられぬ将棋である。六十八歳の老人とは思えぬこの強い詞は、無論勝つ自信をほのめかした詞であろう。が、ひとつにはそれは、木村・花田を選手とする近代将棋に対して、坂田がいかに奇想天外の将棋を見せるか、見とくなはれという意味も含んでいた。大衆はこの詞に唸った。

　ともかく、昭和の大棋戦であった。持時間からして各自三十時間ずつ、七日間で指し終わるという物々しさである。名人位獲得戦でさえも、持時間は十三時間ずつ、二日で勝負をつけている。対局場も一番勝負二局のうち、最初の一局の対木村戦は、とくに京都南禅寺の書院がえらばれて、戦前下見をした坂田が、

「勿体ないこっちゃ、勿体ないこっちゃ、これも将棋を指すおかげだす」と言ったというくらい、総檜木作りの木の香も新しい立派な場所であった。

　けれども、私も京都に永らくいたゆえ知っているが、対局を開始した二月五日前後の京都の底冷えというものは、毎年まるで一年中の寒さがこの日に集まったかと思われるほどの厳さである。ことに南禅寺は東山の山懐ろで、琵琶

湖の水面より土地が低い。なお坂田は六十八歳の老齢である。世話人が暖房に細心の気を遣ったのはいうまでもなかろう。古来将棋の大手合には邪魔のはいり勝ちなものである。七日掛かりの対局というからには、一層その懸念が多い。よしんば外部からの故障がなくとも、対局者の発病ということもある。対局場の寒さにうっかり風邪を引かれては、それまでだ。勿論、部屋の隅にはストーブが焚かれ、なお左右の両側には、火をかんかんおこした火鉢が一個ずつ用意された。

それを、六十八歳の坂田は、

「火鉢にあたるような暢気な対局やおまへん」と言って、しりぞけたのである。このことを私は想い出したのだ。何故とくに想いだしたのだろうか。

木村には附添いはなかったが、坂田には玉江という令嬢が介添役として大阪から同行して来ていた。妻に死なれたあとずっとやもめ暮しの父の身の廻りのことを、一切やって来たというひとである。対局中の七日間、両棋士はずっと南禅寺に缶詰めという約束であった。ところが、坂田は老齢の上に、何かと他人に任せられぬ世話のかかる人である。人との応対は勿論、封じ手の文字を書くことさえ出来ない。食事も令嬢の手料理でなくてはかなわぬのだ。そこで、対局中玉江という令嬢が付きっ切りで、坂田の世話をすることになったのであるが、ひとつには坂田がこのひとを連れて来たのは、嫁ぎもせず自分の面倒を見て来てくれた娘に、自分の将棋を見せるためでもあった。

「お前もお父つぁんが苦しんでるのんを、傍から見てるのんは辛うてどんならんやろけど、言や言うもんの、わいにもわいの考えがあって、来て貰たんやぜ。わいはお前らの父親や言うもんの、何ひとつ残してやる財産いうもんがない。せめて、お父つぁんがどれだけ苦労して一生懸命に将棋指してるか、そこをよう見といてや。これがわいのたった一つの遺産やさかい……」

一手六時間というまるで乾いた雑巾から血を絞り出すような、父の苦しい長考を見て、到頭対局場にいたたまれず、隣りの部屋へ逃げ出した挙句、病気になってしまったという玉江に、坂田はこんな風に言った。けれど、本当は坂田は死んだ細君にその将棋を見せてやりたかったのではなかろうか。細君の代りにせめて娘にでもと思ったのではなかろうか。

それと言うのも、昔は現在と違って、棋士の生活は恵まれていない。ことに修業中は随分坂田は妻子に苦労を掛けた。明治三年堺市外舳松村の百姓の長男として生れ、十三歳より将棋に志し、明治三十九年には関根八段より五段を許されて漸く一人前の棋士になったが、それまでの永い歳月、いや、その頃でさえ、坂田には食うや呑まずの暮しが続いていたのである。自分は将棋さえ指していれば、食う物がのうても、ま、極楽やけれど、細君や子供たちはそうはいかず、しょっちゅう泣き言を聞かされた。その都度(たんび)に、

「わいは将棋やめてしもたら、生きてる甲斐がない。将棋さすのんがそのくらい気に入らなんだら、出て行ったらええやろ。どうせ困るちゅうことは初めから判ってるこっちゃ。そやから、子供が一人の時、今のうちに出て行けと、あれほど言うたやないか」と言って叱りつけていたが、ある夜帰ってみると、誰もいない。家の中ががらん洞のように、しーんとして真暗だ。おかしいなと思い、お櫃(ひつ)の蓋を取って見ると、中は空っぽだった。鍋の中を覗くと、水ばかりじゃぶじゃぶしている。急にはっといやな予感がした。暗がりの中で腑抜けたようになってぼんやり座っていると、それからどのくらい時が経ったろうか、母子四人が乞食のような恰好でしょんぼり帰って来た。ああ、助かったと、ほっとして、

「どこイ行って来たんや、こんな遅まで……」と訊くと、

「死に場所探しに行て来ましてん。……」

高利貸には責めたてられるし、食う物はなし、亭主は相変わらず将棋を指しに出歩いて、銭をこしらえようとはしないし、いっそ死んだ方がましやと思い、家を出てうろうろ死に場所を探していると、背中におぶっていた男の子が、お父っちゃん、お父っちゃんと父親を慕うて泣いたので、死に切れずに戻って来たと言う。

「…………」涙がこぼれて、ああ、有難いこっちゃ、血なりゃこそこんなむごい父親でも、お父っちゃんと呼んで想い出してくれたのかと、また涙がこぼれて、よっぽど将棋をやめようと思ったが、けれど坂田は出来なんだ。そんな亭主を持ち、細君は死ぬまで将棋を呪うて来たが、けれど十年前いよいよ息を引き取るという時「あんたは将棋がいのちやさかい、まかり間違うても阿呆な将棋は指しなはん

なや」と言った。この詞にはげまされて十年、そしていま将棋指しとしての一生を賭けた将棋を指そうとして、坂田のたった一つの心残りは、わいもこんな将棋指しになったぜと細君に言ってきかせられないことではなかろうか。細君にその将棋を見て貰えないことではなかろうか。

　してみれば、対木村の一戦は坂田にとっては棋士としての面目ばかりでなく、永年の妻子の苦労を懸けた将棋である。火鉢になぞ当たっていられないのは、当然であったろう。――そう思えば、坂田のあの詞もにわかに重みが加わって、悲壮である。ところが対局がはじまって三日目には、もう彼はだらしなく火鉢をかかえこんでいる、これはなんとしたことであろうか。

　観戦記者や相手の木村八段や令嬢が、老齢の坂田の身を案じて、無理に薦めたのか、それとも、強いことを言っていたけれど、さすがに底冷える寒さにたまりかねて、自分から火鉢がほしいと言いだしたのであろうか。「火鉢にあたるような暢気な対局やおまへん」と自分から強く言いだした詞を、うっかり忘れてしまうくらい耄碌していたのか。

　あるいはまた、火鉢にもあたるまいというのは、かえって勝負にこだわり過ぎているのではないかと、思い直したのかも知れない。かねがね坂田はよく「栓ぬき瓢箪」のような気持ちで指さんとあかんと言っている。

　ある時、上京するために大阪駅のプラットホームまで来ると、雑踏のなかに一人の妙な男が立っていた。乗り降りの客が忙しく動いている中に、ひとり懐手をしてぽかんと突っ立っているのだ。汽笛が鳴り、汽車が動きだしても、素知らぬ顔で、気抜けしたようにぽくんと口をあけて、栓ぬき瓢箪みたいな恰好で空を見上げたまま、プラットホームにひとり残されている。なんや、けったいな奴じゃな、あいつ阿呆かいなとその時は思ったが、あとで自分の将棋が悪くなり、気持ちが焦りだすと、不思議にその男の姿を想い出すのだ。ぽかんと栓ぬき瓢箪のような恰好で突っ立っている姿、丁度ゴム鞠の空気を抜いたふわりとした気持ち、何物にもとらわれぬ、何物にもさからわぬ態度、これを想い出すのである。あまり眼前の勝負に焦りすぎてかんかんになり、余裕を失ってしまうては到底よい将棋は指せないぞ、栓ぬき瓢箪の気持ちで指さなあかんと、思うと不思議に気持ちが落ち着く――というのである。

つまりは、火鉢のことにこだわった時は、丁度、眼前の勝負にかんかんになり過ぎて、気持ちが焦りに浮き立っていた。そこに気がついて、これではいけないと、火鉢を要求したのではなかろうか。

けれど、こんな臆測はすべて私の思い過しだろう。観戦記録を見ると、対局開始の二月五日という日は、下見をした前日と打ってかわって、京にめずらしいポカポカと暖かい日であったという。それを読んで、私は簡単にすかされてしまった。その人の弱みにつけこんで言えば、暖かいから火鉢を敬遠したまでのこと、それを「火鉢にあたるような……」云々と悲壮めかすのは芝居が過ぎる。あるいは、坂田自身が自分の気持ちに欺かれていたのだろうか。けれども私はこういうところに、かえって坂田の好ましさを感ずる。寒くなったら、あわてて前に言った詞を取り消して火鉢をほしがったのだろうと断定を下し、しかも私はそこにこの人の正直さをじかに感じようと思うのである。

それはともかく、坂田が火鉢を要求した時には、はや栓ぬき瓢箪の気持ちを想い出す必要が来ていたことは、事実である。その時にはつまり対局開始後三日目にはもう坂田の旗色は随分わるかったのだ。対局が済んでから令嬢は観戦記者に、

「父は四日頃から、私の方が悪い言うて、諦めさせました」と語ったというが、四日目とは坂田が一日言いそびれていただけのこと、実は三日目からもういけなかったことは、坂田自身でも判っていたのではなかろうか。が、あえて三日目といわなくとも、勝負ははや戦う前についていたのかも知れない。もっとも、こういうのは何も「勝敗は指さぬうちから決まってます」という彼の日頃持論をとりあげて言うのではない。いうならば、坂田は戦前「坂田の将棋を見とくなはれ」と言った瞬間に、もう負けてしまったのではなかろうか。

対局は二月五日午前十時五分、木村八段の先手で開始された。

木村は十八分考えて、七六歩と角道をあけた。まず定跡どおりの何の奇もない無難な手である。二六歩と飛車先の歩を突き出すか、七六歩のこの手かどちらかである。それを十八分も考えたのは、気持ちを落ちつけるためであろう。駒から手を離すと、木村はじろりと上眼づかいに相手の

顔を見た。底光る不気味な眼つきである。その若さに似ずはやこちらを呑みこんで掛かって来たかのような、自信たっぷりのその眼つきを、ぴしゃりと感ずると坂田は急にむずむずして来た。七六歩を受けて三四歩とこちらも角道をあけたり、八四歩と飛車先の歩を突き出したりするような、平凡の手はもう指せるものかという気がした。この坂田がどんな奇手を指すか見ておれ、あっというような奇想天外の手を指してやるんだと、まるで通り魔に憑かれて、坂田はふと眼を窓外にそらした。南天の実が庭に赤い。山清水が引かれていて、水仙の一株が白い根を洗われ、そこへ冬の落日が射している。

十二分経った。坂田の眼は再び盤の上に戻った。そうして、太短い首の上にのった北斎描く孫悟空のような特徴のある頭を心もちうしろへ外らせながら、右の手をすっと盤の右の端の方へ伸ばした。

その手の位置を見て、木村は、飛車先の歩を平凡に八四歩と突いて来るのだなと、瞬間思った。が、坂田の手はもう一筋右に寄り、九三の端の歩に掛かった。そうして、音もなくすーっと九四歩と突き進めて、じっと盤の上を見つめていた。駒のすれる音もせぬしずかな指し方であった。十六年振りに指す一生一代の将棋の第一手とは思えぬしずけさだった。

普段から坂田は、駒を動かすのに音を立てない人である。「ぴしり、ぴしりと音を立てて、駒を敲(たた)きつける人がおますけど、あらかないまへん。音を立てるちゅうのは、その人の将棋がまだ本物になってん証拠だす。ほんとうの将棋いうもんは、指してる人間の精神が、駒の中へさして入り切ってしもて、自分いうもんが魂の脱け殻みたいに、空気を抜いたゴム鞠みたいに、フワフワして力もなんにもない言う風になってしもた将棋だす。音がするのんは、まだ自分が残ってる証拠だす。……蓮根をぽきんと二つに折ると、蜘蛛の糸よりまだ細い糸が出まっしゃろ。その細い糸の上に人間が立ってるちゅうような将棋にならんとあきまへん。力がみな身体から抜け出して駒に吸いこまれてしまうちゅうと、細い糸の上にも立てます――そういう将棋でないとほんとうの将棋とは言えまへん。そういう将棋になりますちゅうと、もう打つ駒に音が出て来るはずがおまへん」

ある時、坂田はこう語った。それ故、彼は駒の音を立てるようなことは決してしない。

九五歩もまたフワリと音もなく突かれた手であった。いわば無言の手である。けれど、この一手は「坂田の将棋を見とくなはれ」という声を放って、暴れまわり、のた打ちまわっているような手であった。前人未踏の、奇想天外の手であった。

木村はあっと思った。なるほど変わった手で来るだろうとは予想していた。が、まさか第一着手にこんな未だかつて将棋史上現れたことのない手を指して来るとは、思いも掛けなかった。

「坂田さんの最初の一手九四歩は、私の全然予想せざる着手で、奇異な感に打たれた」と、木村はあとで感想を述べているが、恐らくその通りであったろう。

木村がその通りだから、大衆の驚き方は大変なものだった。かつて大崎八段との対局で、坂田が角頭の歩を突いた時の興奮が案の定再燃したのである。新聞の観戦記は、この九四歩の一手を得ただけでも、この度の対局の価値は十分であると言って、この一手の説明だけで一日分を費していたが、その記事を読んだ時のことを、私は忘れ得ない。

いまもあるだろうと思うが、その頃私は千日前の大阪劇場の地下室にある薄汚い将棋倶楽部へ、浮かぬ表情で通っていた。地下室特有の重く澱(よど)んだ空気が、煙草のけむりと、ピンポン場や遊戯場からあがる砂ほこりに濁って、私はそこへ降りて行くコンクリートの坂の途中で、はやコンコンといやな咳をしなければならなかったが、その頃私の心をすこしでも慰める場所は、その将棋倶楽部のほかにはなかった。

察しのつく通り、私は病身で、孤独だった。去年の夏、私はある高架電車の中から、沿線のみすぼらしいアパートの狭苦しく薄汚れた部屋の窓を明けはなして、鈍い電灯の光を浴びながら影絵のように蠢(うごめ)いているひとびとの寝姿を見て、いきなり胸をつかれてかつての自分のアパート生活を想い出したことがあるが、ほんとうにその頃の私の生活は、耳かきですくうほどの希望も感動もない、全く青春に背中を向けたものであった。おまけに、その背中を悔恨と焦燥の火に、ちょろちょろ焼かれていたのである。

そうした私をわずかに慰めてくれたのはその地下室の将

棋倶楽部で、料金は一時間五銭、盤も駒も手垢と脂で黝(くろ)んでいて、落ちぶれた相場師だとか、歩きくたびれた外交員だとか、私のような青春を失った病人だとか、そういう連中が集まるのにふさわしかった。私はその中にまじって、こわれ掛かった椅子にもたれて、アスピリンで微熱を下げながら、自分の運命のように窮地に陥ちた王将が、命からがら逃げ出すのを、しょんぼり悲しんでいたのだった。冬で、手足がちりちり痛み、水洟(みずばな)をすすりあげていると、いやな熱が赤く来て、私はもうぐったりとして、駒を投げ出す、――そんなある日、私はその観戦記を読んだのである。

　その地下室を出た足でふと立ち寄った喫茶店へ備えつけてあった新聞を、何気なく手に取って見ると、それが出ていたのである。丁度観戦記の第一回目で、木村の七六歩、坂田の九四歩の二手だけが紹介されてあった。先手の角道があいて、後手の端の歩が一つ突き進められているだけという奇妙な図面を、私はまるで舐めんばかりにして眺め「雌伏(しふく)十六年、忍苦の涙は九四歩の白金光を放つ」という見出しの文句を、誇張した言い方だとも思わなかった。私は眼がぱっと明るくなったような気がして、

「坂田はやったぞ。坂田はやったぞ」と声に出して呟き、初めて感動というものを知ったのである。私は九四歩つきという一手のもつ青春に、むしろ恍惚(こうこつ)としてしまったのだ。私のこの時の幸福感は、かつて暗澹(あんたん)たる孤独感を味わったことのない人には恐らく分るまい。私はその夜一晩中、この九四歩の一手と二人でいた。もう私は孤独でなかった。私の将棋の素人であることが、かえって良かった。木村はこの九四歩にどう答えるだろうか、九六歩と同じく端の歩を突いて受けるか。それとも一六歩と別の端の歩を突くだろうかなどと、しきりに想像をめぐらし、翌日の新聞を待ち焦れた。六十八歳の老齢で、九四歩などという天馬の如き溌剌(はつらつ)とした若々しい奇手を生み出す坂田の青春に、私はぴしゃりと鞭打たれたような気がし、坂田のこの態度を自分の未来に擬したく思いながら、その新聞を見ることが、日々の愉(たの)しみとなったのである。けれど、私にとっては何日間かの幸福であったこの手は、坂田にとって幸福な手であろうか。

　素人考えでいえば、局面にもあるだろうが、まず端の歩を突く時は相手に手抜きをされる惧(おそ)れがある。いわば、手

損になりやすいのだ。してみれば、後手の坂田は中盤なら知らず、まずはじめに九四歩と端を突いたことによって、そして案の定相手の木村に手抜きをされたことによって二手損をしているわけである。けれど、存外これが坂田の思いであったのかも知れない。はじめにぼんやり力を抜いて置いて、敵に無理攻めさせて、その隙に反撃を加えるという狙いであったかも知れない。最初の一手で、はや自分の将棋を栓ぬき瓢箪のようなぼんやりしたものにして置こうとしたとも考えられる。「敵に指させて勝つ」という理論を、彼一流の流儀で応用したのだと言えないこともない。

けれど、結果はやはり二手損が災いして、坂田は木村に圧倒的に攻められて、攻撃に出る隙もなく完敗してしまったのだ。攻撃の速度を重要視している近代将棋に、二手損をもって向かったのは、さすがに無暴だったのだ。無理論の坂田将棋は無理論に頼り過ぎて、近代将棋の理論の前に敗れてしまったのである。

木村は「奇異な感に打たれた」という感想に続いて、

「――が、それと同時に、九四歩を見てからの私は、自分でも不思議な位に、グッと気持ちが落ち着いて、五六歩と突く時は相当な自信を得ていた。そして五五歩の位勝ちからは、これが攻撃的に必ず威力を発揮し得るもの、と確信づけられた」と言っている。

五六歩は七六歩、九四歩に次ぐ第三手目である。五五歩は五手目。つまりは木村は三手指した時に、はや勝ったと確信したのである。いや、九四歩を見た途端に、そう思ったのであろう。

そうしてみれば、坂田は九四歩を突いた途端に、もう負けていたのである。一手六時間という長考を要するような苦しい将棋をつくりあげた原因は、この九四歩にあったのだ。しかも、彼はこの手に十二分しか時間を費していない。予定の行動だったのだ。戦前「坂田の将棋を見とくなはれ」と大見得切った時に、はや彼はこの手を考えていたのではなかろうか。

「滝に打たれる者は涼しいばかりやおまへん。当人にしてみましたらなかなか辛抱がいります」対局場での食事の時間に、ふと彼は呟いたという。はや苦戦を自覚していたのであろう。九四歩のような奇手をもって戦うのは、なるほど棋士の本懐にはちがいないだろうが、それだけに滝に打たれる苦痛も味わわなければならなかったのだ。けれど、それも自業自得だった、と言っては言い過ぎだろうか。変わった手を指してあっと言わせてやろうという心に押し出されて、自ら滝壺の中へ飛び込んでしまったのではなかろうか。

変わった将棋は坂田にとってはもうほとんど宿命的なものだった。将棋に熱中した余り、学校で習った字は全部忘れて、一生無学文盲で通して来た。駒の字が読めるほかには、――ある時上京して市電に乗ろうとしたが、電車の字が読めぬ、弱っているうちにやっと品川行という字だけが、品川の川という字が坂田三吉の三を横にした形だったおかげでそれと判って、助かった――という程度である。それ故古今の棋譜を読んでそれに学ぶということが出来ない。おまけに師匠というものがなかったので、自分ひとりの頭を絞った将棋を考えだすより仕様がなかったのだ。自然、自分の才能、個性だけを頼りにし、その独自の道を一筋に貫いて、船の舳(へさき)をもってぐるりとひっくり返すような我流の将棋をつくるようになった。無学、無師匠の上に、個性が強すぎたのだ。ひとつには、泉州の人らしい茶目気もあったろう。が、それ故に、坂田将棋は一時覇を唱え、また人気も出た。自信も湧いて来た。角頭の歩を突いたり、名人を自称したり、いわば横紙を破る強気も生じたのだ。が、この強気の故に彼は永い間沈黙を守らねばならぬ破目になった。そうして、三年間というもの、彼は人にも会わず外出もせず駒を手にせず、ひたすら自分の心を見つめて来た。何を考え、何を発見したか、無論私には判らない。が、しかし「その時の座布団がいまだにへっこんでいます」というくらいの沈思黙考の間に、彼が栓ぬき瓢箪の将棋観をいよいよ深めたであろうことは、私にも想像される。我の強気を去らなくては良い将棋は指せないという持論をますます強くしたのではなかろうか。そうして、その現れが、攻め勝とうとする速度を急ぐ近代将棋に反抗する九四歩だったのではなかろうか。つまりは、九四歩は我を去ろうとする手であったのではなかろうか。けれど、一面これくらい坂田の我を示す手はないのだ。坂田は依然として坂田であった。彼は九四歩の手損を無論知っていたに違いない。が、平手将棋は先後いずれも駒が互角だから、最初の一手をどう指そうと、隙のないようには組めるものだ、最初の一手ぐらいで躓(つまづ)くような坂田の将棋ではない、無理な手を指しても融通無碍(ゆうずうむげ)に軽くさばくのが坂田将棋の本領だという自信の方が強かったのだ。この自信があったから、彼は十六年振りに立ったのである。そうして、彼は生涯の最も大事な将棋に最も乱暴な手を指したのである。

　これはもう魔がさしたというようなものではなかったのだ。坂田という人にとっては、もうこれほど自然な手はなかったのである。自分の芸境を一途に貫いたまでの話である。なんの不思議もない。けれど、その時彼がかつて大衆の人気を博したいわゆる坂田将棋の亡霊に憑かれていたことは確かであろう。おまけに、なんといっても六十八歳である。そうまで人気を顧慮しなくてもと思われる。なにか老化粧の痛ましさが見えるのである。

　大衆は勿論喝采した。が、いよいよ負けたと判ると、なんだいという顔をした。

「あんな莫迦(ばか)な手を指す奴があるか」と薄情な唇で囁いた。専門の棋士の中にもそういうことをいう者があった。

　対局の終わったのは、七日目の紀元節であった。前日からの南禅寺の杉木立に雨の煙っている朝の九時五分にはじめて、午(ひる)に一旦休憩し、無口な昼食のあと午後一時から再開して、一時七分にはもう坂田は駒を投げた。雨はやんでいなかった。

　対局者は打ち揃って南禅寺の本堂に詣り、それから宝物を拝観した。坂田は、

「おおきにご苦労はんでございます」と、びっくりするほど丁寧なお辞儀をして歩いた。五十五年間、勝負師として生きて来た鋭さがどこにあろうかと思われるくらいの丁寧なお辞儀であった。

　書院で法務部長から茶菓を饗(きょう)された時も、頭を畳につけて、

「おおけに御馳走(ごっと)はんでした」と言った。特徴のある太短い首が急にげっそりと肉を落として、七日間の労苦がもぎとって行ったようだった。

　迎えの自動車に乗ろうとする時、うしろからさした傘のしずくがその首に落ちた。令嬢の玉江はそれを見て、にわかに胸が熱くなった。冬の雨に煙る京の町の青いほのくらさが車窓にくもり、玉江は傍のクッションに埋めた父の身体の中で、がらがらと自信が崩れて行く音をきく想いがし

た。

　坂田は不景気な顔で何やらぽそぽそ呟いていたが、自動車(くるま)が急にカーヴした拍子に、

「あ、そや、そや。……」と叫んだ。

「えッ　何だす?」玉江はにわかに生々として来た父の顔を見た。

「この次の花田はんとの将棋には、こんどは左の端の歩を突いたろと、いま想いついたんや」と、坂田は言おうとしたが、何故か黙ってしまった。そうして、その想いつきのしびれるような幸福感に暫(しば)らく揺られていた。木村との将棋で、右の端の歩を九四歩と突いたのが一番の敗因だったとは思わなかったのである。そうしてまた花田との将棋でそれと同じ意味の左端の歩を突くことが再び自分の敗因になるだろうとは、夢にも思わなかったのである。

　雨は急にはげしくなって来た。坂田は何やらブツブツ呟きながら、その雨の音を聴いていた。

銀が泣いている
王将（抄）

北條秀司（一九〇二年 ― 一九九六年）

初出：『日本演劇』一九四七年八月
底本：『北條秀司戯曲選集 Ⅰ』青蛙房、一九六二年

『王将』は、実在の棋士・阪田三吉（一八七〇〜一九四六）をモデルにした戯曲である（作品内では「坂田三吉」という表記が用いられている）。作者の北條秀司は、阪田と同じ大阪生まれ。一九四七年に新国劇で上演され人気を博したのち、第二部、第三部が作られたほか、映画化、テレビドラマ化もされた。村田英雄による映画主題歌「王将」（作詞は西條八十）も大ヒット。戦後日本において、阪田三吉のイメージは多メディア的に流通していくこととなった。

本書では、一九一三年、関根金次郎八段に悲願の勝利を果たした坂田に対し、娘の玉江が批判する場面を収録した。周囲の人たちが坂田を持ち上げ、妻の小春も喜んでいるなか、玉江だけが坂田を咎（とが）める。この玉江の言動によって、ボードゲームとしての勝敗とは別の意味で将棋の強さが問われ、「ほんまの将棋さし」とは何なのかということが問題とされる。

このシーンの後、坂田は夜中に起きて、玉江の言う通りではないか、と思い始める。今日打った２五の銀は、劣勢の局面を好転させたかに見えて、実際のところ苦肉の策だったのであり、打たれた銀は悲しんでいたのではないか……。よく知られた〈銀が泣いている〉のエピソードだが、坂田がこのように駒に感情移入しながら対局を振り返ることになったきっかけとして、家族とのやりとりが重要な要素として描き込まれていることに注意して熟読してみたい。

（木村政樹）

カメラを手にした支局員の木賀が、助手をつれてやって来る。

篠原　丁度よかった。（三吉の前へ立って行き）先生、恐れ入りますが、お写真を一ついただきたいんですが。明日の朝刊に大きく出したいので。

三吉　出して貰うのは結構だっけど、わてあのパアッっちゅう奴がきらいやさかい。

篠原　大丈夫です。おねがいします。

木賀　（カメラを向ける）

篠原　一つ、大きくわらっていただきたいんですが。

金杉　勝利の笑顔というやつだね。

三吉　こうでよろしいか。（変な顔をつくる）

木賀　すみません。もう少し自然に。

三吉　（山田に）なんやて。

山田　しんから嬉しそうにと言うてますんや。

三吉　難かしいねんな。

皆　（わらう）

三吉　ちょっと待っとくれやす。……小春。お前もはいり。

小春　わては……。（はにかむ）

篠原　どうぞ、奥さん。（無理に座らせる）

三吉　（次の間へ）玉江、お前も一緒に並び。

玉江　あてはいやや。（湯道具を持って出て行く）

三吉　先刻からいやにケンケンしくさって。

篠原　おねがいします。奥さんもおわらい下すって。

三吉　わらえんようになってしもた。（無理に作ろうと努力する）

森　それやと泣いてるようでっせ、先生。

三吉　なんぬかすッ。

皆　（わらう）

三吉　（釣られて思わずわらう）

助手、手早くフラッシュを焚く。

三吉　わっッ。（大袈裟に眼を覆う）この嘘だましッ。やらへんと言うといてッ。

篠原、木賀らを促してそそくさと逃げ去る。

小倉が上がって来る。

三吉　小倉はん、あんたとこの人、嘘つきだす。クビにしとくなはれ。

小倉　ああ、フラッシュですか。後で叱っときますから、どうぞ勘弁してやって下さい。

三吉　いきなり王手をやりくさって。ほんまにわるい奴や。

皆　（またわらう）

大阪堂島の米仲買人で三吉の弟子である宮田が、大阪病院の眼科部長で将棋界の世話役である菊岡博士と共に入って来る。

宮田　先生、待ち呆けはひどおまっせ。きっと寄りはるちゅう事やったさかい、聖護院の家村はんとこで、菊岡先生と三人、阿呆みたいな顔して待ってましたんや。

三吉　そらすんまへなんだ。

金杉　（菊岡に）やあ、暫く。

菊岡　（莞爾として）御苦労さま。

小倉　（会釈する）

菊岡　坂田さん、おめでとう。よかったねえ。

三吉　先生、その後は御無沙汰致しまして、申し訳ござりまへん。（恭しく両手をつき、極めて長いお辞儀をする）

菊岡　いや、こちらこそ。（相手がまだ頭を上げないので、もう一度頭を下げる）

小春　（金杉の隣りへ座をすすめながら）その節はいろいろとありがとうございました。

菊岡　どうですな、その後眼の方は。

三吉　よう見えるようになりましたわ。関根はんとさせる事になったんも、みんな先生のお蔭だす。

菊岡　それはよかった。どうかと案じていたんだが。

三吉　そやけど、近頃は妙に人の顔が将棋の駒に見えてしょがおまへん。べつに眼の病気やおまへんやろな、先生。

菊岡　それは名人病というやつですよ。

宮田　さしずめわてらは歩に見えまっしゃろな。

三吉　あんたは商売と将棋をかけ持ちやよって、桂馬のふんどしや。
金杉　これはいい。
皆　（明るくわらう）
おひでとおふみが銚子（ちょうし）を持って来る。
山田と森はお里に耳打ちされて、別室へ食事に立つ。
三吉　さあ、皆はん、一杯祝うとくなはれ。
小春、おひで、おふみ、盃をくばり、酌をする。
金杉　や、おめでとう。
皆、乾杯する。
宮田　いよいよ八段だんなあ。天下の関根八段倒したら、もう東京の連中も、田舎七段ちゅうような事はよう言いよるまい。はは。先生、ほんまにようやっとくなはったで。
金杉　菊岡さん、今日の銀の打ち方なんぞというものは、あんたに見せたかったよ。
菊岡　関根君大分弱ったという話だね。
宮田　弱ったもなにも、顔の色がさっと変わってしまいましたがな。そらそうやろ。あんな大胆な手駒を打つ人は、天下広しといえども、わが坂田先生のほかにはないよってな。
三吉　（満足げに）ははは。
金杉　いや、まったく多年の溜飲が下がったというもんだ。坂田先生、関西を代表して、繰返し感謝の辞を述べますぞ。
三吉　（いよいよ満足げに）いやあ。ははは。
宮田　小倉はん、ここで立て続けに東京の大物を倒したら、小野名人ももう八段を認めんとは言いまへんやろな。
小倉　そらそうですとも。
金杉　小野さんといえば、今日昼間ホテルで一緒に飯を食ってたら、わたしも四十年間将棋を見続けて来たが、今度みたいな恐ろしい対局を見たのは初めてだって言ってたよ。

宮田　そんなこと言うてはりましたか。ほいで、八段の事は別になんともおっしゃってまへなんだか。

金杉　それは聞かなかったね。

宮田　打診して見てくれはったらよかったのンに。子爵も気がきかんなあ。

金杉　なあに、僕は八段なんてそんな細かいキザミ方はしないよ。近き将来において、小野さんに名人を譲らせる運動をするつもりだよ。ねえ、坂田先生、それがいいじゃないですか。

三吉　（小春と顔を見合わせ）ははは。

宮田　とにかく一つ、先生の御奮闘慰労会をやらないきまへんな。

金杉　それなんだよ。朝日からうんと出させて、明日にでも一つ盛大にやろうじゃないか。

宮田　山の左阿弥あたりがよろしいやろ。芸子や舞妓を上げて、一つ、先生の一ト口浄瑠璃（じょうろり）でもうかがおやおまへんか。

三吉　ちょっと待っとくなはれ。わてその芸子や舞妓ちゅうもんあきまへんねん。

宮田　なんでだすねん。

三吉　なんやしらん、あの人ら恐おうてかないまへんね。

金杉　これはいい。

宮田　舞妓が恐わいちゅうお方初めて聞いたわ。

皆　（愉快げにわらう）

三吉　それよか宮田はん、わてにお祝いおくなはらんか。

宮田　そら差上げます。なにがよろしいやろな。

三吉　お金でよろしいわ。

小春　なに言いなはんねん。

三吉　（かまわず）なんぼおくなはる。

小春　あんた。（とたしなめて、宮田に）ほんまに堪忍しとくれやっしゃ。

宮田　いや、もう慣れとりますよって。……そうだんな。五十円位でどうだっしゃろ。

三吉　五十円、きっとおくなはるな。

宮田　へえ、きっと差上げます。

三吉　ほたら、こうしとくなはれ。わて五十円持って来ますさかいな。それに五十円足して、一ぺん去年中のお取替えを返した事にしとくなはらんか。

宮田　先生、えらい水臭い事を言いはりまんな。わて先生に、そんなもん御催促申し上げたことがおましたかいな。

三吉　そらおまへん。けど、一ぺん綺麗にしとかんと、気になってかないまへんさかい。

宮田　そんなこと気にせえでもよろしやおまへんか。

三吉　いや、頼むさかい、そうさしとくなはれ。

菊岡　宮田さん、坂田さんがああ言い出したら、なかなか駒は下ろさんから、言う通りにさせて上げなさい。

三吉　先生もそう言うてくれはるのや。そうさしとくなはれ。

宮田　そんならまあ、あんさんのお好きなように。

三吉　おおけに。これで将棋がさせます。

宮田　怪体(けったい)なお方やなあ。

皆　（わらう）

三吉　ところで宮田はん、こらまた別なお頼みだすけどな。

宮田　なんだす。

三吉　改めてわてに百円貸して貰えまへんやろか。

宮田　そやったらおんなし事やおまへんか。

三吉　いや、そうしといた方が、ええ気持ちで将棋がさせますさかい。

宮田　ややこしいお人やなあ。どうなと勝手にしなはれ。

皆　（腹を抱えてわらう）

菊岡　ああ愉快だった。すっかりわらっちゃった。（時計を見て）さあ、僕は時間だから、これで。

小倉　どっちの方ですか。

菊岡　都ホテルなんだ。

金杉　じゃ、丁度いい。一緒の自動車で行こう。

宮田　ほんなら、わても聖護院まで乗せとくなはれ。家村はんと祝賀会の相談をせんならんよって。

皆、立ちかかる。

三吉　あ、先生。菊岡先生。

菊岡　なんですか。

三吉　折入ってお願いがおますねんけど……。

菊岡　なんなりと。

三吉　親類の娘がこの間咽喉(のど)から血い吐きよって、須磨の方へ出養生に行ってますねんが、一ぺん診(み)に行ってやって貰えまへんやろか。

小春　なにを言いなはるねんな、失礼な。

三吉　わてとても可愛がってた娘でな。行く行くは伜(せがれ)の嫁はんに貰うつもりだしたんやが、……なんとかしてもう一ぺんようならしてやりたい思いまんねん。一生のおねがいですわ、先生。

菊岡　ほかならんあんたの事だから、須磨ぐらいわけない事だけど、どうも専門以外の患者はねえ。

三吉　そこをなんとか特別のおはからいで……。

宮田　そらいかんわ、先生。菊岡先生は眼の方が御専門やよって。

三吉　そやかて、あんたはいつも言うてはるやないか。菊岡博士は日本一のお医者はんやちゅうて。

宮田　そら言うてます。

三吉　日本一のお医者はんやったら、どんな病気でも癒してくれはるのンとちがいますのンか。このわての潰れかかった眼でさえ、先生の手にかかったら、すっかり元の通りになったんだっせ。

小倉　先生には勝てんよ。お医者さんといったら、みんな同じように思っとられるんだからな。

三吉　そやかて、香車(やり)でも桂馬でも、成ったらみんな金の働きするやおまへんか。

小倉　こいつは一本参りましたな。

皆　（わらう）

菊岡　じゃ、こうしましょう。僕の友人で、その方の立派な医者がいますから、その先生を紹介する事に……。

三吉　（不満らしい顔で）わては先生にお頼みしたいんやけどなあ。

小春　何分おねがい申します。

金杉　じゃ奥さん、先生の御介抱を頼みますよ。

小倉　明日の朝またやって来ます。

宮田　おおき御馳走(ごっつお)はんだした。

皆、下りて行く。

菊岡　（三吉が立って来るので）どうか、そのままで。

三吉　まあ、そこまで。

　三吉、小春と共に義理固く送って下りる。

　地唄の三味線がまたきこえ出す。

　女中達が三人の膳を持って上がって来、それぞれの位置に置いて去る。

　玉江が湯から上がって来て、鏡台の前に座る。

　三吉と小春、帰って来る。

三吉　（やや暮れてきた東山を眺め、のびのびと背伸びをする）

小春　（羽織をたたみながら）玉江ちゃん、御ぜんお上がりやす。

玉江　ふん。（まだ鏡を見ている）

三吉　（膳につき）一ぺんに去(い)なれてしまうと、なんや寂しいもんやな。

小春　（そっと涙を拭く）

三吉　どないしたんや。

小春　（微笑みながら）……なんやしらん、夢見てるような気がして。

三吉　なにがや。

小春　華族さんのようなおえらいお方が、あんたの事を先生先生言うてくれはるもんで……。

三吉　阿呆やなあ。わいは関根と平手でさして見事に勝ったんやで。先生言われたかて不思議やないわい。

小春　そやかて、ほんまならわてらが物を言うことも出けへんお方の口から……。

三吉　（満足げに）まあ、そういうたらそんなもんやな。草履表の職人してたら、物言うどころか、目通りかなわぬ、退がりおれ、言われるとこや。はははは。（上機嫌にわらい、盃を持つ）

小春　（酌をする）

玉江　（膳につき、むっつりと椀をとり上げる）

小春　お腹が減ったやろ。

玉江　（だまって汁を吸う）

小春　（機嫌をとるように）くたびれたやろ。なにしろ三日続きの長い手合わせやよってな。

玉江　（依然むっつりと）三日続きが十日続きでもかまへん。立派な将棋やったら、一ト月かかってもくたびれへんわ。

三吉　（不快な色を泛かべる）

小春　（話を紛らそうとして）玉江ちゃん、あんた今夜大阪へ去ぬか。

玉江　まだ決めてえへん。お母ちゃん去ぬのン？

小春　義夫が心配してるやろよって、早よ報らしてやりたい思もて。

玉江　明日の新聞にはいやでも出るやないか。別にあわてて報らさんならんほどの将棋でもあれへん。

小春　そんな事あるかいな。天下の八段と七段の大手合わせやないか。

玉江　お父つぁんは七段やあれへん。

小春　七段やがな。新聞にも立派に七段と広告されはったやないか。

玉江　そら朝日新聞が自分勝手にそうしただけの事や。東京の小野名人はなんとも言うてはらへん。

三吉　小野はんがなんとも言うてはらいでも、世間一般がそう言うてるんやからしょがない。

玉江　相変わらず甘ちゃんやな、お父つぁんは。……お父つぁんの世間一般と言うのンは、お父つぁんの心易うしてる新聞社の人や後援者の人の事を言うねんやろ。あの連中はお父つぁんのさす手やったら、なんでも彼でも眼尻を下げて喜んでるんや。あれを世間一般やと思もたら大間違いやで。

小春　あんたはあんまりお父つぁんの傍に近ういるさかい、お父つぁんの値打ちがどないに偉いんやちゅう事がようわからんのンとちがうか。

三吉　そうや。高野山に住んでる坊さんは、高野山みたいなしょうむない山はない言うとるわ。

玉江　そんなこと言うてるさかい、甘ちゃんやと言うんや、ほほほ。（嘲るような笑声を上げる）

三吉　（不快を抑えつける）

小春　（空気をかえるような言葉を探す）

玉江　（箸を動かしながら）……わて今日の将棋を横で見てて、もしお父つぁんが関根はんに勝ってると思もたら、大間違いやと一人でも思もてた。

三吉　な、なんでや。

玉江　(飽くまでもしずかな調子で)今日の将棋はお父つぁんが勝ったんやあらへん。関根はんの方で負けてくれはったんや。

三吉　(抑えかねる)なんやと。も一遍言うてみぃッ。

玉江　おこったらあかんわ、お父つぁん。わてお父つぁんの子やよってこんな事言うねんで。

三吉　そ、そやよって、早よ言うてみぃと言うてるんじゃ。

玉江　そんなら言うたげるわ。(箸を置く)

小春　明日の話にしなはれ。

三吉　いや、言わしたり。言いたい言いよんねんさかい、言わしたりッ。

玉江　お父つぁん、そないに興奮せんと聴いてほしいわ。わてが一番悲しいのンは、お父つぁんの将棋に品がない事や。お父つぁんの駒はパチンパチンと音がする。

三吉　(言葉を奪って)音がするのンがいかんのンか。

玉江　お父つぁんは、対局してて、関根はんの駒の打ち方に気がつかんのンか。関根はんの駒には音がない。コトとも音がせえへん。見てると駒が指の先から円うなって出て来てる。

三吉　(不快げに言葉を遮り)打ち方で勝負が決まるかい。

玉江　それだけを言うてるのやあれへん。盤に向かう態度や。関根はんは泰然自若と、両手をチーンと膝に置いて、いかにも落ちついた形で座ってはる。お父つぁんはどうや。羅生門の鬼みたいな顔して、こないに肩をイカラして、見るからにコチコチになってしもてるやないか。その証拠に、お父つぁんの指先はいつでもぶるぶる震えてるわ。あの銀を置いた時やみなどうや。カタカタカタと震える音が、座敷中にひびいたやないか。あの時はほんまに恥ずかしかった。

三吉　わいの将棋は命がけの将棋や。一手一手が火の塊りや。駒が鳴るのは当たり前じゃい。

玉江　命がけが悪いちゅうんやない。その烈しさをもっとお腹の裡(うち)におさめてささないかんというんや。お父つぁんは、将棋はただ勝てばええと思もてるんや。

三吉　そやないか。将棋は勝ち負けやないか。たとえ横すっぽ撲(は)っても勝たないかんのやッ。

玉江　ちがうちがう。将棋ちゅうもんは、勝てばええちゅうだけのもんやない。たとえ負けても、立派なさし方をするのが将棋や。お父つぁんが今日みたいな将棋さしてる間は、とても関根はんには勝てんわ。勝負に勝てても将棋には勝てへん。関根はんはやっぱり天下の名人や。

三吉　ちょっとぐらい将棋の本読みくさって、生意気ぬかすな。親を莫迦(ばか)にしやがってッ。

玉江　わてはお父つぁんを莫迦にしてえへん。わてはほんまの心を言うてるんや。

小春　玉江ちゃん、もうやめときなはれ。

玉江　(やめず)お父つぁん。わてはお父つぁんに、ほんまの将棋さしになって貰いたいんや。今みたいな将棋は、あれは職人がさす将棋や。

三吉　(カッとなる)なんやとッ。

玉江　お父つぁんはよその新聞で、お父つぁんの事をどないに言うてるか知ってるか。お父つぁんの事を糞カスみたいに言うてる新聞かてあるねんで。

小春　そら誰かて、味方がある代りには敵も……。

玉江　いや、味方のいう事ばっかりきいてたらあかん。敵のいう事をよう考えてこそ、ほんまの将棋さしになれるんや。こないだの赤新聞に、坂田の将棋には品がない、あれは雲助将棋やと書いたったん、お父つぁん知ってるか。

三吉　く、雲助ッ。(唇をわななかす)

小春　玉江ちゃん。やめなはれちゅうのに。

玉江　大体、お母ちゃんがいかんのや。お母ちゃんはお父つぁんを褒めそやした新聞ばっかり読んで聞かして、お父つぁんを喜ばすことばっかり考えてるんや。そんな事ではお父つぁんは、とても名人どころか、ほんまの七段にもなれへんわ。(われにもなく言いつのる)第一お母ちゃんが妙見さんにお詣りするのにどない言うてる。どうぞ今度の手合わせに、お父つぁんを勝たしとくれやすちゅうて拝んでるやろ。お父つぁんに立派な将棋をさしてやっとくれやすとは頼んでえへんやろ。それがいかんのやッ。

三吉　やかましいッ。(ついに爆発さす)

玉江　(面を冒して)お父つぁんッ。頼むさかい心をしっかり持ってやッ。新聞社もええ。後援者もええ。妙見さんもええ。そやけど、お父つぁんがほんまに頼りにせんならんのは、お父つぁん自身やねんで。そやないと、今にお父つぁんは、塵捨場(ごもく)へほり込まれてしまうでッ。

三吉　(意余って言葉見当たらず、力一杯玉江の頬を打つ)

小春　あっッ。なにしなはるんや。

玉江　(挑む如く立つ)

山田と森が走って来る。

小春　早よ、玉江を連れて行て。

二人、玉江に近づく。

玉江　うるさいッ。(二人の手を振りはらい、三吉を睨みつけ)お父つぁん。あんだけ言うても、お父つぁんはわかってくれへんのンかッ。(唇をふるわせて)お父つぁんの阿呆ッ。(風の如く駆け去る)

山田と森、あっけにとられる。

三吉　(怒り心頭に発し、いきなり飯櫃(めしびつ)の蓋を手にして追わんとする)

小春　あんたッ。(必死となってそれを奪う)

三吉　(血走った眼を膳に向ける)

弟子達(あわててそれを隠す)

三吉　(床の間の脇息(きょうそく)を取ろうとする)

小春　(狂気の如く腕にすがる)

三吉　(小春の身体を引き摺りながら、阿修羅の如き形相で玉江を追う)

阪田の9四歩

勝又 清和

木村義雄対阪田三吉の「南禅寺の決戦」（一九三七〔昭和一二〕年二月五～一一日）において、阪田が指した「二手目△9四歩（第1図）」。二手目の指し手として、これ以上有名な手はないだろう。

この手について、当時の感覚と現在の感覚と、将棋AIの分析も含めて解説していきたい。

【将棋は先手有利か】

将棋や囲碁、チェスのような二人零和有限確定完全情報ゲームは、「先手必勝」か「後手必勝」か、「引き分け」か、ゲームによって最終的な結論が違う。チェッカーのように引き分けと結論が出ているゲームもあるが、将棋はまだ結論が出ていない。「横歩取り8五飛」など、後手専用の戦法が流行して、後手の勝率が高かった年度もあったが、現在は先手の勝率が高く、二〇二三〔令和五〕年度の勝率は先手0・555である。

だが、阪田の活躍した昭和初期頃は、後手番は相手の出方を見ることができる点が大きいと思われており、先手番が有利という風潮はなかった。なので、阪田の二手目に対し、「不利な後手番で無為な端歩を」と強調するのは間違っているだろう。

【端歩は緩手か】

現代の最新型の将棋においては、早めに端歩を突くことが多い。ＡＩは端歩を突くことで桂香の可動域を広げることを評価しており、特に☗９六歩や☖１四歩は角の可動域も広げるので価値が高いのである。

重要な意味を持つと、渡辺明名人に藤井聡太竜王が挑戦する第八十一期名人戦でも、第一局・第二局ともに序盤早々に☖９四歩☗９六歩と端歩を突き合っている。

対して当時は後手不利という風潮はない一方で、端歩は序盤に指す手ではないと考えられていた。では何故☖９四歩を指したかというと、木村がこの時代の棋士としては図抜けて序盤戦術がうまかったからだと、私は考える。阪田にとって一五年ぶりに平手の真剣勝負ということもあり、木村の土俵である角換わりや矢倉で戦うのを避けるため端歩を突いたのだろう。

【第１図は☖９四歩まで】

☗木村　なし

9	8	7	6	5	4	3	2	1	
v香	v桂	v銀	v金	v王	v金	v銀	v桂	v香	一
	v飛						v角		二
	v歩	v歩	v歩	v歩	v歩	v歩	v歩	v歩	三
v歩									四
									五
		歩							六
歩	歩		歩	歩	歩	歩	歩	歩	七
	角						飛		八
香	桂	銀	金	玉	金	銀	桂	香	九

☖阪田　なし

【なぜ差がついた？】

昔は「５五の位は天王山」と言われ、「５五の位（中央）」を制することが、当時は重視されていた。なので二手目☖９四歩の評価は低かったのだろう。

木村の三手目☗５六歩から５五の位を取ったのはさすがで、現代においても☖９四歩の局面で何を指すかと問えば、五年以上前までなら木村と同じ手を選ぶと答える棋士は多かったはずだ。だが「５五の位は負担になりやすい」が令和の感覚で、将棋ＡＩは☖９四歩には☗２六歩が正解と示唆する。

阪田は向かい飛車にして玉を６一のまま先攻したが、後手で、端に一手費やしながら先に仕掛けるのは理屈が通っていない。端歩を突いているのだから玉を８二まで移動して美濃囲いにすべきだった。だが阪田にその考えはなかったのだろう。対して木村が左金を5八〜4七〜3六へと前線に繰り出して攻めたのが秀逸な構想で優勢に。しかし、その後木村の攻めが緩み、阪田はうまく粘って戦った。そして☗7七角（第2図）と木村が自陣角を打った場面が問題で、ここで阪田の☖4五金打が敗着となった。

この将棋については私の師匠の石田和雄九段がYouTubeに動画を上げているので、話を聞いてみた。

「☖4五金打ではなく☖2七歩成として、☗同飛には☖6五金☗3三歩成☖7六金☗3二とに☖5四角（変化図）がありました。この角打が飛車取りと☖8七金の両狙いで厳しく、こう進めば大変でした」

というのが石田の指摘である。☖2七歩成には手抜きで☗3三歩成とされるとまだ苦しいが、それでもこちらを選ぶべきだった。本譜は☖4五金打に対し☗5三歩☖5一歩に☗4六銀！（第3図）と銀を捨てたのが絶妙手。以下☖4六同金右と取らせて金二枚を無効化してから☗3三歩成が厳しく勝負あった。

【第2図は☗7七角まで】

☗木村　銀歩三

	9	8	7	6	5	4	3	2	1
一	v香	v桂						v飛	v香
二			v王	v銀			v金		
三		v歩	v歩	v歩					
四	v歩						歩		v歩
五					v金		銀	v桂	
六			歩					v歩	
七	歩	歩	角	歩					歩
八			玉	銀				v飛	
九	香	桂			金			桂	香

☖阪田　角金歩三

【変化図は☖5四角まで】

☗木村　金銀歩四

	9	8	7	6	5	4	3	2	1
一	v香	v桂						v飛	v香
二			v王	v銀			と		
三		v歩	v歩	v歩					
四	v歩				v角				v歩
五							銀	v桂	
六			v金						
七	歩	歩	角	歩				v飛	歩
八			玉	銀					
九	香	桂			金			桂	香

☖阪田　金歩四

【第3図は☗4六銀まで】

☗木村　銀歩二

	9	8	7	6	5	4	3	2	1
一	v香	v桂			v歩			v飛	v香
二			v王	v銀			v金		
三		v歩	v歩	v歩	歩				
四	v歩						歩		v歩
五					v金	v金		v桂	
六			歩			銀		v歩	
七	歩	歩	角	歩					歩
八			玉	銀				v飛	
九	香	桂			金			桂	香

☖阪田　角歩二

本局は、二手目☖9四歩が勝敗に影響したわけではないが、結局のところ「木村が強かった」というのが石田の結論で、私も同意する。木村は同年一二月、実力制初代名人となっている。

とはいえ、このときの阪田がただ奇策を弄する弱い棋士かというとそうではない。翌年、木村名人への挑戦をかけたリーグ戦に阪田も参加。第一次戦ではかろうじて足切りを免れる成績だったが、第二次戦では五勝二敗と勝ち越している。リーグ戦は一九三八（昭和一三）～一九四〇（昭和一五）年まで行われたので、阪田は六八～七〇歳だ。長いブランクのあった七〇歳の棋士がトップグループで互角の戦いをしたのだからすごい。

さて、「南禅寺の決戦」における二手目☖9四歩は、阪田によって指された当時は疑問手、二〇〇〇年代は変化球、令和の目でみれば普通、ということになる。それを直接咎める手段はない、というのが現在の結論だ。

今後また変わっていく可能性もあるが……。

※調べるにあたり、師匠の他に、山口恭徳さん（将棋史研究家・元日本将棋連盟職員）にも貴重なお話をいただいた。ここに感謝の意を表する。

愛欲の棋士

北風

吉井栄治（一九一三年―？）

初出：『日輪』一九四九年一〇月
底本：同

吉井栄治は、朝日新聞大阪本社学芸部の将棋担当記者・観戦記者である。長らく将棋記者であったが、定年の時期から『朝日新聞』において「栄」の名義で観戦記を書き始めた。将棋記者となったきっかけは、一九四八年の名人挑戦者決定戦、いわゆる高野山の決戦である。そのとき出会った升田幸三の人間的な魅力に惹かれ、将棋記者として歩むことを決意していく。

そんな吉井は織田作之助と高津中学の同級であり、織田の出世作である「夫婦善哉」が掲載された『海風』の同人でもあり、元々は文学青年だった。織田に藤沢桓夫を紹介された後、藤沢に師事している。そして戦後、第二三回直木賞候補者となり、将棋小説である「北風」が候補作のひとつとなった。

老松町の辻八段は、吉井が惹かれた升田の師匠である木見金治郎九段がモデルである。そこに主人公の彦沢銀六が入門し、升田をモデルとした竹田と切磋琢磨するが、煙草屋の娘初江との愛欲に迷い、少しずつ棋力の差をつけられていく。同い年の竹田が出世するなか「消える寸前の灯火（ともしび）のきらめき」となっている銀六の姿は、織田作之助と吉井の関係性に近いものがある。文学への純粋と情熱を永遠に消さないために吉井方を発行所として出発した『日輪』の創刊号に掲載された「北風」は、当時の吉井の心境を表現した作品であると言える。吉井はその後小説のペンを擱（お）くが、前述したように定年後観戦記者として再びペンを執っており、文学への情熱は形を変えて発露していくことになる。

（小笠原輝）

銀六という名は、ようつけたァると、近所の人たちは感心した。将棋を指すために生れてきたみたいな子や、将棋の神様やともてはやされると、父親の新吉は有頂点になった。こいつはひょっとしたら坂田三吉みたいに強い棋士になりよるかもわからへん。どこぞイ弟子入りをさして、仕込んでもろたろか。銀六が小学校を卒業するころになると、新吉は本気でそんなことを考えるようになった。

しかし、銀六という名は、最初から将棋の強い子にしようと思ってつけたわけではなかった。新吉が賭将棋に熱中しているときに、突然女房のお里が産気づいた。それは、腰掛銀に上がった銀の逃げ場にこまり、銀が泣いている銀が泣いていると、心酔する坂田三吉の文句を繰り返しているときであった。それを思い出して銀六という名をつけたのである。

×

新吉はいわゆる下手の横好きだった。女房のお里は、主人は将棋気違いやとこぼした。自分では素人初段だと吹聴していたが、賭将棋では始終負けた。好人物のために駒割で損をしていたのかもしれない。しかし、負けても負けても賭をやめなかった。大工職人のわずかな収入では、賭で負けがかさむと、しぜん家計は火の車になる。お里は従順な女房であったが、たまりかねて、ときたまこぼすと「坂田三吉をみてみィ。いまでこそ偉いもんやけど、ついこないだまでは、米びつに米一粒もないことがよォあったんや。貧乏をこわがってたら、将棋は強うなられへん。」と、まるで専門棋士のようなことを言った。仕方なく、お里は自分の着物を一枚一枚質屋へはこんだ。

そんな苦労をかけているだけに、将棋のことでは新吉はお里に頭の上がらないこともあった。銀六が小学校を卒業したとき、この子にだけは人並み以上の学問をさせてやりたいと、従順なお里に似合わず強い言葉で言い張った。新吉は、銀六をどこかの高段者の内弟子にして専門棋士にさせたいというみれんを残しながら、お里の言葉に反対することができなかった。大工職人の息子であるから、高等小学校を卒業させて見習職人にでもさせればよかったのだが、賭将棋にばかり熱中する新吉の無学を見せつけられているだけに、一人息子の銀六には十分の学問をさせたいという希望を、お里は強く持っていたのだった。洋服着て会社勤めをするような立派な男に育てたい、というのがお里の念願だった。

×

ところが皮肉なことに、お里の念願が崩れて、新吉のみれんが実現されるような出来事が起こった。銀六が三年生のときとつぜん学校から呼出状がきたのである。普通の父兄会でも無学な新吉は学校へ呼び出されるのが苦手であった。いかめしい呼出状を受取ると、新吉はまるで法廷へ呼出される被告のような気持ちになった。髭を生やした老眼鏡の教師のまえで新吉は必要以上にぺこぺこと頭を下げた。呼出しの理由は、銀六がほとんど学校へ出席しないから、家庭で厳重に注意してくれということであった。新吉は教師の言葉の意味がわからなかった。銀六は毎朝かかさず鞄を下げて家を出かけているのである。新吉がそれを言って不審がると、受持教師は鼻の下で口髭をもぐもぐ動かせて、「それが生徒の手なのです。彦沢銀六という生徒は、ちょっと女に好かれる顔だから、きっちゃ店なんかへ出入りして女とふざけているか、活動でも見ているか、あるいはこの学校からは城東練兵場が近いから、もしかするとあすこの草原で女学生と日向ぼっこでもしているかもしれない。」と、銀六をすっかり不良に決めてしまったような言い方をした。ところが、学校の事情に通じない新吉には、教師の言うことがぴんと来なかった。銀六が何かよくないことをしているのだということだけがわかった。厳重に注意をあたえる旨教師に約して家に帰った。

銀六に早速そのことを言うと、銀六の答えは意外であった。毎朝弁当を持って家を出て、その足で学校へ行く途中にある玉造駅前の将棋倶楽部で一日中将棋を指していたのだと、少しもわるびれずに言った。こいつはやっぱり将棋指しになった方がよいのかもしれないと内心思いながら、それでも一応、「学校もいかんと将棋ばっかり指して、落第でもしたらいったいどうするつもりや。」と厳しい言葉で言うと、「僕、ほんまのこと言うたら学校やめて、棋士になりたいのんや。」銀六ははっきりと言った。

×

新吉は最初から銀六の味方であった。早速銀六が出入している玉造の将棋倶楽部へ行って、そこの森本という五段に、銀六はどれ位の実力があるのか、また専門棋士になれる見込みがあるかどうかなどをたずねた。新吉の家は東雲町にあり玉造の将棋倶楽部はすぐ近くであったから、新吉は森本五段をもとから知っていたのだ。

森本五段は、現在の銀六の実力は、角を引いてならあなたと楽にさせるだろうと言った。十五歳で角を落として素人初段だと自認する新吉と楽に指せれば相当なものである。「そんなら坂田三吉みたいに、強うなれますやろか。」しかし、それにはむろん森本五段は確答できなかった。

とにかく新吉は森本五段の紹介をもらって、当時関西の棋界では第一人者だといわれた老松町の辻八段の道場を訪れた。

銀六の胸は高鳴った。きっと名人になってみせると、少年らしく胸をふくらませた。老松町の辻八段といえば、内弟子のなかにもすでに名の知れた強い棋士が多数あった。そのなかにまじって思う存分修業ができるのであるから、銀六が張り切るのも当然であった。

銀六は新吉につれられて、堂ビルの横を曲り、裁判所の裏を通って、老松神社の境内の大きな木の木影にある辻八段の将棋道場を訪れた。森本五段の紹介状を差し出すと、奥の間に通され、銀六は、十七、八歳位と思われる紺絣の青年と入門将棋を指すことになった。新吉は盤側でかしこまった。「二枚で指してあげなはれ。」辻八段は森本五段の紹介状に一通り目を通すと、紺絣の青年に何気ない調子で言った。素人初段に角落でさせる銀六に、こんな若い紺絣の青年が二枚落として指せるのだろうか、と新吉はおどろいた。将棋では自慢の自分の息子がなにか侮辱されたようにさえ感じた。ところが指しはじめてみると、その青年の指し手には素人の新吉などには考えもおよばないおどろくべきものがあった。二番つづけて銀六は軽く負けた。三局目がはじまると、新吉は興奮して、正座している膝をもぞもぞ動かしはじめた。辻八段の道場であることも忘れて、ときどき手を動かして銀六に助言しようとした。その都度、はっと気がついたように膝をそろえなおして袂から日本手拭を出して額の汗をふいた。自分より強いものに対しても助言したがるのは新吉の癖なのである。三局目に銀六は辛うじて勝つことができた。それでようやく入門が許されることになったのであるが、その喜びのために、新吉も銀六も紺絣の青年が最後の一局は銀六に花を持たせてくれたのだということには気がつかなかった。しかし、銀六は専門棋士の棋力の恐ろしさを知り、自分の棋力はまだまだ遼遠であることをさとった。「どうしても将棋指しになりたいのんやったら仕方ないけど、高段者には、めったなことではなれまへんよってにな……」辻八段は新吉にそんなことを言った。新吉はその言葉の真意をさとったのかさとらなかったのか、「よろしゅうたのんます、よろしゅうたのんます。」と繰り返し、意味もなくぺこぺこ頭を下げた。

×

内弟子の生活がはじまった。内弟子になれば、毎日でも有名な辻八段の指導を受けることができるのであろうと思っていた銀六の期待は裏切られた。辻八段が直接、内弟子に将棋を教えるというようなことは滅多になかったのである。銀六は、他の内弟子の少年たちとともに、朝早くから起きて雑巾がけをしたり、御飯たきをしたり、八百屋や魚屋へ買い物に行ったりさせられた。そういう仕事が主で兄弟子に指導将棋を指してもらったり、同僚同志で指したりする将棋の研究が従であるような気さえした。

玉造の倶楽部では、初段だ二段だとうそぶく素人の棋客と指しても銀六は滅多に負けなかったが、辻八段の道場へ来てからは、いまだ入段もしない年若い少年の内弟子にもさんざんに負かされた。

銀六はすっかり怖気づいてしまった。怖気づくと手がすくんで、いっそうみじめに負かされた。だんだん自信がなくなった。内弟子には口の悪い連中が多かった。「お前みたいに弱いやつ、なんでまた棋士になろうという野心だしたんや。大工の息子は大工になった方がええぞ。」しょっちゅうそんなことを言われた。内弟子たちの間にも、やはり勝負の世界のきびしさがあった。すべては勝負が決めるのだ。もともと気の弱い銀六は絶えず仲間からいじめられた。まるで軍隊の初年兵のような扱いを受けねばならなかった。心が暗くなった。棋士になることをあきらめて家へ帰ろうかと、幾度か考えた。

　そういう銀六の心をなぐさめてくれるものがただ一つあった。辻八段の将棋道場から老松町の通りを西へ少し行くと梅ヶ枝町との四つ角に煙草屋があった。そこに初枝という娘がいた。銀六より二つか三つ年上と思われたが、煙草屋の看板娘らしくいつもきれいに薄化粧して、白い襟足を大きくみせて店頭に座っているので、実際は年よりずっとませてみえた。もともと下がり目の目尻をいっそう下げて媚笑をつくりながら客と応対した。辻八段の道場へけいこに来る人たちがすう煙草は、かなりな量であったが、それを買いにやらされるのは銀六の役目であった。しぜん初枝と接する機会が多かった。日に何回も初枝の店へ通わねばならなかった。初枝はそんな銀六を上得意だとおもったためか、あるいは学校の教師が新吉に言ったように銀六の顔が女好きの顔であったためか、銀六にはことさらに媚びた笑顔をつくり、ぺちゃぺちゃとへばりつくようにして話しかけた。最初はそんな初枝が何か淫蕩的で不潔な感じがし煙草を買ってきてくれといわれるたびに銀六はぞっと悪寒をさえ感じた。

×

　初枝はしょっちゅうもぐもぐと口を動かせていた。店番の退屈をまぎらすためか、いつもはじき豆とかドングリ(あめ玉)を頬張っているのである。ある日銀六が煙草を買いに行くと、初枝はいつものように艶やかな笑顔で迎えて、「ええもん、あげるよって、ゆっくりしていきで……」と、銀六の手に甘栗を一つかみ握らせ、紺絣の筒袖を引張ってむりやり店の間に腰かけさせた。「あんた、ちょっと、ちょっと、こんなもんでけてるし。じっとしてでよ。」とつぜんそんなことを言って、初枝は銀六の顔に手をのばした。ずるっと着物の袂が腕をすべって、袖口から初枝の白い胸が眼前に見えた。「これ、思われニキビやわ、誰ぞあんたを思うてやる人、あるねんし、きっと。」艶っぽく笑って、初枝は銀六の額の吹出物を両手の親指にはさんでつぶした。銀六はすでに女の体臭を敏感に感じる年ごろだった。初枝の指から伝わる得体の知れない触感が体の中を走った。不思議にそのときから、初枝をいやらしいと思う気持ちがなくなった。むしろ、煙草を買いに行くのが、つまり初枝と会うのが、暗い心を慰めてくれる魅惑ともなった。「早よ、強うなりでよ。竹田さんなんかに、負けてたら、あかへんしィ。」初枝はそんなことを言ってはげましてくれることもあった。やがて、そういう初枝の言葉が、銀六にとっては、なによりの心のよりどころとなった。それにはげまされて、何くそと奮起することもしばしばであった。初枝の店は辻八段の道場の近くであり、辻八段の道場はその店にとっては上得意であったから、しぜん初枝も将棋に関心を持っていたのである。初枝が銀六に、負けたらあかへんしィと言う竹田というのは、辻八段の内弟子の一人で、銀六と同い年であったが、ずば抜けて強く、将来名人になるのは竹田よりほかにないと辻八段から折紙をつけられている少年棋士だった。

×

入門してから一年たった。銀六の将棋は見違えるように玄人めいた。平手ではいくら歯を喰いしばっても勝てなかった竹田とも、どうにか勝負を争えるようになった。入門将棋のとき、二枚落で軽く負かされた紺絣の青年は和田という五段で、当時辻八段の弟子ではいちばん強くすでに新聞将棋などでも盛んに活躍していたが、その和田五段とも角落でなら楽に指せるようになった。銀六は生まれつき気の弱い少年で、それが将棋にも現れ、いくぶん迫力にかける欠点はあったが、もって生まれた勘の鋭さが幸して、読みが早く、きびきびとした鋭い指しぶりには注目された。次第に才能が認められるようになった。辻八段も、竹田とともに、銀六にも将来の大成をひそかに期待しはじめるようになった。最初はつらかった内弟子の生活にもなれて暗かった銀六の心はようやく明るくなり、希望と野心が胸に燃えはじめた。

そういう上達の過程にも、しかし、大きな消長があった。なにかのはずみにぐんと強くなったような気がすることがある。そんなときには、自信ができて実力以上の将棋を指すことができるのだ。ところが、その反対に、いったん自信を失うと、心はあせり、しかもあせればあせるほど悪い手を指すようになる。むきになればなるほど負けつづけるばかりであった。消長のはげしい少年棋士の将棋では、とくにそういうことが多かった。銀六と竹田の対局にも、そういう現象がしばしば現れた。一方が自信を得て調子にのりはじめると、片一方はどうしても歯が立たないのだ。竹田と銀六は三番手直りという約束で指していたが、どうかすると平手で三番負け、番落ちでもまた三番負けつづけて、角落ちまで差し込まれてしまうことがある。棋士にとっては、将棋に負けることほどつらいことはない。ことに未完成の少年棋士にあってはあまり負けつづけると、自分の才能に対する自信がゆらぐこともある。自分は果して棋士になれるのであろうか、という疑問も起きることがある。そういう疑問を克服してゆくことは、年若い彼らにとってはなかなか困難なことであった。しかし、自分の人生を将棋一途に託して辻八段の内弟子となるくらいの少年であるから、いまさら初志を翻すこともできない。将棋のほかに生きる道はないという無意識の自覚をもって、彼らは道場で修業にはげんでいるのだ。それだけに不調におちいり、自信を失ったときの彼らの苦しみはいっそう大きかった。夜寝床へはいってからも、負けた将棋の棋譜が眼前にちらちらとちらついて消えず、絶望のために身もだえすることもあった。

×

ある夜同じ寝床で枕をならべて眠っていた竹田が、むっくり銀六の方に顔を向けて、「おれはな、きっと名人になってやろ思うて、家出してここへきたんやけど、まだ初段にもなれんようでは、あかんなァ……」枕に頭をつけながら、沈んだ声で言った。「おれの生まれは、河内の田舎なのやけど、小学校を卒業したとき、おれに勝てるもんは、村に一人もいなんだ。どんな詰将棋の本みても、詰められんもんはなかった。そいで、おれは天才やと思うて、棋士になる決心をしたんや。ところが、おれの家は百姓やよって、棋士になるいうたかて、両親がどうしても許さんのや。仕方ないよって、名人になるまでは帰りませんという書置きをお母さんの裁縫箱へ入れて、家出してきたんや……」それを聞くと、銀六は溜息をもらした。辻道場でも腕白者で通っている竹田だけに、その言葉はいっそうあわれであった。竹田の述懐は、銀六にとっても他人事ではなかった。棋士を志すくらいのものは、みなそれぞれに一通りでない自信と才能と決意とを持っているのだ。そういう数多くの少年たちのうちから、いったい幾人が選ばれて高級棋士になることができるのか。棋士というものの運命の厳しさが、鋭敏な銀六の頭にひしひしと迫った。そんなことがあってから、銀六と竹田は急に親しさを加えた。一つの寝床に枕をならべ、同じ苦悩を味わい、同じ人生の道を歩むもの同志いわば戦友のような友情で二人の心は結ばれた。しかし、ひとたび盤に向かうと、そういう友情の間にも、烈しい闘魂が火花を散らすのだ。勝負の前には友情はない。そういうとき、銀六は、勝負にのみ生きるものの孤独をしみじみと感じるのだった。

入門してから二年目の冬、銀六は十七歳で初段になった。それからあとは、竹田と肩をならべて昇段し、二十一歳のときはすでに四段であった。棋士としてはもっとも順調な道を進んだのである。

その年の冬、大阪のある新聞社の主催で、新鋭棋士の勝抜戦が行われた。銀六ははじめて新聞将棋に出場することができた。銀六にとっては、実力を発揮するのに、またとない好機であった。銀六の実力は竹田と並んで、新鋭棋士の中では卓抜たるものがあり、その活躍が期待された。ところが、はじめての新聞将棋のためにかたくなったのか、あるいは銀六の得意とする早読みのための軽率からか思わぬ失着を演じて、最初の対局であえなく負けてしまった。銀六の落胆は大きかった。相手の実力からみて、当然銀六が勝つものと思い、その対局を辻八段は観に来なかった。それだのに、銀六は辻八段に会わす顔がないと思った。曽根崎新地のおでん屋でやけ酒を飲み、お初天神のあたりを幾度もぶらぶら歩いた。梅田新道の電車道を渡って、老松町へはどうしても足が向かないのだ。このまま東雲町の父のところへ帰ろうかとも考えた。いろいろ思いあぐねて、幾度目かのお初天神の境内を歩いているとき、「彦沢さんやないの。いまごろ一人で、こんなとこで何してるのん?」銀六がふりかえると、暗がりのなかで薄化粧した初枝の顔が艶やかに笑っていた。「でも、ええとこで会えたわ。」と言うと、初枝は寄りそい、そっと銀六の手を握った。なまめかしい白粉の匂いが銀六の酔った感情を刺激した。初枝に誘われるままに、銀六は堂ビルの前を通り、大江橋を渡り、市役所の横から夜の中之島公園へはいって行った。冬の夜の公園は散歩する人もなく、暗のなかにしんと沈んでいた。初枝は袂のなかで銀六の手をぎゅうっと握りながら歩いた。川風の冷たさも酔いのまわった銀六にはかえって気持ちがよかった。「あんた、うちのこと、どう思うてやるの？　たよりない人やわ。」と言って、初枝は、銀六の手を握った指先に力をいれた。「どう思うてるって、別にどうも思うてえへん。」銀六はやわらかい初枝の手の触感を感じながら、たよりない返事をした。まだ将棋に負けた憂鬱からぬけきれなかったのだ。「あんた、うちの気持ち、ちょっともわかってくれやへんのやわ。」初枝は甘えるように言って、並んで歩きながら体を銀六にすり寄せ、ことさらに悲しそうな表情をつくった。年上の初枝は、何かにつけて銀六よりも積極的だった。銀六をつれてしるこを食べに行ったり、映画を見に行ったりしたこともしばしばである。しかし、将棋のことばかり思いつめていた銀六には、ただ自分を慰めはげましてくれる親切な娘だという以外、細かしい初枝の心情には立ち入る余裕がなかった。「うちがどんなにあんたのこと思うてるか、もうええかげんにわかってくれてもええやないの。ちょっとは、うちの身ィにもなって、考えてみィで……」公園の暗さのためか、初枝の言動は積極的だった。「うちなんかどうなったかて、あんたは将棋さえ指してたらええのでしょ。」初枝の言葉はいよいよ熱をおびてくる。銀六の感情もしぜんそのなかにひきいれられていった。「そんなことあらへん。僕は……」銀六は、しかし、やはり初枝のように巧みな技巧はできなかった。言葉がすぐにつかえてしまうのだ。「ほんなら、なんでうちのこと、もっと真剣に考えてくれへんのん？」「真剣に考えるって、どないするのんや？」「いやな人やなそんなこと、女のうちからいわれへんやないの。」初枝は体をくねらせ、ぐんぐん銀六におしつけてきた。酔いのまわった感覚で、着物をおして、初枝のなまめかしい体を銀六は感じた。はげしく体内を血が走るのを意識した。銀六の腕は、いつか初枝の体を抱き寄せていた。

その日から銀六は変わった。煙草屋の閉まる時刻を待って、毎夜銀六は初枝を夜の街に誘った。老松町から梅ヶ枝町へ、夜更けのさびしい街を歩いた。名前が同じだというので、初枝は梅田新道のお初天神へお参りするのを好んだ。二人の仲が結ばれるようにと、初枝はいつも一銭銅貨を賽銭箱に投げた。初枝と会えない日があると、銀六は何か焦燥を感じ、心が落ち着かなかった。そんなときに対局があると、精神の統一を欠くためか、必ず失着を重ねた。それからほどなく、銀六は初枝に誘われて、宝塚へ行った。温泉の旅館の一室で、武庫川の水の音をききながら、愛情の契りを結んだ。

初枝の体をひとたび知ると銀六の情欲は狂気のようにかき立てられた。対局中でも、何かのはずみにふと初枝の白い体が眼前にちらつくことがある。すると、たちまち読みが乱れてしまうのであった。初枝との情事に沈溺するにつれて、銀六の将棋は次第に不調になっていった。「女のことばかり考えるよって、お前の将棋、ちかごろなっとらへんぞ。まるで十級位の将棋や。棋士になるのんやめて煙草屋の養子になったらどうや。」口の悪い兄弟子の和田は、負けつづけの銀六にそんな露骨な皮肉を言った。銀六と初枝との仲は、すでに辻八段の道場では知れわたっているのだ。そんな侮蔑を受けると、そのときは、なにくそッ、その気になったら負けへんぞと興奮するのだが初枝の顔を見ると緊張はすぐに消えて、前後の考えもなく情事に沈溺してしまうのだった。竹田も忠告した。「お前はいったい将棋が大事か女が大事か、どっちなんや。よう考えてみィ。いうたらわるいけど、煙草屋の初枝みたいなもん、年は上やし、あんまりええ女でもあれへん。あっさり思い切って、がんばってくれ。師匠も、何も言わんけど、お前のことはひどく心配してられるんやぞ。おれたち、いまは大事なときなんや。」と竹田は言うのだ。

×

竹田がいう新鋭棋士にとって大事なときであるというのは、次のような理由であった。そのころはちょうど、将棋連盟、十一日会、将棋革新協会という三つの団体が合併して、全国の棋士を一丸とする将棋大会が結成されたときであった。そこで、それまで各団体に属していた棋士の実力を判定するために、四段以上の全棋士を参加させて登竜門戦の成績によって昇段することもでき、また棋士としての実力も決められるのであるから、銀六や竹田のような新鋭の青年棋士にとっては、まさに絶好の機会だったのである。銀六も、竹田から忠告を受けなくてもむろんこの登竜門戦には少なからず野望を抱いていた。しかし、その野望にもかかわらず、初枝との情事を抑制することができなかった。そのために、大事な対局を目前にしながら、依然として銀六は不調から立ち直ることができなかった。

辻八段の門下で登竜門戦にもっとも期待されたのは、やはり竹田と銀六だった。ところが、銀六は期待にそむいて大阪の予選で敗退してしまった。竹田は大阪の予選で優勝したばかりでなく、東京で行われた決勝戦でも全勝するというすばらしい成績で、みごとに五段に昇段した。一躍新鋭棋士の花形として全国に竹田の名前は知られるようになった。そういう竹田に比べると、銀六はあまりにもみじめであった。銀六はますます初枝との情事に沈溺していった。「あんた、このごろ、まるで気違いみたいやわ。しっかりせんとあかへんやないの。竹田さんみてみィで……」と初枝が言うと、「将棋みたいなもん、勝ったかて負けたかてかめへんやないか。将棋が人生やあるまいし……」銀六はそんな破れかぶれの言葉を口にした。辻八段もさすがにそれを見かねた。しかし、温厚で弟子を可愛がる辻八段は、それでも銀六をとがめようとはしなかった。どうすれば銀六が心を落ち着けて将棋に専心するようになるだろうかと、親身にそのことを考えるのだった。そして、ある日銀六を自分の居間にそっと呼んで、「お前、煙草屋の初枝を嫁にもろたらどうや。わしが仲人したるよって……」と言った。それを聞くと銀六はさすがに涙を流した。話は順調に進んで祝言をあげる段取りがすっかりととのったとき、銀六は応召した。赤だすきをかけた銀六の胸にすがって初枝はいつまでも愛嬌愛情の変わらぬことを誓った。

×

終戦の翌年、銀六は六年ぶりで復員した。大阪駅の改札口を出ると、その足でまっさきに老松町を訪れた。しかし、老松町のあたりは、拘置所の白いコンクリートの塀を残すだけで、いちめんの焼跡だった。辻八段の道場も、初枝の煙草屋も、跡形もなかった。東雲町へ帰ると、新吉は焼跡にトタン屋根の掘立小屋のようなバラックを建てて住んでいた。母親のお里は戦争中に死んでいた。銀六の顔をみると、新吉はさすがに喜び、「銀六久しぶりや、一番指そか。」と、銀六の疲れも考えず、薄板に線を引いた将棋盤を持ち出した。そんな方法でしか、新吉は喜びを表現することができないのだ。

　翌日、銀六は、新聞社で辻八段の消息をきき、阿倍野の仮寓を訪れた。戦争中に妻を失った辻八段は、ただ一人親戚の二階に寄寓していたのだ。「よう無事で帰ってくれた。竹田など、とうに帰ってきたのに、お前はどうしたんやろ思うて、そればっかり心配してたんや。」とよろこぶ辻八段の声は、六年の歳月にすっかり老人めいて、弱々しかった。老松町のころから、初枝との情事に沈溺して、酒ばかり飲み、将棋の修業は怠ってばかりいたのにかかわらず、辻八段は内弟子たちのなかではいつも銀六をいちばん可愛がっていた。あのころの師匠の愛情はいまも変わらないのだと、年老いた辻八段のおだやかな顔をみていると、銀六は父親の温かさに触れたような気がした。この師匠の恩義に報いるためには、心を入れかえて将棋に精進しなければならないのだと、銀六はかたく心に誓った。いまからでもおそくはない、何もかもわすれて将棋に専念すれば、必ず強くなれるのだと思った。将棋一途に生きようとしていたかつてのひたむきな気魂が、ふたたび銀六の胸中にむらむらとよみがえった。それにしても互いに愛情を誓い、祝言をあげる手筈（てはず）にまでなっていた初枝はどうしたのであろう。それをまず辻八段にきかなければならない。仲人をしてくれることになっていた辻八段であるから、初枝の行方もきっと知っているに違いないと思った。すると、銀六のそういう気持ちを察したのか、辻八段の方からさきに、初枝のことについて口をきった。「せっかく無事で帰ってきたお前に、こんなこと言うのはどうかと思うのやけど、初枝がな、お前の留守中に男をこさえてしまいよったんや……」と言うと、後は口をつぐんで、心の動きをうかがうように銀六の顔をみつめた。それをきくと、銀六は、がんと頭を棒で打たれたような衝動を感じた。応召するとき、赤だすきにとりすがって、自分の愛情はいつまでも変わらないと誓った初枝の声が、耳のすぐそばで聞こえるようだった。辻八段の仮寓を辞すると、銀六は、電車にも乗らず、阿倍野筋の電車通りを気がぬけたようにふらふらと歩いた。バカ、バカ、バカと意味もなく叫んでみた。あんな女のことは忘れるのだ。忘れるのだ。将棋だ、将棋だ、と叫び、初枝の面影を記憶から払いのけようとした。それにもかかわらず、初枝の白い肢体は銀六の脳裏にしつこくからみついてはなれなかった。

×

ププーッと警笛を鳴らし、ギーと、ブレーキの音をきしませて、不意に自動車が銀六の背中で止まった。はッとしてふりかえると、窓から首をつき出した運転手が「ぼんやり、気ィつけッ！」と怒声をなげかけ、車は銀六の体すれすれに走り過ぎた。その日、銀六は、暗くなるまで、さまようように街から街を歩きつづけた。そして、いくどもためらったあげく、とうとう辻八段からきいた初枝が飲み屋をやっているという曽根崎新地の焼跡にやってきた。いまさら裏切った女を訪れてどうするのだと、自分の柔弱不断を叱りながら、足はしぜんにそちらに向かうのだった。バラックがまばらに建った曽根崎の焼跡では、初枝の店はすぐにわかった。むかしのままの薄化粧の初枝が店に出ていたのだ。節だらけの薄板で作った食卓と床机が二つ三つおいてある粗末なバラックの店だった。復員姿の銀六がのっそりはいると、「いらっしゃい。」と初枝は媚笑をつくって迎えた。しかし次の瞬間、迎えた客が銀六だと知ると、微笑が消えてさっと頬が青ざめた。あッと小さく叫んだようでもあったが、声にはならなかった。だが、そんな初枝の驚きはほんの一瞬にすぎなかった。すぐ落ち着きを取り戻すと、何気ない調子で、「なに、致しましょう。」と、もはや普通の客に接する態度であった。六年ぶりで再会した銀六に対して、何のあいさつもなかった。しゃあしゃあとして銀六が注文した焼酎のコップを選ぶのだ。銀六はむらむらと腹の中がわき立つような憤怒を感じた。その場で初枝をなぐりつけてやりたい衝動にいくどもかられたが、その都度、店の奥で人相の悪い男の眼がギョロリと光った。初枝の店で酒を飲むことは結局は自分を苦しめる結果にしかならなかった。けれども、銀六は、飛んで火に入る夏の虫のように、その後もしばしば初枝の店へ飲みに行った。初枝は、親しい口をきく機会をあたえなかった。未知の客として銀六を取扱った。

×

終戦後の棋界は戦前にもまして活気を呈していた。新聞将棋や名人戦もはなばなしく行われるようになった。ことに、従来の段位制による名人戦が改められ、実力本位の順位戦によって段位の低いものにも昇進の道が開かれるようになってからは、それが刺激となって、若い棋士たちの棋力は著しく向上した。銀六は再起の気魄に燃えて立ち上がった。今度こそやるのだと、決意を固め、闘志を燃やした。ところが、長い軍隊生活による虚脱のためか、他の棋士の実力が向上したためか、銀六はみじめな敗局を重ねた。敗局を重ねるにつれて、せっかく再起の気魄に燃えた決意はゆるみ、闘志は鈍った。初枝の店で泥酔する夜が多くなった。

「お前の将棋にはむかしからネバリがなかった。それが欠点や。なんぼ調子がわるうてもやけになったらあかん。お前のように、やけになって酒ばかり飲んでたら、だんだんわるなるばっかりや。苦しいのをじっとがまんしてこそはじめて道が開けてゆくのや。将棋でも人生でも、おんなじことや……」辻八段は懇々と銀六にさとした。しかし、辻八段のそんな言葉では、すでに銀六は救われなかった。対局に負けるごとに、銀六は自分の才能に対する不安に深く落ちて行った。老松町にいたころは、いまだ若かった。初枝との情事に夢中になって、敗局を重ねても、真剣になりさえすれば、いつでも勝てるのだという自信があった。ところが、いまは、銀六はすでに三十歳だ。老松町で起居をともにし、互いに昇段を競った竹田などはすでに八段中でも花形として、次期の名人位さえ期待されている。銀六よりもずっと若い棋士が続々と棋力を伸ばし、銀六を追い越して行くのだ。すでに銀六の自信は消え失せようとしているのであった。しかし、将棋をやめればどうなるのか。銀六には人生に何一つ希望がない。思えば幼いころから長年の間、棋士の途をただ一と筋に歩いてきたのであった。三十歳のこの年になって、いまさら他の道を歩むことができるだろうか。ただそういう考えだけが、いまは銀六を棋士の生活に引きとめているのだ。どうしても奮起せねばならない。それだけが自分の生きる道なのだと、やはり銀六は思うのだった。

×

ちょうどそのころ、順位戦C級への出場資格者を選ぶ、いわば順位戦の予選大会ともいうべき対局が大阪で行われた。この対局の成績が優秀であれば、一躍六段として順位戦への出場資格を獲得できるのだ。

北風のきびしい寒い日であった。銀六は新吉の古ぼけた二重まわしを着て対局場へ出かけた。将棋大成会のある対局場は天神橋の北詰、堂島川に臨んだ、後援者の邸宅の二階の一室であった。名人戦や高段者同志の対局のように、新聞や雑誌に棋譜がはなばなしく掲載されることもない、世間からはほとんど注目されることもないささやかな対局であったが、将来の昇進を目ざす棋士たちにとってはやはり大切な対局であり、必死の闘魂が盤面にみなぎるのであった。銀六にとってもこの対局は必死であった。勝てば順位戦に参加の道が開け、才能の復活も望まれるかもしれない。負ければますます絶望は深くなり、いまの銀六の気持ちではあるいは永久に棋士として立つ望みが失われてしまうかもしれない。銀六の気魂はまさに消える寸前の灯火のきらめきとでもいうべきだったかもしれない。銀六の相手は原という二十歳の若い四段であった。十も年下の棋士とささやかな対局を命がけで争わなければならないみじめさを感じて、盤に向かいながら銀六はふとさびしくなった。銀六のそんな心の動きをよそに、相手はゆうぜんと煙草の煙を吐いたり、窓から見える堂島川の向こうの中之島公園に視線を投げたり、いかにも自信ありげな余裕綽々たる態度を示しているのだ。年若い棋士のそういう態度に接するとなにくそ生意気なと思いながらしらずしらず威圧を感じることをさけられなかった。そういう自信のなさをどうすることもできないのだ。将棋は絶対に気合で負けてはならない。それをよく知りながら、銀六の指し手はいじけた。勝敗は序盤の気合ですでに決まっていた。

×

勝負が終わると、銀六は黙々として座を立った。夕陽がいまだ西の空に残っていた。金のうろこのようにきらきら光る堂島川の水面をみつめながら、銀六は中之島公園を歩いた。「今日こそ、勝ってこいよ。お前も、もうええ加減に偉ろうならんとな……」家を出るとき、バラックの入口まで見送って言った年とった新吉の顔がふと眼前にうかんだ。電車に乗るのも大儀であった。天満橋から大阪城の前を通って、上本町の電車通りをとぼとぼ歩いた。上本町三丁目を東へ折れると空堀通りである。あたりはすっかり焦土と化していたが、舗道の赤い煉瓦には幼いころの思い出があった。二の日と七の日の夜店に、新吉の袂を握って、銀六はよくこの通りを歩いたのだ。そのころと同じ赤い煉瓦の上をいま銀六は歩いているのだ。詰将棋屋を見つけると、新吉は必ず立ち止った。盤は銀六の顔の高さにあった。それを背伸びしながら、一生懸命のぞいていた記憶がある。新吉は夢中になって何回となく五十銭銀貨を投げ出した。帰りにはきっと、おかあちゃんに黙っとれよ、と言って、銀六の好物の綿菓子を買ってくれた。空堀通りの東のはずれに、どんどろ大師がある。そこを過ぎればすぐに東雲町だ。銀六の足は鈍り胸が次第に苦しくなった。どんどろ大師のほとりの焼跡の瓦礫の上に銀六は腰を下した。もうすっかり日は暮れていた。

×

北風がさっと焼跡の砂塵をかき立てた。銀六は二重まわしの襟で顔をつつんだ。なにか空虚な世界に落ちて行くような気がした。孤独がひしひしと胸に迫った。夜が更け、北風は次第に冷たくなった。しかし、しんと静まりかえった焼跡の暗のなかで、銀六はいつまでも動かなかった。

勝負

升田幸三 vs. 大山康晴

井上　靖（一九〇七年―一九九一年）

初出：『サンデー毎日』一九五一年三月一日
底本：『井上靖全集　第二巻』新潮社、一九九五年

井上靖は戦後文学を代表する作家のひとりである。一九四九年「闘牛」で第二二回芥川賞を受賞したほか、数多くの文学賞を受賞。一九七六年文化勲章受章。戦後、毎日新聞大阪本社の学芸部副部長として囲碁将棋の対局設営に関わり、一九四八年の将棋名人挑戦者決定戦、いわゆる高野山の決戦に立ち会った。芥川賞を受賞した「闘牛」は、その対局の最中に執筆している。

本人は、「私の高野山」という随筆（『高野山　弘法大師御生誕千二百年記念』三彩社、一九七三年）で「こまの動かし方も知らず何の興味も持っていなかったので、すべて専門記者に任せきりであった」と回想しているが、勝負の世界の烈しさに打たれ、短編小説を書き上げた。それがこの「勝負」である。

高野山の決戦は頓死で敗れた升田幸三の悲劇として後世に伝わっているが、井上の描く決戦は、勝負の世界の厳しさが中心となっている。「北風」で直木賞候補にもなった文学青年の吉井栄治がペンを擱き将棋記者となったのは、この勝負で升田と出会い、そして惹かれたことがきっかけである。まさにそのときの升田の魅力を、更科という人物を通して描いている。

また、対局相手双方に好意を持ち、どちらに勝って欲しいとも割り切れない思いを抱えながら観戦している小坂の様子は、現代の「観る将棋ファン」に通じる部分がある。そんな心の揺れ動きにも注目したい。

（小笠原輝）

小坂は余り顔を出さないのも対局の現場に詰めている人たちの手前もあると思って、十時ちょっと過ぎた頃、更科八段と白井八段が対局している階下の離れへ入って行った。部屋はさすがに昼間とは違って緊迫した雰囲気で埋められていた。固唾（かたず）を飲んで二人の対局者の方へ顔を向けている数人の観戦者の向こうに、大きい扶坐（あぐら）をかいて、煙草を挟んだ左手を宙に浮かべ少し力のこもった右手を膝に当て、いかにも苦渋にみちた顔で盤面を睨んでいる更科八段の姿が眼に入って来た。病気上がりでそれでなくてさえ蒼い顔はどす黒く土色に変じていた。その前で白井八段が静かに座っていた。小坂が物音を立てないように注意して観戦者の間に割り込んで座った拍子に、白井はちらっと眼鏡の奥で冷たく光らせながら小坂の方を見た。更科に比べれば彼の方がずっと落ち着いているようだったが、小坂は白井のこちらに向けた眼を何故かひどく弱々しいものに感じた。

盤面がどちらに有利に展開しているかは、駒の動かし方さえろくに知っていない小坂には判断がつかなかったが、一時間ほど前わざわざ小坂のところへ知らせて来た社の将棋記者の柏の報告では、ほとんど五分五分で勝敗は全く予想つかないということであった。

息詰まるような部屋の空気だけがそこに座った小坂には感じられた。更科はいかにも盤面と取組むように凝視していたが、ほとんど無意識のうちに発せられるのか、時折、口の中で何か呟いて、じろりと視線をこちらに向けた。その視線は、いかにも更科らしく狂暴なものが感じられた。白井は盤面に向かって少し斜めな姿勢を取ってはいたが、しかし、その視線はやはり盤面に注がれており、ちらっとそれが盤面から離れて宙に浮くかと思うと、すぐ一瞬にして盤面に返されていた。

小坂が座ってから十分ほどした頃更科が突然右手を大きく上げたかと思うと、盤面のすぐ前でその手を止めて、静かに駒を置いた。それに対して白井の方はほとんど考慮する余地はないといった恰好で、直ちにそれに応じて駒を置いた。観戦者の体が一様に少し動いた。

小坂はそれを合図に静かに座を立ち、廊下を一つ隔てた記者たちの溜りを覗いて、そこにいた自社の連中に、対局の離れの方を眼配せして頼むよと声をかけておいて、再び二階の自分の部屋へと引き上げて来た。小坂は矩撻（こたつ）に入って、先刻まで読みかけていた総合雑誌を取り上げたが、眼は活字の上に落ち着いて止まっていず、やはり対局現場の緊張した空気に刺激されたのか、いつまでも今見た更科と白井の姿を瞼（まぶた）から消すことはできなかった。盤面の全く判らない小坂には、二人の対局者の間に置かれてあるものは、漠然と運命の川とでもいったようなものに見え、更科の大きいモーションはそれに全身で駒をぶち込んでいるようであり、白井のそれは、そこにそっと駒を流している静かな感じだと思った。

　社のKが襖を開けて覗き込んだが、小坂が一人いるのを見ると、

「結局朝の四時頃までかかるそうですよ」

と言った。

「どっちが有利なんだい？」

「五分五分で、棋士の連中でもてんで見当がつかないということですが、しかし、持時間があるだけ白井の方が有利だと言っていました。これから風呂へでも入ってひと眠りして、夜半に起きますか」

これも小坂と同様に将棋そのものには余り興味がないらしく、勝敗を決定する明け方までの時間の過し方を考えている風であった。

「大丈夫ですよ。ひと眠りして起きれば白井が勝っていますよ」

　自分で勝手に決めて、Kはではと言って、丹前の前を合わせながら向こうへ去って行った。

　白井に勝って貰いたいというのは、小坂たちR新聞社の者たちの共通した希望であった。

　更科も白井も終戦後、彗星のように飛び出して来た棋士で、更科は三十歳、白井は二十六歳だった。その実力にはちょっと測り知れないものがあり、ほとんど二人とも上位の対局者を次々に破って名人挑戦者にまで勝ち抜いて来たのであった。そして今度のこの対局の勝者が名人に挑戦することになっていて、二人が技倆伯仲（ぎりょうはくちゅう）しているところへ、しかも同門の兄弟子であるということが、世間の大きい興味をひき、それと併せて誰からも、おそらくこれが実際の名人決定戦だという見方をされていた。

　この更科、白井の対局も、次に行われる名人挑戦仕合も

小坂たちの勤務しているR新聞社の主催で、その限りにおいては、二人のうちどちらに勝って貰いたいということはなかったが、一、二年前より白井はR新聞の嘱託となってなんとなくR新聞社の息のかかった形になっており、これに対してR新聞社の競争紙であるK新聞社では、R新聞と白井に対抗するといったわけでもなかったろうが、更科の方となんとなく関係を持って、彼を自社の傘下に入れている恰好になっていた。

従って、R新聞社としては、自社から名人挑戦者もさらにあわよくば名人をも出したい気持ちで、更科、白井の対局においては、やはり白井に勝って貰いたいという気持ちが動くのは当然のことだった。

それからもう一つ、二十六歳のまだ本当に少年と言っても通りそうな白井八段の初々しい性格に対して、三十歳の更科の闘志満々たる烈しい性格が、なんとなくR社の連中を刺戟していることは否めなかった。

対局半月ほど前から更科は病気になり、そのために予定の対局は三日ほど延ばさなければならなかったが、それはそれでいいとして、決定した対局日の前日まで更科は対局現場たる高野山に姿を現さなかった。連絡をとる方法はいくらでもあると思われたが、うんともすんとも連絡はなく、R社としては新聞に社告してある関係で、実際に更科がやって来るまではひどく不安だった。

小坂は記事を送るのに電話を使うか伝書鳩を使うか、その方法を決めかねて、それを実際にやってみるために対局の二日前に高野山に登って来たのであったが、当然現場に来ていると思った肝心の更科が郷里を出たというニュースを最後として高野にも現れず、居所も不明で、そのために烈しい不安な思いに鎖された。送稿の方は付近に鷹がいて伝書鳩が駄目なので、和歌山経由で電話連絡することにし、そのテストも済んだが、更科が高野に現れていないということはそれを担当している部門の責任者として、小坂にとっては大きい事件だった。

そしてさんざん心配かけた挙げ句更科が高野山の宿舎普門院に姿を現したのは、対局第一回戦を明日に控えた日の夕刻六時だった。

更科は顔色の悪い頬骨の尖った顔に薄い不精髭を生やし、眼だけが冷たく光っていた。予定の対局日を三日のば

した彼の健康の不調は一見してそれとわかるほど、痛々しいものがあったが、出迎えた記者のSに、

「俺は高野山に死ぬ気で来た」

と言った幾分非常識と思われる激越な言葉を聞いた時、小坂はこのつっかかってくるような、相手の態度に、決戦を明日に控えた勝負師の持つ興奮とは思ったが、それでもやはりある程度の不快さを心に感じないわけには行かなかった。病軀を押して来たのだという意味にも、決死の覚悟で対局をやりに来たとも、いずれにもとれる言葉だった。薄い雪が敷かれてある道を女人堂から歩いて来た彼の靴にはいちめんに白いものが付いていた。そこから視線を移して更科を見た時、まだ土間に立ったままでいる彼に、小坂はふと鬼気のようなものを感じた。彼を出迎えた白井が、

「更科さん、お疲れだったでしょう」

と、兄弟子に対する言葉で言うと、

「早かったな、いつ着いた?」

と彼の言葉は横柄だった。そして誰にともなく、

「こんな寒いとこ敵わんな」

と、周囲を冷たい眼で見廻した。それはここを会場に選んだR社に対する妙な反感をまる出しにしたものであった。陰でちぇっ何言ってやがんだいという声が新聞社員の間に洩れたのは当然だった。

その晩八時から対局者の顔合わせのような形で、対局者と関係者が一部屋に集まって酒宴が開かれたが、宴半ばにして、それまで、あちこちで二、三人ずつでいろいろ話し合っていた一座の耳をそば立たせるように突然更科の大きい声が響いた。更科は彼の近くにいる棋士の山口と話しているのだったが、明らかに一座全体を意識しての大きい声での話し方だった。

「何年か前、俺は白井にお前みたいな奴は家へ帰れと言ったことがある。だが、白井はここまで来た。ここまでやって来た。俺の眼に狂いはなかった」

一座がはっとしたほど、白井を見下ろしている発言であった。しかし、この時小坂は、更科の言葉の中に、一抹の感傷のようなもののあることを感じた。

「もともと白井の本領は攻撃だ。それが俺と稽古して、俺が攻めるので、いつか守勢の棋士に見られてしまったが、どうして、白井の本領は攻撃だ」

聞きようによってはその更科の言葉は、明日のライバルの白井を立てているとも、また反対に押えつけているとも受取れた。

そうした自分に対する兄弟子の批判を、白井はその隣で、盃を両手で弄り廻しながら俯向いて聞いていた。そして時々、ひどく虚ろな眼をして、あちこち見廻した。そうした彼の表情は、全く更科の言葉を耳に入れず別の事を考えているようにも見えた。小坂には、それはいかにも白井らしい更科に対する対抗意識の独自な表出のように思えた。

二人の対局者は明日の戦いを控えて、盃を数えるほどしか口に運ばなかったが、棋士の関係者や新聞社側の連中がそれにお構いなく酔っぱらって、一時間ほどすると座はかなり乱れた。小坂も少し酔った。そして酔って充血した眼を、彼は更科八段に向けていた。

更科は誰かをつかまえて、

「白井が勝つか、俺が勝つか、それは誰にも判らん」

そんなことを大声で話していた。傲然とした口調で、白井八段とは違って戦い前夜の興奮を露わに見せているところが、小坂にはその瞬間だけ、むしろ妙に清潔に心に映った。

更科がそうしないと落ち着いていられないかのように喋りづめに喋っているのに対して、白井は終始寡黙な態度を保ち続け、時々煙草を不器用な手つきで持った。

こうして第一局はその翌日金剛峯寺奥殿控の間で行われた。この対局の部屋は豊臣秀次自刃の部屋だと言われるところで、長い廊下で本堂につながっている別棟だった。小坂は風邪気味であったので、対局開始の時一度だけ対局の現場を覗いただけで、後は社の者に任せた。

更科はその朝、借物だという大島の着物の上に黒の紋付を着、袴をつけ、一見壮士風のいでたちだった。廊下を歩いて行く彼の足には白い軍隊靴下が履かれていた。そうしてどういうものか、彼は襟もとを安全ピンで留めていた。

白井の方は茶色の大島絣のついの羽織と着物を着て、どこから見ても温和しい中学生としか見えなかったが、眼だけが常人と違った冷たさを持っていた。

更科は盤の前に座ると、ちょっと決闘でも開始するような恰好で、羽織の紐を解き白扇を膝に構えた。白井は勉強机の前に座るように行儀よく盤の前へ座った。

先番の更科は肩で呼吸し、力を入れてぱたりと盤上に駒を置くと、眼を閉じ、胸を反らし、肩を大きくあちこちに動かして、これからの長い戦いに対して、最もよいコンディションに自分の精神と肉体を置こうとしているようであった。芝居がかっていると見えないこともなかったが、しかし、そうしたものとは別の、やはり更科らしい決死の姿勢が、他人の思惑などを考慮することなしに取られているように見えた。

白井の方は全く呼吸しないように静かで、感情というものは盤に向かった瞬間から姿を消してしまったようであった。

この第一局は翌朝の午前三時過ぎに白井の勝ちと決定した。

それに続く第二局は、一日おいた翌日、宿舎の普門院奥の間で行われた。この時は更科が勝った。第一局と第二局と異なることは、第二局の場合は更科が前局に比べてずっと静かな感じであったことである。ちょっと別人を見るような感があった。第一局の敗けが、何か重いものを更科の肩から除き去ったように見えた。

そしてこの二局の場合は、更科は更科の最も得意とする布陣を完成し、飛車を縦横に飛び廻らせ、序盤からすでに白井の敗色濃いものがあった。白井は終始苦戦して、しまいに時間を費（つか）い果してしまった。

彼は時間が失くなった時、記録係の中村六段に、タイムを五十秒から読んで下さいと言った。第一回の時、この時は更科の方が時間を費い果していて、四十秒から読んで貰ったのに対し、十秒だけ縮めて読んでくれと言った白井の態度に、その時その場に居合わせた小坂は、温和（おとな）しい白井のどたん場に於ける自尊心のようなものを見たように思った。終わってから、白井は、

「全くどうしようもなかったのです。手が出なかったんです」

と、驚くほどの素直さで言った。将棋記者の柏に言わせると、一つのミスもなく白井は破れたということであった。

そして今日の第三局が行われるに到ったのであるが、小坂はいつものことではあるが対局の始まる時刻、対局現場に詰めていた。その時、先番を決める振駒が慎重に中村六段の手によって行われた。中村六段は白井の歩五枚を取り、

座蒲団の上にばらりと撒いた。表二枚、裏三枚が出て、先番は更科と決まった。その時、白井は突然口を開いて、

「大原さんの時もこうでしたよ」

と言った。誰にともなく口を衝いて出た言葉だった。その時小坂には白井の言葉の意味が解らなかったが、後で棋士に訊いてみると、先月大原八段を屠った時も、第三局で自分は後番に廻った。今度もその時と同じ具合だという意味であるとのことだった。従って、これは謂ってみれば、白井の為した戦勝の宣言とも言うべきものであった。更科は、こうした温和しい白井が珍しく露わにした闘志に対して、

「縁起がええのう」

と、短く言い放った。

一勝一敗の後をうけて、兄弟弟子同士が棋界の王座を賭けて死闘を繰り返している時、小坂は二階の自分の部屋で、あの二人の中のどちらかが三、四時間の間に敗者にならなければならぬということに対して、ふと慄然たるものを感じた。

小坂もR新聞社の一員である以上、白井に勝って貰いたい立場にあるわけだったが、小坂は対局が始まってから以後、妙にそうした敵味方の色合いをつけて二人の天才棋士を見ることが出来なくなっていた。これは私情をさし挟むことを許さぬ勝負の世界だけの持つきびしさであったかも知れない。

どうか白井に勝って貰いたいとも、反対に更科に勝って貰いたいとも、単純にそう希望できないものを覚えた。小坂は、年齢の若いのにもかかわらず、驚くべき老成した温厚な風格を持つ白井に対して、誰でも感ずるような好意を持っていたが、しかし、更科には更科で惹かれた。更科には悲劇の主人公の持つような妙な魅力があった。

ひと眠りすると言って先刻出て行ったが、結局は床に入らなかったらしいKが、

「白井の九分通りの勝ちだそうですよ。更科はまだ投げていないが、既に勝算はないらしいです」

こう言って部屋に入って来たのは二時半頃だった。

小坂はこれを聞いてはっとした。行くべきところへ行ったという気持ちだった。更科は彼の座るべきところへ座ろうとしている。しかし、投げないで最後の血路を探してい

る血みどろの苦しさが、急に重く小坂にのしかかって来た。

「一応記事だけ書いておきますよ。まさかでんぐり返ることもないでしょう」

そうKは言った。予定記事を書くことは幾らでもあることで、その事になんの意味もあるわけではなかったが、突然小坂の心を激情が衝き上げて来た。自分でも理解に苦しむ気持ちだった。

「予定記事なんかやめておけ！　明日の朝まで時間は充分あるじゃないか」

冷たく、少し烈しく小坂は言った。声が震えていた。Kは呆気（あっけ）にとられたように小坂を見た。そして幾分感情を害したらしく、黙って部屋を出て行った。

この時、初めて小坂は、自分がいつか更科に勝たせたい気持ちに支配されているのを知った。初めて覗き込んだ自分の心であった。形勢の不利な方へ味方する気持ちとも違い、もう少し深いところから来ている更科への心の傾きであった。あるいは既に初めから更科の敗退を予想していて、その敗退する人物への心の傾きであったかも知れない。実際に、勝利者の栄光というものが決して彼を落ち着かせないような、何かそんなものを彼は持っていた。常に反逆者であり、常に挑戦者であるようなそんな風格が、彼の野武士のような風姿面貌からは感じられた。小坂はそうした更科へ、人間的興味というものより、むしろ一種の愛情に近い親近感を感じている自分を発見した。

小坂は妙に落ち着きを失って、普門院を出ると、金剛峯寺の方へ歩いて行った。真暗で、恐ろしいほどの深夜の静けさだった。大気が澄んでいるので、星は高く、都会では想像できない冷たさできらめいていた。

歩きながら更科の、現在この瞬間も盤面を睨んでいるであろう苦しさが、直接に小坂にのしかかってきた。小坂は何ということなしに、学生の頃科学教室で見た赤や青で彩られた脈管の掛軸を思い出した。そんなどこかに科学的な香（にお）いのする、しかし、陰惨で錯綜を極めた世界が、白井と更科の間に置かれ、二つの緻密な頭脳が血を吹き出しながらそこで咬（か）み合っているように思われた。

それからまた小坂は二局と三局の間に置かれた休憩日である昨日の午後のことを思い出した。

その時金剛峯寺の座主（ざす）のS師が対局の将棋盤に揮毫（きごう）する

ために普門院にやって来ていたが、その席に更科も白井も侍っていてS師の揮毫を傍で見ていた。S師は「心鏡冥会」という文字を一度和紙に認めてみて、それから同じ文字を盤の裏へ書いた。

　S師は将棋盤へ文字を書き終わってから更科と白井に、それぞれ「心外無別法」「急流不満月」という文字を認めた色紙を贈った。その時更科は、どういう考えからか、いわば将棋盤への揮毫の下書である「心鏡冥会」と書かれた和紙をもS師に乞うて貰った。

　その場に居合わせた小坂は、なんということなしにその時更科はこれを身につけて第三局へ臨むのではないかという気がした。これは小坂一人の想像であるから、果して更科が、そういうことをしたかどうかは知るべくもなかったが、そんな事を小坂に考えさせるだけの心の弱りのようなものを、その日の更科が身につけていたことだけは事実である。

　その時の更科の姿が眼に浮かんで来ると小坂は、現在苦闘しているに違いない更科に痛々しいものを感じた。

　小坂は三十分ほど戸外を歩いて宿舎へ帰って来た。三時少し過ぎた頃、白井が勝ったという報告が小坂のところにあった。小坂は少しあらたまった気持ちで階下の対局の部屋へ入って行った。部屋には煙草の煙がたちこめ、疲労をいっぱい身につけた人々が、うごめくような感じで居並んでいた。

「この手が不可なかった！」

　そんなことを言いながら、更科は盤の上に駒を動かして白井と話していた。何本かの酒が一座に運ばれた。二人の対局者は盃は手にせず、盤の上の駒をあちこち動かしていた。

　そしてそれは何時終わるとも見えなかった。白井は勝利者の気持ちで、更科の救いようのない気持ちに付き合ってやっており、更科はまた更科で、そうした白井に付き合ってやっている感じだった。永遠に座を立てないようなものが、現在の白井の心にも更科の心にもあるようであった。

「遅いから寝むことにしたらどうです」

と、小坂は頃合を見はからって言った。その小坂の言葉で、二人は盤から離れた。更科は妙に危ない足どりでふらふらと立ち上がった。

更科は部屋を出て廊下に出たが、なんとなく彼の後について部屋を出た小坂に、

「寒いのう」

と、ぶっきら棒に言って、長い廊下を途中まで行くと、そこに立ち止まり、暫（しばら）く暗い庭に視線を投げていた。烈しい孤独がいま彼を呑み込もうとしていた。

「やけに躑躅（つつじ）の多い庭だのう」

と彼は言った。実際に、昼間見るとこの遠州の作と言われる普門院の庭には躑躅が多かったが、いま暁方の闇の中にそれが見えるはずはなかった。

「五月頃はきれいでしょうね」

と、小坂も更科の言葉に応じて、何も見えない暗い庭の面を見詰めた。

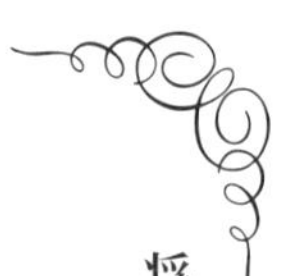

将棋少年と野球少年

町内の二天才

坂口安吾（一九〇六年―一九五五年）

初出：『キング』一九五三年一二月
底本：『坂口安吾全集 一四』筑摩書房、一九九九年

坂口安吾は、戦前から戦後にかけて活躍した作家である。牧野信一によって激賞された「風博士」が出世作となる。戦後は「堕落論」などにより、一躍流行作家となった。太宰治や織田作之助らとともに新戯作派・無頼派などと称される。

安吾は「将棋は知らない」（「散る日本」『群像』一九四七年八月）と述べていたが、将棋に関する作品を数多く書き、彼が対局したという証言も残っていることからも、全く知らないということはなかっただろう。また、「坂口流の将棋観」（『夕刊新東海』一九四七年一二月一〇日）では、戦後の時代を新たに切り拓くものとして升田幸三の将棋と自らの文学とを重ねている。

「町内の二天才」では、息子を将棋や野球の「天才」に育てようとする「親バカ」な父親たちの姿が滑稽に描かれる。初出の際、本作は「諷刺小説」というジャンルを掲げて発表された。これは当時、ジャーナリズムによって取り上げられていた〈豆天才ブーム〉という、子どもを「天才」と囃し立てる風潮を諷刺するものであったことを示している。もっとも、ブームの中心はピアノや絵画といった費用のかかる芸術分野で活躍する子どもたちであった。安吾が当時の度を越した「親バカ」を滑稽に描くうえで、芸術分野のものではなく将棋や野球を選んだのは、そうした身近な娯楽を通して庶民の姿を見つめていたからであろう。

（金井雅弥）

魚屋と床屋のケンカのこと

その日は魚屋の定休日であった。金サンはうんと朝寝して、隣の床屋へ現れた。

「相変わらず、はやらねえな」

お客は一人しかいなかった。源サンはカミソリをとぎながら目玉をむいて、

「何しにきた」

「カミソリが錆びちゃア気の毒だと思ってな。ハサミの使い方を忘れました、なんてえことになると町内の恥だ。なア。毎月の例によって、本日は定休日だから、オレの頭を持ってきてやった」

「オレはヘタだよ」

「承知の上だ」

「料金が高いぜ」

「承知の上だよ。人助けのためだ」

「ちょいとばかし血がでるぜ」

「そいつはよくねえ。オレなんざア、ここ三十年、魚のウロコを剃るのにこれッぱかしも魚の肌に傷をつけたことがなかったな。カミソリなんてえものは魚屋の庖丁にくらべれば元々器用に扱うようにできてるものだ。オッ。姐チャン。お前の方が手ざわりも柔かいし、カミソリの当たりも柔かくッていいや。たのむぜ」

そこで若い娘の弟子が仕事にかかろうとすると、源サンが目の色を変えて、とめた。

「よせ！　やッちゃいけねえ」

「旦那がやりますか」

「やるもんかい。ヤイ、唐変木。そのデコボコ頭はウチのカミソリに合わねえから、よそへ行ってくれ」

「オッ。乙なことを云うじゃないか。源次にしては上出来だ」

「テメエの面ア見るとヒゲの代りに鼻をそいでやりたくなッちまわア。鼻は大事だ。足もとの明るいうちに消えちまえ。今日限り隣のツキアイも断つから、そう思え」

「そいつは、よくねえ。残り物の腐った魚の始末のつけ場がなくならア」

「なア。よく、きけ。キサマの口の悪いのはかねて承知だ

が、云っていいことと、悪いこととあるぞ。ウチの正坊(しょうぼう)の将棋がモノにならねえと云ったな」

「オウ、云ったとも。云ったが、どうした」

それまで落ちつき払っていた金サンが、ここに至って真ッ赤になって力みはじめたのは、曰くインネンがあるらしい。

「お前に将棋がわかるかよ」

「わかるとも。源床(げんどこ)の鼻たれ小僧が天才だと。笑わせるな。町内の縁台将棋の野郎どもを負かしたぐらいが、何が天才だ」

「町内じゃないや。人口十万のこの市に将棋の会所といえば一軒しかねえ。十万人の中の腕の立つ人が一人のこらずここに集ってきて将棋をさすのだ。縁台将棋とモノがちがうぞ。正坊はな。この会所で五本の指に折られる一人だ」

「そこが親馬鹿てえものだ。碁将棋の天才なんてえものは、紺ガスリをきて鼻をたらしているころから、広い日本で百人の一人ぐらいに腕が立たなくちゃアいけないものだ。この市の人間はただの十万じゃないか。十万人で五本の指。ハ。八千万じゃア、指が足りなすぎらア。八千万、割ることのオ十万、と。エエト。ソロバンはねえかな。八千万割ることのオ十万。八なアリ。マルなアリ。またマルなアリ。また、マル、マル、マル。いけねえ。エエト」

金サンは手のヒラをだして、指で字をかいて勘定した。

「八千万割ることの十万で八百じゃないか。そのまた五倍で、五八の四千人。ざまアみやがれ」

「十四の子供だい。たった十四で四千人に一人なら立派な天才というものだ。なア。お前ンとこの長助はどうだ。ゆくゆくは職業野球の花形だと。笑わせるな。親馬鹿にて候とテメエの顔に書いてあらア。学業もろくにやらねえでとッぷり日の暮れるまでタマ投げの稽古をしやがって、それで、どうだ。全国大会の地区予選の県の大会のそのまた予選の市の大会に、そのまた劈頭(へきとう)の第一予選に乱射乱撃、コテンコテンじゃないか。町内の学校だ。寄附をだして応援にでかけて、目も当てられやしねえ。親馬鹿の目がさめないのがフシギだな」

「野球は一人でやるもんじゃねえや。雑魚が八人もついてりゃ、バックのエラーで負けるのは仕方がねえ。長助は中学二年生だ。二年ながらも全校の主戦投手じゃないか。その上に三年生というものがありながら、長助のピッチングにかなう者が全校に一人もいねえな」

「全校たって女もいれてただの四五百じゃないか。このせまい町内だけをチラッと見ても、ブリキ屋の倅、菓子屋の次男坊、医者の子供、フロ屋の三平、ソバ屋の米友、鉄工所のデブ、銀行の給仕、もう、指の数が足りねえや。長助なんぞの及びもつかない凄いタマを投げる奴は、くさるほどいらア」

「フロ屋の三平、三助じゃないか。ソバ屋の米友は出前持だ。鉄工所のデブは職工じゃないか。みんないい若い者だ。大人じゃないか」

「大人が、どうした。天才てえものは、鼻たれ小僧のうちから、広い日本で四千人に一人でなくちゃアいけねえものだ。長助のヘロヘロダマにまさるタマを投げる者なら、人口ただの十万のこの市だけでも四千人ぐらいはズラリとガンクビが揃ってらア。八千万の日本中で何億何万何千何番目になるか、とても勘定ができやしねえ」

「へ。いまだにカケ算ワリ算も満足にできねえな。お前は小学校の時から算術ができなかったなア。どうだ。九九は覚えてるか。な。碁将棋は数学のものだ。お前の子供じゃア、とてもモノになるはずがねえや」

「お前はどうだ。鉄棒にぶら下がると、ぶら下がりッぱなしだったなア。牛肉屋の牛じゃアあるまいし、それでも今日テンビン棒が一人前に担げるようになったのはお天道サマのお慈悲だなア。その倅が、クラゲの運動会じゃアあるまいし、職業野球の花形選手になれるかよ。草野球のタマ拾いがいいところだ」

「今に見てやがれ。十年の後には何のナニガシと天下にうたわれる花形選手にしてみせるから」

「十年の後にはウチの正坊は天下の将棋の名人だ。オイ。野郎の背中に塩をぶちまいて追ッ払っちまえ。縁起でもねえ」

こういうワケで、両家の国交断絶と相成ったのである。

源床が魚屋の発狂を云いふらすこと

当節は日本中に豆天才がハンランしているようである。目の色を変えているのは親だけだ。そのほかの誰も天才だとは思わない。むろんそれで月謝を稼いでいる先生も。ヴァイオリンの天才。バレーの天才。歌謡曲の豆天才。どれといって親の熱に変わりはないが、特に熱病がハデに露出しているのは野球なぞかも知れない。

「今日の打撃率は三割三分三厘だ。相手のピッチャーは年をくッていやがるから、今日はこれでよしとしておこう」

なぞと、親が河原や原ッぱの子供野球の監督然とスコアをとって、その日の出来によっては夕食にタマゴの一ツもフンパツしようというコンタンである。

「子供が野球の練習に精をだすのは将来のためだからいいけどさ。お前さんが仕事をうッちゃらかして子供の野球につきあっちゃ困るじゃないか。おサシミの出前を届けに行って、三時間も帰りゃしない。小僧が二人もいるのに、お前さんが出前を届けるこたアないよ。明日からは出前にでちゃいけないよ」

「そうはいかないよ。来年度の新チームを編成したばかりだ。次週の土曜から新チームの県大会の予選がはじまるんだよ。長助の左腕からくりだす豪球が、ここんとこコントロールが乱れているから、ミッチリ落ち着いた練習をさせなくちゃアいけねえ」

「お前さんが長靴をはいて、自転車に片足つッかけて、オカモチをぶらさげて垣根の外から首を突きのばしているから、落ち着いてタマが投げられやしないッて長助がこぼしているよ。お前さんが野球の名人で長助に手ほどきしなきゃアならないというなら話は分るけど、五間とタマを投げることもできないくせにさ。オカモチぶらさげて、自転車に片足つッかけて、電柱にもたれてさ。三時間も垣根の外から首を突きだしてるバカはいないよ」

「うるせえな。隣の源次をみろよ。紋付をこしらえたよ。結婚式も借着の紋付ですました野郎が、新調の紋付をきて、商売を休んで、鼻たれ小僧の手をひいて、静々と将棋大会へでかけやがったじゃないか。それで負けて帰りやがった。ざまアみやがれ。オレが三時間ぐらい突っ立ってるのは何でもねえ」

ひと月ほど前に、床屋の正坊が新聞にでた。県の将棋大会というのがあって、各町村から腕自慢が百人ほども集った中に、最年少の正吉もいたのである。二回戦で敗れたが、特に敢闘賞をもらった。その記事と、対局中の写真までのったのである。

町内から将棋の天才少年が現れたというので、ひとしきり評判がたった。面白くないのは金サンである。

「将棋なんてえものは大人も子供も変わりなくできるものだ。将棋盤を頭上に持ち上げて我慢くらべをするワケじゃアないからな。野球は、そうはいかねえや。まず身体ができなくちゃアいけねえ。巨人軍の川上という岩のように立派な身体の選手が、力(りき)が足りない、もっと力が欲しいと嘆いてる始末じゃないか。まず第一に長助の背丈を延ばして、ふとらせなくちゃアいけない。滋養の物を三度三度食べさせて、毎日欠かさず風呂へ入れて――」

「ふやかすツモリかい」

「バカヤローめ。草木も水をかければ生長が早い。根が四ツ足のケダモノでも、水中にいるからクジラもカバも図体がひと廻りちがってらア。水てえものは、ふとるものだ。いかに商売とはいえ魚だけ食べさせてちゃア、大選手の身体はできない。牛肉とモツとタマゴを欠かさず食べさせなくちゃアいけない。床屋の鼻たれ小僧に負けちゃア、御先祖様に顔向けができない」


こういう心掛けでセッせとやるから、子供は大喜びである。うまい物を食って、存分に野球がたのしめて、学問なぞはできなくとも親の文句は食わないから、これぐらい結構なことはない。ところが金サンは野球というものを全然自分ではしたことがない人だから、こういう人に限って、人の講釈の耳学問や、書物雑誌などに目をさらして、一生ケンメイに理窟で野球を覚えこむ。選手が五年かかっても実地には身につけがたいことを、理窟だけなら半日で覚えられるから、本や雑誌を山と買いこんで東西の戦記や理論に目をさらした金サンの講釈のうるさいこと。

「アメリカの大投手の伝記によると、投手は第一に腰を強くしなくちゃアいけない。それにはランニングが第一だと語っているな。日に五哩(マイル)も駈けてるぞ。それも遊び半分に駈けてるんじゃなくて、わざと坂道の多い難路を選んでアゴをだすほど猛烈に力走して腰を鍛えているのだな。キサマも、それをやらなくちゃアいけない。オレが自転車でついてやるから、あすの朝からはじめろ」

魚屋だから、朝は早い。早朝に長助を叩き起こしてランニングにつれだす。自分は自転車で汗水たらして坂道をこぐ。早朝の路上にはこれに似た人々がすれちがうが、それは人間をつれて走らせてる人々じゃなくて、犬をつれてるところがちがっている。

「投手の身体をつくるには、マキ割りなぞが大変よろしいと書かれているな。お前は身体のできるサカリだから、こいつをやらなくちゃアいけない」

わざわざ丸太を買いこんで、夕方からマキ割りをやらせる。裏庭にはマキが山とつみあげられて、表は魚屋、裏はマキ屋のようである。

これを見て、よろこんだのは隣家の床屋の源サンである。客のヒゲを当たりながら、

「隣の魚屋はとうとう頭へきましたよ。そう云えば、小学校の時から、どうも、おかしいな、と思うことがありましたよ」

「小学校が一しょかい」

「ええ、そうですとも。魚屋の金公といえば泣虫の弱虫で有名なものでしたよ。寝小便をたれるヘキがありましてね。奴めの亡くなった両親が、それは心配したものですよ。それやこれやで益々泣虫になったんですな。それが、あなた、大人になったらガラリと変わりやがって、一ぱし魚屋らしくタンカなぞも切るばかりじゃなく、変に威勢がよくなりやがったんですよ。やっぱり脳天から出ていたんですな。二三年前から子供の野球に熱を入れたあげく、とうとうホンモノになりましたよ。朝はくらいうちから自転車にのって、犬と同じように子供をひいて走りまわる。夜は裏の庭で子供にマキ割りをやらせてますよ。自分は横に突っ立って、腕組みをしながら、ジイーッと見てますよ。物を云わないね。真剣勝負の立会人だと思やマチガイなしでさア。雨が降っても欠かしたことがないから、裏の庭はマキの山でいっぱいでさア。あのマキを何に使うつもりだろうね」

「内職じゃアないのか」

「冗談じゃアないよ。魚屋がついでにスシを商うとか、夏は氷を商うぐらいの内職はするでしょうが、マキ屋を内職にすることはないよ。マキ割りの横に腕組みをしてジイーッと立ってる姿を見てごらんなさい。生きながら幽霊の執念がこもってまさア。凄いの、なんの。見てるだけでゾオーッとしますよ。にわかに逆上して、マキ割りをふりかぶ

って、一家殺しをやらなきゃアいいがね」

「フーン。穏やかじゃないね」

「ええ、も、穏やかじゃありません。ワタシャ心配でね。ついでにコッチへ踏みこまれちゃ目も当てられない。猛犬をゆずりたがってるような人はいませんかなア」

床屋は噂の発祥地。申し分のない地の利をしめているから、源サンの流言はたちまち町内にひろがった。おくればせながら金サンの耳にもとどいたから、

「ウーム。このデマは源次の野郎が張本人にきまっている。よーし。覚えてやがれ。今に仕返ししてやるから」

金サンは大そう腹をたてた。

易者にたのんで豆名人を探すこと

魚屋の裏に金サンの家作があって、トビの一家が店借り（たながり）をしている。そのまた二階を間借りしているのが天元堂という易者であった。天元堂は窓の下に日々カサを増していくマキの山を見るにつけて、これをなんとか安く買って一モウケしたいものだと思った。一日魚屋を訪れて、

「旦那、裏のマキはモッタイないね。旦那のことだから、あれを売って商売なさるはずはないが、どうでしょうね。あれを安く、元値でゆずって下さいな。私に一モウケさせて下さい。恩にきますよ」

金サンは天元堂が市では一二を争う将棋指しだということを思いだしたから、

「お前は将棋が強いんだってね」

「それで身を持ちくずしたこともありましてね。賭け将棋に凝って、もうけるよりも、損をしました」

「それじゃアよほど強かろう。どうだい。あの床屋の鼻たれは、いくらか強いか」

「子供にしちゃア指しますが、私もあの年頃にはあのぐらいに指しましたよ」

「へえ、そうか。すると、子供であの鼻たれを負かす者も珍しくないな」

「そうですとも。あれよりも二三年下、小学校の五六年であれを負かすのも珍しくはありませんな。東京の将棋の会所には、同年配ぐらいで二枚落としてあの子を負かすのが一人や二人はいるものですよ」

「そいつは耳よりの話だな。それじゃァ、こうしようじゃないか。このマキを元値の二割引きで売ってやるから、東京で将棋の豆天才を探してもらいたいな。床屋の鼻たれよりも二三年下で、あの鼻たれをグウの音もでないほど打ち負かすことのできる滅法強い子供をな。しかし、なんだな。見たところは甚だ貧弱で、脳膜炎をわずらったことがあるようなナサケないガキがいいなア。この町へつれてきて、大勢の見物人の前で床屋の鼻たれと試合をさせて、ぶち負かしてやるんだから」

「それじゃア二割引きでマキを売って下さいますか。ありがたいね。モウケ仕事ですから、それでは東京へ参って、お言葉通りの豆天才を探して参りましょう。しかし、ねえ。脳膜炎をわずらったことがあるようなのがいるといいけど、こればッかりは請合えないね。ま、できるだけ貧弱そうなのを物色してつれて参りますから、マキの方は何とぞ宜しくお願い致します」

そこで天元堂は豆天才を探しに東京へでかけた。以前懇意の将棋会所を訪ねて訊いてみると、

「ウチにも少年が三人手伝ってくれているが、これはさる高段の先生から預ったものだから、私の一存で貸してあげるワケにはいかない。それに年もちょッとくッている。十二三の子供といえば、ウム、そうだ。私はまだその子供と指したことがないから棋力のほどは知らないが、向島にバタ屋の倅で、滅法将棋が強くッて柄の悪いのが一人いるそうだ。柄が悪いというのは、子供のくせに賭け将棋で食ってるそうだね。そういう奴だから、先生に世話してやろうという親切な人も、ひきとって育ててやろうという先生もいないが、小さいガキのくせに、力は滅法強いらしいな。この会所にもそのガキにひねられて三十円五十円百円とまきあげられた人ならタクサン来ているから、きいてあげよう」

二三の人にきき合わせてくれると、いろいろのことが分った。浅草の某所に賭け将棋を商売にしているような柄の悪いのが集っている賭場のような会所があって、そのガキはそこに入りびたっていたが、今ではそこも門前払いを食わされるようになってしまったというのである。というのは、だんだんカモがいなくなってモウケがなくなったから、懐中物なぞをチョイチョイ失敬する。将棋ばかりでなく万

事につけて機敏で手先が器用であるから、このガキが現れるとオチオチ油断ができないので、門前払いを食わされるようになってしまったのだそうだ。

「それはまた大へんなガキだね」

「しかし、滅法強いそうだぜ。賭け将棋の商売人をカモにしていたそうだからね」

「呆れたガキだ」

「ここできくと、わかるそうだ」

その所番地を教えてくれた。天元堂がそこへ行ってみると、そこはバタ屋集団で、団長さんは頭をかきながら、

「あのガキですかい。たしかに本籍はここだがね。どこをのたくってるか、誰にも分りゃしないよ。ま、きいてあげるけどね。オーイ。メメズ小僧は、いねえだろうな？　エ？　いる？　おかしいね。なんだって、いやがるんだろう。え？　メメズ小僧ですか？　あいつの名ですよ。どこにもぐってやがるか分らないから、みんながこう呼んでるんですよ。本当の名前なんぞあるかどうか分りゃしないね。あそこが小僧のウチだから、のぞいてごらんなさい」

小僧のウチをのぞいてみると、貧相な汚い子供が、何かセッセと細工物をやってる。革の指輪に先の曲った針金をつけているのである。甚だ性質のよからぬ道具らしい。天元堂がのぞきこんでると、小僧は目をむいて、

「あっちへ行けよ」

「変わった物をこしらえてるな」

「うるせえや」

「お前のところに将棋盤はあるか」

「………」

「三十円賭けてやろうじゃないか」

「ほんとか？」

「むろんだ」

「ヘッヘ」

小僧はにわかにほくそ笑んで、天元堂を招じ入れたのである。小僧愛用の板の盤で指してみると、たしかに強い。天元堂が角を落として、三番棒で負かされた。彼と同格ぐらいの力があるらしい。床屋の正坊なら、小僧が二枚落としても危ないぐらいだ。賭け将棋の商売人をカモにしていただけあって、生き馬の目をぬくように機敏で勝負強い。タルミがない。

そのくせ、見れば見るほど、貧相である。まさしく脳膜炎の顔である。まるでナメクジのようにダラシがなく溶けそうな顔だ。シマリがない。ジメジメといつもベソをかいているような哀れな様子である。

「造化の妙だなア。生き馬の目をぬくような機敏な才がどこに隠されてるか、とうてい外見では見当がつけられない。なるほど、これじゃア人々が油断する。賭け将棋の商売人がひッかかるのもムリがないし、彼らが懐中物をすられるのもフシギがない。生き馬の目をぬくために生れてきたような小僧だなア。一見したところ、否、ジイーッとみつめても、ナメクジよりもダラシなくのびてやがるだけじゃないか。メメズ小僧とはよく云った。ドブから這い上がったような奴だ。アッ。いけねえ。懐中物は無事かな？」

と、天元堂はハッと自分の胸を押えて、目玉を白黒させなければならない始末であった。

あつらえ向きのガキを発見したから、天元堂はよろこんだ。さッそく立ち帰って、これを金サンに報告したから、金サンも有頂天になって、よろこんだ。

「ありがてえ。はやくそのガキを一目見たいね。つれて帰ってくれればよかったのに」

「イエ、それがね。つれて帰れば私のウチへ泊めなくちゃアならないでしょう。私ゃあのガキと同居するのはマッピラですよ。カッパライを働くためにこの世に現れた虫のような薄気味わるい小僧なんですよ。旦那のウチへ泊めるなら、私ゃいつでもつれてきますがね」

「それはいけないよ」

「そうでしょう。ですから今度の日曜の一番で立って、つれてきます。その手筈(てはず)をたててきましたから。ヒル前には戻れますから、対局は午後からということにして、もっとも、東京行きの終電車に間に合うように指し終わらなくッちゃアね。私ゃあのガキをウチへ泊めるぐらいなら、ホンモノのメメズと一しょにドブへねる方がマシだよ」

そこで金サンは隣の床屋へでかけた。

「オ。源的。そッぽを向いちゃアいけねえや。今日は話の筋があってきたんだ。オレの頭が狂っているか、お前の頭が狂っているか、実地にためしてみようじゃないか。オレが東京からガキを一匹つれてくるから、正坊と将棋をやらせてみようじゃないか。そのガキは正坊よりも二ツ年下だが、ガキの方が角をひくと云ってるぜ」

「二ツ下といえば、小学校の六年だな」

「そうだとも。もっとも、学校とは縁が切れている。脳膜炎をわずらッて、それからこッち、学校には上がっていないそうだ」

「正坊に角をひくなら初段だが、小学校の六年生に初段なんているもんかい」

「東京にはザラにいるらしいや。魚河岸の帰りにちょいと見かけたものでな。オレの町には正坊てえ天才がいて、町の大人には手にたつ相手がいなくなって困っているが、ひとつ指しに来ないかと云ったところが、田舎の子供なら、ま、角を落として指してやろう。なんなら二枚落として指してやろうと、こういうわけだ」

「偉い先生の弟子なのか」

「そんなもんじゃないそうだ。しかし、きいてみると、こんなガキは東京では珍しくないそうだな。東京の偉い先生は、このぐらいのガキには見向きもしないそうだぜ。六年生で初段ぐらいじゃ、とてもモノにならないそうだ。三ツ四ツでコマを掘りはじめて、五ツ六ツでバタバタと大人をなで斬りにして、小学校一年の時には初段の腕にならなくちゃアいけないものだそうだなア。中学二年にもなって初段に大ゴマ落としてもらうようなのは、将棋の会所の便所の掃除番にも雇ってくれないそうだ。この日曜につれてくるが、角をひいて教えてもらッちゃアどうだな」

「よーし。正坊が勝ったら、キサマ、ただカンベンして下さいだけじゃアすまないぞ」

「アア、すまないとも。その折はチンドン屋を先頭に立てて、魚屋の金太郎はキチガイでござんす、という旗を立てて、オレが市内を三べん廻って歩かアな」

「よし。承知した。日曜につれてこい」

話がきまったから、金サンは牛肉屋の二階広間を予約して、当日華々しく対局を行う手筈をたてたのである。

戦おわりぬのこと

いよいよ対局の当日になったが、こまったことには、この日は少年野球の準々決勝があって、ちょうど午後の試合に長助が出場するのである。おまけに相手チームには石田という県下第一と評判の高い投手がいる。

「どうも、変だな。長助の評判が立たなくッて、石田なんてえのが県下少年第一の投手なぞとは腑に落ちないな。新聞社が買収されたんじゃねえのか。そんなはずはないじゃないか」

「ところが、そうじゃないらしいですよ。見た人がみんな驚いて云ってますよ」

金サンの店の小僧がこう答えた。

「え？　なんて云ってる？」

「凄いッてね」

「凄いッて云えば、長助が凄いじゃないか」

「イエ。てんで問題にならない」

「ナニ？」

「イエ。見た人がそう云うんですよ。てんで問題にならないッてね。スピードといい、カーブといい、コントロールといい、ケタがちがうッて。町内の見てきた人がみんなそう云ってますよ。明日は町内の学校はてんで歯がたたないッてね。応援に行っても仕様がないやなんて、みんなそう云ってましたよ」

「誰だ、そんなことを云ったのは。長助にヤキモチやいている奴だろう」

「受持の先生も、そう云ってましたよ」

「あいつは長助を憎んでいるらしいな。第一、町内の奴らには、投球の微妙なところが分りゃしねえ。長助の左腕からくりだすノビのある重いタマ、打者の手元でキュッとまがる。このタマの凄さは打者でなくちゃア分りゃしねえよ。よーし。明日の試合を見てみやがれ」

思わぬ伏兵が現れた。こうなると、自分の倅のことだから、メメズ小僧と正坊の対局よりも心配だ。町内の者も、母校の生徒も、応援に行ってもムダだから行かないと云ってるそうだから、金サンは亢奮のためにその前夜は眠ることができない。

「ベラボーめ。県下の少年選手なんぞが、長助の投球がうてるかい。高校野球の選手だって、めったに歯が立つはずがねえや。この夏休みの猛練習以来、長足の進歩をしていることを知らねえな」

金サンは翌朝未明に窓の外から二階の天元堂を呼び起こして、

「マゴマゴしてると一番電車に乗りおくれるじゃないか」

「まだ、早いよ。四時前ですよ」

「オレはなア。今日の午後は長助の野球の方に行かなくちゃアならねえ。野球が終わると大急ぎで駈けつけるが、それまでは将棋の方に顔がだせないから、お前が代理でござんすと云って、よろしくやってくれ」

「それは、ま、よろしくやるのはワケはないが、旦那もせっかくはりこんだくせに、惜しいねえ。マキはたしかに二割引で売って下さるんでしょうね」

「売ってはやるが、メメズ小僧は負けやしまいな」

「負けるもんですか。マキの方さえたしかなら、旦那はどこへでも行ってらッしゃい」

一方、床屋の源サン。これは夜更かし商売だから、当日もかなりおそくまで眠った。顔を洗って、神ダナと仏壇を拝む。いつものことで、今日だからというわけではない。

「正坊はどうした?」

「午(ひる)まで遊んでくると云って、でかけましたよ」

「フン。落ち着いてやがるな。それでなくちゃアいけねえ」

「今日は大丈夫かしら」

「大丈夫だとも。正坊の二ツ年下で、角をひいて正坊に勝てるような大それたガキがいてたまるかい。だから正坊にそう云ってやったんだ。お前が勝つにきまってるから、あせっちゃいけない。ただ年下の奴が角をひくんじゃカッとして腹が立つ。腹を立てちゃアいけない。静かな落ち着いた気持ちで指しさえすりゃア負ける道理がないんだとな」

「じゃア大丈夫ね」

「むろん、大丈夫だ。金太郎の野郎め。今日こそはカンベンならねえ。チンドン屋を先頭に、金太郎はキチガイでござんすという旗をたてて、市内を三べん廻らせてやる」

定刻になると、源サンはセビロを一着して、むろん弟子にヒゲを当たらせ頭にはポマードをたッぷりつけて、正坊をつれて会場へのりこんだ。

金サンも当日はセビロである。むろん靴もゴム長ではない。青のサングラスをかけて、ネット裏に陣どった。いよいよ長助のチームが出場の番になったが、その入場に誰も拍手した者がない。応援団が一人も来ていないのだ。相手チームの入場にはけたたましい声援と拍手が起こった。応援団ばかりじゃなしに、満場の大半が拍手を送っている。優勝候補筆頭の期待のチーム、県下のホープなのである。

「面白くねえな。しかし、今に見やがれ。吠え面かかしてやるから」

金サンは満場のバカどもに一泡ふかせてやろうと、口に美声錠(びせいじょう)をふくんで時の至るを待ちかまえた。ところが、である。試合がはじまってみると、実に意外である。意外、また意外である。石田投手の物凄さ。身長は長助と同じぐらいだが、スピードは段がちがう。コントロールはいいし、カーブを投げてもスピードが落ちない。金サンはカーブというものは曲る代りにスピードが落ちてフワフワ浮いてくるものだと思っていたのである。

「ウーム。凄い野郎だ。別所に負けないスピードだ」

金サンが思わず嘆声をもらしたので、近所の人々が笑いをもらした。金サンはムキになって、隣りの人に食ってかかった。

「あいつは超特別の大天才投手だよ。凄いウナリじゃないか」

「スポンジボールだからね」

「なアに別所だって、あんなもんだよ。カーブだって目にもとまらない速さじゃないか」

「どうかしてるな。このオジサンは。オジサンはあの学校の先生かい?」

近所にいた子供がきいた。その連れの子供が云った。

「あのピッチャーのオヤジだろう。あんまり変テコなこと云いすぎらア」

すると、みんなが笑ったのである。しかし、まさかアベコベのオヤジとは誰も気がつかない。金サンはいささか蒼ざめた。バッタバッタと三回まで長助チームは全員三振であった。長助はしきりに打たれて三回までに五点とられた。

「よく打ちやがるなア。あのピッチャーだってうまいんだがなア。あの左腕からくりだす豪球——」

「豪球じゃないや。ヘロヘロじゃないか」

「バカ。相手のピッチャーが豪球すぎるから、そう見えるのだ」

「ウソだい。あんなヘナチョコピー、珍しいよ、なア。クジ運がよかったから準々決勝まで残れたんだい。別の組だったら一回戦で負けてらア。ほら、ごらんよ。石田が降りて、第二投手がでてきたよ。第二投手でもあのヘナチョコの倍も速いや」

「なるほど、速い。そろっているな。超少年級。プロ級じゃないか」

「バカ云ってらア」

長助チームは第二投手も全然うてず、五回にして十一対〇。コールドゲームであった。金サンは茫然。夢からさめたように立ち上がった。帰って行く長助チームの姿を認めて追いついてみると、彼らは敗戦などはどこ吹く風、まるで負けたのが愉しそうである。

「全然かすりもしねえや。速えなア」

敵に感心して、よろこんでいる。金サンは部長の先生に話しかけた。

「運がなかったですね。あんな強いのにぶつかっちゃアね」

「イエ。運がよかったんですよ。ここまで来れたのがフシギですよ。一回戦で負けてるのが本当なんですな」

「そんなにみんな強いですかね」

「つまりウチが弱すぎるんでしょうな。ピッチャーがいないんです。こんなのが二年つづけて主戦投手ですからね。左ピッチャーという名ばかりで全然威力がないのですから」

部長はキタンのない意見をのべた。金サンは言葉がなかった。長助を見ると、さすがに苦笑している。金サンはようやく目がさめたのである。にわかに疲労が深まってしまった。金サンが牛肉屋の二階へ来てみると、誰もいない。女中が掃除をしていた。

「もう、すんだのかい？」

「ええ、二時間足らずですんじゃいました」

「どうだった？」

「床屋の子供が三番棒で負けたそうですよ」

「そうだろうな。天下は広大だ。天元堂はどうしたえ？」

「小僧をひきずって停車場へ行きましたよ。この町へ置いといちゃア物騒だとか何とかブツブツ云いながらね」

金サンは源床の前に立った。本日休業の札がかかげられて、カーテンがおりている。金サンは露地を通って床屋の裏口から声をかけた。源サンがねころんでるのが見えたからである。

「源的。すまねえ。そう睨んじゃいけねえよ。あやまりに来たんだ。まったく、すまねえことをした。しかしだなア。お前もガッカリしたろうが、こうした方がよかったのかも知れないぜ。ウチの長助もコテンコテン、問題にならねえや。未来の花形選手どころじゃねえや。天下は広大だてえことが、つくづく分ったなア。早く目がさめて、まア、よかったというものだ」

源サンも敵の来意がのみこめたので、上体を起こして背のびをした。そして、云った。

「バカな夢を見たものだ」

「まったくだ」

「長助もコテンコテンか。アッハ。おかしくも、なんともねえや」

「本日休業か。損をかけたな」

「お前、いくらつかった？」

「アッハ。おかしくも、なんともねえ」

金サンが店へ戻ってみると、天元堂が裏庭から自分の二階へマキを運んでいる最中であった。ネジリ鉢巻に尻をはしょッて忙しくやっている。

「ヤ、旦那。無事、すみましたぜ。角落ちで、見事に三番棒でさア」

「そうだってな」

「マキは運んでいいでしょうね」

「うるせえな。運んでるじゃないか」

「ですから、運んでいいでしょうね」

「早く運んじまえ……」

金サンは割れ鐘のような声で怒鳴ると、家の中へもぐりこんでしまった。

将棋を指す囲碁名人

名人余香（抄）

川端康成（一八九九年―一九七二年）

初出：『世界』一九五四年五月
底本：同

かねてより碁に親しんでいた川端康成と世襲制最後の本因坊である秀哉との関わりは深い。川端は一九二六年九月に読売新聞が企画した本因坊秀哉と雁金準一との院社対抗戦を直木三十五と観戦しており、一九三二年一月に国民新聞が主催した秀哉名人と呉清源との対局では直木とともに観戦記を担当した。

将棋界と囲碁界はほとんど同時期に江戸時代から続く家元制から実力名人制へと移行した。実力名人制発足にともなう本因坊秀哉の引退碁は木谷實との対局と決まり、東京日日新聞ならび大阪毎日新聞によって大々的なキャンペーンが組まれた。一九三八年六月二六日から対局が開始され、一二月四日の終局までの長期にわたる戦いとなった。そしてこの引退碁観戦記を担当したのが川端であった。

小説「名人」は引退碁観戦記を材料に執筆された小説であり、秀哉名人没後の一九四〇年から戦後にかけて複数の媒体で断続的に発表され、章立てが異なるいくつかのバージョンが存在している。

本書では今日あまり流布していない「名人余香」から、引退碁敗北後の名人と川端をモデルとする「私」との将棋を通じた交流の場面を抄録した。「名人」冒頭で「私」は「秀哉名人の最後の勝負碁（引退碁）の観戦記を書き、名人の最後の将棋の相手をし、名人の最後の顔（死顔）の写真をうつしたわけであった」と述べ、名人の最期に立ち会った証人として自己を位置づけている。「余香」では囲碁界から退き、衰えゆく身体でもなお勝負事に妄執し、相手の嫌がる様子をよそに将棋を指す名人の姿が描かれた。

（矢口貢大）

十二月四日に長い碁が終わって、相手の大竹七段も世話人たちも、ほっと解放されて、あわただしく帰って行ったのに、敗れた名人だけが対局の宿に居残ったのを、私はおどろきもし、名人をさびしいようにも思ったのだが、そのまま名人は伊東で冬を過すということだった。宿は暖香園から松喜に変わったと聞いた。

大正十五年に雁金七段と、戦った後で肺炎をわづらってから、名人は冬を恐れて、熱海に避寒する習わしだった。春が来ても、暖い熱海から寒い東京に帰るのは危ないので、熱海と東京との中間の温度の湯河原に、しばらく中継ぎして行くという風だった。そのことを私に話すのに、名人は「中継ぎ」という言葉を使った。

伊東は熱海より寒いのに、なぜ熱海へ移らないのだろうと、私は名人のために思った。適当な宿が熱海に見つからないからというのが、私には不審だった。痩せているのは名人に似た私も、寒い時はよく仕事を持って熱海へ行った。その年も暮から熱海の富士屋にいた。正月には、名人を伊東に訪ねるつもりだった。

東京日日新聞の囲碁記者の砂田が、名人のところへ年賀に行く途中、私の宿に寄って誘ってくれた。ちょうどその日は、名人の弟子たち、いわゆる坊門の前田六段、村島五段、高橋四段など四五人が、名人の宿に集まるということだった。

砂田記者と私とは名人夫妻の部屋へ先に行って、新年のあいさつをした。それから二階の門弟たちの席に加わった。もう酒がまわっていて、にぎやかだった。私はしばらく座っていて、その酒席を抜け出すと、熱海の宿に帰った。門弟たちがそろってわざわざ伊東の名人の宿まで年賀に来て、新年会を開いているのに、名人は寒々とした部屋にぼそっとしているのだった。まだ夜がふけたというわけではなかった。

それから四五日後の午前十時ごろ、答礼の意味もあってか、名人夫妻が熱海の私の宿へ来た。

「田村さんとおっしゃる方がお見えになりました。」と、女中に取りつがれても「本因坊名人」で通っていて、田村という姓は聞きなれないから、私はとっさにはわからなかった。

「小さい御老人です。奥さまもごいっしょです。」

「ああ、名人だ。」と、私は妻と顔を見合わせて迎えに立ち上がった。

名人は部屋に座るなり、

「将棋盤がありますか。」と言った。

「一番お願いしましょうか。」

「はあ。」

私は当惑した。将棋は知っているけれども弱くて、少しもおもしろくないし、誰とも指さない。しかし、名人には相手の逃げ腰など一向に通じなくて、つかまってしまった。箱根や伊東では、ほかに人もいたし、私はつかまらぬようにしていた。両馬落ちか両桂かで指したように思う。私はいやいやおつきあいに駒を動かしているだけで、気乗りもしないし、勝負ごころもわかない。張りあいのない相手なのだが、名人にはそれもわからないらしく、余念なく手を読んで長い。私は名人に悪くて苦痛だった。ひる近くなるのを待ちかねて、私は鰻屋へ誘い出した。

「まだおひるには早いでしょう。もう一番願ってから。」

と、名人は未練げだったが、車が来てしまった。

名人からたばこの朝日を二十箱、手土産にもらった。


鰻が名人は好物だった。西山の重箱は、夏の軽井沢でも冬の熱海でも、私は懇意にしていた。名人も重箱の店が山谷にあった昔からのなじみだろう。重箱のおかみは気さくな話好きで、名人はついぞない上機嫌に口が軽くなった。おかみがすすめるままに盃を重ねた。

「大病をいたしましてから、こんなにいただくのは初めてですわ。」

と、名人の夫人はおどろいて見せた。いくらか不安そうでもあった。

しかし、名人はあっけないほど小食だった。蒲焼のほかに、胆の串焼きや、鯉のあらいに鯉こく、その上に鯰鍋(なまずなべ)が出る。その鯰鍋は、名人はちょっと汁を吸っただけで、鯰鍋が自慢のおかみは残念そうだった。長い食事の後でも、名人の話はつきなかった。

私が車を頼むと、

「下りだから、歩きましょう。」と名人は言った。

「そうですよ。お歩きなさい。来の宮(きのみや)でしょう、五分で行っちゃいますよ。ゆっくりいらっしゃれば、大丈夫ですね、先生。」と、重箱のおかみも名人に言った。

「ちょうど腹ごなしにいいじゃありませんか。車なんか、つまらないですよ。」

名人の心臓が悪いのを、私は心配したのだった。

私たちも名人を伊東まで送りかたがた、南伊豆の下加茂温泉へ行くことにしていた。来の宮駅で、名人の夫人と私の妻とは乗車券を買いに行ったが、出札口から妻が小走りに私のところへもどって来て、

「名人は三等にしましょうとおっしゃるのよ。三等でいいの?」

「いいよ、三等で……。」

妻は名人の分の切符も買うので、私に聞いたのだった。

乗り場へ上る階段で、夫人はうしろから名人のきものの裾を持ち上げた。

伊東に着くと、私たちは下田行きのバスにいそいで乗った。バスが町を五六丁走ったころ、

「あら、名人が、あすこを歩いてらっしゃいますわ。」と、妻はおどろいて言った。

「どこ、どこ?」

「ほら、あすこ……。お二人で歩いてらっしゃるじゃありませんか。」

「ああ。」

「割に足がお早いのね。」

私たちはバスの窓から礼をした。

「お気づきにならないわ。」

バスは名人夫妻を追い越した。名人はぐっとつぐんだ唇を突き出すような真剣な顔で、小刻みに歩いていた。駅から正月の客が流れ出した、車や人の群のあわただしい、灯ともし時の、繁華街に、名人は目立って小柄だった。

「お歩きになるんですのね。」と、妻は感慨をこめて言った。

「まあ小さい町で、松喜までは歩いたっていくらもない。五十銭でも一円でも、むだなことはしないという人なんだろうね。」

駅から宿屋まで歩く方が、むしろ風変わりだった。名人ほどの地位の老人ではなおさらだった。しかし考えてみると、歩いてもなんでもない近くを、駅から車で宿へ行くのは、温泉客の見栄というよりも、習慣に過ぎない。

「でも、名人は枯枝みたいなおみ足なんですよ。さっき、

来の宮駅で御覧にならなかった……？」

バスから振りかえっていて、名人が見えなくなると、妻は小声で言った。

「見えなかったが、知ってるよ。」と、私は答えた。

「見なければ、とても想像がつきませんわ。来の宮で駅の段々をあがる時に、奥さまがうしろから、ひょいと名人の裾をまくりあげて、おもしろいことなさると、おどろいたんですけれど、歩きいいように裾からげなさったんです。とぼけた恰好でしたわ。でも、そうしてのぼってらっしゃるところを、下から見上げると、かさかさの骨ばかりの、細い枯竹のような足なんですよ。まわりの人もびっくりした顔で見てましたわ。ひねた鶏に、白く苔の生えたような足があるでしょう、あんなのです。なんだかお可哀想な気がしたわ。」


（中略）


第二局は二月八日、熱海の桃山荘を対局場とした。講評の本因坊名人も観戦記の私も前夜から泊りこんでいた。七日の夕方、大竹七段と呉六段とは連れ立って、小菅剣之助の別荘へ晩飯に招かれて行った。小菅の別荘には藤澤庫之助五段も泊っていた。病気で観戦に来れない小菅老は、藤澤五段にこの碁を見て来てならべてくれと頼んだということだった。

第一局と同じく、今度も小杉の盤を使った。この盤には私も思い出があった。昭和七年の一月、熱海の水口園で、名人が呉四段と二子局をこころみた時、名人が「小波（さざなみ）」と名づけて裏書きした碁である。それは国民新聞の碁で、直木三十五が世話役をつとめていて、私も誘われて行って短い観戦記を書いた。名人や呉少年と初めて会った。打ちかけになって、名人、呉少年、直木がいっしょに温泉にはいるのを見ると、夕闇の大風呂の湯気のなかに、三人とも餓鬼のように痩せていた。あくる日、打ちつぎを見ているところへ、三宅やす子が死んだという電話がかかって来て、私は東京に帰った。そう言えば、大竹七段と呉六段との三番碁のあった、昭和十四年の冬にも、岡本かの子が死んだという林房雄の電話で、私は熱海から東京へ行った。そして、この碁を講評した名人も、翌年の一月には死ぬ人であった。

桃山荘は熱海駅の裏山の南面の中腹に立っていて、二階の対局室からは、伊東の先の川奈富士まで見晴らせた。暖い海だが、山のいただきには雪が残っていた。

「呉さん、新調したね。」と、盤に座った大竹七段は親しみをこめて言った。縫紋の羽織のことだ。その紋は五燿——十字がすりのようなのが五つあった。家の紋章のない中国人の呉清源が、碁盤の目をかたどって考案したのだという。

大竹七段の黒番で、第一着は果して旧布石の小目だった。

「ずいぶん久しぶりで、大竹さんに小目打たれた。」と、呉六段は言った。

「六年——いや、八年ぶりくらいかな。」と、大竹七段は答えた。

「私も小目は、五段になってからなかった。三三に打ったことはある。」と言いながら、呉六段は星によった。黒三も小目、白四はまた星に打って、

「黒がこういう恰好の時、星二ついくのはあまりないね。」

「ある、ある、僕よくあった。」と、大竹七段が答えると、

「そう、あなたやったね。五年前にね。……いくら考えたって分りやしない。経験のためにね。」

名人はこの白四の星打ちを策が乏しいと講評した。

「ほう。いい座敷だね。」と、名人がはいって来た。私は名人の伊東の部屋を思い出した。対局の二人が名人に朝のあいさつをした。

藤澤五段は名人よりも少しおくれて来た。金時のように赤い頰は、病後とは思えなかった。火鉢に遠くひかえて、座布団もあてずに、力士のような握りこぶしで、大きい呼吸をしながら、数え年二十一歳らしい紺がすりの朴篤な姿で見入っていた。

黒五で一隅をしまり、白六ともう一隅の黒の小目に一間高がかりして、黒がその白石に下からつけ引き、白がおさえてかけついだ時、黒はのぞくのが普通の定石だが、大竹七段は高目にかかった白の石をはさみつけた。

「先生、この手は定石にございませんか。」と、名人を振り向いた。

無論じょうだんだから、名人は微苦笑するだけだ。

「新手でございましょうかね。」

「そうですね。」と、名人は笑った。

「やったね。新手打たれて分らん、考えなきゃあ。」と、呉六段もじょうだんを言って、

「この定石は、シナにあるよ。」

「新手じゃなくて、シナ手か。珍手を打つからね、どうも……。」

その後も、二十手あたりで、大竹七段が、

「どうも頭をおさえて来られるんで、閉口だ。」と言うと、

「おさえさせるんだ。地にからく来るんで、閉口だ。」と、呉六段が答え、

「意地っ張りだね。どうも……。両方とも。」

「どうも、大竹さんと打つと、いつも意地っ張りになる。」

というような軽口をくりかえしていたが、白二十二の手のあたりでは、名人もしきりに小首をかしげて、けげんな顔つきだった。

しかし、専門棋士はそう長いあいだ碁盤のそばで見ているものではない。夕方には観戦記者の私一人だった。五時になって、たしか打ちかけの時間は五時であったがと、私は別室の八幡幹事のところへ注意に行って、いそいでもどると、そのあいだに大竹七段は封じるはずの手を打ってしまっていた。対局者は時間をまったく忘れてしまっていたのだ。記録係も気がつかなかったらしい。

「まだ三時ごろだとばかり思っていた。どうするか、困ったね。」

と、大竹七段は考えて、

「呉さんが、次の手封じるか。」

「私の手で封じるか、私が一手打って、あなたの手で封じるか。大竹さん、この手を封じる権利があったのだから。」

と呉六段は言って、ゆずり合った。さあと迷って、別室の名人や小野田六段の審判をもとめると、呉六段に一手打たせてから、大竹七段の手で封じるということになった。このため打ちかけたがおおかた一時間のびた。

二日目には、病気の小菅剣之助も起きて見に来た。この人は将棋の名誉名人、碁も素人としては相当だが、めったに打たないで、見るのが好きだった。旅館の聚楽の碁席へ毎日のように来て、私たちの下手な碁をあきずに見ていた。四日市の実業家だが、冬は熱海の別荘で過ごした。

この碁は三日にわたって、豊島与志雄、村松梢風、前田

六段、村島五段、聚楽の碁席の赤木三木三段なども観戦に集まった。三日とも晴れで、熱海の海の色は、三日のあいだにも春めいて来た。

三日目の午後、早見えの呉六段が、白百四十六の手に五十五分考えた。顔が真赤になって、病後に障りはしないかと思われた。細長く美しい指の掌で片頬をおさえていると、大きい耳と、高い鼻と、鋭い目の横顔が、なにか純粋な知恵の結晶が輝いているようだが、純粋すぎて脆弱なたいたしさとも見えた。白百三十の大きい失着もあって、呉六段の苦しい碁になっていた。このころは名人もそばにいて、まったく碁に没入してしまっていた。

五時半の夕飯になった。対局室の障子をあけると、紫の夕映えが美しかった。湯の町の灯が目の下にある。

「ああ、大戦争やった、とにかく……。」と、呉六段はしみじみ言った。血の色が耳たぶに残っていた。両棋士とも、三時のおやつの饅頭を忘れていたらしく、今はじめて目について、

「激戦だったのだなあ。」と、顔を見合わせた。

六時半からまた盤に向かったが、それから一時間後の七時半過ぎには、

「これはありません。」と、呉六段が投げた。

早速その場で、二人は今の碁を調べて、感想を述べ合い、名人の講評も加わって、三時間もつづいて、十一時になった。

自分の部屋にもどると、呉六段はすぐ寝床にはいったのを、大竹七段が起こして来て、気晴らしの将棋を遊んだ。にぎやかな大竹七段につられて、呉六段まで浪花節まがいの歌を陽気に歌いながら駒を動かした。そしてあくる日は、平塚の大竹七段後援会へつれ立って行った。二人は現役の双璧として、芸友であり、芸敵であった。三番碁の第一局、第二局とも大竹七段が勝ってしまったので、三局目はないことになった。

私は対局の三日とも、碁盤のそばにいて、名人が別室でなにをしていたか見る折りもすくなかったが、ある日は藤澤五段をつかまえて、ひる前から夜なかの三時まで将棋を指しつづけ、あくる朝も顔を合わせるなり、また相手をさせたのを始めとして、やはり勝負ごとに耽(ふけ)っていたようだった。それは箱根や伊東でと変わりがなかった。そして名

人という高さで講評を受け持っていた。しかし、引退碁に負けて、もう勝負碁を打たぬということで、現役を退いた人、いわば名人の余光であった。私はそれがさびしく、若い花形の対局のそばに名人を見ることはつらいようでもあった。

（中略）

聚楽の碁席には、碁好きの常連があって、毎年正月になると、そういう客の顔が合った。碁席の欄間に秀哉名人の額がかかっていた。私は碁を打ちながら額を見上げて、名人が熱海に来るのを心待ちしていた。

十五日に私は妻に言った。

「今日名人がうろこ屋に着くはずだがね。今日は汽車でおつかれだろうから、明日でも電話をかけてみよう。」

そのあくる日は熱海にはめずらしく雪もよいで寒かった。午後になって、うろこ屋に電話をかけてみた。

「やはり昨日お着きになりましたって……。奥さまがお出になっていらっしゃいますよ。今からお遊びにお越し下さいとおっしゃってますよ。」と、妻は電話機を持ったまま、私を振りかえった。

「そうだね、今日はあんまり寒いから、暖い日をみておうかがいいたしますって……。そうした方がいいだろう、名人は寒がりだから……。」

「今日はあんまりお寒うございますから、暖い日をみて、おうかがいいたしますと申しております。……はあ、ありがとうございます。」と、妻はまた私を振りかえって、

「こちらはかまわないから、おさしつかえなかったら、どうぞいらして下さいと、先生がおっしゃってますからって……。およろこびになって、お待ちかねだそうですよ。」

「それではこれからおうかがいいたします。」と私は電話で言わせて、

「ちょっとあいさつだけして、すぐに帰ろう。」

聚楽の横口からうろこ屋までは、道を一つ渡って、宿屋と宿屋とのあいだの路地を抜けて、ほんの二分ほどだった。その路地で妻が言った。

「名人はどうしてうろこ屋になさったのでしょう。」

「まあ、いくらか安いからだろう。名人は宿賃など倹約ら

しいんだね。」と私は言って、去年の伊東の名人の部屋を思い出した。

しかしうろこ屋では、玄関からまっすぐに廊下を突きあたった奥、八畳と四畳半の角部屋で、障子のはめガラスから海が見えた。

「いいお部屋ですね。」と、私は名人に言ってから、

「舟橋君のいた部屋だね。」と妻を見ると、夫人に説明した。

「友だちの、舟橋聖一という小説家が、ここを定宿にしてまして、この部屋へ私たちも遊びに来たことがあります。」

「そうでございますか。おかげさまで今年は暖いお部屋にまいれまして……。」と、夫人は言った。

「先生はいかがですか。汽車でおつかれになりませんでしたか。」

「へえ。」と、名人は言っただけだった。夫人が引き取った。

「はあ、ありがとうございます。立ちます前にお医者さまにうかがってみようと思いまして、病院へまいりましたんで、一日おくれたんでございますが、熱海くらいなら近いからいいでしょうとおっしゃっていただきましてね。途中の乗りものを心配いたしましたけれど、無事に着きまして、ほっといたしました。」

心細い話だった。

「昨日は二時に宅を出まして、三時何分かの熱海行きに乗りまして、工合よくかけられたんでございますが、横浜を出ましてからですか、おしりが痛いと申しましてね。失礼なお話ですが、あの、おしり骨が腰かけにあたるんでございますね。もともと痩せていて、おしりの肉などもございませんけれども、これまでは相当長い旅行をいたしましても、おしりが痛いと申したことはございませんのですよ。やはりこれまでより骨がよけいとがって出たのかしら、体が弱っていて辛抱がなくなったのかしらと、さびしい気がいたしましてね。私の肩かけをおしりの下に敷いて、その上に座らせますと、ああ楽になったと言って、熱海へ着くまで、もう痛いとは申しませんでした。年を取って病いに弱りますと、いろいろの故障が出てまいりまして、いやでございますね。」

「馬に乗るのに、桃尻ということがある。」と、名人はつ

ぶやいた。

　夫人は聖路加病院へ行ったことに話をもどしたが、診察の結果の報告はあまりはっきりしなくて、私の不安を増した。しかし、突っ込んで問いただすわけにもゆかなかった。

　夫人は私が引退碁の観戦記に書いた、長命の相という、名人の長い眉毛の話をした。熱海へ来るために、十二日に床屋を呼んだ時、名人はその眉毛を大事にしといてくれと言ったとのことだった。

　夫人の話が終わるのを待って、名人は自分で将棋盤を膝の前においた。

「さあ、一番お願いしましょう。」

　私は去年の富士屋の時よりもなお当惑した。

「今日は失礼いたします。近くにおりますから、またまいります。先生もおつかれでしょうし……。」

「まあ今日はゆっくりしていらっしゃい。」と、名人は静かに駒をならべるので、私ものがれられない。将棋を指す気がない上に、名人の体を案じているので、なおいやだった。一局ではすまない。早く負けたいのだが、名人は考えこんでいる。


　二局目の途中に、夫人が廊下へ出て行って女中を呼んでいるので、私たちの夕食を言いつけるのだろうと、私は気が気でなかった。やっとつめられて、私はそそくさと帰りのあいさつをした。

「まあ、いいじゃありませんか。久しぶりで、いっしょに御飯を食べて、ゆっくりしましょう。」と、名人は言った。

「もう宿にそう申しまして、支度が出来てるんでございますよ。せっかくですから、ぜひ召し上がって……。」と、夫人も引きとめるのを振り切るように、私は立ち上がった。

　名人が部屋の外へ送って出るので、

「お寒いですから、どうぞ……。ほんとうに結構です。」と、私たちは言った。夕方の廊下が冷えて見え、ほんとうに寒かった。

　私は円い湯船の方を振りかえりながら、

「ここのお湯は熱いでしょう。」

「はあ。主人はなかなかはいれませんのですよ。心臓が悪いものですから……。はいります時は、私が両脇に腕をさしこんでささえていて、漬けるんでございますよ。」

「舟橋君から聞きましたが、名湯だということで、湯番が大事にしていて、客に水をうめさせないんだそうです。さめるのを待つんだそうです。」

そういう頑固な湯番は、富士屋旅館にもいた。

名人夫妻は寒々と広い玄関まで送って来た。私は靴の紐も手早く結んで、

「ありがとうございました。どうぞお大事になさって下さい。暖い日に、竹葉へお誘いにうかがいます。」

「今晩は冷えますでしょうから、先生も温くなさって、お早くお休みになって……。」と、妻も言った。

玄関のガラス戸をしめて振り返ると、名人はまだ立っていた。私たちはおじぎをした。宿屋と宿屋のあいだの路地には、粉雪がちらついて、私は名人のなつかしい余香も寒かった。

そして、これが名人との別れになった。名人はその夜から危篤におちいり、翌々日の夜明けに、名人が死んだという、高橋四段からの電話で私たちは眠りをやぶられた。

洪水の夜の記憶

南豆荘の将棋盤

井伏鱒二 （一八九八年―一九九三年）

初出：『雲母』一九五七年五月
底本：『井伏鱒二自選全集　第九巻』新潮社、一九八六年

井伏鱒二は飄々(ひょうひょう)とした作風が特徴で、「山椒魚」や「黒い雨」などの作品で知られる。文壇屈指の将棋好きで、一九二九年ごろ阿佐ヶ谷将棋会を結成し多くの作家たちと将棋を指した。この会には外村繁、小田嶽夫、木山捷平、安成二郎、上林暁、亀井勝一郎、浅見淵、太宰治、瀧井孝作、宇野千代、尾崎一雄、真杉静枝ら錚々(そうそう)たる面々が参加した。晩年まで住んだ荻窪では大山康晴一五世名人と近所づきあいをしていた。また菊池寛は井伏に将棋の手ほどきをしており、文藝春秋社の社長室で井伏と永井龍男を対局させた。井伏が悪手を指しそうになるたび、菊池は「アァアーッ」と声をあげて助言したという。永井と井伏は終生将棋の好敵手であった。

さて「南豆荘の将棋盤」では、一九四〇年七月一二日に南伊豆で発生した水害が回想され、出来事の記憶とそれを語ることの困難さが淡々とした筆致で描かれる。年輪の乱れた古い将棋盤は、「私」に戦前の洪水を想起するようにうながす。洪水に居合わせた亀井や太宰らの振る舞いは「私」に強烈な印象を植えつけるが、その像がどこかぼやけている。「私」には落ち着いて蚊帳を畳むように見えた当時の亀井の姿が、本人の弁では布団に腰掛けて観音経を唱えていたとされ、太宰の記憶では腰を抜かしていたとされる。同じ出来事に立ち会いながら、それぞれの記憶の像はずれつづける。そしていまの「私」は、淡々と目の前の将棋の勝敗を記録する。将棋を通じて戦前から多くの作家と交流した井伏ならではの短編である。

（矢口貢大）

去る二月上旬、天城連峰周辺の街道を巡って来た。道づれは印南君である。三泊か四泊の旅。三日目の泊りは、谷津の南豆荘で、女中に将棋盤と駒を貸してくれと頼むと、おかみさんが新しい駒と古めかしい盤を持って来て、「この盤に見覚えがございますか」と云った。

この将棋盤は木目の乱れた厚い欅（けやき）の材で出来ていた。将棋連盟で規格されている寸法より少し薄く、しかも脚が取れていた。「見覚えがありません」と云うと、「御存じないんですか。例の大洪水のとき、ここへ流れて来た将棋盤です」と云った。

例の大洪水のときというのは、昭和十五年七月十二日の夜のことで、その晩、私はこの旅館に泊っていた。大変な騒ぎであったのを覚えている。私は階下の部屋に眠っていたが、夜なかの二時ごろ「水だ水だ」と叫ぶ声で起き上がると、このときにはもう畳が水に浮いて、自分は浮いている畳の上の蒲団に寝ていたことに気がついた。

「この蒲団は畳ごと浮巣だな」と思った。

急いで蚊帳の外に出た。リュックサックを背にすると、畳を踏み沈めたので、浮いている方の畳のふちで向こう脛（ずね）を打った。

私は二階に駈けあがり、そのとき同宿していた亀井勝一郎の寝ている部屋に駈けこんだ。すると離れに泊っていた同宿の太宰治夫妻が駈けこんで来た。太宰は畳の上にきちんとかしこまって、「人間は死ぬときが大事だ。パンツをはいておいで」と細君に云った。しかし水が刻々に増えているのだから、それは無理である。細君は無言のままうつむいていた。

亀井君は割合に落ち着いているように見えた。むしろ非常に落ち着いているように見えた。一言も口をきかないで、のろのろと蚊帳をはずして蒲団をたたみ、それを積み重ねた上に腰をおろし、夜空の一角に目を向けた。その方角の空では、しきりに稲妻が光っているのに雷鳴が一向にきこえなかった。どうも不思議だと思った。いくら稲びかりがしても音はきこえない。

そこへ宿のおかみさんが尻端折り（しりはしょ）で駈けこんで来て、

「お客様がたに何とも申し訳ございません。皆様、このまま遭難されるということになりますと、私どもとしましては、何とも心苦しゅうございます。申し訳ございません」

と畳に手をついてしきりに頭をさげた。そのたびごとに、ふところから貯金帳がこぼれるので、「お母さん、みっともないわ。もすこし落ち着いてちょうだいよ」と宿の娘さんがたしなめた。

おかみさんは階下へ電話をかけに降りて行ったが、すぐに引き返して来て、「台所の電話も、もう水につかってしまいました」と云った。さっき郵便局へ助け船を求める電話をかけたときには、まだ一尺ほど電話機が水から離れていたそうで、郵便局の人の話では、三宅島が大爆発したので東京方面でも大騒ぎをしているらしいという。

外は暗闇であったが、ときどき稲妻が光るので、いろんなものが川上から流れて来るのがわかった。流木のほかに、鳥居のようなもの、連子窓（れんじまど）、雨戸などが矢のように流れて来て、どしんと庭木に突きあたる。もし庭木がなかったら、まともに家に突きあたる。この際、庭木が頼みの綱のようなものだ。なかでも貧弱な三本のポプラの木が一番たのもしい。たいていの流木はこのポプラの木に突きあたって、きりきり舞いをしてから脇に流れて行く。三本、不自然に並んだひょろひょろのポプラである。私は初めてこの宿に来たとき、このポプラの木があるのでこの庭も台なしだと思ったが、そんな不逞（ふてい）なことを思って相すまなかったと考えを変えた。

軒の物干竿をとって、廂（ひさし）の上から水の深さを計ってみた。七尺くらいの深さがあった。川上から押寄せて来る水は、少し高みになっている庭の隅で大げさに渦を巻いていた。そこにあるこんもりした紫陽花の木が濁水にもまれ、たくさんの手毬のような花が縦横無尽に揺れ動いた。それが稲びかりの明るみで見えた。何か凄惨な感じで、また幾らか艶なるものであった。

助け船の来ないままに夜が明けた。水が引いたあとは、離れの濡縁に泥土がたまり、コンクリートで造った台のように見えた。階下の私のいた部屋には、床の間に鉄の香炉が一つ残っているだけであった。廊下に出しておいた釣竿も魚籃（びく）もみんな流されてしまった。

後になって、亀井君の話では、あのときにはおそろしさのあまり蒲団に腰をかけ、口のなかで観音経を口誦（くちずさ）んでいたそうであった。太宰君の説によると、亀井は腰を抜かしていたのだというのであった。しかし腰を抜かした者は、蚊帳をたたむことも蒲団をたたむことも出来ないはずだ。

流失したと思っていた私の釣竿は、土地の人が宿へ持って来て、「この竿は、お宅のお客さんの竿でしょう。川下の橋桁に引っかかっていました」と、おかみさんに云ったそうだ。赤い漆の色で見分けがついたのだそうである。釣竿は濁流につかっていたので撚（よ）りが戻って、つなぎ合わせてみると曲りくねっていた。とても使いものにならないので宿に置いて来た。

昭和十五年七月十二日の三宅島噴火の顚末（てんまつ）は、後日、この島の浅沼悦太郎氏から詳細を聞かされた。やはり稲妻が光っても雷鳴はきこえなかったという。

将棋盤が流れて来たことは忘れていた。内庭に流れて来たということだから、床下から流れこんだものだろう。私は印南君とこの盤で指して三対一で勝った。

将棋を指すロボット
鉄人Q（抄）

江戸川乱歩（一八九四年—一九六五年）

初出：『小学四年生』一九五八年四月号—一九五九年三月号、『小学五年生』一九五九年四月号—一九六〇年三月号
底本：『江戸川乱歩全集　第二二巻』光文社文庫、二〇〇五年

江戸川乱歩は大正から昭和にかけて活躍した推理小説家。名探偵明智小五郎や怪人二十面相が登場するジュブナイル物のシリーズでも人気を博した。また、海外の探偵小説にも通暁し、数々の先駆的な探偵小説論を書いた。乱歩は将棋が趣味で、家に遊びに来た作家たちとよく将棋を指していた。プロ棋士とも交流があり、戦後に木村義雄名人から初段の免許状をもらっている。

乱歩の探偵小説には、探偵小説論を内に含む、メタ探偵小説性がしばしば認められる。その例のひとつ、一九五九年発表の『ぺてん師と空気男』には、主人公と語り手が「ジョークと滑稽文学、探偵小説、手品、詰将棋」という共通の趣味について語り合う個所があり、意外な正解を作者が用意している詰将棋というパズルを、乱歩が探偵小説に似たものだととらえていたことを示している。

本集に収録したジュブナイル物『鉄人Q』は、雑誌『小学四年生』に一九五八年四月号から連載された。ここで描かれている、AI将棋の先駆と言えそうな「将棋を指すロボット」というアイデアは、乱歩が読んだドロシー・L・セイヤーズ編の『探偵怪奇恐怖小説集』に入っている、アンブローズ・ビアスの怪奇短篇"Moxon's Master"（邦題は「自動チェス人形」など）からそっくり拝借したものである。乱歩は評論集『幻影城』（一九五一年）に収められた評論「怪談入門」（一九四八〜四九年）の中でこのビアスの短篇に言及して、「〔ある学者〕はそのロボットに将棋を教え、ある嵐の夜、さし向いで将棋を指す……遂に学者の勝ちとなって勝負が終ると、ロボットは激怒して立上り、ダイヴィングのような恰好で学者に飛びかかり、壮絶な格闘がはじまる。そして、学者は自分の作ったロボットに頸を絞められて無残な最期をとげる」と物語の筋を要約している。

（若島正）

ふしぎな老人

北見菊雄君は、小学校の四年生でした。おうちは東京の豊島区にあるのですが、近くに小さい公園があり、北見君は、友だちといっしょに、その公園で、よく野球などして遊ぶのでした。

公園には、毎日のように、みょうなおじいさんが、来ていました。しらが頭にベレー帽をかぶり、大きなめがねをかけ、白い口ひげと、あごひげをはやし、灰色の洋服を着て、ベンチに腰かけているのです。

北見君たちは、いつのまにか、そのおじいさんとなかよしになりました。おじいさんは、少年たちにおもしろい話を聞かせてくれるのです。

なんでもよく知っていました。学校の先生よりも、ものしりのように見えました。

「わしはね、科学者だよ。そして、発明家だよ。いま、すばらしいものを発明しているんだ。きみたちは、びっくりするよ。いや、どんなおとなでも、あっとおどろくような発明だよ。できたら、きみたちにも、見せてあげようね」

おじいさんは、しわだらけの顔で、ニヤニヤ笑いながら、そんなことをいいました。

「それ、どんな発明なの？　何かを作っているの？」

少年たちが、たずねますと、おじいさんは、もったいぶったようすで、

「それは、まだいえない。わしの秘密だからね。むろん、何かを作っているんだよ。すばらしいものだ。世界じゅうの人が、あっとおどろくようなものだ」

おじいさんは少年たちに会うといつでも、そのことを話しました。しかし、何を作っているのか、少しもうちあけてくれないので、少年たちは、つまらなくなって、もう、おじいさんが、そのことをいいだしても、耳をかたむけようとはしなくなりました。

その中で、北見菊雄君だけは、いつまでも、おじいさんの発明のことをわすれないで、どうかして、その発明したものを見たいと思っていました。

ある日のこと、友だちが、みんな帰ってしまって、北見君は、ひとりぼっちになったので、おうちへ帰ろうと、公

園の出口の方へ歩いていきますと、そこのベンチに、あのおじいさんが、腰をかけていて、にこにこと、笑いかけました。

「おじいさん、あの発明、まだできないの?」

北見君が、そばによって聞きますと、おじいさんは、いつもより、いっそうやさしい、えがおになって、

「うん、やっとできたよ。すばらしい発明をなしとげたよ。きみは北見君といったね。きみが、いちばん熱心に、わしの話を聞いてくれたね。それにめんじて、いちばん先に、わしの発明を、きみに見せてあげようか」

それを聞くと、北見君は、すっかりうれしくなってしまいました。

「うん、見せて! それは、どこにあるの?」

「わしのうちにあるんだよ」

「おじいさんのうち、どこなの?」

「ここから五百メートルぐらいの、近いところだ。北見君、わしといっしょにくるかね」

「うん、そんなに近くなら、行ってもいいや。ほんとうに見せてくれる?」

「見せるとも。さあ、おいで」

そして、ふたりは公園を出て、大通りから、さびしいやしき町の方へ、歩いていきました。

いくつも町かどを曲がって、五百メートルほど歩くと、おじいさんは、

「ここだよ」

といって、立ちどまりました。

いっぽうには、大きなやしきのコンクリート塀がつづき、いっぽうには草ぼうぼうの原っぱがあって、この原っぱの中に、古い西洋館がたっていました。

「あれが、わしのうちだよ」

おじいさんは、北見君の手を引いて、道もない草の中を、その家の方へ、歩いていきました。

ポケットから、かぎを出して、入口のドアを開き、西洋館の中へはいりましたが、窓が小さいうえに、むかしふうのよろい戸が、しめきってあるので、うちの中はまっくらでした。

おじいさんは、北見君の手をひっぱって、ぐんぐん、ろうかへあがって、暗いうちの中へ、はいっていきます。

ろうかをひとまがりして、とあるドアを開くと、何かごたごたとならんでいる、ひろい部屋にはいりました。

カチッと、スイッチの音がして、電灯がつきましたが、大きな笠（かさ）のある電気スタンドで、その下だけが明るくなり、部屋ぜんたいは、ぼんやりとしか見えません。

でもそのぼんやりした光で、およそのようすはわかるのです。おじいさんは、自分で科学者だといっていましたが、いかにも、この部屋は、科学者の部屋でした。

大きな電気のスイッチ板（ばん）があり、曲がりくねったガラスのくだが、もつれあって、部屋の中をはいまわり、大きな机の上には、いろいろなガラスびんがならび、えたいのしれぬ機械があちこちに、すえつけてありました。

北見君は、あっけにとられて、このふしぎな部屋の中を見まわしていましたが、ふと、向こうのすみに異様な人間が立っているのに気づき、ギョッとしておじいさんの腕に、すがりつきました。

「あれ、あすこにいるの、だれですか?」

北見君が、おびえて、たずねますと、おじいさんは、

「ウフフフフ……」

と笑って、

「あれが、わしの発明した鉄人だよ」

と、きみの悪い声で、答えました。

「てつじん……て、なんですか」

「ロボットともいうよ。鉄でこしらえた人間だよ」

北見君は、ロボットなら知っていました。でも、これは電気博物館で見たロボットとはちがっているのです。あのロボットの顔は、四角な鉄の箱のようなものでしたが、ここに立っているのは、人間とそっくりの白い顔をして、目も、鼻も、口も、ちゃんとあるのです。その目が、こちらをじっと見つめているのです。

「ウフフフ……。ロボットといってもふつうのロボットじゃないよ。ふつうのロボットなら、ちっともめずらしくない。どこにでもあるんだからね。こいつは、人間とそっくりのロボットなんだよ。自分で、かってに動きまわることもできるし、話をすることもできる。人間とちっともちがわないのだよ。だから、わしはロボットと呼ばないで、鉄人といっているのだ」

北見君は、それを聞くと、なんだか、きみが悪くなって

きました。

「機械で動くのですか?」

「うん、機械だ。しかし、いままでのロボットの機械とは、まるでちがっているのだよ。そこが、わしの発明なのだ。もう、何から何まで、生きた人間と、そっくりなんだからね。あいつには名前もある。キューというのだ。ハハハハハ……。みょうな顔をしているね。キューがわからないかね。英語のQだよ。わしがそういう名をつけてやったのだよ。いいかね。いま、呼んでみるから、見ておいで……。キューよ、ここへ来なさい」

おじいさんが、そういったかと思うと、ギリギリギリギリ……と、歯車のまわるような音がして、鉄の人間が、こちらへ、近づいてくるではありませんか。人間のとおりに、足を動かして、歩いてくるのです。そして、おじいさんの前までくると、ぴたりと立ちどまって、ギリギリギリと、上半身を曲げて、ていねいに、おじぎをしました。

「ほら、ごらん。からだは鉄でできているが、このとおり、洋服を着せて、靴(くつ)をはかせてあるから、人間とそっくりだ。この顔も、鉄にえのぐがぬってあるんだよ」

おじいさんは、そういって、鉄人の顔を、爪の先で、コツコツと、たたいてみせました。

かたい音がします。

それにしても、なんて、うまくいろどったものでしょう。いくらか黄色みのある顔色といい、耳も、目も、鼻も、口も、まるで生きているようです。

「目をまばたくことも、口をあくこともできるんだよ。Qよ、まばたきをしてみせなさい」

すると、鉄人の目が、パチパチと、まばたきをしました。

「なにか、ものをいってみなさい。おまえはなんという名だね」

すると、鉄人の赤いくちびるが、パクパクと動いて、

「わたしは、キュー、です」

と、へんな声で、答えたではありませんか。なんだか、電話の声のような感じです。この鉄の人形のおなかの中で、テープレコーダーが、まわってでもいるのでしょうか。

北見君は、こわくなって、からだが、ブルブルふるえてきました。

鉄の怪人

「どうだね、おどろいたろう。こんな、人間とそっくりのロボットなんて、世界のどこをさがしたって、いやあしないよ。わしは、これを発明するのに、五十年もかかったのだからなあ」

おじいさんは、鼻を動かして、じまんするのでした。

北見君は、ほんとうにおどろいてしまいました。

そして、このしらがのおじいさんが、なんだか、神様のように、えらく見えてくるのでした。

「鉄人Qは、歩いたり、ものをいったりするほかに、何ができるのですか？」

「なんでもできるよ。こいつは、ちえがあるのだ。ものを考える力があるのだ。字も書けるし、本も読めるし、算数だって、きみよりうまいかもしれないよ」

「へえ！　算数ができるの？　ほんとう？」

「ほんとうとも。じゃあ、ひとつ、きみと計算の競争をやらせてみようか。掛算（かけざん）だよ。ここに紙と鉛筆があるから、きみもやってごらん」

おじいさんは、こういって、そばの机の上に、紙と鉛筆をおきました。紙は一枚しかありません。鉄人Qには、紙をやらないのかと、北見君がふしぎそうに、おじいさんの顔を見ます。おじいさんは、にっこりわらって、

「Qは、紙も鉛筆もいらないのだよ。頭の中で計算するのだ。紙や鉛筆がなけりゃ、計算できないなんて、人間の方が、よっぽど不便だね」

それから、北見君が、鉛筆を持つのを待って、おじいさんは、問題を出しました。

「いいかい。Qもよく聞いているんだよ。五二七六、五千二百七十六に、三八、三十八をかける。さあ、はじめっ！　どちらが早く、正しい答えを出すか、競争だよ」

その声がおわるかおわらないうちに、鉄人Qの赤いくちびるが、パクパクと動いて、あの電話のような声がひびきました。

「二、〇、〇、四、八、八……」

「よろしい。北見君はどうだね。まだ、できないのかね」

「うん、ちょっと待って」

北見君は、紙に数字を書いて、いっしょうけんめいに計算しました。そして、やっとできました。

「二〇〇四八八です。ええと、二十万四百八十八です」

「よろしい。ふたりとも正しい答えだ。しかし、北見君は、Qよりも、一分もおくれたね。だから、Qの勝ちだよ。ハハハ……。どうだね、わしの発明した鉄人Qの頭は、すばらしいだろう」

北見君は、いよいよ、おどろいてしまいました。そして、この鉄でできた怪物が、おそろしくなってきました。

「これは、ほんの小手しらべだよ。まだまだおどろくことがある。さあ、何をやらせようかな。うん、そうだ。将棋をさすことにしよう。Qは将棋がうまいのだよ。いつも、わしが相手になって、さすのだが、負けたり勝ったりだ。じゃあ、見ててごらん」

おじいさんは、部屋のすみから、将棋ばんを持ちだしてきて、鉄人Qの前におき、それをはさんで、Qもいすにかけさせ、自分も、こちらがわのいすにこしかけました。

「Qはね、将棋が大好きなんだよ。わしに勝つと大よろこびで、笑いだすが、負けると、とてもふきげんになる。こわい顔をして、わしをにらみつけ、ものをいわなくなってしまう。きょうは、どちらが勝つかな。Q、しっかりやるんだよ」

おじいさんは、Qの方の将棋のこまも、ならべてやって、

「さあ、きょうは、おまえが先手（先にこまをうごかす方）だ。このまえ、わしに二度も負けているんだからね」

そして、人間と機械との、ふしぎな勝負がはじまるのでした。

北見君は、将棋ばんのわきに立って、このきみょうな勝負を見ていました。

北見君も、将棋のこまの動かし方ぐらいは、知っていたのです。

はじめのうちは、おじいさんも、何かじょうだんをいいながら、のんびりと、こまを動かしていましたが、勝負が進むにつれて、口をきかなくなり、こわい顔で、ばんをにらみつけ、ただこまを打つ音だけが、ぴしりっぴしりっと、うすぐらい部屋に、ひびきわたるのでした。

鉄人Qの方も、なんだか、ひどくしんけんな顔になっていました。鉄のからだを少しねこぜにして、じっと将棋ば

んを見つめているようすは、いかにも生きているようで、なんともいえないおそろしさです。北見君は、いよいよ、きみが悪くなってきました。

ふと、うしろの窓を見ると、外はもう夕ぐれどきで、うすぐらくなっていました。それに、風が吹きだしたらしく、大きな木が、はげしくゆれているのが見えます。

もう、おうちへ帰りたくなりました。しかし、このふしぎな勝負も見とどけたいのです。

いったい、どちらが勝つのでしょう。鉄でできた人形に、どうして、こんなにうまく将棋がさせるのでしょう。

北見君は、小学校の友だちと将棋をさしたことはありますが、まだ、おとなとさすことなんか、とてもできません。将棋というものは、それほどむずかしいのです。そのむずかしい将棋を、鉄人Ｑは、やすやすとさしているではありませんか。鉄人の頭は、いったいどんなふうに、できているのでしょうか。どうして、これほどのちえがあるのでしょうか。

北見君は、ふしぎでならないので、きみの悪いのもわすれて、将棋ばんを、のぞいていました。何かの魔力にひきつけられたように、おうちへ帰ることができないのです。

ヒュウウッ……という音が、聞こえました。風の音です。あらしがやってくるのでしょう。

窓の外は、いよいようすぐらくなっていました。大きな木が、いまにも倒れそうに、吹きつけられているのが見えます。そして、この古い西洋館ぜんたいが、いやなきしみ音をたてて、ゆらゆらとゆれているのです。

部屋の中は、もうまっくらで、将棋のこまも見わけられないほどですが、おじいさんは、電気をつけることもわすれて夢中になってさしています。

なんだか、おじいさんの方が、はたいろがいいようです。おじいさんは、てきのこまをたくさん取って、ばんの横にならべています。

Ｑの方には、小さなこまが、二つおいてあるだけです。ばんの上でも、Ｑの王様は、まん中へんに追いつめられて、いまにも、討ち死にしそうに見えるのです。

えのぐをぬったＱの顔が、おそろしく青ざめていました。そして、プラスチックの目が、まっかに血ばしっているのです。

ぴしりっ。おじいさんが、こまを打ちました。すると、鉄人の肩が、がくんとゆれて、

「ウウウウ……」

といううなり声が、聞こえました。いよいよ、負けそうになってきたのでしょう。

ぴしりっ！　また、おじいさんが、打ちました。そして、

「王手！」

と、おしつけるような声で、叫びました。

「ウウウウ……」

鉄人のうなり声は、だんだん、はげしくなってきます。また、ぴしりっ、そして、

「王手！」

鉄人のからだが、がくんと、くずれました。いよいよ、勝負がついたのです。

すると、ああ、これはどうしたというのでしょう。おじいさんの目が、とびだすほど見開かれ、前にいるQの顔を、まるで、おばけでも見るように、見つめているではありませんか。

北見君は、ハッとして、Qの方を見ました。

Qは、いすから、腰を浮かして、立ちあがりそうにしていました。両方の手の、大きなにぎりこぶしが、頭の上にふりあげられていました。そして、

「ウウウウ……」

といううなり声とともに、Qの鉄のからだぜんたいが、グーッと、おじいさんの上に、倒れかかっていったのです。

おじいさんは、下じきになって、必死にもがいています。

あらしは、ますますはげしくなり、西洋館が、舟のようにゆれていました。ヒュウッ、ヒュウッという風の音。どこかで、バタンと、窓の開く音。そして、ピカッと、部屋の中がまひるのように明るくなり、しばらくして、おそろしい、かみなりの音が、おどろおどろと聞こえてきました。

ロボットの鉄人Qは、からだぜんたいが鉄でできているのですから、それに上からおさえつけられたおじいさんは、どうすることもできません。

「たすけてくれえ……」

と、叫びながら、手足をばたばたやっているばかりです。

北見少年は、おじいさんをたすけようとしましたが、とてもかなうものではありません。人間とそっくりの顔をし

たQに、じろっとにらみつけられると、ゾーッとして、やにわに、西洋館から、逃げだしてしまいました。

外は、日がくれて、もうまっくらです。それに、おそろしいあらしで、たきのような雨が、横なぐりに、吹きつけてきます。いまにも、吹き倒されそうです。

北見君は、その中を、むがむちゅうで走りました。

ときどき、ピカッと、いなびかりがして、あたりがまひるのように明るくなります。そしてごろごろごろごろ……と、おそろしいかみなりの音。

どこを、どう走ったのか、少しもおぼえませんが、ふと気がつくと、目の前で、ピカッと光ったものがあります。いなびかりではありません。懐中電灯の光のようです。

「おい、おい、きみ、どこへ行くんだ。雨でびしょぬれじゃないか」

よく見ると、そこに立っているのは、おまわりさんでした。すぐそばに、交番があります。北見君が、雨にぬれて走っているので、ふしんに思って、出てきたのでしょう。

北見君は、いいところで、おまわりさんに会ったと思い、いままでのことを、すっかり話しました。

「おじいさんが、殺されてしまうかもしれません。早く、行ってみてください！」

「よし、行ってみよう。ちょっと待ちたまえ。パトロール・カーも呼んでおくから」

おまわりさんは、そういって、交番に引きかえすと、そこにいた、もうひとりのおまわりさんに、何かいっておいて、すぐにもどってきました。

おまわりさんと、北見君とが、西洋館にかけつけ、あの部屋にはいってみますと、そこには、おじいさんが、ただひとり、いすにかけて、グッタリしていました。

「鉄人Qは、どこへ行ったんです？」

北見君が、あわただしく聞きますと、おじいさんは、

「どこかへ逃げてしまった。わしは、もう少しで、しめ殺されるところだった。だが、やっとたすかった。あいつはおそろしいやつだ。わしが作ったロボットだが、もう、わしのいうことをきかなくなった。あいつを自由にしておいては危ない。なにしろ鉄の人間だから、ばか力がある。それにピストルのたまが当たったぐらい、へいきだからね。どんなおそろしいことをやりだすか、知れたものじゃない。

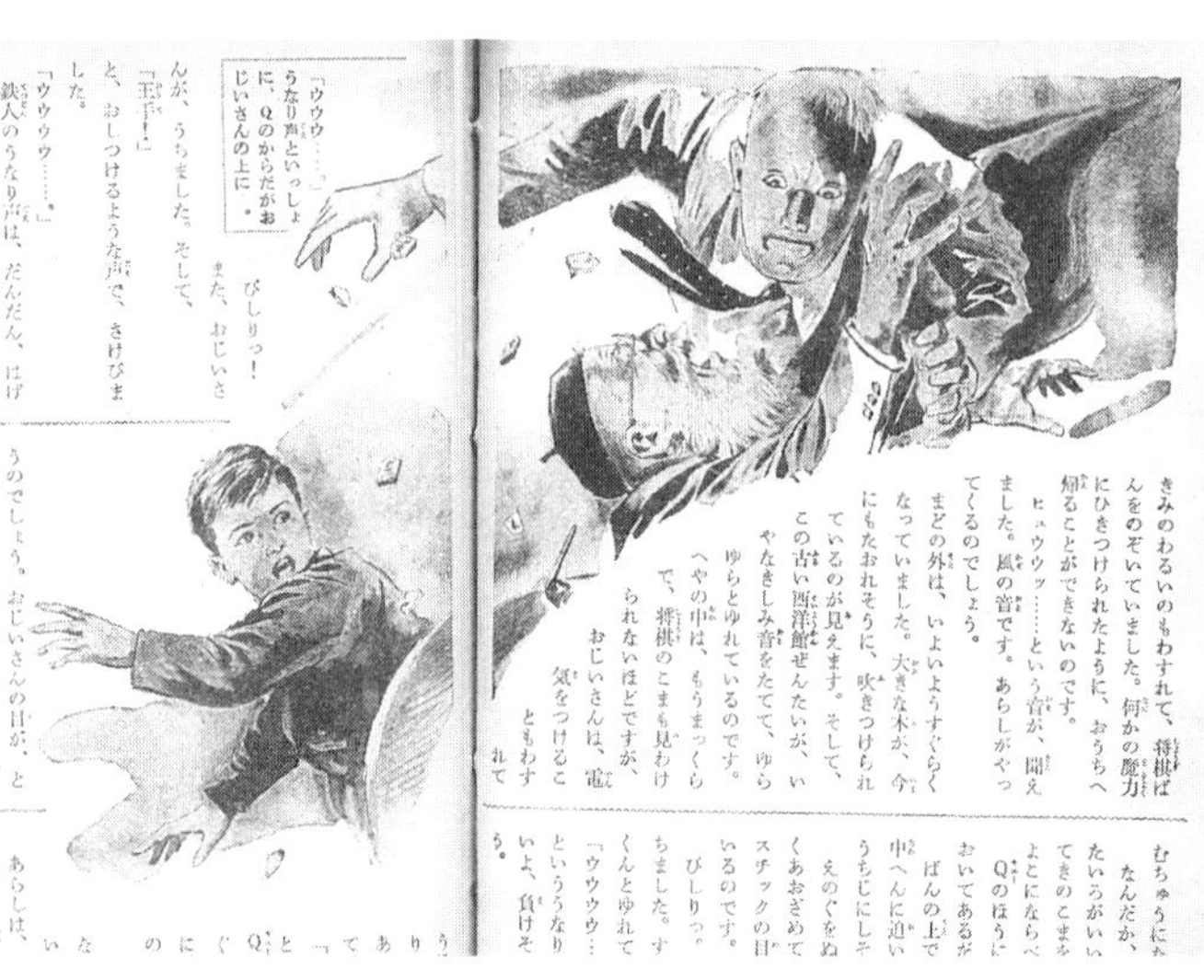

きみのわるいのもわすれて、将棋ばんをのぞいていました。何かの魔力にひきつけられたように、おうちへ帰ることができないのです。

ヒュウウッ……という音が、聞えました。風の音です。あらしがやってくるのでしょう。

まどの外は、いよいようすぐらくなっていました。大きな木が、今にもたおれそうに、吹きつけられているのが見えます。そして、この古い西洋館ぜんたいが、いやなきしみ音をたてて、ゆらゆらとゆれているのです。

へやの中は、もうまっくらで、将棋のこまも見わけられないほどですが、

おじいさんは、電

気をつけるこ

ともわす

れて

「ウウウ……」うなり声といっしょに、Qのからだがおじいさんの上に。

ぴしりっ！

また、おじいさんが、うちました。そして、

「王手！」

と、おしつけるような声で、さけびました。

「ウウウウ……。」

鉄人のうなり声は、だんだん、はげ

『小学四年生』1958年5月号（部分）、小学館

警官、あいつをつかまえてください。でないと……」

おじいさんは、おびえた声で、きれぎれに、そんなことをいうのでした。

「そのロボットは、蓄電池かなんかで、動くのですか？　そんなら、電気が切れたら、何もできなくなるでしょう？」

おまわりさんがききますと、おじいさんは、かぶりをふって、

「いや、電気ではありません。わしが発明した、とくべつの力で動くのです。その力は、切れるということがないのです。だから、あいつは生きた人間と同じことです。しかも、良心を持たない鉄人ですから、どんな悪いことだってやります。どうか、あいつをつかまえてください。でないと、いまにおそろしいことがおこります」

それから、大さわぎになりました。警視庁にも知らせ、東京じゅうに非常線をはりましたが、その夜はもちろん、あくる日になっても、二日たち、三日たっても、鉄人Qの姿は、どこにも発見されないのでした。

駒たちの戦い

春之駒象棊行路（はるのこましょうぎのききみち）

滝沢馬琴（一七六七年―一八四八年）

底本：『春之駒象棊行路』蔦屋重三郎、一八〇一年
国立国会図書館所蔵

曲亭（滝沢）馬琴といえば、今日では『南総里見八犬伝』など勧善懲悪に基づく伝奇的な読本作家として知られている。しかし若き日の馬琴は山東京伝に弟子入り、草双紙を次々と世に送りだす戯作者として出発した。一八〇一（寛政一三）年に上梓された『春之駒象棊行路』は、草双紙の一種である黄表紙に分類される。板元は蔦屋重三郎、挿絵は北尾重政とされる。本書は意駒行之圖（こころのこまゆきのず）、本編、五體圍駒組之圖（ごたいかこいこまぐみのず）からなる。

意駒行之圖は人間の社会活動を将棋の駒に見立てる。「飛車」は使者、「角」は客、「歩」は麩職人といった具合だ。本編では擬人化された将棋駒たちが活躍し、王将が花魁の玉将に惚れて恋敵の角じん（客人）と争う物語が展開される。将棋用語とかけた洒落が飛びだしたり、市川團十郎扮する飛車が登場したりと読者を面白がらせるための工夫が凝らされている。登場人物（駒）の背後にはそれを操る指し手が登場し、さらにその背後から「さく者」が囃し立てるというメタフィクション的な試みも見られる。末尾の五體圍駒組之圖は人体の各部位を将棋駒にたとえている。駒の配置には理屈がつけられており、絵組みの面白さとあいまって本書のシンボルともいえる頁だ。将棋駒それぞれの動きが人間の性格に類するという馬琴の発想は、後年の坪内逍遥『小説神髄』の模写理論に先んじている。また馬琴の著した物語論「稗史七則」においても将棋駒にたとえながら登場人物の変転が説明されており、将棋と物語の類縁性が示されている。（矢口貢大）

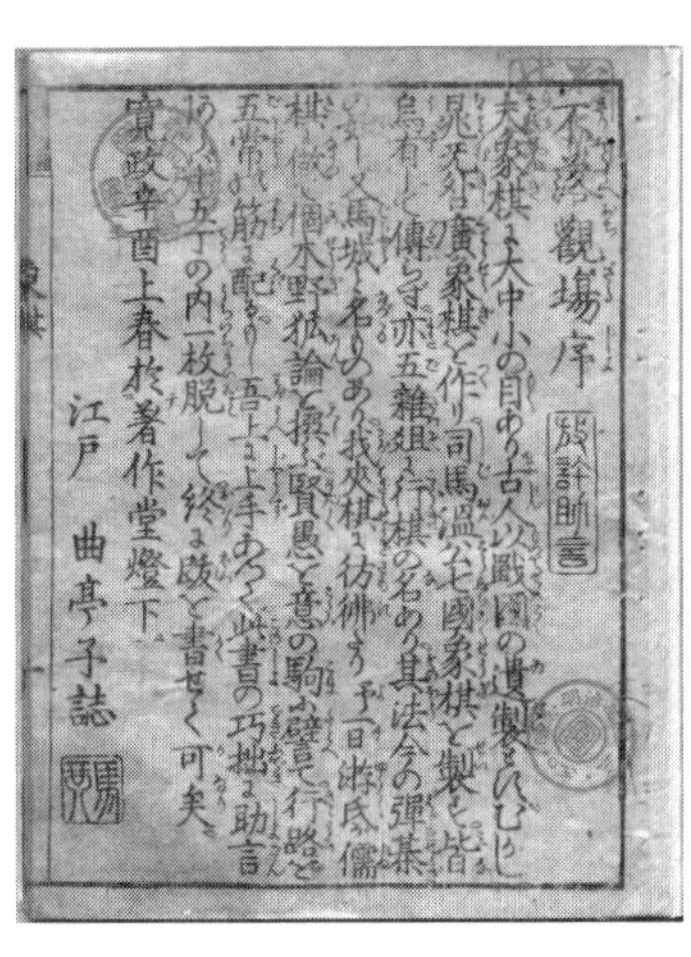

一丁表

〔一丁表〕

不落観場序　放許助言

夫象棋に大中小の目あり。古人以戦国の遺製とす。むかし晁旡咎広象棋を作り。司馬温公七国象棋を製す。皆烏有して伝らず。亦五雑俎に行棋の名あり。其法今の弾棊の如し。又馬城と名ものあり。我夾棋に彷彿たり予一チ日游氏が儒棋に倣て個木野狐論を撰ぶ。賢愚を意の駒に譬て。行路を五常の筋に配る。もし吾上に上手あつて。此書の巧拙に助言あらば十五丁の内一枚脱して。終に跋を書せて可矣。

寛政辛酉上春於著作堂燈下

江戸　曲亭子誌

〔一丁裏—二丁表〕

意駒行之圖

およそ人の世の中をわたること、例へば将棋の駒の盤の上にあるがごとし。士農工商みなその道々ありて、身をわがままに持つ

一丁裏―二丁表

ことならず。もし心の駒、我がゆくべき道に背けば、たちまち能楽者の裸王となりて、世の中のたたずみかなわず。さればその道々に上手下手ありて、目の前にぶらさがつてゐる金銀を儲けることを知らず、またわづか一歩を元手にして金銀飛車角をせしめるものあり。九々八十一の盤の目をゆく駒に、種々無量の手段あれども、深く思ひ考へざるゆへに、上手になることかなわず。世に将棋を好む人ありて日夜工夫をこらし、寝食を忘るる人あれども、まことの道をおこなわんとて、日夜工夫をめぐらし、我を忘るる者少なし。これ目前の利〔理〕に迷うて始終の勝ちを思はざるがゆへなり。もし世渡りの上手下手と知恵才覚のあるとないとを、将棋の盤に向かうがごとく、常に怠たらず工夫して世を渡らば、富貴はもとより、まことの道をも知りうべきこと疑ひなし。

「王の道」「客〔角〕の道」「陰間〔桂馬〕の道」「銀のゆき道」「金のつかい道」「使者〔飛車〕の道」「槍〔香車〕の道」「麩〔歩〕の道」

〔二丁裏―三丁表〕

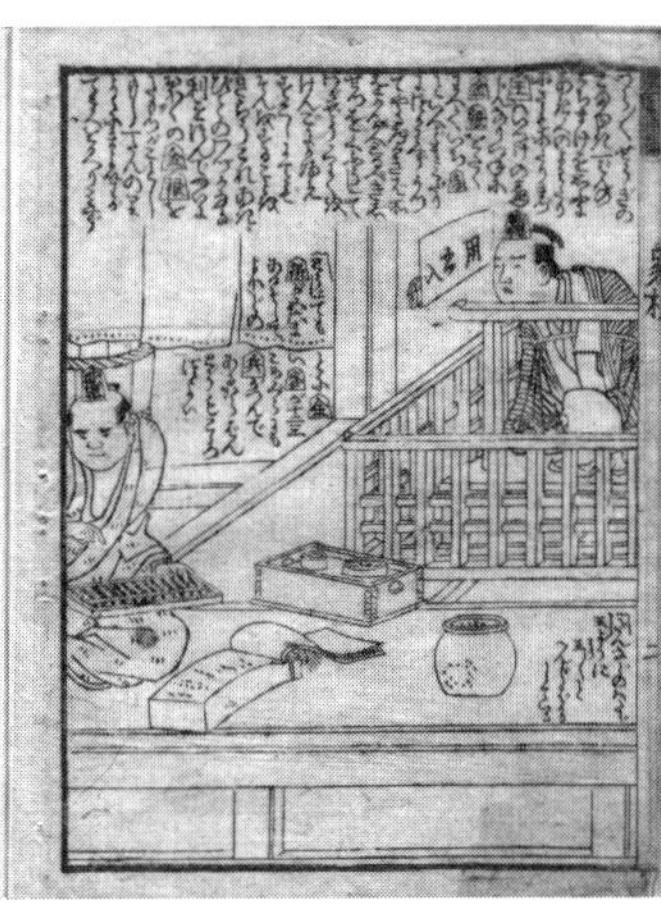

二丁裏—三丁表

つらつら将棋の駒行き一番の勝ち負けを思ふに、商人の世渡りにさも似たり。まづ【王】は一家の主人なり。つねに【金】【銀】を貯へて一【歩】〔分〕といへどもみだりに使わず、打つてやるべき場所を考へ、取るべき時節を工夫して我が城郭を堅固に構え、少しにても損をすることを嫌う。これ商人のわづかなる利をつんで、ついに多くの【金】【銀】を保つがごとし。もし一旦の利欲に迷い、我が手前を顧みずして、道ならぬ【金】【銀】を縁とする時は、番頭の【飛車】【角】たちまちに向う面となりて落城すること、一丁の駒を投げるより速やかなり。

「旦那どのはただ王よう〔鷹揚〕に、応々〔王々〕と返事ばかりしている。」

「当時手許に【金】【銀】が五六枚、【歩】が十二三ある。そして米蔵にもよほど【兵】〔俵〕が積んであるから、番頭も心強い。

「もしこれが五【兵】〔俵〕のくちでござります。」

〔三丁裏—四丁表〕

【王】は陽にかたどりて男なり。【玉】は陰にかたどりて女なり。されば将棋一番の苦労は、みなこの【玉】に心をかけて多くの

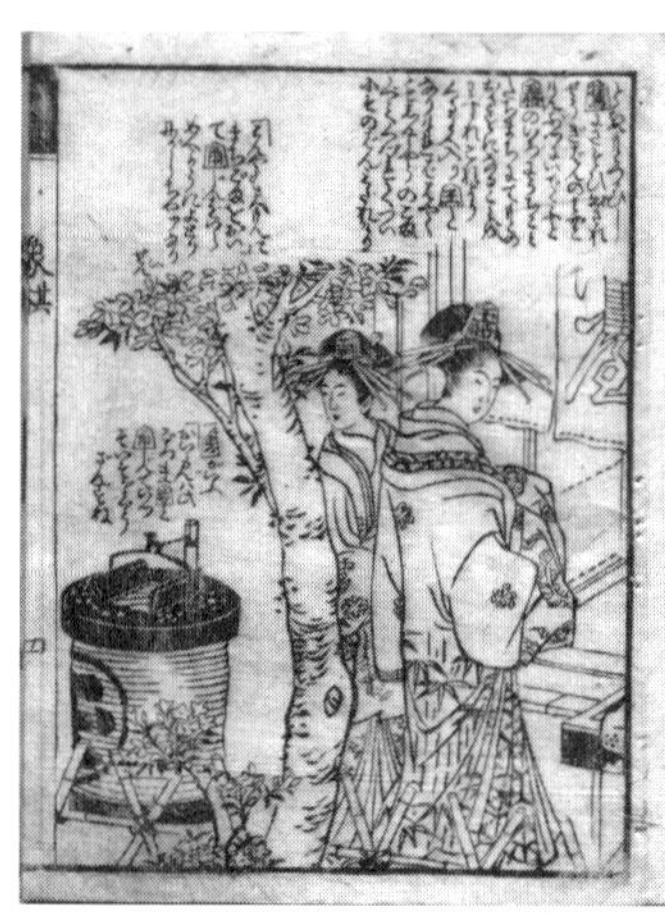

三丁裏—四丁表

【金】【銀】を費やし、艱難辛苦して手に入れんとすれば、【玉】は抜けつくぐりつ手をくだき、ついに落城させんと図る、これ女らの客を騙して【金】【銀】を使わせ、さまざまの新手を出して、果ては手振編笠の裸【王】とするがごとし。このゆへに毛唐人も将棋のことを木野狐もくやこと名付けて悪く言いしなり。今も女郎のことを玉と言ひ、敵と言ふもこの心なり。

「これはさておき【王将】は、【金】【銀】のみ貯へ、自分の構へにのみ引籠もりていたりしが、ある時もと使ひし【桂馬】に誘ひ出され、将棋盤の都見物にいでて、ふと【王将】の色に打ち込み、たちまちに手許のお留守になることを忘れ、これより廓へ入り【王】となりければ、早くも身上の駒組み崩れて、ついにその晩〔盤〕乱れけり。」

「今夜も大門に待ち駒を置いて【角】じん〔客人〕を捕めへようによ、とり逃がしちやアなりいせん。」

【王】が言ふ「どうぞあの【玉】を手に入れたいものだ。所詮一【歩】〔分〕では売るまい。さつと三ン【歩】〔分〕捨てても、そちこち【金】一枚のおごりだが。」

「女を女性と言ふから、たまを【玉将】ぎょくせうと言ひさうなものだ。」

四丁裏—五丁表

一チ【歩】がいふ「おいらんはこの頃間【歩】〔間夫〕と【角】人〔客人〕で、いつそ忙しうざんすね。」

〔四丁裏—五丁表〕

かの【玉】にひとりの大尽【角】あり。つねに【金】【銀】四枚の勢いを見せて【玉】の側を離れず、一【歩】の新造を総仕舞いにして、今夜も二歩になり【金】の若ひもの【香車】の遣手禿までことごとく手懐けて、他の駒を寄せつけねど、さすが手のある【玉】なれば、ずいぶん【角】を大事にして小遣いの【金】【銀】も不自由のないよう遣わんと思ふ。【金】【銀】さへあれば、世の中の自由になること諸事この理屈にて悟るべし。

〽遣手は細見の隅に書いてあるゆへか、将棋の槍も隅つこに座つてゐる。

【角】が言ふ「手前、おれが側にさへひつついてゐれば、始終まごつく気遣へはねへといふもんだ。」

「いつでも来るときは筋違いから舟に乗るのさ。【角】道の筋違いは行くにも帰るにも早いもんだ。」

【やり】が言ふ「あなたのような気の良い【角】人〔客人〕は、

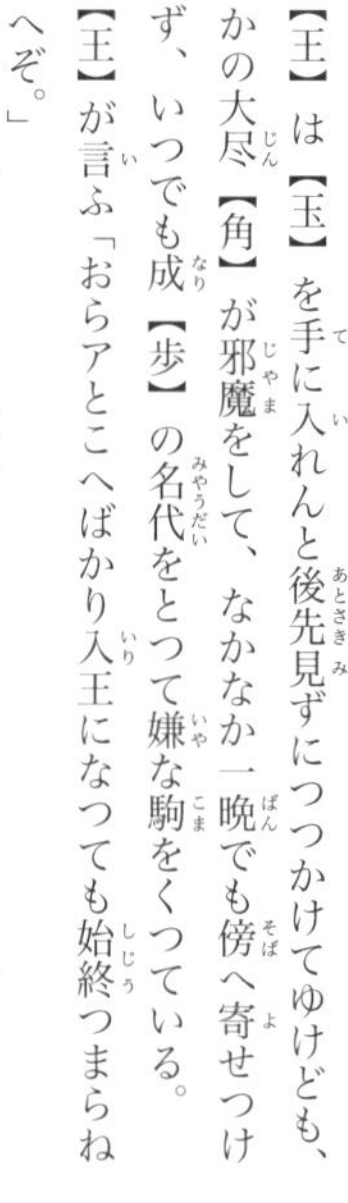

五丁裏—六丁表

いつかご逗留なされましても心置きがござりませぬ。」

〔五丁裏―六丁表〕

【王】は【玉】を手に入れんと後先見ずにつつかけてゆけども、かの大尽【角】が邪魔をして、なかなか一晩でも傍へ寄せつけず、いつでも成【歩】の名代をとつて嫌な駒をくつている。

【王】が言ふ「おらアとこへばかり入王になつても始終つまらねへぞ。」

【と】が言ふ「もしご不承ではおつせうが、わつちが合をいたしひすから、これからお帰りなんし。」

【王】がまた言ふ「どうだ、一丁打ち込ませてくれねへか、なぜこんなに手がねへことだす。」

「手がなかア、端の【歩】をお突きなんし、ばからしい。」

【王将】は【角】一枚に支へられ、成【歩】の名代ばかりとつて、晩ごとに嘲斎坊にされけるを口惜しく思ひ、この上は【金】【銀】の二三枚も使はずばこの恥辱をすすぐことなるまじと、これまで貯へ持つたる【金】【銀】にこの趣を言いわたす。

【王】が言ふ「大切なるそちたちなれど、とても先の手に渡さに

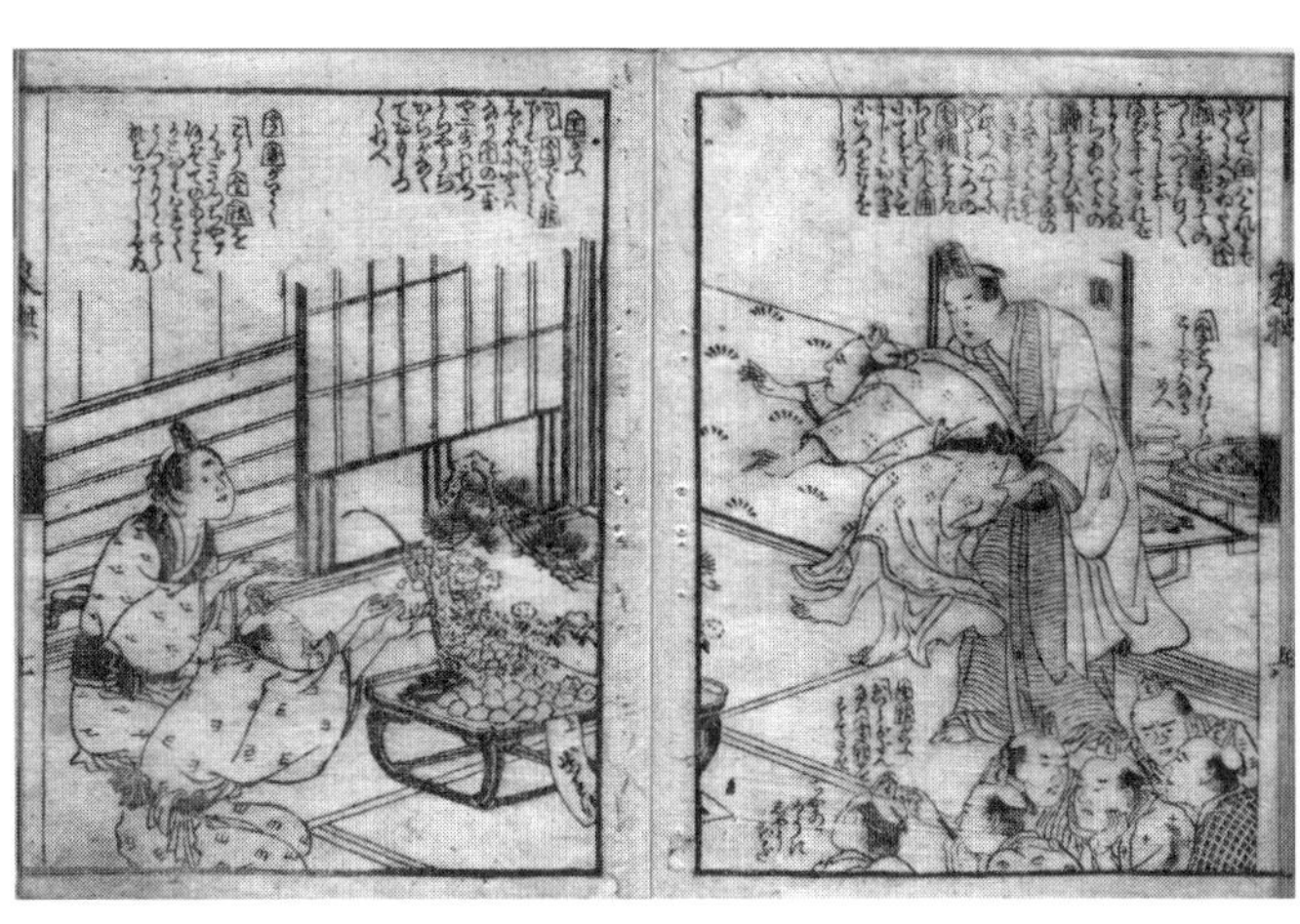

六丁裏―七丁表

やならぬ、この場の手詰め、ハテなんぞ良い手がありそうなものだが。」

【金】【銀】が言ふ「むなしく握り殺しにならうより、【角】と討死すれば本望でござります。」

〔六丁裏―七丁表〕

かくて【王】はこれまで貯へ置ゐたる【金】【銀】を【香車】遣手の面へつつかけつつかけ、少しも惜しまず捨てければ、ようようと駒道開いて、かの【玉将】を呼び出し、はじめて駒の鼻と鼻を突きあわせければ、この上は手にあるところの【金】【銀】をまきちらし、大尽【角】に手を出させまじと大きに色をなをしけり。

【王】が言ふ「ソレ【金】でも【銀】でもお望み次第にやるは、成【金】の一歩や二歩はねつからやり力がなくておもしろくねえ。」

【やり】【歩】が曰く「こう【金】【銀】をくださつちやア、何ぞ手のあることかと思はれて、うつかりと取られもいたしませぬ。」

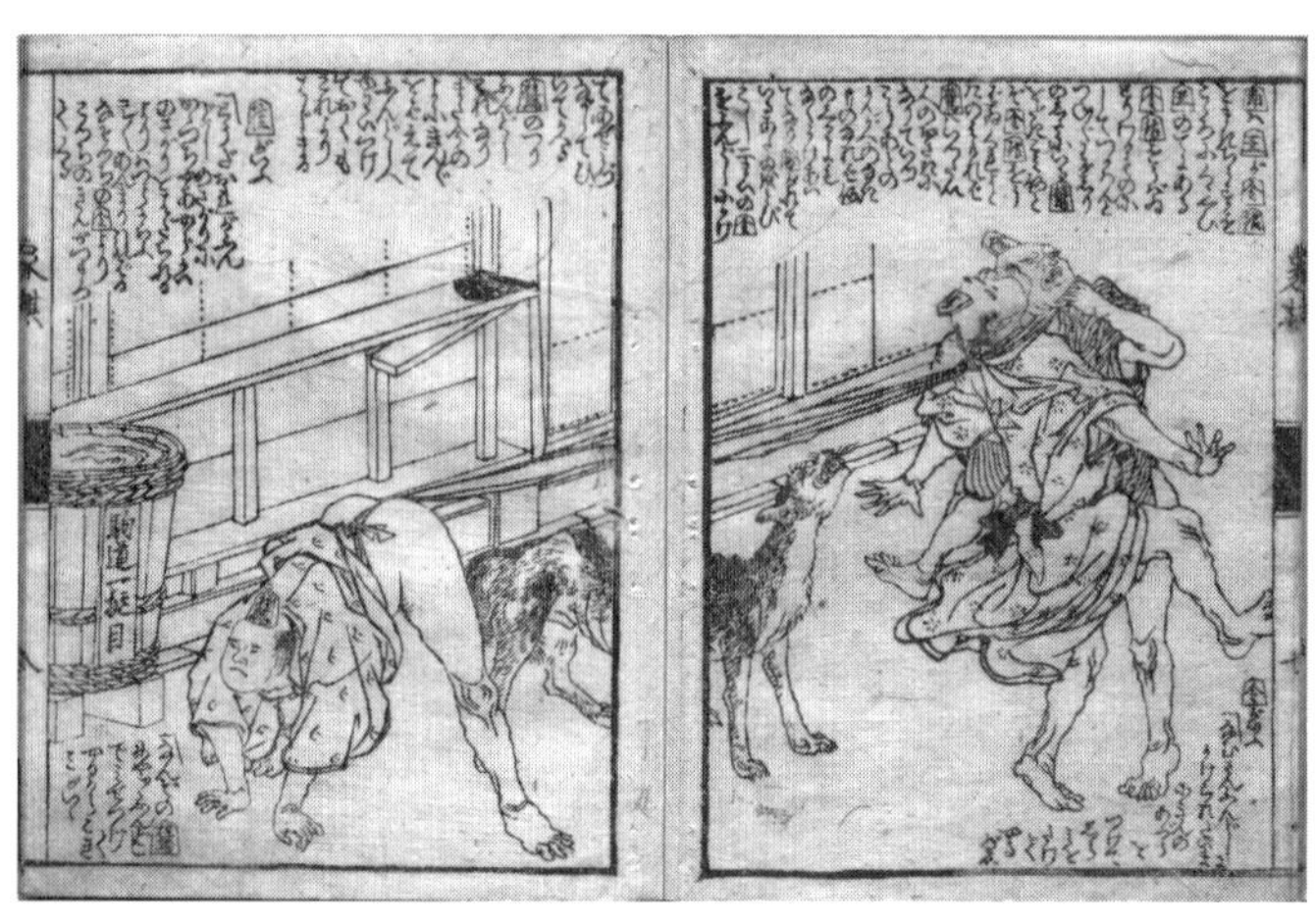

七丁裏ー八丁表

「【金】をつかけては取らずはなるめへ。」

【金】【銀】が言ふ「おいらが旦那は、【金】【銀】を捨てさせちやあァ妙に上手だ。」

〔七丁裏ー八丁表〕

【角】は【王】が【金】【銀】をまきちらすを心憎く思ひ、【王】の手にある【金】【銀】を奪ゐ取り、我が物にして使はんと、常々我が尻の下にいる【桂馬】を抱き込み、何とぞ【金】【銀】を奪ゐくれよと頼みければ、【桂馬】はいつたい人のお先になりて、いつこう後の考へのなきものなれば、何の思慮もなく請合いて、成【歩】が寝ている頭を飛びこし、二枚の【金】をふんどしにかけて、汗水流して引いて帰る。【桂馬】の吊りふんどしこれなり。また今の世に、金銀をば得て、ふんどしへ結わいつけておくもこれより始まる。

【桂】が言ふ「どうだ。俺がふんどしの下りにかかつちやあ、女郎買いの下りをはぐられるよりは辛からふ。コレコレあんまり引ぱるな。そつちの【金】よりこつちの金が詰まつてくる。」

【金】が言ふ「なむさん、ふんどしにかけられた。いまに金の油

八丁裏―九丁表

をつけて、虱をたけてやるべゑ。」
へなんぞの【桂馬】にやァ、ふんどしで見せつけてやるから小気味がいい。

〔八丁裏―九丁表〕

【王】はこの物音に打ち驚き、をりふし手に槍一本持ちければ、これ幸と小脇にかいこみ、逃すまじと突いてかかる。【桂馬】はかねて【王】が追つかけきたらんことを思ひければ、横筋違いに飛んで出で、天秤棒を持つて【王】の頭をぴつしやりとくらわし、ぎつくりいわせしその暇にたちまち【香】やりを打ち落とす。これを【桂馬】の両天秤と言ふ。

「ソレ【王】手、どうだ、肝が潰れよう。手見禁だによ。」

【王】の曰く「南無三、天秤にかけられた。やりを捨てて逃げるよりほか仕方はねへ。」

【桂】が言ふ「どうだきついか、俺が天秤にはかのふまい。【香】やりを渡さねへと命の際だぞ。」

九丁裏―十丁表

〔九丁裏―十丁表〕

【王】はただ一本の槍を敵の手に渡し、いかがはせんとためらふところに、かねて【角】が待駒の【香車】ども、槍先を揃へて四方八面よりおこりたち、面もふらず突いてかかる。【王】はおりふし手に一丁の【歩】も従えねば、四本の槍に敵とうことかなわず、一ト筋の逃げ道へとこころざし、すでに危うくみへにける。

【桂】が言ふ「嫌といつても【王】〔応〕と言つても、おゐらが槍先にかかつちやア、どのみち【王将】〔往生〕極楽だ。」

【王】が言ふ「イヤ【香車】く〔小癪〕な。そら退いて通せさ。」

「やんらぬは、どけへ。」

〔十丁裏―十一丁表〕

【王】は四本の槍にとりまかれ、すでに槍玉にあげられんとせしところへ、【王】の番頭【飛車】は、入【王】の行方を尋ね、深く敵地に忍び込みしが、幸いこのところへ来かかり、【香車】

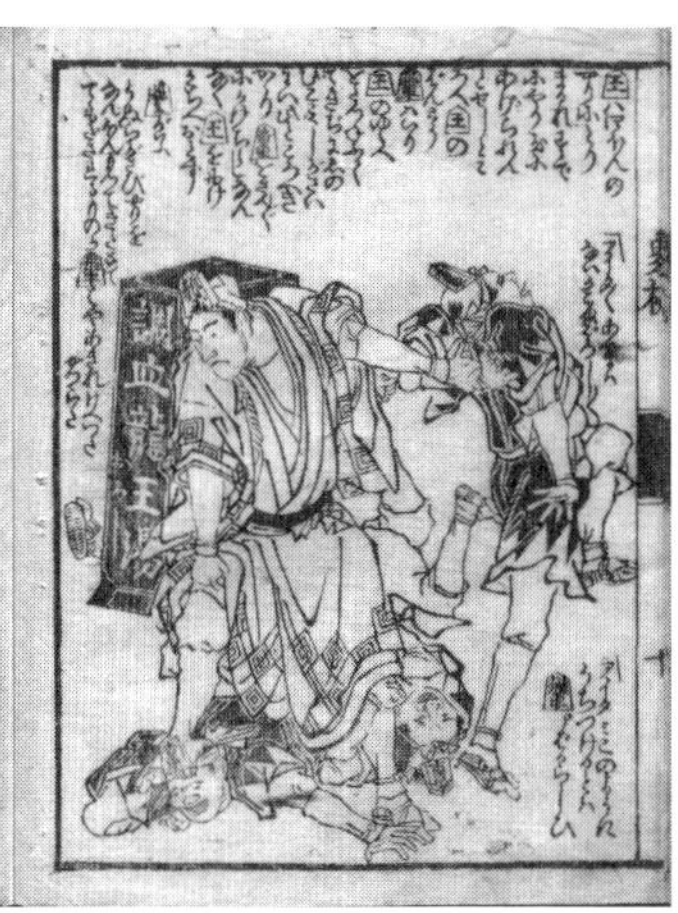

十丁裏―十一丁表

をさんざんに駆けちらし、なんなく【王】を逃げ道へおとす。

【龍王】が言ふ「うぬらが錆槍を何本持つて来たとて、手も出されるものか。【飛車】はや呆れけへつた奴らだ。」

「アイタアイタ、合馬はないか、駒殺し駒殺し。」

「アイタアイタ、このように打ちつけるとは【飛車】ァばからしひ。」

かくて【王】は【飛車】に危うき場所を助けられ、裸【王】となりて逃げゆく道にて、もと使ひし【金】【銀】に出会ひけるに、これまで【王】の【金】【銀】を芥のごとく捨てたるを恨みにや思ひけん、たちまち向ふ面となつて二枚の【金】【銀】【王】を追つかけ、やたらに尻からたでかける。

「そりや【王】手、どうだ逃げ道はあるまい。」

裸【王】が言ふ「コウ【金】【銀】に尻からたでられては、大晦日の掛け取りにせめられるより苦しい苦しい。」

〔十一丁裏―十二丁表〕

【王】は道すがら【金】【銀】に尻からたでられ、今は一ト筋の逃げ道もなく、遂に雪隠へ追い込まれ、手には合馬の【兵】糧

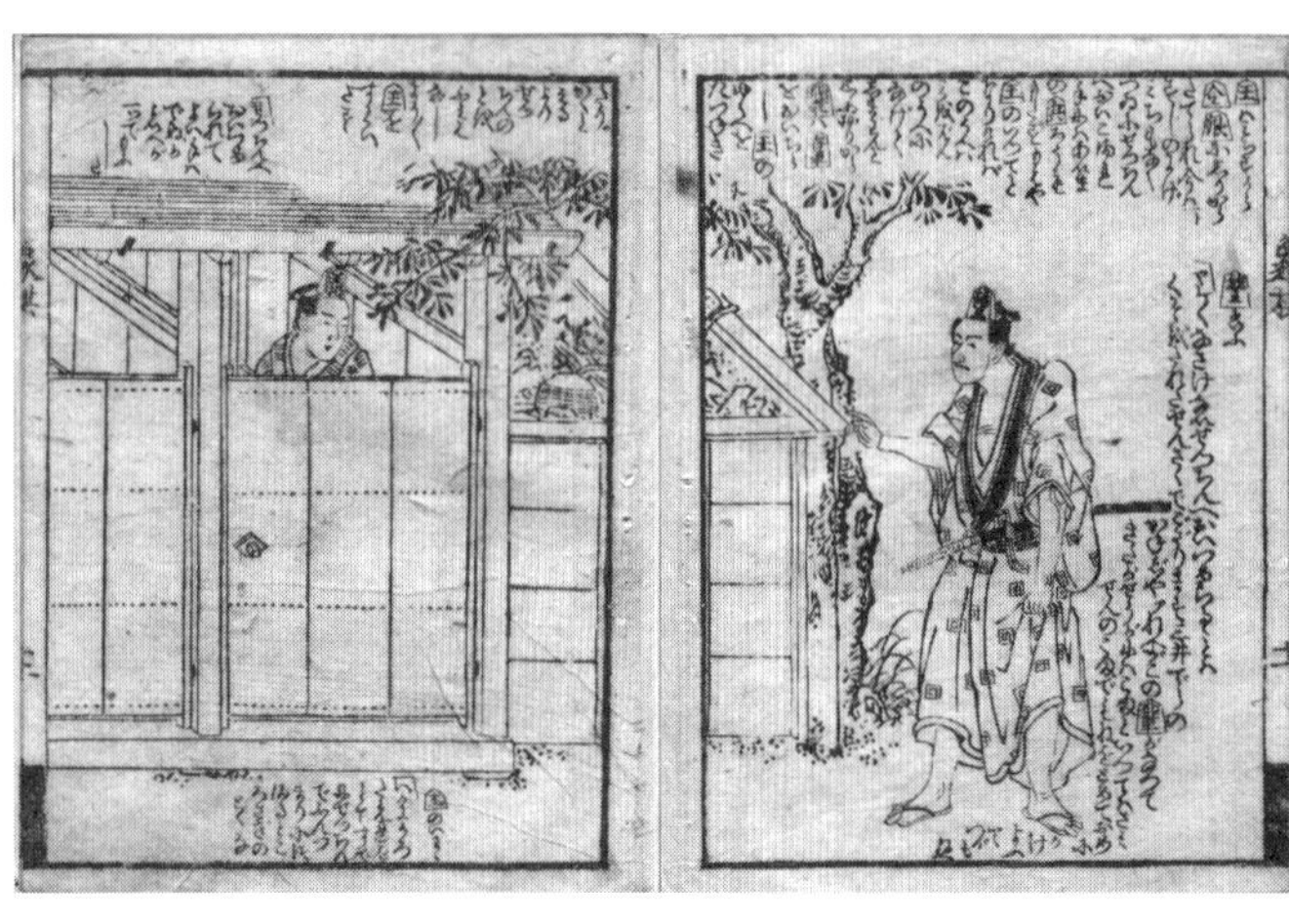

十一丁裏—十二丁表

も持たず、もはや【王】の一手となりければ、この上は身を盤の上に投げてしまわんと思ふ折から、【飛車】は【香車】を追い散らし、【王】の行方を尋ね来たり、かくとみるより雪隠の戸を踏みはなし、ようよう【王】を救いだす。

「雪隠へ追い詰められて良い手は出ぬが、良い屁が一ツ出申した。」

【龍王】が言ふ「ヤレヤレ情けない、雪隠へ追い詰めらるるとは、糞をたれた詮索でござります。三井寺の鐘じやァねへが、この【飛車】が成つてきたがせうがには駒といつては三味線の駒でも音をとめて、お目にかけよふ、アアつがもねへ。」

【王】の曰く「いかにうろたえればとて、すでに雪隠で糞詰りに詰るところさ、気の毒な。」

〔十二丁裏—十三丁表〕

【王将】はいつたん雪隠へまで追い込まれ、たびたび恥辱をかきけること、【角】一枚のわざなりと【飛車】大きにいきどをり、この上は【角】に巡りあい、勝負を一時に決せんと縦横十文字に駆け回り、ついに【角】に出つくわせ、互いに鼻と鼻をつき

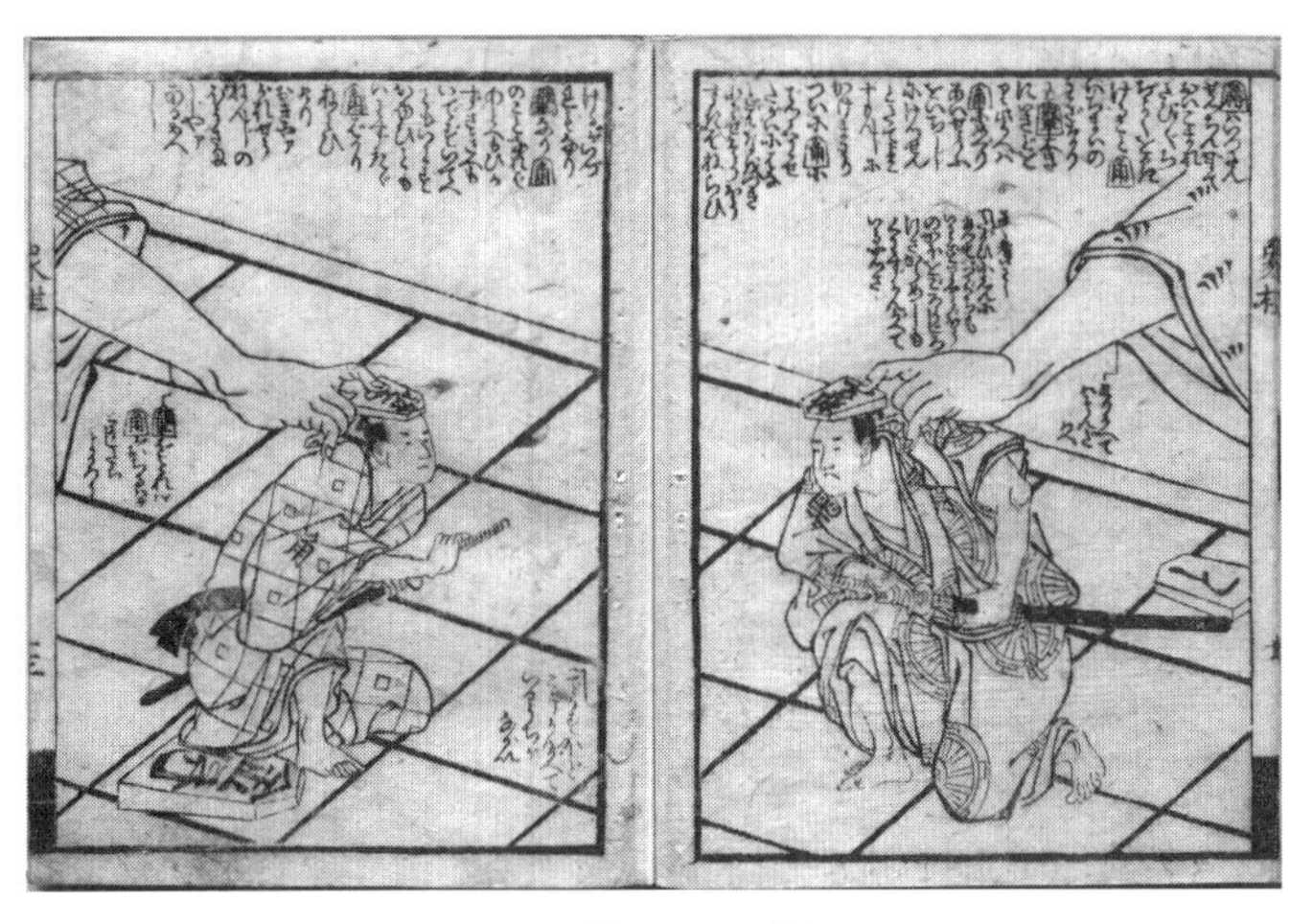

十二丁裏―十三丁表

あわせ双方隙を狙ひけるが、いづれも成【飛車】成【角】のことなれば、後へも退かず先へも出ず、痛へとも言わず痒ひとも言わず、ただ【角】ばかり狙ひけり。おきやァがれ、せうねんじの坊様じやァあるめへし。

「取り換へては損だはへ。」

さく者曰く「互ひに真になつて地口も言わず、両方の顔を御覧じろ、今朝から飯も食わず考へているやつさ。」

「上手ほどこう考へているうちが長い。」

【飛車】を取れば【角】が落ちる。ハテどうしたらよかろう。」

〔十三丁裏―十四丁表〕

さても【桂馬】は【金】【銀】をふんどしにかけ、【王】を天秤に吊るしたるより、今は我に続く駒なしとたかぶり、我が手下の【歩兵】をは芥のごとく見下して、滅多無性に高上がりをせしかば、【兵】ども大きに憤り、ある時【桂馬】が油断を見すまし、四方よりをつとりまき、なんの手もなく生け捕りて、アラ心地よしと勇み立ち、皆々たちかかりて、【桂馬】が肉を一ト口づつ食らいけり。これを【桂馬】の高上がり【歩】の餌食とは

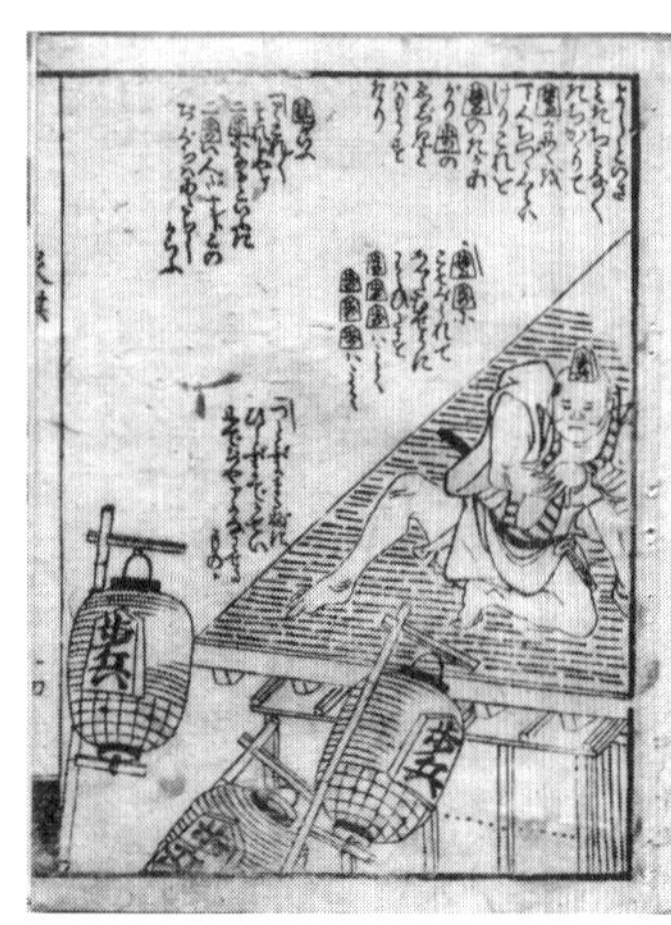

十三丁裏―十四丁表

申すなり。

【桂】が言ふ「アアこれこれ、それじやあ二【歩】になるといふに。二【歩】い〔鈍い〕人だ、ナントこの地口は新しからふ。」

【歩】が言ふ「放すと跳ねたがるぞ、早く縛れ縛れ。」

〽【桂馬】【歩】にこそぐられて、滅多無性に笑ひだす。【歩】ハハ。

【歩】【歩】〔フフフ〕ハハハハ、【歩】【歩】【歩】〔フフフ〕ハハ

〽つと麩〔歩〕にまる麩〔歩〕にひら麩〔歩〕まで加勢にでちやア、敵わせるものか。

〔十四丁裏―十五丁表〕

されば久しく入【王】となりしより、四十枚の駒ことごとく乱れて、打つもあり打たるるもありて、いつ果つべきとも見へざりしところに、【兵】ども【桂馬】を高手小手に縛めかけきたり。つらつらことの起こりを考うるに、【桂馬】が一手の誤りより、みだりに【王】を誘ひ出し、よしなき【角】に恨みを結ばせ、【角】一枚をへこませんとて多くの【金】【銀】を捨てしこと、下手将棋のするところにて、あまり手のなき仕打ちなり。今

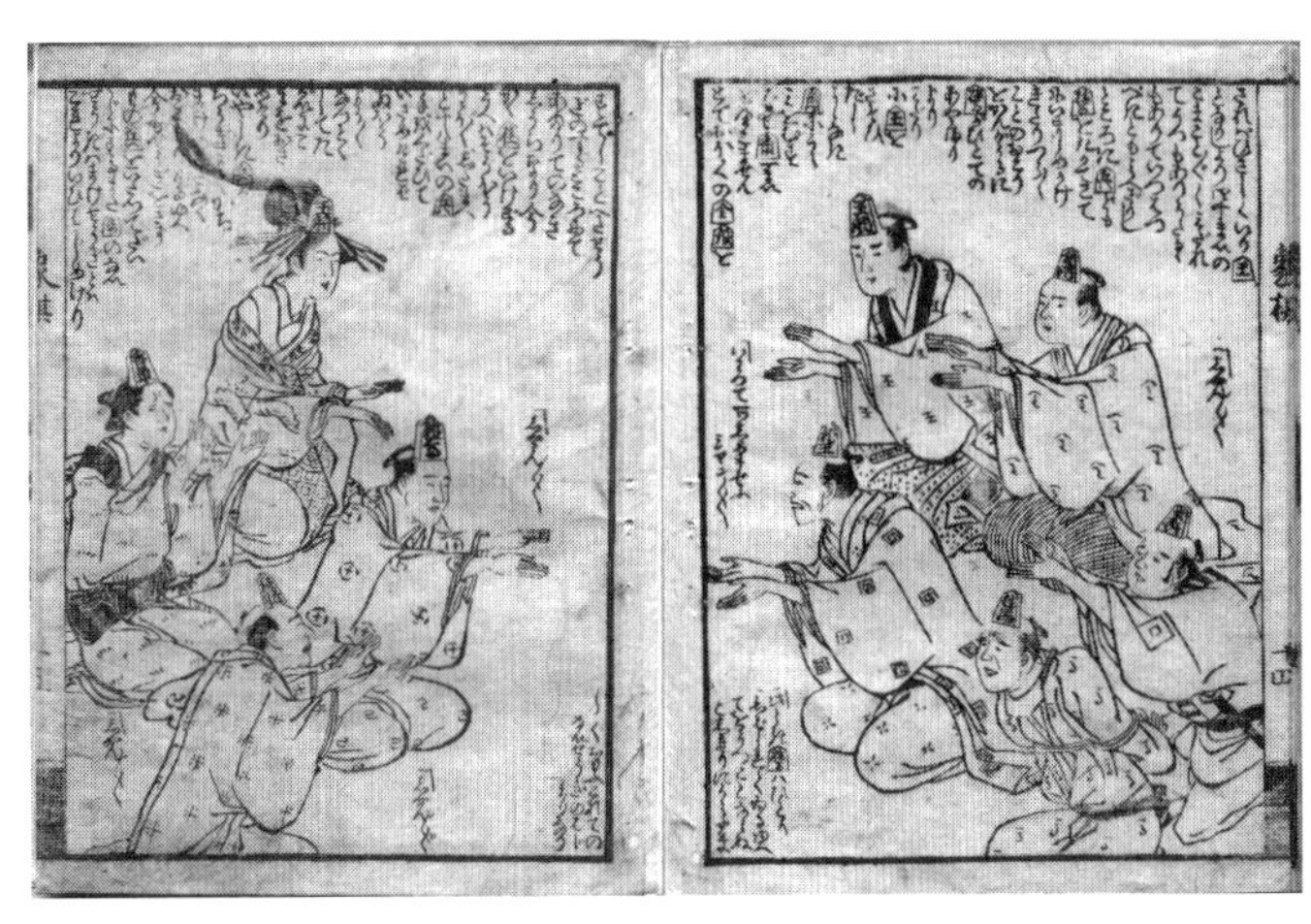

十四丁裏―十五丁表

かく【桂】を生け捕る上は双方和睦したまへと、十八枚の【兵】手をくだひて諌ければ、両方ようよう納得して、互いに駒を収めけり。いやしき【兵】が忠義にて勝ち負けの沙汰なく収まりけるゆへ、今も将棋を指す者、【兵】をいたつて大事にする。また【歩】のない将棋は負け将棋とは、これより言ひ始めけり。

〽しやんしやんしやん。

〽祝つて一ツしめませふ、シヤンシヤンシヤン。

〽しやんしやんしやん。

〽この時【桂馬】は一人縛られてゐるゆへ、手を打つことならぬと、しきりに羨ましく思ふ。これ手のない将棋の始まりなり。

〽しやんしやんしやん。

〽しやんしやんしやん。

〔十五丁裏〕

五體圍駒組之圖

【王】は頭なり。【玉】は魂なり。【飛車】【角】は股肱腹心の駒にして、腹に例へたり。ゆえに一番の命はここにとどまる。【銀】

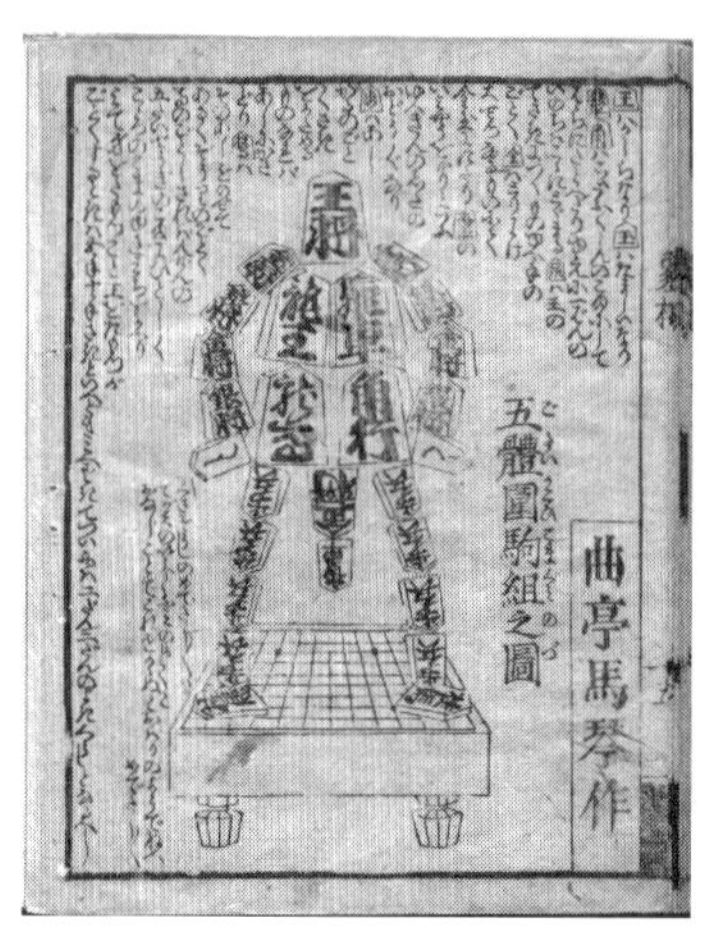

十五丁裏

は王の手先につくものゆへ手のごとく、【金】はとりわけ大切なるものにて金玉に似たり。【香車】の異名を槍と言ふゆへ金の下のお道具なり。【歩】は足軽のごとく先を固めるものなれば足にかたどり、【桂馬】はその足を乗せて歩く草履のごとく馬のごとし。されば人間の五体将棋の駒に等しく、心の駒の行き道を顧て身を保つこと、王を保つがごとくする時は、五手十手先と言へども見へすきて、ついには二段三段の良き暮しとなるべし。

〽草双紙のめでたしめでたしは、手紙の以上と文のかしくと同じことで、これを書かぬと終はりのようでねへ、めでたしめでたし。

曲亭馬琴作

Ⅱ部　テーマ篇

テーマ

将棋と小説

篠原学

「……のようなもの」という言い回しが、複雑な事態を単純化するために用いられることはいくらでもあるだろう。甲賀三郎が探偵小説について語る際の詰将棋がその種の比喩であり、小説一般が「感情」に訴えるのに反して探偵小説は「理智」に訴えるというその議論（収録作②甲賀三郎「探偵小説はこれからだ」）は、明快だが図式的にすぎるとも感じられる。とはいえあまりこの違和感に囚われると、探偵小説における「本格」をもって自任していた甲賀の意図が、このジャンルを定義すべく純粋化することにあったという事情を見落としかねない。遡ること数年前、S・S・ヴァン・ダインに「探偵小説作法二〇則」を書かせたのも同じ純粋化の要求であり、その「二〇則」を例証するかのように翌年発表された小説が「僧正殺人事件」だった。

ただし、詰将棋の比喩は、何も探偵小説の専売特許ではなかったようだ。小林秀雄が「むずかしい詰め将棋を何とかかんとかして詰ましちゃったような小説」（収録作④堀辰雄「小説のことなど」）と評したという「聖家族」は、甲賀の分類では「感情」に訴える側の小説だろう。心理小説もまた詰将棋のように解かれるべき謎として構成されうる。そのことを示す逸話だが、どこか苦言めいた小林の短評には、小説における詰将棋的なものに対する、いわば不承不承の是認のような趣がないだろうか。堀辰雄自身、謎を解くことで消えてしまう、あるわからなさの感覚に拘泥している節もある。このわからないということに否定的な仕方で関わる何かが、小林や堀にとっての詰将棋だったのではないか。

堀においては、それはとりわけ小説の視点の問題として現れてくる。いわく、「聖家族」では光はどこからともなく人物の頭上に投げかけられる。そうした漠たる光源しかもたない「レムブラント光線」がこの小説を詰将棋的なものにしているとすれば、この場合の詰将棋とは、作者が描写を行うにあたってその目を借りる語り手が小説世界の全体を上空から俯瞰しているという、作品に対する作者の垂直的統御の謂にほかならない。その一方で、水平的な視線が引き受けざるを得ない視野の狭さが、明瞭さの余白に「謎めいた気持」を残すのである。

これは垂直性よりも水平性が好ましいといった類の話ではない。「構成し、秩序づける」フランス文学と、「生きた人間の不合理、不確かさ、複雑さ」を描くロシア文学、なかんずくドストエフスキーの文学との総合に文学の未来を遠望するモーリアックの議論が引かれていることの意味は明白である。堀の野心はいうまでもなく、垂直的なものと水平的なものとの交点を日本文学の風土のなかに見出すことにある。

同時代の作家横光利一（一八九八〜一九四七）は、ドストエフスキーの「悪霊」において中心をなす「分らぬこと」に触れて、詰将棋とはまったく異なる将棋の比喩を持ち出すことになる（収録作③横光利一「悪霊について」）。「悪霊」がそうだと横光のいう「圓形」の将棋盤の上では、相手の玉をめがけて王手を繰り出す詰将棋の論理そのものが無効化されざるを得ない。この王手の不可能性とは、自らの手になる作品の運動に介入できない作者の無能力でなくて何だろう。この無能力は否定すべきものではなく、小説の画竜点睛なのだ。

しかし、このような将棋がなおも将棋と呼べるかどうか。かつて坪内逍遥は、小説をそれに近しいジャンル、とくに江戸時代の戯作文学から純粋化しようとするなかで、やはり心理に着目し、将棋を比喩としていた（収録作①坪内逍遥「小説神髄」）。坪内のいう「ありのまま」とは、人物を「製作える」――その心理を作者の思想や道徳観に即して捏造する――のではなく、将棋における駒の運動のようなものと見なしてただ写実するということである。そのときはじめて人物は作者の「機関人形」であることをやめ、作者も糸を引くことから解放される。堀辰雄を先取りしたかのような議論だが、あくまで将棋に擬えるなら、自立した駒の運動を「作者の象棋」としてしまわぬためには、自分で将棋を指すことはおろか、傍目八目とばかり他人の将棋を検討することすらご法度とされるほどの厳しさなのである。驚くべきことに、ここでは将棋は指すことの徹底的な断念においてようやく小説の比喩たりえている。

その徹底ぶりを、一九世紀中葉から二〇世紀前半にかけてのフランスで作者なるものを標的としてなされた異議申し立ての徹底ぶりに重ねて見るのは、さすがに牽強付会がすぎるだろうか。堀辰雄がそれへの「熱愛」を告白しているレーモン・ラディゲの「ドルジェル伯の舞踏会」を批評家アルベール・ティボーデが評価したのは、この流れの延長上にシュルレアリスムが現れてきた時期のことである。「理論家ではなく実践する人」であったラディゲの資質は、ティボーデによれば、小説という「心理の将棋」において自らが指揮する駒の運動と「結合」しうるところにあった（収録作⑤アルベール・ティボーデ／生島遼一訳「ロマネスクの心理」『小説の美学』白水社、一九四〇年）。なるほどラディゲが物したのは、小説世界が作者の適切な統御のもとに置かれる心理小説の一篇ではある、しかし彼は、対局中の棋士が将棋と取り結ぶ関係を作品とのあいだに結んでおり、顕在的または潜在的な作品の運動性をその全容において俯瞰しうる地点に身を置くことはけっしてなかった……と、こうしてティボーデは夭折したラディゲに哀悼を捧げつつ、伝統的な小説の形式を擁護したのだといえる。

それにしても、ラディゲの小説にティボーデの空想した融通無碍の作者と、堀辰雄が「聖家族」を書いた己を顧みて自認した作者の、互いになんと似通っていることか！　駒たちが「私の手のままにどうにでも動いてくれた」という堀の述懐は、駒の運動に「結合」しえたとまで評される天才の系譜に連なるのは自分を措いてほかにないという自負心の表れだったのかもしれない。とすればこれは、「何とかかんとかして詰ましちゃった」という作為性の指摘に対する反論でもあろう。堀の真意は定かではないが、ほとんど作為の極みともいえる詰将棋にも、作り手が自然な収束をただ傍観するよりない瞬間は存在するのではあるまいか。ここまでの議論のとりあえずの着地点が、この当たり前の事実の確認であってはならないということもないだろう。

将棋と小説①

小説神髄（抄）

坪内逍遥（一八五九年―一九三五年）

初出：『小説神髄』松月堂、一八八六年
底本：『逍遥全集　別冊第三』第一書房、一九七七年

小説の主眼

小説の主脳は人情なり、世態風俗これに次ぐ。人情とはいかなるものをいふや。曰く、人情とは人間の情欲にて、所謂百八煩悩是れなり。夫れ人間は情欲の動物なれば、いかなる賢人、善者なりとて、未だ情欲を有ぬは稀れなり。賢不肖の弁別なく、必ず情欲を抱けるものから、賢者の小人に異なる所以、善人の悪人に異なる所以は、一に道理の力を以て若しくは良心の力に頼りて情欲を抑へ制め、煩悩の犬を攘ふに因るのみ。されども智力大いに進みて、気格高尚なる人に在りては、常に劣情を包み、かくして其外面に顕さざれば、さながら其人煩悩をば全く脱せし如くなれども、彼れまた有情の人たるからには、などて情欲のなからざるべき。哀みても乱るることなく、楽みても荒むことなく、能くその節を守れるのみか、忿るべきをも敢て忿らず、怨むべきをも怨まざるは、もと情欲の薄きにあらで、其道理力の強きが故なり。斯かれば外面に打いだして、行ふ所はあくまで純正純良なりと雖も、其行ひを成すに先きだち幾多劣情の心の中に勃発することなからずやは。其劣情と道理の力と心のうちにて相闘ひ、道理劣情に勝つに及びて、はじめて善行をなすを得るなり。彼の神聖にあらざる以上は、水の低きに就くが如くに善を修むる者やはあらむ。いくらか迷ふ心あるをば、よく道理をもて抑ふればこそ賢人とも君子ともいはるるなれ。初めよりして迷ひなくんば、善をなすとも珍しからず。君子、賢人などといはむは、なかなかにおろかなるべし。されば人間といふ動物には、外に現るる外部の行為と、内に蔵れたる思想と、二条の現象あるべき筈なり。而して内外双つながら其現象は駁雑

にて、面の如くに異なるものから、世に歴史あり伝記ありて、外に見えたる行為の如きは概ね是れを写すといへども、内部に包める思想の如きはくだくだしきに渉るをもて、写し得たるは曾て稀れなり。此人情の奥を穿ちて、賢人、君子はさらなり、老若男女、善悪正邪の心の中の内幕をば洩す所なく描きいだして周密精到、人情を灼然として見えしむるを我が小説家の務めとはするなり。よしや人情を写せばとて、其皮相のみを写したるものは、未だ之れを真の小説とはいふべからず。其骨髄を穿つに及び、はじめて小説の小説たるを見るなり。和漢に名ある稗官者流は、ひたすら脚色の皮相にとどまるを拙しとして、深く其骨髄に入らむことを力めたりしも、主脳となすべき人情をば皮相を写して足れりとせり。豈に憾むべきことならずや。稗官者流は心理学者のごとし。宜しく心理学の道理に基づき、其人物をば仮作るべきなり。苟にもおのれが意匠を以て、強ひて人情に悖戻せる、否、心理学に戻れる人物などを仮作りいださば、其人物は已に既に人間世界の者にあらで、作者が想像の人物なるから、其脚色は巧みなりとも、其譚は奇なりといふとも、之を小説とはいふべからず。物にたとへて之をいはば、機関人形といふ者に似たり。匆卒にして之れを観れば、さながら夥のまことの人が活動なせるが如くなれども、再三熟視なすにいたれば、偶人師の姿も見え、機関の工合もいとよく知られて、興味索然たらざるを得ず。小説もまた之れにひとしく、作者が人物の背後にありて、屡々糸を牽く様子のあらはに人物の挙動に見えなば、たちまち興味を失ふべし。試みに一例をあげていはむ歟、彼の曲亭の傑作なりける『八犬伝』中の八士の如きは、仁義八行の化物にて、決して人間とはいひ難かり。作者の本意も、もとよりして、彼の八行を人に擬して小説をなすべき心得なるから、あくまで八士の行をば完全無欠の者となして、勧懲の意を寓せしなり。されば勧懲を主眼として『八犬伝』を評するときには、東西古今に其類なき好稗史なりといふべけれど、他の人情を主脳として此物語を論ひなば、瑕なき玉とは称へがたし。其故をいかにとならば、彼の八主公の行ひを見よ、否、行為はとまれかくまれ、肚の裏にて思へる事だに徹頭徹尾道にかなひて、曾て劣情を発せしことなし。矧や一時瞬間といへども、心猿狂ひ、意馬跳りて、彼の道理力と肚の裏にて闘ひたりける例もなし、よしや堯舜の聖代なればとて、かかる聖賢の八個までも相並びつつ世にいでむこと殆ど望みがたき事ならずや。蓋し八犬士は曲亭馬琴が理想上の人物にて、現世の人間の写真にあらねば、此不都合もありけるなり。さはあれ馬琴は凡ならざる、よく巧妙の意匠をもてして、其牽強をば掩ひしかば、読者は毫もこれをしらず、よく人情をも穿ちたりとほめ称へたるは誤りならずや。斯ういへばとて、『八犬伝』を小説ならずといふにはあらねど、今証例に便ならむが為に、しばらく人口に膾炙したる彼の傑作を引用せしのみ。曲亭翁の著作につきては、おのれおのづから別に論あり。其折を得て説くよしあるべし。されば小説の作者たる者は専ら其意を心理に注ぎて、我が仮作たる人物なりとも、一度篇中にいでたる以上は、之れを活世界の人と見做して、其感情を写しいだすに、敢ておのれの意匠をもて善悪邪正の情感を作り設くることをばなさず、只傍観してありのままに模写する心得にてあるべきなり。譬へば人間の心をもて象棋の棋子と見做すときには、其直きこと飛車の如き情も尠からざるべく、行く道常によこさまなる心の角も多かるべし。桂馬の剽軽なる、香車の料簡なき、或ひは王将の才に富みて機に臨み変に応ずる縦横無尽なるもあれば、只進むべき前あるを知りて左右に避くべき道を知らざる匹歩庸歩も尠からず。おのがじしなる挙動をして、この世局を渡るものから、直なる飛車も生長なればむかしの飛車におなじからず、角も世故に長ずるにいたれば、直なる道をも行くことあるべし、或ひは王将も匹歩の手にかかり、或ひは慮りなき香車にして金銀を得ることもありなむ。囲棋者は造化の翁にして、棋子は即ち人間なり。造化の配剤の不可思議なる、傍観で観るとは大いに異なり。「彼の金は程なく彼方へ成りこみ進んで王手となるべからむ。」と思ふに違ひて、一匹歩にたちまち道をふたがれつつ避退くべきひまだになうして、桂馬の餌食となることとあり。されば人間も是れにおなじく栄達落魄必ずしも人間の性質に伴はざるから、或ひは才子にして業を成さざるあり、或ひは庸人にして志しを得るあり。千状万態、千変万化、因果の関係の駁雑なる予め図定むべからず。故に小説を綴るに当りて、よく人情の奥を穿ち、世態の真を得まくほりせば、宜しく他人の象棋を観て、其局面の成行をば人に語るが如くになすべし。若し一言一句たりとも傍観の助言を下すときには、象棋は已に作者の象棋となりて、他の某々等が囲さしたる象棋とはいふ可からず。「あな此処はいと拙し、もし予なりせば斯なすべし、箇様箇様に行ふべきに。」と思はるる廉も改めずして、只ありの儘に写してこそ初めて小説ともいはるるなれ。凡そ小説と実録とは、其外貌につきて見れば、すこしも相違のなき物たり。ただ小説の主人公は実録の主とおなじからで、全く作者の意匠に成たる虚空仮設の人物なるのみ。されども一旦出現して小説中の人となりなば、作者といへども擅に之れを進退なすべからず。恰も他人のやうに思ひて、自然の趣きをのみ写すべきなり。

将棋と小説②

探偵小説はこれからだ

甲賀三郎（一八九三年―一九四五年）

初出：『東京日日新聞』一九三一年七月一六日、一七日
底本：同

上

探偵小説は小説中でも全く特殊のものである。他の小説が多く読者の感情に訴えるに反し、探偵小説は全然理智に訴える。探偵小説の読者は楚々たる美人にもうっかり同情は出来ないし、悪漢のように見える人間でも、うっかり憎む事は出来ない。案外かれは善人かも知れないのである。探偵小説の愛読者が惹きつけられてゆく気持ちは、丁度将棋愛好家が詰将棋の解答に夢中になるのと同じである。詰将棋はあらゆる謎のうち、最も理智的で、必要にしてかつ十分なる駒の配置であり、一見不可能の如くして、奇々妙々なる解法のあるものである。理智的でガッチリと組立てられているところは、まさに探偵小説の手法である。

◇

以上の説は私が機会のある毎に説いて来たのであるが、いやしくも小説と名のついたものを、謎や詰将棋に比べるのは、小説の冒涜であるというので、いつも一部の反対を受けていた。しかし、私は探偵小説が小説の形式を借りた謎であるという考えを変えない。たまたま六月号の新青年に、アメリカ探偵小説界の寵児（ちょうじ）ヴン・ダインが寄書しているうちに、私の説を裏書きしているものがあるのは、大いに意を強うするに足ると思う。左に引用してみよう。

「人種と階級とを問わず、世界至るところの読者という読者が、何故肘掛椅子に倚（よ）って、探偵術を弄（もてあそ）びそれを楽しむかという疑問には、今まで色々の理論闘争が行われて来た。しかし真の理由は、私の信ずるところでは、すぐれた探偵

小説の魅力は精巧に組立てられた面白い謎のもつそれと同じだという事である。それは精神を働かせ、不断に活動させる。第一流の探偵小説ならば、どれでも読者が探偵と一緒に完全に事件の解決に参与するからである。探偵小説は普通の意味のフィクションと同日に論ぜられるべきではなく、全然その性質を異にしたものであるとさえ、私はいっていいと思う。それは本当は謎の範疇に属しているのだ。」

私は探偵小説が謎の範疇に属するという、ヴン・ダインの説に全然同意すると共に、同時にそれが他の小説に比べて非常にむずかしく、決して軽蔑せられるべきものでないというかれの説にも同意するものである。

◇

ヴン・ダインは病床で、最初軽蔑していた探偵小説を三年間読み続けた。かれのいうところによると、かれは約二千巻の探偵小説を読み、「現在生きている人で、私ほど多く探偵小説を読み、私ほど技術的な、文芸的な、さらに進化的な立場から注意深い研究をした人はないといっても過言ではあるまい。」と自負するに至った。そうして過去において美術を学び、音楽に通じ、アメリカの外国と合わせて七つの大学に遊び、数年の新聞記者生活を送ったかれが、全精力を尽して書く事の出来た探偵小説はわずかに六篇だった。そうしてそれでしまいだった。

下

ヴン・ダインは最初はファイロ・ヴンズ探偵物語を四篇で終わるつもりだった。かれは雑誌者の懇願によって、二篇だけ追加した。そうして、かれはいっている。「一人の作家に六つ以上の探偵ものの立派な想があるかどうか、私はすこぶる疑わしく思っている。が、とにかく私はこの数のところで線を引くことにするつもりだ。」

ところで、わが国の探偵小説であるが、大正十二年に、江戸川乱歩が画期的の作品を発表して以来、幾多の探偵小説家が続き、ともかくも、ショート・ストーリーズの形式においては、外国作家を抜いた二三の傑作はあったにせよ、真の探偵小説というものは、未だ現れないのである。数年前に故小酒井不木の「疑問の黒枠」があり、大下宇陀児（うだる）の「闇の中の顔」があったが、それらの作品は探偵小説のホンの芽生をおもわせただけで、探偵小説はついにショート・ストーリーズの形式を出ないのだった。雑誌朝日に長く連載されている大下宇陀児の長篇は、不幸読んでいないので、何とも云えないが、新青年に連載されている「魔人」は断じて探偵小説ではない。江戸川乱歩の、そうして乱歩にして初めて意味のあるところのものの模倣でしかないのは、作者のために深く惜しむところである。

◇

これに反して名古屋新聞に連載されている浜尾四郎の「殺人鬼」はヴン・ダイン張りの本格探偵小説である。殺人から訊問に続く場面は、正に将来の波瀾重畳（はらんちょうじょう）の謎を暗示している。しかしながら欧米と事情を異にしている我国では、ああした書き方が果たして、ヴン・ダインの云う「人類の各階級——大学教授、学者、政治家、外交官、科学者などから最も原始的な無教育な読者に至るまでの万人の娯楽に対する要求を充たしている」だろうか。

「探偵小説のほとんど普遍的な魅力」と云う事については私は明らかに過古において誤解していた。私はヴン・ダインの云うA級の読者——大学教授、学者、政治家、科学者等々——とB級の読者との間には「探偵小説の持つ魅力」に相当の隔たりのあるものと信じていた。しかし、そうした考えは誤りであった。私の「幽霊犯人」が成功に至らなかった理由はそこにあった。私はあの小説において、ことさらに余りに理智的なそうして複雑な謎を避けたのだった。

「探偵小説のほとんど普遍的な魅力」、ヴン・ダインが三年間に二千巻の探偵小説を読んで、初めて知り得た手法を、アメリカではなく、現在のわが国に移植する事を、私達は考えなくてはならない。

謎の持つ興味、いかなる謎が、いかなる謎の解き方が、そうして小説としていかなる形式が、社会のあらゆる階級に普遍的な魅力を与えるであろうか。探偵小説家がそれを解決し得た時に、初めて探偵小説は読物の王座を占めて、全日本の読者の熱狂的歓迎を受けるであろう。

　結論に曰く、日本人の書いた探偵小説は未だない。探偵小説はこれからだ。

将棋と小説③

悪霊について

横光利一（一八九八年―一九四七年）

初出：『文藝』一九三三年一二月
底本：『定本横光利一全集　第一三巻』河出書房新社、一九八二年

日常生活の上で危機というものは全く思いがけないところに潜んでいることがあるものだ。私はこの一ヶ月の間に二度もそういう偶然にぶつかって溜息をついてしまった。その一つはいずれ作品の中で書くこともあろうと思うので、今は書かないことにするけれども、もう一つのこと、それは危機と大げさに云うべきほどのことでなくとも、たしかに私にとっては危機以上のことであった。――私は一ヶ月も東北へ旅行をして帰って来ると、旅行中に留守を頼んであった善良な青年が、たまたまどこからかドストエフスキーの「悪霊」という小説を買い探して来て、置き忘れたのかそれとも私にひそかに読まそうためにか、私の机の上に置いてあるのを発見したことだ。ドストエフスキーの小説は私の二十歳前後に読み飛ばしたものばかりで、もうそれから十六七年にもなる間、ほとんど読み返してみたこともなくすごして来た。二十歳前後の青年期にドストエフスキーの作品など分ろうはずもないと思うが、それでも荒筋だけはぼんやりと私は覚えている。しかし「悪霊」だけはまだ一度も読んだことがなかったから旅行後の疲れのままに、夜になって寝床に入ってから少しずつ読み進んでいってみた。すると、読み進んでいくうちに、私はこれは世界に於ける最高の傑作だと思い始めた。こういうときの一小作者の顔色というものは、どういうものか不幸にして私は見ることが出来なかったのを遺憾に思う。作者の危機というものは、必ずこういう場合に現れていなければならぬものだ。私は逢う人毎に当分の間は悪霊の話ばかりをしつづけた。それ以外にここから脱け出る方法を私は知らなかったのである。バルザックを抜いていたものがロシアにあったのだ。ゲーテ、シェクスピア、トルストイ、スタンダール、すべて私の読んだものの範囲では、これらは一段下の

世界である。ジョイス、プルースト、やはりこれらもドストエフスキーには及ばない。ヂッドが苦しんだのも無理はないと思う。今まではバルザックを読んだときにも、シェクスピアを読んだときにも、その他の世界の大作家と云われる人々の作物に接したときにも強く打たれはしたが、抜け道が一つか二つは必ずあったものである。しかし、この悪霊にはもはや抜け道が一つもない。リアリズムというものはどこにもない以上、残念ながら、小説に於ける世界の最高の傑作をリアリズムの本道とわれわれはしなければならぬ。それならリアリズムはこの悪霊にあるのである。私は多忙のため、この悪霊のリアリズムを今は分析することはとうてい不可能であるから、書くにあたってただ感動を書きとどめておくより仕方がないが、その感動さえなかなかこの場合に限っては複雑至極なのでこれを表す率直な言葉などあろうとは思えない。とにかく、これは全く頭抜けて新しいのである。

もっとも優れたものは心を打つと云われている。しかし、これは嘘でなくともそんなに真実なことではない。優れたものは頭を打つ。この悪霊を読んで心を打たれるというような言葉はどこからも出て来ない。他のドストエフスキーの文学はたしかに心を強く打っては来るが、この悪霊ほどしたたか強く頭を打ちくだくようなことはなかったと思う。ロシアで悪霊の発表されたとき、世評は他の作にくらべて非常に悪かったと云われているが、このように心を打たずに頭に直接こたえる作物は、たしかに雲上のものであるにちがいないのだから世評の悪かったのももっともなことだと思う。この作の特長の一つは作としての重要な事件がほとんどすべて作以前に行われていることである。そのために生じる疑問が、疑問のままに将棋の駒となって独自に発展して衝突し合い、からまり合い、何ごとか世の中に於けるもっとも重要なことに向かって徐々に進行していくのであるけれども、その世の中に於けるもっとも重要なことというものが、事件の重要さとは違い、いかなる種類のものであるかということを作者とともに見極めてしまわぬ限り、この作をどこまで読み進もうとも作中に於ける不必要な動作のために妨害せられ、結局何一つ分らずしてすんでしまう。作者はしばしば不意に作中で早すぎる王手をやるが、うっかりしていると何が王手だったか分らずに飛車を取られることに読者がはらはらさせられて、それを王手だと思い込んでしまう。しかも作者が王手をする刹那に生じる紙一重の危機がたちまち危機のままに一度隠れてしまうと、いつのまにか再び安泰な飛車と角との角逐が始まり出してなかなか王のありかを捜すに困難を感じるのである。しかし、一番われわれの悩まされることは、作者が王手をしながらなぜ逃げたのであろうかということである。詰め手があるのに作者はいつまでたっても詰めないという将棋は、この作で初めて私の接したところであるが、ここに今後のわれわれの小説の新しい発展のあるのを私は感じた。王手というものは早すぎてもいけなければ遅すぎてもいけないものだということは、私たちも知ってはいるけれども、しかし、最も良い時機の王手のさいにもまだドストエフスキーは詰めようとはしない。最後に王を抛り放してしまってこの作は終わっている。つまり、王手はすべてにあったことになるのである。あたかも、確実な王手というものは永久にないと云っているかのごときようなものだ。私は作者の心の置き所をこの作中では考えることが出来ない。心の置き所という都合の良い場所は私はあるものだとは思わないが、それにしてもいかなる作でも構想にさいしての作者の心の置きどころは見受けられるにも拘らず、この作に限ってそれがない。いや、あるにはあるが、作者は作者の精神のごとく最初から終わりまで移動しつづけているためにないのである。全く作者はただ書いたのだ。他の大作家のようにうるさくなるとあきらめてしまって自分の胸の上で王手をするようなことはしなかっただけなのである。現実に王手はない。この作の優れた第一の主要なことは、作者が心の置き所を探ろうとしつづけてしまいに発見することの出来なかったところである。

しかし、勿論、こんな比喩では悪霊の精神の何事もつくせない。バルザックにしてもスタンダールにしても、言葉で表現し得られる明確なものが基本となって活躍していくに反して、悪霊には言葉では不分明な、われわれには「分らぬこと」が基本となって活躍するのだ。この分らないこととというものは、すでにはやすべての作者の血眼になって捜し求めていた王手なのである。しかるにここでは、その疑問の王手が重なり合ってかつて何ものも探そうとしなかった新たな別種の王手を探ることに活躍する。将棋の盤面はここでは円形をしているのである。

　この円形の盤面上に於ては、愛や、智性や、勇気や、信仰や理想はすべて無力である。ここでは力はすべて時間だ。しかし、そのような惨酷な作者の解釈は何も悪霊に俟たずとも他にもある。しかし、ここでは時間さえもが狂っている。作者の頼り得るものは空間の不幸ばかりである。真実というものは時間の狂い以外にはない。――この作者の証明を前にして何人がこれを虚偽だと云い得るであろうか。私は狂いというものの本質を知り得たのもこの作に於て初めてである。しかも、狂いほど正しく真実なものはないということを知ったのも始めてだ。正確さというような有難いものはどこにもありはしない。狂いがつまり正確さなのだ。不幸の世に瀰漫している理由も、すべて原因は時間の狂いを正確な時間だとわれわれの認識することから始まるではないか。新しい王手と私の云うのもこれである。

　私のこの感想は遅々として下手い。それは私も知っているが、このような全く分らぬものを表現するためには、私にとってはこのような下手さ以外にはあろうとは思えない。全篇を通読しても明瞭なところは人の怒ることだけであるが、こういうところから見ると、怒りというものは世の生活の中でよほど重要な役目をしているものと私には見えて来る。トルストイは怒ることほど罪悪はないと云っているけれども、ここではドストエフスキーは王手に近づくときには突然何者かに怒らしている。このときには時間の狂いは一瞬の間停止する。私たちは素早くこの間に作者の頭脳の鍵を盗みとっていかない限り、雲霧のように襲来して来る無数の疑問点の連絡の仕方は永久に切断せられてしまうのである。信仰や愛や悲しみや殺人などに揺られては瞬時といえども停ることなき作者の頭はただちにわれわれから逸脱する。私は読みながらその俊敏計るべからざるこの作者の頭脳に幾度驚歎したことであろう。夏目漱石はドストエフスキーほど頭の悪い男はないと云ったということであるが、漱石の頭の秘密はこういう思いがけないところに不意に楽屋を見せているのである。私は作家の頭の構造や素質を見抜くためには、他のいかなる作物よりもこの悪霊の読後感を聞くことによって探りたいと思っている。

　ヂッドはこの悪霊の他の何ものよりも優れている理由を指摘して、ドストエフスキーが悪魔をこの作中で探ったことだと書いていたのを思い出す。私はそれはたしかに新しい見方だと思うけれども、しかし、私はやはりこの作の優れたところは、ドストエフスキーの新しい時間の発見だと思う。ここでは偶然が偶然を生んで必然となり、飛躍が飛躍を重ねての何の飛躍もない。秩序は乱雑を極めながら整然としているにもかかわらず、めまぐるしい事件の進行や心理が一時間後に起こる出来事の予想の片鱗をさえも伺わせない。しかるにもかかわらず、私たちはどうしてこれらの脈絡なき進行から必然を感じるのであろうか。新しい時間はここに潜んでいるのである。この新しい時間の中では、突如とした一行為が心理を産み、心理が行為か行為が心理か分らないうちに、容赦なく時間は次から次へとますます新しい行為と心理を産んでいく。しかもそれらは何ものに向かって産んでいくのでもない。産むから産むのであって、目的はただ産まれたものがなくなることだけであるが故に、終止は作者が人を殺す以外には方法が見つからない。勿論、人物の性格などというものは、この作者の時間の中ではいかなるものでもなく、ほとんどすべてがどれだか見分けがたない半狂乱の姿ばかりである。ただ狂乱なきものは名前だけだ。そうして、最後の秘密は、情欲である。悪魔は常にここから顔を出して時間を歪めながら黙々と舌なめずりをしつづけている。これに反抗した人物は尽（ことごと）く死んでしまう。生き残った一人の人物は柔順そのもののごとき一婦人だ。柔順ということには、悪魔も時間も手の出しようがないのである。いかに作者といえどもこれにだけ手放していなければならぬのだ。見るが良い。ドストエフスキーはこの婦人にはほとんど立ちよることをしていない。それにもかかわらず、この一婦人こそ何もかも知っているのだ。作者がこの婦人について一番少なく書いたということは、何者にも勝った天才の天才たるところであり、古今を絶した高峯である所以である。しかし、私たちが深く考えれば考えるにしたがって、悪魔を描き得た素質によって世界の最高の精神となって立ち上がったドストエフスキー及び、それを支持せねばならぬ私たちはいかに不幸であろう。なぜかと云えばわれわれの書き得られる最高は悪魔に他ならぬからである。ここからは何人といえども逃れ得ることは出来ないのだ。ロマンチシズムの運動はここを出発して起こらなければ、小説というものはもはや忍耐することは出来ない。

以上を書いて文芸編集者へ送ろうと思ってほっておいたところが、今日になって友人がやって来たのでまた少し悪霊の話をしてみた。すると、悪霊の中でドストエフスキーが時間を出そうとしているということは、ヂッドもドストエフスキー論の中で云っていると話した。私はヂッドのドストエフスキー論を二三年も前に読んだので、ついそのことはすっかり忘れてしまっていたのだが、考えればヂッドともあろうものがそんなことを考えないはずはないと思った。しかし、ヂッドがそのようなことを云っているならもう私のこの原稿は不用も同様である。しかし、私さえこの時間のことは考えたのだ。せめてそのことでも喜びとして私はこれを出そうと思う。ヂッドのドストエフスキー論は今は手もとにないので、どんな風に時間を摘出しているのか分らないが、暇が出来たらもう一度ゆっくり読み返してみようと思っている。

将棋と小説④

小説のことなど

堀　辰雄（一九〇四年―一九五三年）

初出：『新潮』一九三四年七月
底本：『堀辰雄全集　第三巻』筑摩書房、一九七七年

この頃私は逢う人ごとにモオリアックの小説論の話をしている位だ。

私はつい最近、彼の小説論を二冊ばかりと、「癩者への接吻」という小説を一つ、立て続けに読んだところなのだ。彼の小説論は、勿論本格小説論だが、読んですこぶる啓発されるところがあったし、小説の方は彼としてはかなり初期のものらしいが大へん気に入った。これこそこの頃私の一番読みたいと思っていた小説であるような気がした。この作以来、モオリアックはいい小説をだいぶ書いているようであるから、この夏でも出来るだけ多く読んでみたいと思っている。

さて、モオリアックの小説論だが、早速その一節を引用してみる。

「十八歳の少年は、彼が人生について知っているもの、すなわち彼自身の欲望、彼自身の幻滅をもってしか本を書くことは出来ない。彼は自分でその殻を破ったばかりの卵を描くことしか出来ない。概して、彼は他人を観察しようという考えが起こるにはあまりに彼自身に夢中になりすぎている。われわれの中に小説家が形態を具え出すのは、われわれがわれわれ自身の心情からわれわれを引き離し得るようになってからである。」「自分自身の物語を語る作家」がこうも簡単に子供扱いにされているのは少々不満だとは云え、これは今日の私達には、適切な忠告を与えてくれた言葉である。――以上の一節は、去年あたり書かれたらしい「作家と作中人物」というエッセイの方から引用したが、その同じエッセイのずっと先の方で、モオリアックはまた、こうも言っている。

「最も客観的な小説の背後にも、……小説家自身の活きた悲劇は隠されている。……しかし、その私的な悲劇がすこ

しも外側に漏れていなければいないほど、天才の成功はあるのだ。「ボヴァリイ夫人は、私自身だ」というフロオベルの有名な言葉は、すこぶる理解し易い。——が、その言葉はもっと時間をかけて考えてみる必要がある。それほどこの本を書いた作家がその中に自分を入れまぜていないように見えるからだ。「ボヴァリイ夫人」が傑作であるのは、すなわちその作品が、その作家から切り離された全体として、世界として、一塊となり、位置しているからである。われわれの作品が不完全であればあるほど、その割れ目からその不幸な作家の苦しめる魂が漏れるのである。」

「が、ある天才をもってしても作家と作品とのそういう結合を得なかった、出来損いの作品はまだしも良い。魂のない作家によって手ぎわよく、外側から構成された作品なんぞよりは。……」

モオリアックを俟つまでもなく、作家にとって自分を棄てることがいかに大切であるかと云う事は、今日、私たちの最も関心をもつべき問題となりつつある。——そういう今日、私はいままで好い気になって自分自身の物語、或いはそれに似たものをばかり書いてきた私自身がすこし腹立たしいくらいである。そうして最初から、さほど苦労せずに、他人を観察して得たものだけで物語を書くことに慣れている人達がたいへん羨ましい気もする。——が、羨ましい気はしても、どうもやはり、その人達の仕事には、いまだに、そしてこれからも興味がもてそうもない。私の興味は、何と言っても、その作家が自分を棄てるのにどれだけ独得の苦痛をかけたか、という点に専らかかっているようである。

＊＊＊

私のこれまで書いて来たものは所謂「私小説」と呼ばるべきものであるかも知れないが、私はついぞ一度も、私小説本来の特性であるところの、他人の前に何もかも告白したいという痛切な欲求からそれを書いたことはなかった。私はむしろ漠然と、わが国特有とも云うべき、その種の小説のこじんまりした形式が自分には居心地よいような気がしたので、それに似た形式の中で自分勝手な作り事を書いていたのだ。私の作品は——といって悪ければ、それらの作品を書いた感興の多くは、――フィクションを組み立てることにあった。私は一度も私の経験したとおりに小説を書いたことはない。（そうかと云ってまた、自分の感じもしなかったことは一ぺんも書いたことはないが……）

私をしていま、こうまで言わしめるものは、居心地がいいのでついうかうかと私の居ついていたその形式の、恐ろしい罠の中にいつの間にか自分が落ち込んでいるのに漸く気がついたからだ。――ここで、さらに私的な問題に立ち入ることを許していただきたい。で、私小説をどう云う信念から書くにせよ、すべての場合を通して、その主要な感興は自分自身をはっきり識ろうとすることにあると言える。（たとえ私のような場合にあっても。）――最初は自分自身のうちに私小説に書けそうなものばかりが見えてくる。が、そのうちにだんだんそれが私小説からはみ出してしまう。そして今さら自分の気持ちのあまりに複雑なのに驚く。そして、私小説の中に入れるためには、どうしてもその気持ちを歪曲させなければならぬような羽目になる。たとえば、一つの恋愛を描くときにも、自分の感情全部から、その一部を孤立させ、誇張し、――同時にそれを純粋にさせて、描くよりほかはない。その結果、小説中の「私」の気持ちは、現実の私の気持ちとは似てもつかないものとならざるを得ない。勿論それは嘘ではないのだが、それがそっくり本当の気持ちかというと、必ずしもそうではない。私自身の場合などでは、私はなまじっか私小説らしいものを書いたため、他人に私を識って貰った分量より、むしろ誤解された分量の方が多いのでないかという気がするくらいだ。――それでは、そういう複雑な気持ちをそっくりそのまま書いたらいいではないかと云う考えが一応は起こる。が、そうなると、いきおい支離滅裂なものになって、殊にこれまで私達の書いてきたような、活きた混沌から一つの小さな秩序を得ることをその本分とする短篇小説などの中には、到底盛ることは出来ない。――むしろ、矛盾したそれぞれをはっきり分離させて、それぞれ異なった性格に負わせ、そしてそれぞれを思う存分に活動させることをその本分とする長篇小説が書けるようになるまで、何とか誤魔化していてやれと云った気持ちで、知らん顔をしていたのが、まず私の正直なところである。

ここに、私がこれまで私小説のようなものを書くよりしかたがなかったと云う唯一の弁解があり、しかし今までのままでは、もうにっちもさっちも行けなくなっていることを、ついでに告白して置きたいのである。

＊＊＊

もう一つは、作家の手腕である。

私は一つの作品を書く毎に、これまで自分の書いた作品にすこしも似ていないような作品を書きたいと考えた。そこで、私の諸作品を跡づけてきた曲線は極めてジグザグなはずだ。……が、それにも拘らず、私は作品から作品へと、いつも同じような人物しか描けなかったことを認めずにはいられない。そこに描いてあるのは、すなわち、それらの人物の中に投げられている私自身の影でしかなかったのだ。そうして批評家から「お前は人間が描けない」と言われると、私は好んでそれを肯定しながら、しかし私の作品はそれでもいいのだというような妙な自信を持ち続けていた。——勿論、真の小説というものが人間を創造することにあるという事は否応なしに認めていたが、私はそういう真の小説をあまり厳格に考え過ぎているせいか、とうていこれまでの私にはそんなものは、それに近いものすら書けそうもないと考えたので、あべこべに、少しもそういう小説らしいところのない小説ばかり書いていたのだ。たとえ二流三流の小説にせよ、そういうものでの方が現在の自分の手腕を思うがままに揮え、自分を小さいなりに完全に表現できると考えたがためだ。

そこで私は、これまで、自分の作品の中に人物を置く場合には、風景画のなかに小さな点景人物を置くほどの用意しか持ち合わせなかった——とまで言わなくとも、それはいつも「私」（語り手）の心のなかに独得な屈折をして入ってきた幻像に過ぎなかったのである。

「麦藁帽子」の中で試みた私の方法は、そういう自分には最も素直なものであった。私は一人の娘を語り手に映っている側からのみ描いていった。娘の心理の動きがどうしても語り手に解らないままに、小説が進展し、その結末に及んでもその心理の上に何らの照明を与えずに、小説を閉じる。読後、読者をもその語り手と共に、一種の謎めいた気持ちの中にとり残させる。——それは一篇の小さな心理小説でありながら、普通の心理小説家がそれをするようには、娘の心理の裏側に読者を引っ張って行かない。常に光線は「私」の側からのみ投ぜられている。――そういう気まぐれな思いつきで、私はその娘の幻像を出来るだけ生き生きさせようとしたのだ。

「聖家族」の中では、それと反対に、私は諸人物に頭上から何処からともなく、云わば一種のレムブラント光線のようなものを投げようと試みた。そうしてその光と影の中でさまざまな人物を出来るだけ巧妙に動かそうとした。が、それらの人物は私には将棋の駒のようなものだった。あらかじめ駒の動き方が定っていて、その上私の手のままにどうにでも動いてくれたのだ。「むずかしい詰め将棋を何とかかんとかして詰ましちゃったような小説だなあ」と小林秀雄がそれを読んで私に言ってくれたが、恐らく小林の考えたよりもっと、その比喩はあの小説をうまく説明していたのだ。

そんな「聖家族」のような作品を書いたあとだったので、私は「麦藁帽子」のような手法の素樸さに身をゆだねられたのだろう。

＊＊＊

私達の間でいつかラジィゲの「舞踏会」の話が出たとき、あの女主人公の顔がはっきりと浮かんで来るかどうかという事が問題になった。そうして皆の意見は期せずして、それが浮かんで来ないという点で一致した。たしか横光さんも座におられて、どうかするとあの女の妙にしゃがれたような声だけは浮かんでくるが顔は決して浮かばぬ、と言われたように記憶する。

その後、私は古い「エヌ・エル・エフ」を繙いているうち、フェルナンデスの何とかいうエッセイの中で、次のような一節を読んで、突然、その時の話を思い出した。今、その雑誌が私の手許にないので、その題も忘れたし、その一節を引用する訳にも行かないが、何でも「各人が漠然と、いくらか大ざっぱに感じているものに一番共通性がある。ドストエフスキイは流石にそこに目をつけていた。彼は、各人各様とも言うべき視覚的描写などはかなぐり棄てて、各人に直接に共通し得る漠然たる感覚をのみ、ひたすら明瞭な意識の上にのぼすようにと骨折ったのである」という論旨だったように思う。私達のその時の意見は、はからずもフェルナンデスの同意を得たばかりでなく、漠然としていたところを極めてはっきりと説明して貰ったような感がある。

ドストエフスキイといえば、私はどういうものか「白痴」が好きであるが、ムウシュキンが一体どういう顔をしているのか、すこしも分らないのだ。そのため私はその人物をまだはっきり捉(つか)んでいないのかとさえ疑ったが、それも「舞踏会」の場合と同じだったのだろう。小説が心理的であればあるほど、その小説は少なくとも視覚的ではなくなるものらしい。

しかし、小説において読者に漠然たるものを与える方がより効果的であるのは、何も視覚的なものばかりではあるまい。たとえば、ここにモオリアックの面白い例がある。彼は子供のとき目撃した実際の出来事に材を採って、自分の良人(おっと)を毒殺する女を描いたことがある。(「テレェズ・デケルウ」)その場合、実際はその女は他に情人があったがためにそんな行為に出たのであるが、それを事実のまま描かずに、その女がそういう恐ろしい行為に自らを駆ったものを彼女自身は何も知らずにいたように、モオリアックは作り変えて、一層の効果を得たと言っている。

＊＊＊

ドストエフスキイがどれだけバルザックよりも新しいかというような事も、こういう点から説明できやしないかと思われてくる。

そうしてモオリアックが他の本、「小説論」という表題のエッセイの中で、この二大作家の隔たりをはっきりと示している箇処に私達はぶつかる。

「……バルザックの主人公はいつも辻褄が合う。彼は彼を支配している情熱でもって説明されないような行為は何一つしない。それは実に見事である。」――つまり、ゴリオ爺すなわち父性愛、従姉ベットすなわち嫉妬、ユウジェニイ・グランデすなわち吝嗇(りんしょく)、といった工合で、彼らはいつもその埒内(らちない)にあって行為をする。「それがバルザックに「型(タイプ)」すなわち、一箇きりの情熱に全く要約された存在を創造することを許したのだ。」

「ところが、それに反して、ドストエフスキイは人間心理の縺れを解きほごそうとはしなかった。――彼の人物にあっては、崇高と破倫と、低い衝動と高い願望とが、解きほごしがたく、もつれ合っている。それはもはや理性の動物――「吝嗇漢」「野心家」「高利貸」ではなしに、遺伝を負わされ、欠点のある、血肉の人間だ。……

彼の描いたのは露西亜人だ。不合理、矛盾は露西亜人の特質じゃないか、と人々は言う。――が、彼の主人公が、われわれにかくも矛盾だらけに見えるのは、彼らが露西亜人だからではなしに、むしろわれわれに似た人間、すなわち、活きた混沌、矛盾に充ちた個人だからである。彼らにはわれわれの理性から見ると、不合理そのものであるような生の論理以外の如何なる秩序も、如何なる論理も与えられていないからである。彼の作中人物が、各瞬間に、彼らが感ずるのが自然であり普通であると思えるのとは、まるっきり反対の感情を感じているのを見て、われわれはびっくりする。……」

モオリアックの意見は、まあ大体そういう事になると思う。が、モオリアックは、自分は一方（これは批評ではないと断っているが）仏蘭西小説の伝統――その秩序と明晰さ――を熱愛している者であると告白する。そしてそういう二つの欲求の争闘を感じながら、彼はこういう問題を提出している。

「仏蘭西小説の伝統を否定せずに、それを英吉利や露西亜の作家――ことにドストエフスキイを受け入れることによって豊富にすること。われわれの主人公に、生きた人間の不合理、不確かさ、複雑さを与えること、と同時にわれわれ民族の天性に従って、構成し、秩序づけること。」

そしてその二つの欲求の間の葛藤こそ、彼ら仏蘭西作家の解決すべき唯一のものではないかと問題を提出している。

＊＊＊

仏蘭西では、早くからジィドが熱心にドストエフスキイを読んでいたようだ。それがより若いモオリアック等を刺激して、かくもドストエフスキイに関心せしめるようになったのではないかと思う。丁度、今日のわが文壇はその当時に似ていないか。そうして私達の間では、小林秀雄が早くから熱心にドストエフスキイを読んでいてくれるのは大いに感謝していいことだと思う。私などは何もそれに口を挿むことはないが、モオリアックの出した問題は私達にもたいへん有益に思えるから、それをここに置き換えておく。

＊＊＊

さて、モオリアックに戻ろう。

そうして彼によって提出された問題を、その後、仏蘭西で最も見事に解決したのは誰だろうかと考えてみる。そうしてまず第一に、それはモオリアック自身ではなかったろうかと云う答案が浮かぶ。が、私はさっきも言ったように、まだ彼の小説は「癩者への接吻」一篇きりしか読んでいないのだ。もうすこし読んでみるまで、——少なくとも彼の最大傑作であると定評のある、一昨年書いた「蝮(まむし)のとぐろ」という小説を読んでしまうまで、——その答案は保留して置きたい。

私がこの小論文の冒頭に引用した「作家と作中人物」は、その傑作「蝮のとぐろ」製作後に書かれたものらしい。これには、もう一方の「小説論」(恐らくこれは前者から十年ぐらい前に書かれたものか)と同じ論旨が、作者の体験によって、ずっと深められつつ、展開されている。そういう見方をして、両者を読み比べていると、私はモオリアックの思いがけない進歩の跡を発見したりする。

その中で彼が人物描写について述べている一節が特に面白く思われるから、それをここに引用してお目にかける。

「一つの小説を創作している間、私は何度気づいたことか、ずっと前から主人公として考えていた人物、そいつの発展をその最後のデテエルまで決めて置いた人物が、プログラム通りにうまく形づくられるときは、それは彼が死んでいるからであり、——彼が従順であるのは、それが死骸に過ぎないからであるという事に。反対に、私が補役として何らの重要性を帯びさせなかった人物が、自分勝手に第一列にのり出し、私が彼のために用意しなかった場所を占領し、思いがけない方向に私を引っ張ってゆくことがある。「愛の砂漠」の中のクウレエジュ医師は、私の意図では、挿話的な人物（主人公の父親）であるべきだった。そのうちに彼は小説全体に侵入してしまった。私がその本を考える度毎に、その可哀想な男の苦しんでいる顔が他のすべての人物を領し、それらの忘れられた頁の上にほとんど一つ、それだけが浮かんでくる。……」

この一節は、私にすぐ、ドストエフスキイが「悪霊」を書いた時、考えもしなかった新しい人物（スタヴロギン）が、初めに主人公となるべきはずであった人物を駆逐して、その小説の真の主人公となってしまったという話を思い出させた。

しかしモオリアック自身は、この一節を書いた時には、そのドストエフスキイの話を思い出していたかどうかは知らない。

＊＊＊

今、この小論文を終えるにあたって、私はもう一度、モオリアックのテェゼを繰り返して置きたい。すなわち、一方では論理的な、理智的な小説を書きたいという欲求、また一方では、不合理、不確かさ、複雑さをもった生きた人物を描こうという欲求、――われわれはその二つの欲求の戦場であるがいい。……これは何も仏蘭西のみに限った問題でなく、私達の間でも大いに考えていいことだと信ずるので、ここにその問題にアンダアラインして置くのだ。

私はこれまで私達、私達と書いてきたが、私達というのは、「白痴」とほとんど同等に、ラジィゲの「舞踏会」をも熱愛している人達の謂であることを、最後に於いて明瞭にさせて置きたい。

将棋と小説⑤

ロマネスクの心理

アルベール・ティボーデ
(一八七四年―一九三六年)
生島遼一訳

初出:『小説の美学』白水社、一九四〇年
底本:同

「ドルジェル伯の舞踏会」の序文中に、ジャン・コクトーはレーモン・ラディゲの手箱の一つに幸福にも発見され、この書物の上に一刷毛あざやかな光を投ずる覚書紙片を発表した。それはこういう書き出しである。《心理がロマネスク(小説的)である小説。想像の努力はひたすら、そこに集注される。外的事件にではなく、感情の分析に》レーモン・ラディゲは決して自分のこれからしようと望むことを言っているのでなく、なし遂げたことを記述しているのだ。この抽象的見解、この批評的な反省は編纂(へんさん)者が説明している如く、「舞踏会」が少なくとも大部分書き終えられてから後に生まれたもので、作者が一つの機械的な宣言一つの文学理論、ロマネスク心理の理論に自分を従えて行くために書かれたのではない。それは、作者の体から、これから生きようとする一つの未知の新しい存在を外へ放出させるために書かれたのであった。――あの動き易い一閃光、肉体に憑いた悪魔の後、今度は精神に宿る神を。

何となれば、「舞踏会」はもう、「憑かれて」(Diable)のような、将来を約束するていのものではない。我々はちゃんと果実を手に握っている。その果物を盛る籠のあるべき形などを考えたりはしまい。それがありえたかどうか、それを考えもしない。我々はこの本をもっている。それはもうそれで充足し厳としてあることだ。この本が明日また何を生むか、私は知らない。何か作用をするだろうと思う。今日のところ、この作品は、春のひと時フランスの荘園に育ったユダヤ種の樹のように、華々しく開花した偉大なプルーストの蔭に生れた数々の文学の房、それが求めていた言葉を他の書物と共に、恐らくはひときわ優れて言っているように思われる。しかもその言い方は、純粋で飾り気のないフランス的言い方なのだ。自分でもこう言っている。《文体――瀟洒が一見、下手に着物きた外観をもつべきように下手に書かれた文章の型》。これは少し性急な表現である。修正しよう――瀟洒が一見着衣せず、開化的な裸形を見せかけるべきように、書かれていない型（スタンダール風に）。言うところはつまりこれ――ロマネスクの心理。

事件のロマネスクというのがある。これは三十年目毎に現れる冒険小説、またはいわゆるロマネスク小説となる。文章のロマネスクがある。凝った表現や珍しい形容語を求めるものだ。環境のロマネスク――以前には、フローベールが「サランボー」を書いたのは珍しい環境を求めた結果である。現代では、下層ではお尋ね者小説、上層では社交界小説となっている。ロマネスクは、与えられた一点に於て、一つの論理、自働性、公式主義、慣習などと別離する努力を試みるものだ。しかし、ロマネスクのこれらの形体は、普通は人間の心という奥底にはぴんと触れて来ない。地上で起こる嵐や諸種の変化が深い静かな水底の層までは響いて来ないのと同じである。論理的なもの、予期されるもの、それらのものが小説家の努力によって、表面的な事件、文体の構造、事情の性質などからいくら除かれるとしても、逆に感情の継起、意識や意志の連鎖の中にはかえって現れて来る結果になるものだ。

心理的ロマネスクの欠けている例、つまり心理的ロマネスクの反射は、たとえばバルザックが範例を示した性格小説の中に見ることができよう。「ゴリオ」「ベット」「ビロットー」などにはこの種のロマネスクは極めて小量、いやほとんどないといっていいくらいだ。人間が一定した性格と共に与えられ、その行動は彼の性格にしたがって進む。勧善懲悪小説において罰が過失を追い、月並文章において形容詞がいつも慣れた名詞に附き添って行くように。また中流階級の写実小説の中で慣習上の失敗に必ず描写的な滑稽が継起するように。次のように言うことさえできるようだ。すなわち、小説が事件のロマネスクの度合を強めればそれだけ、一種不可避の代償として、人物に不動の性格をあたえ読者の心が期待しているような感情を感じさせ、そういう行為を行わしめることを余儀なくさせられる……

さて、この不動の性格、小説的放射の一定の焦点こそ、これはまさに抽象にほかならない。早く疲れさせる。働きかけることをしない書物を、やがて墓地に送りこむ役目をする。勿論、バルザックの場合はこうではない。それはつまりバルザックの場合は奇跡的に三つの流れがそこに集結していたからだ。技術的な流れ――仕事のいい、構造のしっかりした小説という特色。心理的流れ――フランス・モラリスト的伝統。特にラブリュイエールのそれ。彫刻や絵画の作品が現実的な動きの抽象をあたえるごとく、現実生活から抽象された固定的な性格の分析者であるラブリュイエール。最後に、生命をもって変動する社会的動性の流れ。すなわち社会全体、前進し自己創造をする人類の相互作用。つまりバルザックには心理的ロマネスクが少ないとしても、その代りに、壮大な社会的ロマネスクがある。そして、われわれは「赤と黒」「パリの秘密」「レ・ミゼラブル」「感情教育」等の作品と共に、フランス小説はその最も多産的な大時期において、この社会的ロマネスクの中に心ゆくまで没入したということができよう。

心理的ロマネスクは小説人物の感情と行為が、読者の予期しえたような、またはその中に人物達が一瞬前において自己を予想しえたような予定的範囲を破り、それを否定するときに生じるものである。そして、現実がかくのごときことは明白なことだ。「ペルタリート」から「アンドロマック」に至るまで、悲劇が小説のロマネスクから心理のロマネスクに赤裸々にかつ、図式的明断さをもって移って行くのを見ることができるだろう。かくいう心理のロマネスクは幾度も間隔において、スタンダール、エリオット、サッカレー、メレディス等の中に発見出来る。なお一段と秀れて、ドストエフスキーの中にはこれがほとんど主要要素として支配している。「カラマゾフの兄弟」を読む大人を、ちょうど「三銃士」を読む少年を事件のロマネスクが熱狂させるように、感動させるのはこの種のロマネスクである。

小説は必ずロマネスクであることを要する、というのではない。一部にはロマネスクを敵視し、わざとこれに反抗してつくられた傑作もある。しかし、小説の生動的な力の一つ、浸透し広がる焔(ほのお)のごとき作用、それは予期されぬものと創造と絶対的初まり(commencement absolu)でできている純粋なロマネスクだ。月並に対する抗争、論理的なるものに対する抗争、慣習への抗争、そして現代にいたるまでさらにより有効にして強壮的な抗争——すなわち慣習、論理、月並などを援護する陰謀に対する抗争。boeuf gras（謝肉祭の飾牛）とvache enragée（恐水病にかかった牝牛）との対照にふくまれている一切の闘争的要素である。今日ではとかくvache grasse（肥えた牝牛）となる傾向がある。新奇のための新奇、ロマネスクのためのロマネスクを援ける結党はたやすくつくられる。そこで私は、オックスフォードでイギリス文明がいかに生活上のすばらしい便宜を知識と書物の用に供しているかを見て、マラルメが彼のいわゆる《外部によって実証された稀有の状態》（des états de rareté sanctionnés par le dehors）を前にしつつ一種皮肉な不安の感情にうたれたということを思うのだ。

ラディゲを前にして、人はしばしばランボーのことを想起した。私はまた、というかむしろ数学者ガロアのことを考えたい。が、ランボーやガロアの稀有の状態とは異なり、ラディゲのそれは恐ろしく外部によって実証されていたのだ。文学的持続は厳として生命の法則をもっている。そして、人に愛される一歳仔の状態はフランス第一の美人といった状態と同様、それは危険に生きる、生き方である。危険を自ら意識しないだけますます危険なのである……肉体に宿った魔はパラースの奏楽になやまされた時には、頸元まで昇ってきて、あなたを絞め殺すことだってある。ラディゲは彼にきっといい効果をあたえたであろう生活——軍隊生活の入口で死んでしまった。副官や隊長の影響はプルースト、ジッド、コクトー等の影響からいい工合に休め、しずめてくれたであろうのに。先日もある短気な老人が言った。《あんた方の時代の青年は私の時代には舌の上にのせていた牛を屋根の上にのせようとする》これには反駁の言葉が出た。類似や差異が色々並べられた。ジャン・ドゥ・ティナンを引用したり、昔の時代を懐しがったりしたが、とにかくまあ新しい時代にも数々の長所を認めたのである。この新時代の短所の一つは少なくとも、ラディゲをあの若いマルセルュスのように、あっけなく我々の手から奪うためにあんな見せ方をしたことだった。コクトーが言っている、《彼は年齢が終わりまであまりに早く展開してしまう、厳粛な種族に属していた》と。その速度がもう少し緩慢であったら、二十もの傑作をくりひろげ、この二十世紀の大作家の一人の生涯を示してくれることができたであろうに、私はそう信じている。

＊＊＊

「ドルジェル伯の舞踏会」のこの心理的ロマネスクは何であるか？　小説の中における感情と態度の絶えざる工夫。その小説ではもうそれ以外の工夫は存しない。そして、ほとんど存在しないかのような主題は大体、「クレーヴの奥方」の場合のようなものである。そして、まず発端において、作家の側に一つの知性のロマネスクがある。理由のない感情や態度を惹起させるためでなく、どの人物もそれに気づかない一つの理由によって感情と動作を説明しようとする一つの意志（私はあえて習慣とはいわないが）がある。そして、この理由を説明する鍵は全部的に作者と読者の手の中に置かれているのだ。欠点は次のことである。我々は人物と共感し、共に生きることよりも、あまりにも作者の知性を嘆賞することに気をとられ過ぎること。しかし、鋭い知性と共感すること、ロマネスク心理の観念や本質がそこで精錬される脳髄の実験室と共感し共に生きるという快楽は、仮作的創造物の小説的生命（ヴィ・ロマネスク）と共感する喜びに十分匹敵しはせぬだろうか。「ドルジェル伯の舞踏会」の興味的構造はこの舞踏会で舞い踊っている肉と骨をもつ人間達ではなく、それは数と関係が彼らの動きを規定しているオルケストラ、非物質的な音楽なのだ。

一つの例。アンヌ・ドルジェルは彼の妻とフランソア、この身内同士の二人が無意識に愛し合っていることを知って、二人がどうしても接吻しなければならぬようにする。《ドルジェル夫人は後にさがった。彼女もセリューズも二人とも、接吻するのは生きながら火中に入るような気持ちだった。しかし、二人ともめいめい、その気持ちを相手にわからしてはならないと考えた。そこで、二人は笑いながらそのことをしたのである。フランソアはマオーの頰の上に音をたてる接吻をし、彼女の顔は意地悪な表情をうかべた。彼女はこんなことを強いる夫をうらみ、セリューズには笑ったことをうらんだ。というのは、彼女には自分の笑った意味はよくわかっていたが、フランソアの笑った意味は少しもわかっていなかったからであった》

面白い、そして真実でもある。しかし、ここで人生的な興味の中心はどこにある？　三人の人物の中にも、三つの態度の中にも決してない。ただ説明の中にのみある。（その説明は省くことのできないものだ）そして特に、この説明が小説家または読者の観点、生きた感受性の中にではなく抽象的な知性のイデアルな座の中にのみ実現されうる観点に属するという事実にある。これは全く新しいことでないとしても、想像するより稀なのだ。クラシックの心理、ラシーヌとかまたはスタンダールの心理においては、一般に、知っているある人間がいてその人間と作者が一瞬共感しようとつとめる。しかるにここでは、誰も知らない。そして作者は人物のほかに必然的に位置されている軌跡とのみ一致しようとするのだ。もっとも、これに似たページはマリヴォー、ドストエフスキー、プルーストの作品にも多く見出しうるであろう。そしてきわめて最近の文学はわれわれを益々こういうやり方、知性の観点から見た取り違え喜劇（comédie des erreurs）に慣れさせようとしている。私はジャン・コクトーの「ぺてん師トマ」を思う。また、ジロドゥーやモランをも。だが、安易の傾斜はこころから大そう近いところにある。私に大そう面白かった「完全な擬文一覧」の中に、ジョルジュ＝アルマン・マソンの軽妙な擬文が祭りに出る橇遊びの坂を滑るようにこの種の傾斜に乗って滑る作家の姿を一つ一つ転回させるが、そこにはジロドゥーが自分の小説の材料をつくるために紙片遊びをしているところを見せている。《XはYに会った。どこで？　彼は彼女に何を言ったか？　彼の答えは？　二人はどこへ行った？　何をした？　そこから何が結果として生じたか？》これとほぼ同じような串戯はモランの擬文をつくるためにも役立つ。そして、使いたければラディゲにも応用できるだろう。こういうのはつまり、批評家に習慣的になっているロジックの精神を奇異な観念連合によって混乱させるのであろう。しかし習慣はこの習性的ロジックをすぐまた我々にかえして来る。ラディゲの場合、モランと同じように、私はその自在な動きや豊富さに驚くのではなく、その意識的で圧縮されていること、飾りっ気なさ、正確さにうたれるのである。コクトーの言っているごとく、彼は《硬い心をもっていた……彼の金剛石の心は接触には少しも反応しなかった。それには火と他の金剛石が必要であった。そのほかのものは無視していた》

巻末の帽子の場面はこの心理的ロマネスクの傑作と思われる。帽子の一節は既にロスタンに言葉と才気のロマネスクの精髄を発揮させ、プルーストには社交界的ロマネスクのそうしたものを表現させている。頭のうつろな形である帽子、考える蘆（あし）の容器であり人間的鐘楼の風見である帽子は……？　だが、私はまたこんなことを考えつつ二番煎じの、どんなロマネスクを考え出そうとするのか？

＊＊＊

ラディゲは私のさきに引いたノート中で、彼の小説の社交界的骨組をプルースト風に扱うことを否認している。しかも、彼を不安にしていたプルーストこそ、この人に最も影響をあたえた作家らしく思われるのである。

がまた、大戦より少し前に現れつつあった何か新しいロマネスクに対するあの欲求を、一つの有効な徴候として注意しておこう。その欲求はジャック・リヴィエールの書いた「冒険小説」の中に見ることができ、大戦の経過中またはその後にも影響した二つの作品「法王庁の抜穴」と「グラン・モーヌ」の中にも見出すことができる。ただしかし、この二つの小説ではどちらも、冒険小説が私が学校で教わった気のきかぬ言葉で呼べば性格小説なるものの周辺をぐるぐるまわっているのである。「グラン・モーヌ」の最後の一句はそういう冒険家的《性格》を実に明確にしるしている。ラフカヂオは無償行為を、モーヌは冒険を、ちょうど林檎の樹が林檎の実をつけるように身につけている。彼らは天職によって導かれ、一定の線をすすみ、我々は彼らに貼札をつける。ルイ・アラゴンの「リベルティナージュ」の中には、丁度アンドレ・ジッドに捧げられた、「主義（プランシップ）をもつ娘」というのがあって、私はこれを今私の建てようとしている鐘楼の頂に、華々しい風見の鶏として置きたく思う。これを読んだ後では、我々は検閲をアナスタジーと呼ぶような意味で、批評をセリーヌと呼んでもいいはずだ。ところで、セリーヌは「抜け穴」よりも「舞踏会」において、より一層途方にくれると思われる。「舞踏会」の人物は、みな過去をもっている以上、必然的に性格をもっている。しかし、ラディゲにはこれらの人物の行為や感情は、彼らが本来もっている性格を裏切り、ひっくり返し、突如として屈折させ、あるいはその性格を、人が彼らに想定するまたは彼らが想定させる性格によって転置させる場合にのみ興味をもち得、心理的にロマネスクでもあると思われるらしいのだ。

このような心理のもつロマネスクと意表外を前にして、私はジロドゥーの作品の形象のそういうものを連想する。ただし、この共に円転滑脱な二つのエスプリはそれぞれ最も相反した素材をあつかっているのだ。ラディゲの方は進路急転回である。山路で行う転回操縦。方向を操っている驚くばかりに確実な手がヒロイックな速力をあたえる。ジロドゥーの方は川の屈曲だ。岩石の多く花の咲きみだれた峡谷を流れて行く緑の水の屈曲だ。方向も速度もない。形象の筏(いかだ)にのって、快い漂流と共感すればいいのである。批評家は鉄具のついた杖をつき、でかい靴をはき、山羊の皮を肩にかけて山坂を登ってきた。彼は今や峡谷一円を見下ろす高台に立っている。サックを投げ下ろし、草の上にすわる。急流と道路は他の多くの細々した眺めと共に、この景色の中にあって二つの細部、二つの特色を示している。その両者の形の上の類似、材料と習性の対照はごく簡単な地質学が説明していることだ。ここに現在の時代の地質学がある。(が、ラディゲは我々にもっと早く進めと言い、ジロドゥーの流れの屈曲はもっと急速に我々のイメージを変えよと教えることであろう。先へ進もう)

大切なことはこの心理的ロマネスクの源泉に、抽象と図式主義と動きの驚くべき能力を見ることである。私はさっきガロアの数学の才を例にひいた。しかし、作家は理論家ではなく実践する人である。ラディゲの心理学は私にむしろ、これも少年期より異常の才の閃きを示す計算家や将棋さしを思わせる。アルフレッド・ビネの調査以来、幾つもの勝負を一度に自分は眼で見ないで差しうる棋士は、想像されていたように、盤上の詳細局面を頭の中に描いているのではない。彼が脳裏に有するのは、戦われている局面の具象的なヴィジョンではなくて、これらのゲームの主題、原動的図形、観念的物力学(ディナミスム)である。運転手がエンジンの運動に、また言語と文体は舌の運動に結びつくと同様に、棋士はそういうものと結合してしまっている。ラディゲはつまり、こうして心理の将棋をさしているのだ。彼はそのゲームをそれ自体には存在しないが、彼のやっている遊戯の中にのみ存在する駒の運動と考えて、その駒の紛糾を楽しんでいるのである。

各ページに、将棋の駒の塔や道化の動きと少しも変わらぬといっていい、女の心もしく男の心の動きがある。作者の確実にして冷酷な操作に、象牙と象牙のかちあうセックな音が感じられる。《恋は何と微細に心を砕かしむるものであろう。アンヌに再び接近して行かなくていいと考えていたマオーははっきり、接近して行った。しかし、この二歩の前進はアンヌが二歩後に退がるのに比例して、またそのためにこそ進められたのではなかったか》

ラディゲの全精神、というよりむしろラディゲが将棋盤を開かないで頭だけでやるゲームの全精神はこの書物の終わりの三ページにすっかり含まれている。《彼女は夫を見ていた。が、ドルジェル伯は、自分の前にいるのは別の人間だとは知らなかった。マオーは別の世界の中にいて、アンヌを見ている。自分の遊星にいる伯爵は、彼は何も見ていなかったのだ……》いい言葉である。マオー、アンヌをはじめ、人物達は遊星同士のように互いに他所の人である。相手の生命的なことに関しては、植物的または動物的のごく微小のことですら互いに知りえないという意味で、互いに無縁の遊星なのだ。だが、我々自身の形体の組織により、我々の計算の力によって、動きつつある大きな将棋盤上の相関的部分のごとく考えうる遊星である。外部から結びつけ近接させられ、その孤独的な内面によって分かたれている。

恐らく私はラディゲの作品のこういう面を誇張しているかもしれない。しかし、彼が生きていたら、他の作品によってこの面がまだまだ強調されて行ったことと思う。彼の小説家精神の中には、我々がヴァレリの詩的精神の中に感じるあいうものがあった――動性の怖るべき能力。ヴィクトル・ユゴーはボードレールは新しき戦慄を発見したといって称賛したものだ。今日の芸術家にとり重要なことは新しき動き（mouvement）を発見すること、思想をもつことより思想、媒介的な思想、できるだけ多くの媒介的思想を飛びこえる新しい方法を発見することであろう。危険な遊戯、と人はいうかもしれぬ。生きた遊戯である。何かを力強く削って行くダイヤの尖端の遊戯。マラルメはこれをよしとし、そこに自分のやり方を認めることであろう。彼の「骰子の一擲（アン・クウ・ド・デ）」とラディゲの将棋は互いに隔たった卓上で行われている。しかし、我々はちょっと漫然とカフェの中を歩いてみただけで、この二つの卓子の間に一つの文学全体が橋をかけているのを見ることができる。大理石の橋——または舟橋であるか？——それを論じるには対話の一篇が必要であろう。他日にゆずることにしよう。

一九二四年四月一日

暴力と知性の物語
——チェス小説頌——

中村三春

『モーフィー時計の午前零時』（国書刊行会、二〇〇九年二月）は、若島正編の瀟洒な本。作家小川洋子が序文を、棋士羽生善治が帯文を寄せた、欧米チェス小説の傑作アンソロジーである。若島は文学研究者・翻訳家・チェスプロブレム作家であり、小川のチェス小説『猫を抱いて象と泳ぐ』にも創作上の示唆を与えている。もとより「〇〇小説」というジャンル概念は、〇〇との関わりの程度に拘らないので、同書に収められた小説のチェスとの関わりは様々である。

フィクションが多くを占める中に、一編だけ「TDF　チェス世界チャンピオン戦」（渡辺佐智江訳）と題するジュリアン・バーンズのノンフィクションが含まれている。これはガルリ・カスパロフ対ナイジェル・ショートの間で戦われ、カスパロフが勝利した世界選手権戦を題材とした観戦記を基軸とする。対戦の経過もさることながら、短編にもかかわらず、そこで披露されるチェスに対する造詣は限りなく深い。

こんな一文がある。

「チェスの話をしているのを立ち聞きすれば、それがこのゲームに混在せざるをえない暴力と知性を再現し、裏付けていることがわかる」

フィクションとノンフィクションの境界が無意味であることはここからも言える。なぜなら、チェス小説とは多くの場合、この競技の暴力と知性を火種として発火させたものにほかならないのだ。

題名の「TDF」とは何のことだろうか。それは、ショートがトーナメントで発した、「はめる（Trap）、いたぶる（Dominate）、ヤる（Fuck）」という言葉に由来する——。

知性については言うまでもなかろう。チェスは完全情報ゲームであり、両対戦者はあらゆる局面において完全な情報を握っており、今後の手のあらゆる可能性は、その情報から演算できるはずである。チェス・マスターは少なくとも数十手先から時には決着までの盤面を予測する。

同じ理由からチェスは将棋と並んで、コンピュータ・プログラムに霊感を与えてきた。

ヴォルフガング・フォン・ケンペレンが作った人力チェス人形であるいわゆる「トルコ人」は、チェスを指すロボットの夢想の源流となった。そのモチーフはエドガー・アラン・ポーが「メルツェルの将棋差し」で取り上げ、小川洋子が『猫を抱いて象と泳ぐ』で目覚ましく発展させた。

『モーフィー時計の午前零時』にも、ジーン・ウルフによる「素晴らしき真鍮自動チェス機械」（柳下毅一郎訳）という、明らかに「トルコ人」から着想を得た短編が入っている。しかし、サイエンティストがマッド・サイエンティストと紙一重であることは、「トルコ人」の顛末からも歴然としている。人間に奉仕するはずの最高度の知性が、同時に人間を襲うあらゆる暴力の原因ともなる。だからこそチェスもまた、その暴力の蝶番を担う。

「彼らの名前には奇妙な響き、天才の響きがあった。偉大なる棋士のほとんど全員が狂人だった」

これは、同書所収のジェイムズ・カプラン「去年の冬、マイアミで」（若島正訳）の一節である。若き主人公は悪魔的な指し手のハリーにこっぴどく打ち倒され、チェス・マスターへの夢を折られる。そもそも、勝敗が決まることからして暴力的だ。

もっとも、チェスではドロー（引き分け）も少なくない。勝敗の暴力性を逆手に取り、勝たないことを目指す棋士を描いたトーマス・グラヴィニチの『ドローへの愛』なる小説も書かれる。それ以前に、愛好が惑溺に、さらに中毒や狂気にまで至るのは、チェスの場合、それらが知性の半面であることからさらに悲惨である。

ウラジーミル・ナボコフ『ディフェンス』の主人公は、生活万般がチェスに冒され、敵にチェックメイトを許さないためのディフェンスとして、自らの生命さえも投げ出してしまう。自他に対する暴力、そこには、ルールや協会という形でシステムの君臨するゲームが、必然的に身に帯びる、反システムへの志向、あるいは、秩序と反秩序とが同時存在することこそが、実は人間と世界の本質であることの含意が読み取れると言えるだろう。

知性と暴力、あるいは秩序と反秩序。それらのせめぎ合いを意味論的また統辞論的に構築、展開し、アクションとしてスペクタクル化するのが、チェスでありゲームでありスポーツである。

おや、この定義はまさしく、かのものの定義と同じではないのか。人それを物語と呼ぶ。

「つれづれなぐさむもの　碁、双六、物語」（『枕草子』）

昔の人は、まことに気の利いたことを言ったものである。チェス小説が、小説の王道でもあることは、もはや論をまたない。

テーマ

将棋と戦争

木村政樹

将棋と戦争の関係は複雑だ。ときに戦争は将棋に似ているとみなされる。が、将棋はあくまでボードゲームであり、暴力に満ちた戦争とは明確に異なっているともいえる。将棋は戦争をモデルにして作られたものだが、その将棋のイメージによって戦争がゲーム的なものとして把握されたとき、そこには二重化、三重化された戦争とゲームの表象が立ち現れる。こうした言説を目の前にしたとき、それを真面目なものとして解釈すべきなのだろうか。それとも一種の戯れの言語としてみなすべきなのだろうか。

社会運動家であり弁護士でもある布施辰治は、一九三八年一一月発行の『文藝春秋』に「詰将棋と支那事変」（収録作②）を発表している。一九三七年七月七日の盧溝橋事件を発端として起こった日中戦争は、一時は和平交渉が模索されたものの、一九三八年一月一六日の第一次近衛声明でその道も閉ざされ長期戦化していった。先行きが見えない状況のなか、布施はこの戦争を将棋にたとえることで捉えようとした。将棋が強かった布施らしい発想だといえよう。

驚くべきことに、この記事では「支那事変」が「詰将棋」に擬されている。日本が絶対に戦争に勝つということを前提にして考えるならば、日中戦争は対局ではなく詰将棋にあたる、ということなのだろう。歪んだ現実認識の戯画のような話である。布施が取り上げたのは、『東京朝日新聞』八月二一日夕刊三面に掲載された、加藤治郎五段（当時）出題の詰将棋である。興味深いのは、この布施の答えが不正解であることだ。正答は『東京朝日新聞』九月六日夕刊三面で確認できる。布施は単純に間違えたのか、それともわかっていてわざと間違えたのか、どちらであるかによってこのテクストの意味づけも変わってくる。

一九三九年には、下村海南こと下村宏の「支那事変の碁と将棋」（収録作①）が、やはり「支那事変」を将棋にたとえている。が、これもまた奇怪なたとえである。曰く、「支那事変は王様のない将棋のようなものである」「この将棋の盤は縦横九桁でなくて十八桁二十七桁三十六桁もあるような気がする」「〔この将棋には〕駒の数に制限がない」……。ここで挙げられている将棋のルールは、不条理劇に登場しそうな、異様なものばかりである。ここで下村は、もはや戦争は将棋ではなくなっていると語っているに等しい。泥沼化した戦争は、迷路のようなルールに変貌した将棋に重ねられる。なお、下村はそののち、棋道報国会会長、日本文学報国会理事を務めることとなる。アジア・太平洋戦争期の言論界の重鎮である下村が、将棋と文学の双方に関わっていたことは看過しがたい問題である。

戦争を将棋でたとえることは、現実を加工して物語化する行為でもあった。棋道報国会顧問も務めた棋士の木村義雄による「駒落将棋の戦略」（収録作③）は、アメリカ・イギリスと日本の間に圧倒的な戦力差のある「大東亜戦争」を駒落将棋にたとえたものである。駒落将棋とは、棋力で上位にあるものが駒を減らすことで互角の勝負ができるように調整するハンディキャップのことだ。軍事力で劣る日本軍は、棋力では勝っている棋士の立場になぞらえられる。もちろん、日本はわざと戦力を控えているわけではなく、このレトリックは精神的な優位性を無理矢理確保しようとするものだ。木村は「負けない手」を指すことを推奨するが、具体例として挙げられているのが「疎開」であることからもわかるように、その議論にはほとんど説得力がない。木村は「駒落将棋」という物語によって、実際の軍事力の関係から目を塞ごうとしているのである。

こうしてみると、日中戦争、アジア・太平洋戦争は、将棋にたとえるのが相応しいのかどうか、疑問なしとはしない。そもそも、当時の人々は将棋を指しながら、戦争のことを思い起こしたであろうか。楽しみながら友人と将棋を指している間は、戦争という辛い現実をほんの少しの間だが忘れることができる――そういったことは、なかったのであろうか。

浅見淵「「阿佐ヶ谷会」の縁起」(収録作⑤)は、戦時期に井伏鱒二らが集った「阿佐ヶ谷将棋会」について回想的に記した文壇交友録である。「阿佐ヶ谷将棋会」は、戦後に飲み会として開かれた会合「阿佐ヶ谷会」の前身とされている。日中戦争との関連、とりわけ召集された友人たちの壮行会についても書かれており、浅見によれば「戦争でみんな気持ちが鬱屈していたから」、早稲田人脈だけではなく中央線沿線でも将棋を指すことが流行ったという。戦争によって「鬱屈」していた感情を解消するために行なったのが、戦争をゲーム化した娯楽である将棋であったというのは、いささか皮肉なことである。

ともあれ、このころ「鬱屈」を抱えていたのは、彼らに限った話ではない。社会主義に対する弾圧は過酷を極め、かつてプロレタリア文学者として華々しく活躍した者の多くは転向していた。政治的にも「鬱屈」するなか、逼迫した状況を打開したいという欲望も強い訴求力を持っていただろう。

戦後文学の代表作として知られる野間宏「暗い絵」(収録作④)は、日中戦争期の京都の学生運動家たちの姿を生き生きと描き出した作品である。本書に収録したのは、主人公の深見進介が小泉清のグループに遭遇するシーンだ。小泉は非合法活動を避けて運動を展開しようとしているため、「合法主義者」と批判的なレッテルを貼られる存在でもある。そうした政治的態度はグループの雰囲気にも関わっており、食堂で将棋盤を囲んで賑やかに騒いでいるこの場面は、小泉たちのコミュニティの特質を如実に表しているといえよう。

小泉たちと対極的な存在として登場するのは、永杉英作、羽山純一、木山省吾たちであり、ブリューゲルの絵を愛した彼らはのちに獄死することとなる。永杉たちのグループが戦時下の「京大ケルン」を元に造形されていることについては、文芸評論家の平野謙をはじめ、これまでの考察で指摘されてきたことである。小説の後半で、木山は永杉と行動を共にすることを深見に告げるが、この木山の選択は小泉グループとの完全な決別を意味するといえる。

永杉たちのように、革命家とは命がけで非合法活動に従事する存在だと考えるならば、革命と娯楽は対極的なものとみなせるかもしれない。だが、レーニンがチェスを愛好していたというエピソードをはじめ、革命家とボードゲームには浅からぬ因縁がある。小泉グループの人たちが将棋を指していることも、そうした文脈のなかで読まれるべきだろう。なお、驚くべきことに、木山のモデルになった布施杜生は布施辰治の子であり、野間にブリューゲルの絵を貸した下村正夫は下村海南の子である。将棋をたどっていくと意外なつながりがあるものだ。

以上にみてきたように、将棋が喚起するイメージは、戦争をめぐるさまざまな想像力と結びついていた。なかには真剣に書かれたのかそれとも手すさびだったのか判断に迷う文章もあるが、そのこと自体が興味深い。将棋に限らず、ゲームと戦争は近しいものとされることもあれば、その逆もある。本書に収録されたテクストが、遊戯とは何かという大きな問いについて熟考するための手がかりになればと思う。

参考文献：木村政樹「将棋と革命――野間宏「暗い絵」論」『湘南文学』第五七号、二〇二二年三月

将棋と戦争①

支那事変の碁と将棋

下村海南（一八七五年―一九五七年）

初出：『モダン日本』一九三九年三月
底本：下村海南『朝鮮・満州・支那　随筆評論集』第一書房、一九三九年

昭和十四年の元旦には永田青嵐居士が放送した。演題は「日本の新しき姿」というのであり、あくる二日に私が放送したが、その演題は「日本の歩むべき道」というので、いずれも似たりよったりの題目であった。もともと青嵐海南また相似たりというところから、放送局の選定したる題目なのかも知れない。

そんなことはいずれでも宜しいとして、青嵐居士の話の中に支那事変を囲碁にたとえた一節が聴取者の感興をひきし事と思う。それは囲碁に征というのがある。これはシチヨウと読む。囲碁の心得ない人にはいかに説明してみても分ろうはずがないが、要するに相手の石が逃げ出す追いかける、一手ずつ同じような手順をくりかえす、伸び切って最後が碁盤のはしまでくるともう逃げる場所がなくなる。そこで長々と逃げた石は最後を遂げて往生するのである。そこで征知らずに碁を打つなという諺（ことわざ）がある。征にはかからぬ事であるが、征にかかると分れば始めから逃げ出さぬという事である。逃げる毎に一石ずつ余分に石を失うからである。

ところで支那事変は囲碁でいえば征にかかって逃げ出してる。今や一石また一石次第に手重になって来た。これが征だと分ってはじめから逃げ出さねば問題にならない、戦争にならない。ところが一石また一石と征の石が逃げ出した。盧溝橋の最初の一石から蒙彊（もうきょう）方面に、京漢（けいかん）方面に、津浦（しんぽ）線方面に、上海に、南京に、徐州に安慶に九江に、さらに広東漢口と逃げも逃げたり、伸びも伸びたり、ここまで長々しく逃げ出して手重になってみると当方も誠に手数であり厄介であるが、いよいよカタがつけば勝負の開きが馬鹿に大きくなってる。沢山な石がゴロゴロと往生する。中押（ちゅうおし）勝ちどころかまさしく投げである。あとの始末はかえ

ってらくであるというのが青嵐居士の囲碁にたとえた見方であった。

青嵐居士の囲碁にたとえた放送を面白く耳にした私は、釣合上……というのも可笑しいが、支那事変を将棋にたとえて話してみた。これとても将棋の心得のない方には分かりようもないが、大体次のような感じを話した事であった。

支那事変は王様のない将棋のようなものである。蒋介石は王様じゃないかというが、果して王様なのかよくは分らない。蒋介石が下野してもまた第二第三とあとから王様が出てくるような気もするし、また現在とても王様は一つだけでない。うしろから糸を引いてる者もある、王様は二つも三つもあるようにも感じられる。結局王様のないような気がするのである。そうかと思うとこの将棋の盤は縦横九桁でなくて十八桁二十七桁三十六桁もあるような気がする。蒋介石はずるずると際限なく引き下がってゆく逃げてゆく、どうも盤面が広すぎてさあいよいよ雪隠詰めと思うと、いつのまにかずるずるとあとへあとへずらかってしまう。これでは詰めてしまうため相当時のかかるのは当然すぎる。

さらに厄介なことは将棋の駒数である。飛車角は一枚ずつ金銀桂香は二枚ずつ、歩は九枚ときまってる。ところがこの将棋では敵から我手に分捕った駒を攻めの方に逆用できないのはまだよいとして、いやよいどころでない。双方次第に駒が打ち死にして活きかえらないとしたら、駒数が少なくなり勝負も早くなるとも見られるが反対に駒の数に制限がないのだから厄介千万である。そんなに余分な駒はないはずだというだろうが、どうして右の盤から左の盤から、おとなりの盤から引っ切りなく駒の援兵がくり出してくるのである。それもお互に現金で手に入れた駒なら、まだ許すべしであるが、現金がなくとも信用貸しでどしどし駒を支那側の盤へみつぐのは迷惑である。いくらみついでも尻から片っぱしから打ち取ってしまうまでであるが、とにかく勝負は長引くのである。ソ連はもとより英国も米国も支那にみつぐのは経済借款だといっても、そんな事は世間では通らない。よしんばトラックでもガソリンでも直接に間接に戦争に役立てるのは当然すぎる。ここに於て支那事変そのものにも長期抗戦の覚悟がなければならぬ。よしんば支那事変の勝負にケリがついても、経済戦がつづくものと見ねばならない。そこへ満支方面にあらゆる長期建設の馬力をかけなければならない。

金も物も人も、一にも節約二にも活用の時代である。くりかえしまきかえしその能率を合理的に極度に発揮しなければならないのである。

私はそうした心持を放送した事であった。この一年ほど前に放送局から帰宅する、いくばくもなく台湾台中市から今放送を聞いたという電報をうけとった事がある。追っかけて豪州シドニー港碇泊（ていはく）中の賀茂丸からの電報に接した事もある。この二日の放送にも帰宅して食事をすませるとまず志州鳥羽から入電があった。私の放送は新東亜の建設は交通の発達に伴い世界が狭くなったからだという事からはじめたのであったが、今さらにその感を深くするばかりであった。

将棋と戦争②

詰将棋と支那事変

布施辰治（一八八〇年―一九五三年）

初出：『文藝春秋』一九三八年一一月
底本：同

1

電車の中で乗り合せた戦傷帰郷勇士の戦争談を聞きながら、東朝詰将棋第六十七回新題（加藤治郎五段出題――八月二十一日夕刊）を見詰めて、やっと

「八四桂、同馬、八二金、九三玉、八五桂、同馬、九二金、同玉、九三歩、八一玉、七二銀、同金、八二銀、同金、六二角成迄」

の詰手を発見した時、ふと考えたことだが、全日本の総国力を挙げて最後の絶対的必勝を闘い抜く支那事変は、丁度詰将棋のようなものだと思う。詰められる方の玉将が、どんなに上手に逃げ回っても攻める方の手法に狂いさえなければ必ず詰むことに決まっているのが、詰将棋の絶対原理である。

けれども、必ず詰むことに決まっている詰将棋の絶対的原理を把握して、課題された詰将棋の駒組を、二時間も三時間も凝視する盤面の模様と詰手の筋を体得しない中は、大道棋士の言う「詰めるなら逃げる」「逃げるなら詰める」

【東朝詰将棋第六十七回新題】

（▽は上下逆向きに印刷された駒）

	9	8	7	6	5	4	3	2	1
一	▽香		角	▽金			飛		
二	▽玉		▽銀						
三		▽歩	▽歩	銀					
四	▽桂			▽歩					
五	▽歩								
六				▽馬					
七									
八									
九									

持駒　金桂桂歩

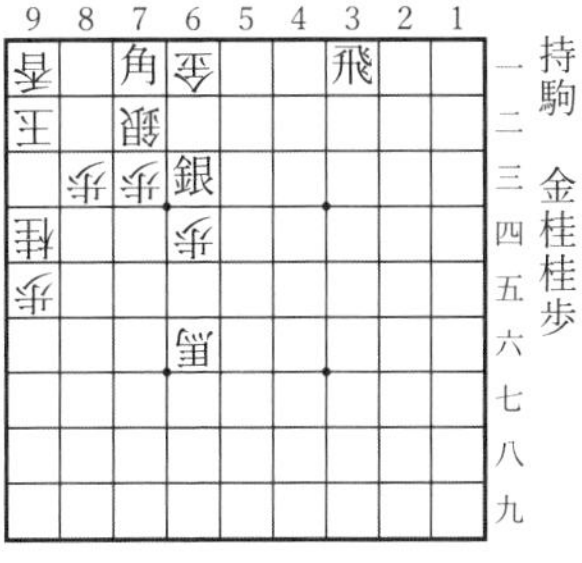

の手筋を見定め兼ねて、詰むか？　詰まぬか？　の「？」符を克服し得ずあの駒のあの陣地、この陣地のこの駒が間違っておりはしないかないし持駒指定の誤りを疑って自分で詰まない詰将棋の成立を否定してしまうことさえあるのである。

だがしかし、名棋士の課題した詰将棋に詰まないものの絶無なことは、名将の火蓋を切った戦争に勝たないものがないのと同一で、詰将棋に於ける必敗の玉将は、如何に上手に逃げ廻って攻める方の手法を狂わせるかを唯一の戦術としている点、支那事変に於ける蒋介石の戦術そのままである。

ところでそういう逃げ上手な必敗の玉将に対する攻手の戦術は敵の玉将を屈滅させるに必要な軍力を、真にその必要限度に於て、一歩も多からず、一兵も少からざる軍力として、総国力中から適材適所の精鋭を選み、軍力使用の前後と緩急を誤らない攻撃、追撃、迫撃を敢行する屈滅戦である。この点、支那事変に於ける日本軍の戦術そのままなことは、詰将棋を好む私にとって、この上もない快心事である。

2

さらに今度の支那事変を詰将棋に例えてみると、如何なる詰将棋でも、攻め手は必ず敵地に進出侵入して、戦闘を開始することになっているが、支那事変の攻め手として聖戦の火蓋を切った日本は、潔く敵地に進出侵入して、花々しい戦闘を開始しているのも、詰将棋の陣容ソックリである。

次に、詰将棋の攻め手には、動員軍力が限られ、自ら動員し得る軍力以外の援兵や協力を頼みとすることは絶対に許されない。しかるに詰められる方は、どんな間駒（あいごま）でも自由だという点で、支那事変に於ける日本の立場は、日本の総国力を挙げて必勝の戦略を立てなければならないが、詰められる支那の立場は、如何なる第三国からでも、援兵を求めたり、武器や借款の依存対策が許されるのと同一である。

それよりも、モット支那事変に於ける日本と支那の立場が詰将棋に酷似しているのは必敗することに決まっている支那が最後まで逃げ了せるという豪語を放送して、巧みに逃げ廻り、攻め手の日本軍力疲弊を唯一の目当てとする指し切らせ戦術を取っていることである。そして、そういう支那の指し切らせ戦術なるものは、詰将棋における攻め手の最も警戒を要する戦術戦略の要点で詰将棋の難しさは、詰むことに決まっていても、容易に詰まない敵玉の最も巧みな逃げ廻り戦術と、これを援助する間駒の自由な軍力を計って、その一手も誤らない攻撃、追撃、追撃の屈滅戦を敢行する戦略戦術の確立にあるのである。だから、よほどの名棋士でないと、それこそ敵を知り、味方を知り、天の理と地の利と人の和を総合して、味方の適材適所に全軍力の全機能を発揮させると同時に、敵の全軍力には全然逆な、不適材不適所の同士討的遁路封鎖に陥れる詰手の戦略戦術は容易に確立し得るものではない。しかも、詰将棋の特徴は、そういう詰手の戦略戦術に一手でも見落としがあったら、たちまち指し切らせ戦術に引っかかる虞れのあるところにあるのである。

だが、しかし、詰将棋の面白さもまた、その特徴にあるのである。そして、各棋士の戦略戦術を確立した詰め手の正確さは、布置されたそれぞれの置駒と持駒に発揮させる適材適所の全能力を総合する最後の必勝に一手も誤らず、一兵も空うせず、最高軍司令部の命ずるがままに動く個々の駒に、儼乎たる軍隊精神が漲り切っているのである。

私は、こういう詰将棋に於ける攻め手の立場は、支那事変における日本の立場そのものだと考えたのである。

これを前掲加藤五段出題の詰将棋について云うと、布置された三一の飛は、戦地に遠く陣地を据えて、最後の必勝を戦い抜くべく、敵地に進み出ている最高軍司令部である。七一の角は、戦線に近く、敵地に乗り込んで、敵玉に最後の止めを刺す出動軍司令部である。六三の銀は、開城一番乗の先登部隊として、その陣地を進めている突撃軍である。持駒の桂二つは、荒鷲、若鷲の敵軍攪乱部隊で敵玉を護る最大陣営の六六馬を自由自在に引き廻して奔命に疲らせた挙句、敵玉将の遁路を塞ぐ邪魔物たらしむる使命を担う空軍である。金は直接敵の玉将に迫ってこれを追い立てつつ、深く敵地に乗り込んでいる七一角の威力を発揮せしむる後続部隊で、最後に九二金と身を挺した七一角との協力は適材適所の善戦に散る決死隊である。歩は、国力疲弊の指し切らせ戦術を見事に克服する銃後国民大衆の援護軍である。

こういうこの詰将棋に於ける攻め手の陣容は、総国力中から選び抜いた精鋭軍で、深く敵地に陣を敷いた三二飛、七一角、六三銀は共に絶対的な適材適所の拠点を占め、どの拠点一つを誤っても、絶対必勝の戦略戦術を確立することが出来ないのである。さらに持駒の金、桂、桂、歩は、どれ一つの充実を欠いても必勝し得ない軍政必至の戦闘力で、支那事変に於ける出動軍部の陣容基地に呼応する総国力の精鋭で銃後の国民が充実する、国民精神総動員の協力に比すべきものだと思う。

3

それは、詰手の攻撃第一着手八四桂が六六の敵馬に屠られることを厭わないのは、第二手の八二金が、九三玉と追い出したところで八五の桂がつづき、同馬と再び八五桂を屠らせることによって、敵玉最大の軍力六六の馬を不適材の不適地に誘き出し、九二金の時、八四に玉が逃げ出せば九三角成るで止めを刺す、敵玉の遁路を自ら封鎖させることが出来たのである。

だから、敵玉も去る者、八二金の時邪魔にこそなれ、頼りにならない八五の馬を頼って八四玉と逃げ出さず、九二金を自ら同玉と屠って、奥地に逃げ込もうとしたのである。そして、この際、攻め手の日本軍に、歩の一兵がなかったら、まさにこの詰将棋は指し切りで攻め手の負けになるのである。だが、ここに銃後国民の援助国民皆兵の九三歩が敵玉頭を叩いて、八一玉の窮地に追い込むことが出来たのである。

斯くして、漸く長く戦機の熟するを狙っていた六三銀が、猛然七二の敵銀を屠ると最後の決戦を任じた敵玉の親衛六一の金が、同金と攻め手の銀を屠り返したのである。だが、その時、既に我が手兵になっていた敵銀を起用して、七一角の利き筋に攻着した八二銀は、親衛軍の同金に屠られたが、その時展開した最高軍司令部の陣容を敵地に据えていた三二飛と出動軍司令部六一角協力の熾烈なる屈滅戦は、六二角に成り返ってその威容を示し、流石に逃げ廻り上手の敵玉も、絶体絶命の遁路を失い、ついにこの詰将棋必勝の幕を降ろしたのである。

4

私は、支那事変に於ける三一飛が如何なる最高軍司令部で、七一角が如何なる出動軍司令部で、さらに六三銀が何先登部隊に当たるかを知らない。だが必ず敵将を屠るに足るだけの軍力が、それぞれの拠点に適材適所の陣を敷いていることを信じて疑わない。また、持駒の金、桂、桂、歩が、荒鷲、若鷲の何隊に当たるかもこれを知らない。

けれども、それぞれの連絡と総合による皇軍一体の戦略戦術は、まさに詰手の正確なるが如く正確なることを信じている。

なお私は、歩兵の起用が、銃後国民の総協力によってこの詰将棋を指し切るか指し切らないかの苦難を突破した支那事変の総国力戦を思うこと甚だ切なるものがある。

将棋と戦争③

駒落将棋の戦略

木村義雄（一九〇五年―一九八六年）

初出：『朝日新聞』一九四五年三月二五日
底本：同

将棋には技倆（ぎりょう）、実質を段位で表し、段位の差を駒落によって力を平均する駒落将棋というのがある。例えば六段と初段とでは五段差の角行落手合だし、初段と三段なら二段差の香落、八段と初段なら飛車落（七段差）というように実力の開きを物量によって戦わす方法がある。

米英を向こうに廻した大東亜戦争が、その海軍量の比率と陸軍量を含めたものが果して角落になるのか、飛車落か、或（あるい）はそれ以上か知識のない私には分らないが、少なくとも大駒落以上であることは間違いないと思う。

ここに寡を以て衆を撃ち、劣を以て優を倒す「略と術」の必要が生ずる訳だ。量のみが戦を決するのなら駒落将棋は成立しない。すなわち量的に劣勢な上手はまず質の優秀さによって敵を圧する工夫を凝らさなければならぬ。如何（いか）に優勢な物量を以てしても定跡のない無謀な力将棋なら質を以て叩くにさしてむずかしさはない。量を制するものは質といえよう。

だが、量の優勢とこれに質の良さが加われば量の強味は飛躍的に増大してくる。すなわち定跡を知る敵に対しては単なる質の優秀さのみでは勝ち難い。かかる強敵には必ず「術」を以て屈服せしめなければならぬ。質を圧するものは術である。

術とは独創より発した飛躍的な名手であって、術の威力には限界がなく、時には奇蹟にも類する場合があるからだ。従って駒落将棋の上手は常に「量と質」「質と術」「量と術」加うるに「略と術」という工合にしこれらの複雑微妙な関係を考察して、よく全力を挙げ最善を尽くすと同時に、戦局の推移に深い読みを以て大局を把握し、大局観に徹して刻々に変化する局面の様相に必死を極めなければならぬ。しかも劣勢な辛さはこの間に一手の緩急を誤っても、その

駒落将棋の戦略

出血作戦

木村義雄

『朝日新聞』1945年3月25日、部分

節度を失しても、形勢に重大な影響を及ぼすから対局者には寸分のゆるみがあってもならぬ。

量的に劣る駒落将棋では、上手が初めから攻撃のみによって敵を押し切り、潰滅せしめるなどということは、そこに独得な作戦があり、技倆があっても、敵もまた全力を傾倒してくるであろうから多くは指し過ぎに陥る。

指し過ぎは指し切りを招来してひいては敗局の危機に直面する。劣勢が如何に至難な戦を戦わなければならぬかは、それがたとい必勝の将棋であっても、最後の一瞬まで負けの危機が纏綿するということを知らねばならぬ。いわんや必勝ならぬ優勢、勝勢程度の局面では、前途なお多難を思わなければ強敵に対しては到底勝利は獲られない。

以上の見地から駒落将棋の上手には大要二つの指し方がある。一つは攻防両面に処して局勢を複雑化する作戦と、一つは敵の攻撃を待って受けて指す戦法とがある。「将棋は守勢に勝ちなし」といって単なる守備一方では敵に必ず最善形を形成されるから、受けて指すというよりは「負けない手」を指すという方が当たっていよう。（疎開も負けない手の一つだ。）「負けない手」というのは、敵陣へ攻撃の不能な場合、もしくは攻めても容易に勝ち味のない場合、或は敵の善謀に押されて意外に形勢が不利に陥った場合、等々……かかる局面にあっては攻撃が必然的に消耗の惧(おそ)れとなるから形勢が苦戦の程度であれば、素早く弱点を補強し、強靭な持久戦態勢を以て敵の指し過ぎ、指し切りを誘致し、敵を焦躁の気に駆らしめてその攻撃を無力化無効果に終わらしむるという戦法である。すなわち敵に無駄手無駄駒を遣わせるという戦法である。無駄手も無駄駒も等しく悪手であるから、これが将棋における所謂(いわゆる)出血作戦だ。従って出血作戦の根本は必ず各駒が戦闘配置でなければならぬ。

　戦闘配置とは適材適所をいう。適材が適所に在れば最高能率が発揮されしかも必然的に連絡は緊密となり、遊び駒は全くなくなる。遊び駒や、働きの鈍い駒がなくなれば戦力は飛躍するから、そこに戦勢挽回の機は随所に動く訳だ。「負けない手」と簡単にいえるが、これらが敏速に行えるか否かは一に対局者の実力と努力の如何に懸かっている。

将棋と戦争④

暗い絵（抄）

野間　宏（一九一五年―一九九一年）

初出：『黄蜂』一九四六年四月、八月、一〇月
底本：『野間宏作品集1』岩波書店、一九八七年

この鼻の親父との愚かな恥ずべき交渉とその時味わった惨めな感情とを深見進介はずっと後まで心の底に秘めていた。《俺は何も知らないのだ、何もかも。》これが彼の思いであった。一体親父の大きな鼻は彼に何を教えようと言うのか。半ば錆びついたこの人間の機械は彼が世の中に出て行った時、そして昂然と若者の頸を上げて世の中に挑戦した時、あまりにも多く彼の周囲を取りまいたのであるから。彼が暖簾の前を離れ、小泉清達の集っている奥の間の方に歩き始めた時、彼の少し窪んだ両眼の下の暗い暈のある辺りには、かすかに微笑が浮かんでいたが、それはむしろ取り繕うた微笑であった。自分の金銭に対する無智に向けられた嘲りであった。彼はしばらく今自分の前で起こったことが何であったかをはっきり自分に知らせようとするかのように、また痛めつけられた感情に足を取られたかのように、親父の姿を隠している暖簾の前でじっと立っていたが、やがて身を廻らせ奥の間の方に足を向けた時、小さく身体が慄えるのを感じた。彼は人の心の一つの特別な動きに触れたような感じを感じていた。親父の心が蔽いを取られてあらわになり、そのあらわな心のきつい接触を彼はどう処置していいか。それは侮辱でもなく羞恥でもなく、そのいずれでもあり、自分の金銭に対する安易な学生達に共通の考え方を激しく揺すぶられたのである。金は社会の骨格であると論じながら金になった心の存在を知り得ない学生達の心を持つ深見進介は、日頃金銭については他の学生達よりも遥かに深い身に痛みを感じる考え方を持っていると自負していたが故に彼は資本論や労働者階級の状態など、こういう種類の書物を読みながら俺は結局何も知らないのだとその後もこの時のことを考えて思うことがあった。《鼻奴、鼻奴。》彼はそんな時心に言った。《江戸っ子の鼻奴。》

――深見進介の衝き上げられた心の片隅で熱を帯びた暗いこの言葉が、汚れた響きを発していた。彼はじっとこの汚い言葉を胸の中で見守るような気持ちで、奥の間の上り口に顔を出した。騒いでいた学生達は急に笑声を止め、一斉に皆の顔が彼の方を向いた。

「よう。深見大人の御入来。」赤松三男の揶揄の声が飛んで来た。

「よう。永杉派。」誰かが怒鳴った。

「永杉派がどうしたというんだい。」暗い畳の上から白々と声が浮く。

深見進介はしばらく会わなかったこれらの同級生達のあらわな敵意をまるで心が滝に打たれたかのように感じ取っていた。彼は自分の前に展けた級友達の集まりの風景を、何か挑みかかるような眼つきで眺めた。そして若者の心をともすると訪れるあの烈しい敵対の心でこの風景の中の一人一人を上から見下すように見つめた。暗い電燈の真下に、赤松三男と谷口順次とが足つきの将棋盤を囲んでいる。その横に美沢多一郎が足を組んで本を拡げている。美沢の後に床の間を背にして足を投げ出し、両手で斜め後にそらせた体を支え、眼を瞑った小泉清の顔が鈍く輝いて見える。江後保は一番奥の縁側寄りに身体を横たえている。暗い光の中でこれらの人々の顔の部分だけが煙草の煙に動く暗い光を反射して輝き揺れているように見える。《鼻奴、鼻奴。》深見進介はなおも彼の中に呻いている言葉を嘲りのように自分の心に言い聞かせながら、人々の輝いている顔を次々と見渡していった。

「いつまでも、突っ立ってんと、まあ上へ上がれよ。」赤松三男が言った。円い鼻の上に眼鏡がずり落ちそうになっている。

「おばさん。」細かい飛白の着流しの谷口順次が、膝の上で将棋の駒を鳴らしながら、盤を覗き込んだまま言った。

「おばさん、じゃなかった。千代子さん、深見さんがおでんの定食ですよ。」

「ないやね。娘さんでもなおさら谷口順次の声には嘲りの響きがあった。

「おでんの定食。」寝転んでいる江後保が、料理屋の仲居の口調を真似て言った。

「おでんの定食。」将棋を見るでもなく膝の上に岩波文庫を載せ、唇を円めて煙草の煙の輪を造っては時々将棋盤に吹きかけていた美沢多一郎が江後保の口調を引き取って言った。

「おでんの定食。顎の用心。滅法うまい蒟蒻おでん。」そして、深見進介の方を向くと、何か笑いを堪えているような細い頬が、奇妙に窪み、卑しい嘲笑するような表情がそこに見られた。

「顎の用心。」谷口順次が調子をつけて繰り返した。

「顎の用心。」赤松三男がそれに和した。そして皆の顔の上を何か光の波のように、薄ら笑いが次々と伝わってゆくように思えた。

「顎の用心か。ふふ……」小泉清の眼が開いた。そして上半身を両手で支えた姿勢のまま、さも物憂げに言った。「誰だったかな、この間教室で言ってたじゃないか。蒟蒻の深見か深見の蒟蒻か、か。」彼の顔は、電燈の円笠に遮られた光線のため煙草を銜えた大きな口の辺りの他、暗い光の中にぼんやりしていた。

「へえ、何だか男女川みたいな話じゃないか……」谷口順次が言った。しかし誰も答えなかった。そして一座に沈黙が来た。

「それでおしまいかい。」深見進介はどっと自分の中の言葉を口の外へ押し出すような気持ちで、しかし一語一語をはっきり発音しながら言った。敷居に腰を下し、級友の一人一人の顔の上に視線を移しながら、彼は怒りに燃えて来た。

「…………」皆は黙って答えない。そして、冷たい視線が上り口の深見進介の上に集って来た。

「それでおしまいかい。え。革命家諸君。」深見進介はゆっくりと喋る言葉の中にあらわな敵対の心を籠めて言った。「何か一言言わんことには納まらんという連中にも困るじゃないか。それにしても俺にも変な人気があると見えるね。」そしてこの革命家諸君という嘲笑の言葉が皆を激昂させた。

「へえ。言いましたね。言わはりましたね。」小泉清は、彼が不断は用いない関西弁を用いることによって、そこに揶揄の気持ちを籠めながら、斜めに倒していた上半身を起こした。顔の位置が動いて、暗鬱の色はないが幾らか憂鬱を保った長い形のいい顔が電燈の光の中にぱっと現れた。痩せているが強靭な身体。黙っていると気むずかしそうなかなりの年齢以上の表情ではあるが、力強い瞼はその表情を裏切り若さが溢れていて、疲労の影はつけているものの決してこの人間は対人関係に於いて消極的ではないことを示している。着込んでいる学生服の肘のところが擦り切れて、下に着けた毛糸のシャツが覗いている。深見進介は黙った。小泉清の体をもてあましているような動作の中にも、彼は小泉清の圧しつけるような神経を感じた。

「問題はね、深見進介の内部にあるんではなくて、外部にありさ。」小泉清は、深見進介の射抜くような眼をじっと見返しながら落ち着いた調子をわざと人々に見せびらかせているかのように、ゆっくりした声で調子を低めて言った。強い自尊心の破片がその声の中にはあった。

「甘い蒟蒻には顎の用心。」谷口順次が盤の上の飛車を大きく動かしながら言った。「ひとの悪口は、どうもわしゃ苦手やわいな、と。」横顔の薄い彼の顔は尖った鼻の部分がきつい線をつけて電燈に光っている。彼は時々胡坐の膝を小刻みに揺り動かしながら考えこむこともなしにさっさと駒を動かした。

「顎の話なんかしなさんなよ、失礼だわよ。」美沢多一郎がおどけた調子で言った。一座はどっと笑いを上げた。深見進介は顎という渾名を持っていたのである。

哀れな学生達の自尊心を点綴した食堂の奥の間の風景が展かれて行った。青年の集まりに特有の各自が各自の独自性を相手に認めさせようとする工夫、それに伴う心理的抵抗、および精神の焦燥が暗い電灯の下でひしめいていた。しかしながらそうした青年の心理の闘争以上にこの深見進介の経済学部の同級生達には、深見進介を共同の敵と目しているような空気が流れていた。そしてその空気を導いているのが小泉清であると認めることが出来た。しかしまた小泉清に限らず同級のもの達は、特に成績の優れた鋭敏な神経を持つ者は、深見進介に威圧を感じ、それが積もると自然そうした一種敵対に似た感情が作られるのであった。それは主として深見進介の沈黙勝ちな交友、日常生活の不当な軽視、学生運動からの奇妙な逸脱から生れて来るのであったが、さらには彼が自分の苦しみや痛みを他の人々のように友に明かしたり、叫び声に上げたり、あからさまの放蕩に表現したりせず、孤独でそれを踏み堪えているような態度からもたらされるのであった。そして、人々はそれを頑固な魂の封鎖として各自が信頼を失っているかのように感じ、若者の怒りを感じるのであった。

「何を言やがる。」深見進介が叫んだ。皆の顔がぎょっとしたように向くと、土間の明るい光を背にして、深見進介の暗い顔には怒りの感情を超えた羞恥の感情が現れている。

将棋と戦争⑤

「阿佐ヶ谷会」の縁起

浅見　淵（一八九九年―一九七三年）

初出：『週刊読書人』一九六六年九月一九日
底本：『浅見淵著作集　第二巻』河出書房新社、一九七四年

勝負は風の吹き回し

ぼく達の間で将棋が流行しだしたのは、昭和二年ごろ「読売新聞」に将棋欄が新設されてからである。そのころ「読売新聞」は文芸新聞として売り出していて、われわれは大抵購読していたからだ。現在、文壇では碁のほうが流行しているらしいが、そのひとかどの碁打ちたちも、終戦前まではほとんどが将棋を指していた。火野葦平が「街」という同人雑誌を出していたまだ英文科の学生だった頃、尾崎一雄のいた早稲田の穴八幡横のドメニカという喫茶店で、ぼくは火野君と屢々将棋を指したことを覚えている。難局に逢着すると、きまったように、垂れさがった長髪を口にくわえてジャリジャリ噛んでいた。

といっても、ぼくの知っている範囲で本当に強かったのは、亡くなった豊田三郎と、瀧井孝作氏ぐらいなものである。瀧井さんの一番新しい自筆年譜を見ると、昭和三十八年の項に〝三月二十一日、教育テレビの将棋にて、金易二郎名誉九段の飛車落戦に、幸に勝ちを拾う〟とある。この録画が放送になった時には、瀧井さんから前もって電話が掛かって来た。ぼく達の将棋は、たとえば数年前産経新聞が中央沿線で文壇将棋会を催したとき、たまたまぼくはマグレで、初段の小沼丹に、つづいて二段の井伏鱒二に勝ったところ、まもなく桐の箱に入った大山名人直筆の署名のある立派な初段の免許状が送られて来て、かえってぼくのほうが面くらったが、つまり、こういう将棋である。勝負はその日の風の吹き回しによるのだ。

ぼくが昭和十二年に「早稲田文学」の編集に従事し、いまの新宿区諏訪町に引越したとき、つい近所に評論家の青

柳優が住んでいた。早稲田の英文科出身で、やはり「早稲田文学」の編集同人になっていた。信州の安曇野の大地主の息子でありながら、一時アナーキストになっていて警察に検挙されたこともあった。それだけに、友人思いの底抜けの善意の人柄であった。ぼくは二年間毎日のように会っていたが、この青柳とはついぞ口喧嘩一つしなかった。そして、いまだに青柳のことを時どき思い出している。

同族会社の上高地の温泉ホテルの社長もやっていて、シーズン・オフになると、われわれ仲間をよく誘って上高地へ連れていってくれた。おかげで、ぼくなどは青柳の案内で槍にも登った。ところが、戦争中に、蛔虫を胃潰瘍と誤診されて手術を受け、飽気(あっけ)なく亡くなってしまった。一、二年前、その二十回忌をやったとき、石垣綾子さんがひょっこり現れた。青柳の学生時代の恋人である。この石垣さんという人も女性に似合わずザックバランの人柄で、愛し合っていたのに、どうしてアメリカへ飛び出したかといういきさつを、なんの誇張や弁解もなく素直に披露に及んだ。

清福を楽しむ将棋会

ところで、この青柳がぼくよりちょっと強かったが将棋好きで、「早稲田文学」の寄稿家たちの親睦をはかるために、ひとつ将棋会を作ろうではないかと、ぼくに提議した。遊び好きのぼくは早速賛成した。昭和十二年の七月には、華北の盧溝橋での日本軍隊と中国軍隊との衝突によって日華事変が勃発したが、そのせいで、周りはなんとなく騒然としていた。事実、その年仏文科を卒業したばかりで早稲田大学の出版部に勤めていた中村八朗は、すでに「早稲田文学」に作品を発表していたが、まもなく召集され、近くに下宿生活をしていたので、ぼくの家で壮行会を開いたりした。

中村君は出征した時にはまだ黒髪豊かな眉目秀麗な紅顔の青年だったにも拘(かかわ)らず、南方から帰還したのはそれから九年経った昭和二十一年で、すっかり頭は禿げてしまっていた。学生時代から知り合って婚約者となっていた現夫人が、びっくりするだろうと心配し、一年半の俘虜生活中、徐々にそれを納得するよう手紙を書き続けねばならなかったので、ずいぶん苦心したと、いつか述懐していた。

坂口安吾の盟友で、坂口君が京都に行くといつも何彼と面倒を見て貰っていた、西陣織の問屋の息子の隠岐和一が、やはり英文科出身で、中村君と同じく「早稲田文学」に作品を発表していたが、これまた早々に召集され、ぼくは発起人にさせられて、数寄屋橋のビヤホールのニュウ東京で慌しく壮行会を開いたこともあった。肥って足の遅い人物だったのに、運悪く機関銃兵を命ぜられ、重い機関銃を担いで走り回らねばならなかったので、その苦労は大変なものだったというが、可哀相にやがてフィリピンで戦死してしまった。これらは一例で、知っている若い連中が続々とあいついで出征していた。そのたびに壮行会が催された。こんなこともあって、大いに清福を楽しもうということになり、将棋会を思いついたのである。

竹村書房派と早稲田派

第一回は早稲田の近くの碁会所を借り切ってやったが、この時は上林暁にまんまと賞品の足付きの将棋盤をせしめられ、その上に将棋盤の裏に参会者の署名を一々需(もと)められた。第二回は上林君の「二閑人交遊図」(昭和十六年)に描かれている、ドイツ小説の翻訳をしていた医学生あがりの浜野修の高円寺のアパートで催され、この時は安成二郎氏も確か出席したが、その近所の、上林、浜野両君のひいきにしている古本屋が、なんであったか忘れてしまったが、至極豪勢な賞品を寄付してくれ、古谷綱武がさらって行ってしまった。さて、第三回は、尾崎士郎の「人生劇場」で当て、高見順の「流木」や、中野重治の「小説の書けぬ小説家」や、それから伊藤整の処女評論集「小説の運命」(昭和十二年)などを続々出して、文芸出版屋として売出し中だった竹村書房を背景に、やはりそこから処女作集「黒谷村」(昭和十年)を出していた坂口安吾が総大将となって早稲田組に挑戦を申し込んで来て、四谷見附の近くの長野屋という女気のない居酒屋風の飲み屋の二階で対戦した。坂口君はアテネ・フランス時代の仲間の、そしてその時分その講師をしていた却々(なかなか)将棋の強かった若園清太郎なども動員していたが、肝腎の坂口君は達者なのは口ばかりでたいして強くなかった。早稲田組の勝利で終わったが、そのあと、そこで竹村書房の奢りで大酒宴となったが、それが却々楽しかった。

そのころ、将棋は早稲田界隈ばかりでなく、中央線沿線にも蔓延していた。やはり戦争でみんな気持ちが鬱屈していたからである。もっとも、指す連中はだいぶダブってはいたが。その揚句が、今日までつづいている飲み会の阿佐ヶ谷会の起縁となっている。木山捷平の近刊の短篇集「茶の木」に、阿佐ヶ谷会の起縁となった阿佐ヶ谷将棋会の模様を描いた井伏鱒二の文章を引用しているので、ここにそれを孫引きさせてもらう。木山君の註によると、「朝日新聞」の昭和十三年七月三日号に載ったものだそうである。

〝第二回阿佐ヶ谷ヘボ将棋大会に出席した。午後一時半開会、十一時ごろ閉会。今回の幹事は小田嶽夫。なかなかの盛会で二十人近く集まったが、私はあまり芳しからぬ成績であった。閉会後、劣敗者の塩月君（のち北京で客死した太宰治の東大時代の同級生、筆者註）が来会者一同を代表し、優勝者に起立を求めて賞品を贈呈した。一同、拍手をもってその労を謝した。一等は安成二郎（賞品は黄楊の駒一組）二等は古谷綱武（賞品は駒台一組）但し第三位は石川淳、第四位は平野零児、第五位は佐々木孝丸、第六位が私であった。浅見淵、中村地平、小田嶽夫、田畑修一郎、太宰治、木山捷平等みな黒星と白星が半々であった。亀井勝一郎はほとんど黒星であった。第一回大会の時には私が優勝し、大いに鼻を高くしたものだが、今回は小敵とあなどってついに不覚をとった。もっともおなかのすいていたせいもある〃

なお、ほかに記録係として外村繁、青柳瑞穂が出席していたと記憶しているが、戦後、このメンバアの中で中央線沿線在住の者が中心となり、毎回青柳邸を会場として飲み会をはじめた。これがいわゆる阿佐ヶ谷会である。

全員それぞれの棋風

ところで、ちょっとこれらの面々の棋風を紹介して置きたい。井伏鱒二、上林暁は大山名人風の守成将棋である。太宰治は早指し将棋。田畑修一郎、木山捷平は熟考派である。ぼく達の学生時代、鷗外訳のシュミットボンの「街の子」を愛読したものだが、このシュミットボンの作品を幾つか翻訳紹介している、ぼくなどよりずっと先輩で、二、三年前癌で亡くなった、早稲田でドイツ語の先生をしていた浦上后三郎という人物がいた。この浦上さんは山本有三氏が一時早稲田でドイツ語を教えていたころ、その教えを受けた一人だが、のちにたまたま山本氏を訪ねると、山本氏はちょうど高段者に付いて将棋を習っていた時代で、さっそく将棋の相手をさせられた。ところが、一手指す毎に五分十分という長考である。こちらは何も考えない。退屈しながら、どういう名手が出てくるかと待っていると、何ということはない、どれも凡手である。〝あんなに退屈して弱ったことはなかったヨ〟と、よく口にしていた。木山君にも相当ジリジリさせられたが、殊に田畑修一郎の熟考振りには、この山本氏と似通ったところがあり、閉口させられたものである。

将棋好きの作家たちが盤上で激闘した「棋翁戦」余聞

田丸　昇

一九九〇年代の前半、将棋を愛好した作家たちが盤上で熱い戦いを繰り広げていた。

事の発端は、逢坂剛（一九八七年に『カディスの赤い星』で直木三十五賞を受賞）と船戸与一（一九九二年に『砂のクロニクル』で山本周五郎賞を受賞）が、酒を飲みながら「将棋の腕前に自信あり」と自慢し合ったことによる。両者は盤上で勝負することになった。その話が将棋好きの作家たちに伝わると、夢枕獏（一九九八年に『神々の山嶺』で柴田錬三郎賞を受賞）と志水辰夫（一九八六年に『背いて故郷』で日本推理小説協会賞を受賞）も参戦した。

そうした作家たちの将棋熱と自己顕示欲に注目した文芸誌『小説すばる』（集英社）は、作家たちが盤上で競い合う「棋翁戦」という企画を立ち上げた。

一方で北方謙三（一九九一年に『破軍の星』で柴田錬三郎賞を受賞）は、「俺も将棋を指したいが、肉体派の俺が盤面をじっと見るなんて哲学的なことは無理だ。友よ、将棋の泥仕合をやめて仕事に打ち込み、新作を書くのだ」と醒めた目で見ていた。宮部みゆき（一九九三年に『火車』で山本周五郎賞を受賞）は「志水様は私儀この推理文壇内にて御父と仰ぎ見る方に候へば、読者諸賢には志水様に御声援下され度、深くお願ひ奉り候」と、漢文調で志水を応援した。

第一期棋翁戦の逢坂―船戸は逢坂が勝った。第二期の逢坂―夢枕は夢枕が勝った。第三期の夢枕―船戸は船戸が勝った。第四期の船戸―志水は、宮部の陰ながらの応援が実らず、船戸が勝って二連覇した。第五期は船戸と逢坂が再戦し、逢坂がまたも勝った。

こうして棋翁位は、取ったり取られたりの混戦模様（またはどんぐりの背比べ）となっていた。

一九九四年二月、棋翁戦の最終戦に黒川博行（二〇一四年に『破門』で直木三十五賞を受賞）が大阪から乗り込んできた。黒川は関西の棋士たちと交流があり、酒場でよく教わっていた。

棋翁保持者の逢坂と黒川の対局は東京・銀座の和食料理店で行われた。夢枕と志水が観戦し、編集者が記録係を務めた。観戦記を担当する大沢在昌（一九九三年に『新宿鮫　無間人形』で直木三十五賞を受賞）は、鮫を意匠にした帽子をかぶって野次馬気分だった。私こと田丸昇八段（当時）は、作家たちへの表敬挨拶、将棋の解説、それに局後の宴会を楽しみに出席した。

逢坂は大手広告代理店に勤めるサラリーマン作家（当時）で、背広を着用して物腰は柔らかい。一方の黒川は革ジャンをラフに着込み、バンダナを頭に巻いて武闘派のイメージだ。

対局が始まると、対局者の逢坂が一手ごとに棋譜を読み上げた。将棋を指せても符号が不明の御仁ばかりで、棋翁戦ならではの光景だった。さらに志水が数手ごとにポラロイドカメラで盤面を撮り、鮮明になった印画紙に番号を入れた。盤上空撮による棋譜保存であった。

大沢が私に話しかけてきた。その会話を紹介する。

大沢「棋士の方から見ると、この将棋は小学生の作文のようなものですか」

田丸「そんなことはありません、ちゃんと形になっています」

大沢「そうか、《てにをは》は合っているということか」

田丸「それに逢坂さんは態度も手つきもしっかりしています」

大沢「文章はともかく、書く姿勢と字はきれいなんですね」

大沢は茶々を入れて冷やかしながら、原稿の種を仕入れていた。

黒川の四間飛車に対して、逢坂は棒銀作戦で攻めて激しい戦いとなった。中盤で逢坂に疑問手が出て、形勢は早くも大きく傾いた。終盤で負けを観念した逢坂は「さあ殺せ。ビールを飲むぞ」と叫び、グラスとビールを所望した。それが「末期の水」となった。

黒川が快勝する結果となり、棋翁位を獲得した。後日にその喜びを《我勝てり　5五角が勝因や　箱根超える　棋翁の肩に花びらひとつ》という一首で表現した。

終局後の宴会では、売れっ子作家らしい税金対策、人気女性作家の噂、将棋漫画『月下の棋士』など、お酒の勢いでいろいろな話に花が咲いた。

平成の時代の文壇将棋は、かくも愉快で珍妙だった。

テーマ

志賀直哉をめぐって

斎藤理生

志賀直哉の将棋好きは有名である。尾崎一雄は、その志賀を師と仰いだ私小説作家である。尾崎は小説や随筆でも、志賀との親交を書き留めている。「志賀さんと将棋」（収録作①）もその一つである。志賀の、その作風を彷彿とさせる将棋は、時として相手にかなりの苦痛を味わわせたらしい。

もっとも志賀には、自分を慕ってくれる尾崎だから心を許していた面もあったろう。少なくとも尾崎はそのように書いている。師への敬愛を前提として、もう勘弁して欲しいとげんなりしたり、勝てるかもしれぬと浮き足だったり、素直に思いを表明できる関係が、二人の間に築かれている。そこに尾崎の持ち味であるユーモアも漂う。

では、いわゆる「無頼派」の面々は、志賀をどのように見ていたのだろうか。

織田作之助、坂口安吾、太宰治の三人は、文学史上「無頼派」「新戯作派」などと呼ばれる。ただしこれは後から作られた名称で、本人たちがそう名乗ったわけではない。なるほど三人は、四六年一一月に座談会で顔を合わせたのを機に、意気投合した。しかし共に文学運動をしたわけではない。みな将棋を嗜(たしな)んだが、対局した形跡もない。誰も志賀とは面識がなかった。にもかかわらず、まるで申し合わせたかのように志賀を持ち出し、将棋に喩えて文学を語った。その内容や方法も、異なりながら重なっている。

織田はしばしば将棋を使って文学を語った。たとえば評論「東京文壇に与ふ」(『現代文学』一九四二年一〇月)では、中央文壇の地方に対する偏見や反感を、関西棋壇の神田辰之助の述懐から始めた。「二流文楽論」(『改造』一九四六年一〇月)では、升田幸三を取りあげつつ、木村義雄に代表される世の一流主義を批判した。

「可能性の文学」(収録作②)は、坂田三吉の端歩に託して、自分がこれから目指す文学を説いた評論である。坂田は大一番で、誰も予測しなかった手を選んだ。その坂田を見倣い、作家も定跡にとらわれない方法に挑むべきだと訴えた。織田は横紙破りの坂田を自分に、名人として君臨する木村を志賀に重ねた。権威を覆そうという反骨精神と熱意は、敗戦直後の時代の気分に合致し、評判になった。

冒頭から延々と端歩について語る織田は、「可能性の文学」を通常の評論から逸脱した形で書いている。インパクトは大きい。面白い。文学に関心の薄い読者も惹きつけられたに違いない。ただし確たる理論があるわけではない。文学論としての説得力には、やや欠ける。とはいえ、未熟さは織り込み済みであったろう。だからこそ、四六年の秋から冬に木村を圧倒し、飛ぶ鳥を落とす勢いだった升田ではなく、一〇年前に木村に敗れ、この頃には忘れ去られつつあった坂田に自分をなぞらえた。そこで追求されているのは、目先の勝敗とは別のものである。

一方、安吾は将棋を語るにあたって文学を持ち出した。木村と升田の対局を観戦する前に発表された「坂口流の将棋観」(収録作③)で、安吾は升田に自分を重ねた。升田は旧来の型や戦法に縛られず、目前の相手に勝つことのみに徹していると見て、その姿に、「文章」ではなく「何を書くか」に専念する自分を見出した。志賀に代表される伝統的なスタイルに反旗を翻した点で、安吾と織田は似ている。しかし安吾は勝敗にこだわる。むしろ徹底的に勝敗に執着することが、最も既成の枠組みを破壊すると考えている。

ちなみに升田も「「定跡・伝統」への挑戦」（『大阪日日新聞』一九四八年一月九日）において「ぼくは坂口安吾の文学を愛する」と述べ、「思うに坂口はものを正直に見てそれを文学で表現する、ぼくは便所の戸を明けてみせたような将棋をさす、いまゝでの将棋は美しい衣装をまとい厚い化粧をしていた、それが将棋の常識だつた、ぼくはその伝統を破ろうと思つている、勝つために将棋の衣装をかなぐり捨てるのだ」と主張している。升田と安吾の考えが一致しているのは明らかである。

太宰が最晩年に書いた評論「如是我聞（四）」（収録作④）は、志賀に対する強い反発が前面に出ている。織田や安吾が批判した「志賀直哉」は、あくまで文壇の権威の象徴だった。しかし太宰は個人的な反感を隠さない。とはいえ、一時の感情に流されてしまっているとも言い切れない。太宰は「如是我聞」で、読者への「奉仕」の必要性を説いている。文学には「奉仕」が大切だと訴える評論で、あえて感情的になった書き手を演じ、読者を楽しませている節がある。志賀批判の内容より、そうした自己言及的な書き方とサービス精神において、太宰は織田と似ている。

太宰の特徴は、志賀の文学を「詰将棋」だと断定した点にある。詰将棋は、最終的に詰むに決まっている環境で、定跡に則り、ひたすら玉将を追いつめる。そこに仮想の相手はいても、他者はいない。安全地帯から一方的に攻め立てるゲーム。それは太宰が考える文学とは異なっていた。だから志賀を挑発し、議論の場に引きずり出そうとしたように見える。しかしその手法が志賀には、大家を口汚く批判して目立とうとする、明治大正期以来の古めかしい文壇しぐさに映ったとしても不思議ではない。

志賀は太宰の没後「太宰君でも織田君でも、初めの頃は私にある好意を持つてくれたやうな噂を聴くと、個人的に知り合ふ機会のなかつた事は残念な気がする」と記している（「太宰治の死」『文藝』一九四八年一〇月号）。機会があれば、二人は志賀と対局し、人としては打ち解けていたかもしれない。だが文学的にはどうだろうか。

太宰の苛立ちは、志賀の文学が結果的に多くの読者を満足させていることにもうかがえる。「如是我聞」には読者への不満も目立つ。太宰は既に『津軽』（小山書店、一九四四年一一月）で志賀をほのめかし、「その作家を好きだと告白する事は、その読書人の趣味の高尚を説明するたづきになるといふへんな風潮」を批判していた。

ただ一般に、余暇に将棋を本格的に指すのは億劫でも、詰将棋ならやってみようかと思う人は少なくない。純文学も同様に、気軽に楽しまれていた面はなかったか。安吾は随想「志賀直哉に文学の問題はない」（『読売新聞』一九四八年九月二七日）で、純文学の世界で「神様」とまで言われた志賀文学の大衆性を指摘している。志賀は我欲や罪を小説で示し、肯定する。ゆえに「通俗の世界」で好まれるという。裏を返せば、文壇の権威に挑む「無頼派」たちの芸術的な模索は、棋譜や目前の勝利にこだわる将棋のように、思いのほか理解されにくいものだったのかもしれない。

志賀直哉をめぐって①

志賀さんと将棋

尾崎一雄（一八九九年－一九八三年）

初出：『文藝春秋』一九三三年一一月
底本：『尾崎一雄全集　第九巻』筑摩書房、一九八三年

志賀さんと将棋さすのは辛い。しまいには僕も、極力辞退するようになった。小説にしばしば頭を出しているあの意地悪さで、グイグイいじめ抜かれるのだから堪らない。

「もうありません。負けました」

駒を崩そうとすると、志賀さんが、

「そんなことはない。待て待て。こうっと――」

「そりゃ、逃げ路はまだあるでしょうが、知れていますよ。どうせ詰みです、参りました」

「いや、案外これで手がありそうだぜ。とにかく逃げてみたまえ」

「こうですか。じゃア――」駒を動かすものの、「弱ったなア」と僕は頭を掻く。見ている若山為三さんや加納和弘君が、「始まったぜ」とニヤニヤしている。「この、高見の見物奴（め）」と僕が不平を云うと、志賀さんまで笑い出される。

「さてと。――これで王手」

「もういけません」

「だって、そっちへ逃げたらどうだ。まだ息はある」

「息はあったって――つみですよ、そんなに」

「角打ちの王手で――手は？　金銀桂の歩沢山か。合（あい）が効くと。尻から銀打ちと行けるね。面白いな、どこへ持って行って詰めてやろうかね」――虐殺である。

或夜（あるよ）、九時頃、御邪魔しました、と立ち上がると、

「まあいいや。も少しいたまえ。一番指そうか」と云われる。

「将棋ですか――」と情けない面（つら）を面白そうに見ながら、

「こっちだけ条件つきと云うことにしてやろう。余り弱いんで手ごたえがない。○○提供しようじゃないか」さっさっと盤を持って来られる。

「○○は欲しいけど、何しろ残虐極まるんですからね。パ

ルチザンみたい。――義憤を発しますよ」

「実は、今夜武者が来るんだ。さっき電報が来た。一人で待ってるよりいいや」と、もう駒を並べておられる。

二回続けて虐殺された。時計を見ると、十一時だ。

「武者さん、随分遅いんですね。もしかしたら延びたんじゃないでしょうか」そろそろ逃げを打つ。

「今夜遅く行くと云う電報だった。武者と云う奴は馬鹿に几帳面な男で、遅くと云ったら必ず遅い。今に来るだろう。もう一ぺん指しながら待っているとしよう」

「判りました」僕は観念した。指しながら、志賀さんの「鳥尾の病気」という短編を思い出していた。「鳥尾」が武者さんで、「山本」と云うのが志賀さんだ、将棋は――珍しく僕がいい。もう終盤で、何だか詰みがありそうに思える。平手で、五度に一度位しか勝てないのだが、こいつはことによると、と僕が熱中し出した。

玄関で鈴が鳴ったようだった。女中が入って来て、

「武者小路様がお見えになりました」と云った。

「あ」

「僕はどうしましょうか。しかし、この勝負は惜しいなア」

「まアいいよ。一緒に紅茶でも飲もう。それはあとでけりをつけよう」

僕は盤をちょっと片よせて、詰め手を考え始めた。武者さんと眞杉さんが入って来て、志賀さんや奥さんと挨拶すると、僕もちょっとおじぎをしたが、すぐ五度に一度の詰みで夢中になった。

賑(にぎや)かに話しておられる。武者さんはぶら提げて来た油画を四五枚並べて、皆に見せている。

「その絵の真中の白ちゃけたの、どうしたんでしょう」と奥さんの声だ。

「そりゃ山さ」と志賀さん。

「山ですか。随分白っぽい山じゃありませんか」

「禿山だあね。自分が禿げてるもんだから、武者は、そう云うのばかり狙うんだ」

「まさか」奥さんは少なからずひるんで、「ほんとにお口の悪い」とてれておられる。皆が笑った。

「随分熱心なんだね」と武者さんが僕の方を向いて云う。

「僕が余り苛めるんでね、怒ってるんだ。瀧井じゃアない

が、もう遊ばんと云うところだ。しかしこの勝負はこっちの分が悪いんで、詰め手で夢中になってる」

しかし結局、詰め手のないことが判った。入玉されておしまいらしい。駒を崩して紅茶を飲み、僕は自宅(うち)へ帰った。丁度一時だった。

志賀直哉をめぐって②

可能性の文学

織田作之助（一九一三年―一九四七年）

初出：『改造』一九四六年一二月
底本：『定本織田作之助全集　第八巻』文泉堂書店、一九七六年

坂田三吉が死んだ。今年の七月、享年七十七歳であった。大阪には異色ある人物は多いが、もはや坂田三吉のような風変わりな人物は出ないであろう。奇行、珍癖の横紙破りが多い将棋界でも、坂田は最後の人ではあるまいか。

坂田は無学文盲、棋譜も読めず、封じ手の字も書けず、師匠もなく、我流の一流をあみ出して、型に捉えられぬ関西将棋の中でも最も型破りの「坂田将棋」は天衣無縫の棋風として一世を風靡し、一時は大阪名人と自称したが、晩年は不遇であった。いや、無学文盲で将棋のほかには何にも判らず、世間づきあいも出来ず、他人の仲介がなくてはひとに会えず、住所を秘し、玄関の戸はあけたことがなく、孤独な将棋馬鹿であった坂田の一生には、随分横紙破りの茶目気もあったし、世間の人気もあったが、やはり悲劇の翳（かげ）がつきまとっていたのではなかろうか。中年まではひどく貧乏ぐらしであった。昔は将棋指しには一定の収入などなく、高利貸には責められ、米を買う金もなく、賭将棋には負けて裸になる。細君が二人の子供を連れて、母子心中の死場所を探しに行ったこともあった。この細君が後年息を引き取る時、亭主の坂田に「あんたも将棋指しなら、あんまり阿呆な将棋さしなはんなや」と言い残した。「よっしゃ、判った」と坂田は発奮して、関根名人を指し込むくらいの将棋指しになり、大阪名人を自称したが、この名人自称問題がもつれて、坂田は対局を遠ざかった。が、昭和十二年、当時の花形棋師木村、花田両八段を相手に、六十八歳の坂田は十六年振りに対局をした。当時木村と花田は関根名人引退後の名人位獲得戦の首位と二位を占めていたから、この二人が坂田に負けると、名人位の鼎（かなえ）の軽重が問われる。それに東京棋師の面目も賭けられている、負けられぬ対局であったが、坂田にとっても十六年の沈黙の意味と

「坂田将棋」の真価を世に問う、いわば坂田の生涯を賭けた一生一代の対局であった。昭和の大棋戦だと、主催者の読売新聞も宣伝した。ところが、坂田はこの対局で「阿呆な将棋をさして」負けたのである。角という大駒一枚落としても、大丈夫勝つ自信を持っていた坂田が、平手で二局とも惨敗したのである。

　坂田の名文句として伝わる言葉に「銀が泣いてる」というのがある。悪手として妙なところへ打たれた銀という駒銀が、進むに進めず、引くに引かれず、ああ悪いところへ打たれたと泣いている。銀が坂田の心になって泣いている。阿呆な手をさしたという心になって泣いている――というのである。将棋盤を人生と考え、将棋の駒を心にして来た坂田らしい言葉であり、無学文盲の坂田が吐いた名文句として、後世に残るものである。この一句には坂田でなければ言えないという個性的な影像があり、そして坂田という人の一生を宿命的に象徴しているともいえよう。苦労を掛けた糟糠の妻は「阿呆な将棋をさしなはんなや」という言葉を遺言にして死に、娘は男を作って駈け落ちし、そして、一生一代の対局に「阿呆な将棋をさし」てしまった坂田三吉が後世に残したのは、結局この「銀が泣いてる」という一句だけであった。一時は将棋盤の八十一の桝も坂田には狭すぎる、といわれるほど天衣無縫の棋力を喧伝されていた坂田も、現在の棋界の標準では、六段か七段ぐらいの棋力しかなく、天才的棋師として後世に記憶される人とも思えない。わずかに「銀が泣いてる、坂田は生きてる」ということになるのだろう。しかし、私は銀が泣いたことよりも、坂田が一生一代の対局でさした「阿呆な将棋」を坂田の傑作として、永く記憶したいのである。

　いかなる「阿呆な将棋」であったか。坂田は第一手に、九三の端の歩を九四へ突いたのである。平手将棋では第一手に、角道をあけるか、飛車の頭の歩を突くかの二つの手しかない。これが定跡だ。誰がさしてもこうだ。名人がさしてもヘボがさしても、この二手しかない。端の歩を突くのは手のない時か、序盤の駒組が一応完成しかけた時か、相手の手をうかがう時である。そしてそれもよほど慎重に突かぬと、相手に手抜きをされる惧れがある。だから、第一手に端の歩を突くのは、まるで滅茶苦茶で、乱暴といおうか、気が狂ったといおうか、果して相手の木村八段（現在の名人）は手抜きをした。坂田は後手だったから、ここで手抜きされると、のっけから二手損になるのだ。攻撃の速度を急ぐ相懸り将棋の理論を一応完成していた東京棋師の代表である木村を向こうにまわして、二手損を以て戦うのは、何としても無理であった。果してこの端の歩突きがたたって、坂田は惨敗した。が、続く対花田戦でも、坂田はやはり第一手に端の歩を突いた。こんどは対木村戦とちがって右の端の歩だったが端の歩にはちがいはない。そして、坂田はまたもや惨敗した。そのような「阿呆な将棋」であった。

しかし、坂田の端の歩突きは、いかに阿呆な手であったにしろ、常に横紙破りの将棋をさして来た坂田の青春の手であった。一生一代の対局に二度も続けてこのような手を以て戦った坂田の自信のほどには呆れざるを得ないが、しかし、六十八歳の坂田が一生一代の対局にこの端の歩突きという棋界未曾有の新手を試してみたという青春は、一応驚かされるではないか。端の歩突きを考えていた野心的な棋師はほかにもあったに違いない。花田八段なども先手の場合には端の歩突きも可能かも知れぬと、漠然と考えていたようだ。が、誰もそれを実験してみたものはなかった。まして、後手で大事な対局にそれを実験してみたものは、あとにも先にも坂田三吉ただ一人であった。この手は将棋の定跡というオルソドックスに対する坂田の挑戦であった。将棋の盤面は八十一の桝という限界を持っているが、しかし、一歩の動かし方の違いは無数の変化を伴って、その変化の可能性は、例えば一つの偶然が一人の人間の人生を変えてしまう可能性のように、無限大である。古来、無数の対局が行われたが、一つとして同じ棋譜は生れなかった。ちょうど、古来、無数の小説が書かれたが、一つとして同じ小説が書かれなかったのと同様である。しかし、この可能性に限界を与えるものがある。すなわち、定跡というものであり、小説の約束というオルソドックスである。坂田三吉は定跡に挑戦することによって、将棋の可能性を拡大しようとしたのだ。相懸り法は当時東京方棋師が実戦的にも理論的にも一応の完成を示した平手将棋の定跡として、最高権威のものであったが、現在はもはやこの相懸り定跡は流行せず、若手棋師は相懸り以外の戦法の発見に、絶えず努力して、対局のたびに新手を応用している。が、六十八歳の坂田が実験した端の歩突きは、善悪はべつとして、将棋の可能性の追究としては、最も飛躍していた。ところが、顧みて日本の文壇を考えると、今なお無気力なオルソドックスが最高権威を持っていて、老大家は旧式の定跡から一歩も出ず、新人もまたこそこそとこの定跡に追従しているのである。

定跡へのアンチテエゼは現在の日本の文壇ではほとんど皆無にひとしい。将棋は日本だけのものだが、文学は外国にもある。しかし、日本の文学は日本の伝統的小説の定跡を最高の権威として、あえて文学の可能性を追求しようとはしない。外国の近代小説は「可能性の文学」であり、いうならば、人間の可能性を描き、同時に小説形式の可能性を追求している点で、明確に日本の伝統的小説と区別されるのだ。日本の伝統的小説は可能性を含まぬという点で、狭義の定跡であるが、外国の近代小説は無限の可能性を含んでいる故、定跡化しない。「可能性の文学」はつねに端の歩が突かれるべき可能性を含んでいるのである。もっとも、私は六年前処女作が文芸推薦となった時、「この小説は端の歩を突いたようなものである」という感想を書いたが、しかし、その時私の突いた端の歩は、手のない時に突く端の歩に過ぎず、日本の伝統的小説の権威を前にして、私は施すべき手がなかったのである。少しはアンチテエゼを含んでいたが、近代小説の可能性を拡大するための端の歩ではなかったのだ。当時、私の感想は「新人らしくなく、文壇ずれがしていて、顔をそむけたくなった」という上林暁の攻撃を受け、それは無理からぬことであったが、しかし、上林暁の書いている身辺小説がただ定跡を守るばかりで、手のない時に端の歩を突くなげきもなく、まして、近代小説の端の歩を突く新しさもなかったことは、私にとっては不満であった。一刀三拝式の私小説家の立湯から、岡本かの子のわずかに人間の可能性を描こうとする努力のうかがわれる小説をきらいだと断言する上林暁が、近代小説への道に逆行していることは事実で、偶然を書かず虚構を書かず、生活の総決算は書くが生活の可能性は書かず、末期の眼を目標とする日本の伝統的小説の限界内に蟄居している彼こそ、文壇的ではあるまいか。

私は年少の頃から劇作家を志し、小説には何の魅力も感じなかったから、ほとんど小説を読まなかったが、二十六歳の時スタンダールを読んで、はじめて小説の魅力に憑かれた。しかし「スタンダールやバルザックの文学は結局こしらえものであり、心境小説としての日本の私小説こそ純粋小説であり、詩と共に本格小説の上位に立つものである」という定説が権威を持っている文壇の偏見は私を毒し、それに、翻訳の文章を読んだだけでは日本文による小説の書き方が判らぬから、当時絶讃を博していた身辺小説、心境小説、私小説の類を読んで、こういう小説、こういう文章、こういう態度が最高のものかというノスタルジアを強制されたことが、ますます私をジレンマに陥れたのだ。私は人間の可能性を追究する前に、末期の眼を教わってしまったのである。私は純粋小説とは不純なるべきものだと、漠然と考えていた。当時純粋戯曲というものを考えていた私は、戯曲は純粋になればなるほど形式が単純になり、簡素になり、お能はその極致だという結論に達していたが、しかし、純粋小説とは純粋になればなるほど形式が不純になり、複雑になり、構成は何重にも織り重なって遠近法は無視され、登場人物と作者の距離は、映画のカメラアングルのように動いて、眼と手は互いに裏切り、一元描写や造形美術的な秩序からますます遠ざかるものであると考えていた。小説には いかなるオフリミットもないと考えていた。小説は芸術でなくてもいいとまで考えたのだ。しかし、日本の文学の考え方は可能性よりも、まず限界の中での深さということを尊び、権威への服従を誠実と考え、一行の嘘も眼の中にはいった煤のように思い、すべてお茶漬け趣味である。そしてこの考え方がオルソドックスとしての権威を持っていることに、私はひそかにアンチテエゼを試みつつ、やはりノスタルジア的な色眼を使うというジレンマに陥っていたのである。しかし、最近私は漸くこのオルソドックスには挑戦する覚悟がついた。挑戦のための挑戦ではない。私には「可能性の文学」が果して可能か、その追究をして行きたいのである。「可能性の文学」という明確な理論が私にあるわけではない。私はただ今後書いて行くだろう小説の可能性に関しては、一行の虚構も毛嫌いする日本の伝統的小説とはっきり決別する必要があると思うのだ。日本の伝統的小説にもいいところがあり、新しい外国の文学にもいいところがあり、二者選一という背水の陣は不要だという考え方もあろうが、しかし、あっちから少し、こっちから少しという風に、いいところばかりそろえて、四捨五入の結果三十六相そろった模範的美人になるよりは、少々歪んでいても魅力あるという美人になりたいのだ。

読者や批評家や聴衆というものは甘いものであって、先日私はある文芸講演会でアラビヤ語について話をし、私がいま読売新聞に書いている小説に出て来る「キャッキャッ」という言葉は実はアラビヤ語であって、一人寂しく寝るという意味を表現する言葉である、その昔アラビヤ人というものはなかなかのエピキュリアンであったから、齢十六歳を過ぎて一人寝をするような寂しい人間は一人もいなかった、ところがある時一人の青年が仲間と沙漠を旅行しているうちに仲間に外れてしまって、荒涼たる沙漠の夜を一人で過さねばならなかった、一人寂しく寝て、空を仰いでいると、星が流れた。青年は郷愁と孤独に堪えかねて、思わず一つの言葉を叫んだ、それが「キャッキャッ」というのである、それまでアラビヤには人間の言葉というものがなかった、だからこの「キャッキャッ」という言葉は、アラビヤではじめて作られた言葉であり、その後作られたアラビヤ語は、「アラモード」すなわちモーデの祈りを意味する言葉を除けばすべて「キャッキャッ」を基本にして作られている、「キャッキャッ」という言葉は実に人間生活の万能語であって、人間が生まれる時の「オギャァ」という言葉も人間が断末魔に発する「ギャッ」という言葉も、すべてみな「キャッキャッ」から出た言葉であって、一人寂しく寝るという気持ちが砂を噛む想いだといわれているのも、「キャッキャッ」という言葉がアラビヤ最初の言葉として発せられた時、たまたま沙漠に風が吹いてその青年の口に砂がはいったからだと、私は解釈している、さらに私をして敷衍（ふえん）せしむれば、私は進化論を信ずる者ではないが、「キャッキャッ」という音は実は人類の祖先だと信じられている猿の言葉から進化したものである——云々と、私は講演したのだが、聴衆は敬服して謹聴していたものの如くである。恐らく講師の私を大いに学のある男だと思ったらしかったが、しかし、私は講演しながら、アラビヤに沙漠があったかどうか、あるいはまた、アラビヤに猿が棲んでいたかどうかという点については、甚だ曖昧で、質問という声が出ないかと戦々兢々（せんせんきょうきょう）としていたのである。ところが、その講演を聴いていた一人の学生が、翌日スタンダールの訳者の生島遼一氏を訪問して「キャッキャッ」の話をした。生島氏はアラビヤ語の心得が多少あったが、「キャッキャッ」という語はいまだ知らない。恐らく古代アラビヤ語であろう、アラビヤ語は辞典がないので困るんだ、しかし、織田君はなかなか学があるね、見直したよとその学生に語ったということである。読者や批評家や聴衆というものは甘いものである。

彼らは小説家というものが宗教家や教育家や政治家や山師にも劣らぬ大嘘つきであることを、ややもすれば忘れるのである。いくたびか一杯くわされて苦汁をなめながら、なおかつ小説家というものは実際の話しか書かぬ人間だと、思いがちなのである。髭を生やした相当立派な（髭を生やしたからとて立派ということにはなるまいが）大学教授すら、小説家というものはいつもモデルがあって実際の話をありのままに書くものであり、小説を書くためには実地研究をやってみなければならぬと思い込んでいるらしく、小説家という商売は何でも実地に当たってみなくちゃならないし、旅行もしなければならないし、女の勉強もしなければならないし、並大抵の苦労じゃないですなと、変な慰め方をするのである。私は辟易して、本当の話なんか書くもんですか、みな嘘ですよと言うと、そりゃそうでしょうね、やはり脚色しないと小説にはならないでしょう、しかし、吉屋信子なんか男の経験があるんでしょうな、なかなかきわどいところまで書いていますからね――と、これが髭を生やした大学の文科の教授の言い草であるから、恐れ入らざるを得ない。何がそうでしょうなだ、何が吉屋信子だ。呆れていると、私に阿部定の公判記録の写しを貸してくれというのである。「世相」という小説でその公判記録のことを書いたのを知っていたのであろう。私は「世相」という小説はありゃみな嘘の話だ、公判記録なんか読んだこともない、阿部定を妾にしていた天ぷら屋の主人も、「十銭芸者」の原稿も、復員軍人の話も、酒場のマダムも、あの中に出て来る「私」もみんな虚構だと、くどくど説明したが、その大学教授は納得しないのである。私は業を煮やして、あの小説は嘘を書いただけでなく、どこまで小説の中で嘘がつけるかという、嘘の可能性を試してみた小説だ、嘘は小説の本能なのだ、人間には性欲食欲その他の本能があるが、小説自体にももし本能があるとすれば、それは「嘘の可能性」という本能だと、ちょっとむずかしい言葉を使った。するると、はじめて彼は納得したらしかったが、公判記録には未練を残していた。

私は目下上京中で、銀座裏の宿舎でこの原稿を書きはじめる数時間前は、銀座のルパンという酒場で太宰治、坂口安吾の二人と酒を飲んでいた——というより、太宰治はビールを飲み、坂口安吾はウイスキーを飲み、私は今夜この原稿のために徹夜のカンヅメになるので、珈琲を飲んでいた。話がたまたま某というハイカラな小説家のことに及び、彼は小説を女を口説くための道具にしているが、あいつはばかだよと坂口安吾が言うと、太宰治はわれわれの小説は女を口説く道具にしたくっても出来ないじゃないか、われわれのような小説を書いていると、女が気味悪がって、口説いてもシュッパイするのは当たり前だよ、と津軽言葉で言った。私はことごとく同感で、それより少し前、雨の中をルパンへ急ぐ途中で、織田君、おめえ寂しいだろう、批評家にあんなにやっつけられ通しじゃかなわないだろうと、太宰治が言った時、いや太宰さん、お言葉はありがたいが、心配しないで下さい、僕は美男子だからやっつけられるんです、僕がこんなにいい男前でなかったら、批評家もほめてくれますよと答えたくらい、容貌に自信があり、林芙美子さんも私の小説から想像していた以上の、清潔な若さと近代性を認めてくれたのであるが、それにもかかわらず女にかけての成功率がほとんどゼロにひとしいのは、実は私の小説のせいである。同じ商売の林芙美子さんですら五尺八寸のヒョロ長い私に会うまでは、五尺そこそこのチンチクリンの前垂を掛けた番頭姿を想像していたくらいだから、読者は私の小説を読んで、どんなけがらわしい私を想像していたか、知れたものではない。バイキンのようにけがらわしい男だと思われても、所詮致し方はないが、しかし、せめてあんまり醜怪な容貌だとは思われたくない。私は一昨日「エロチシズムと文学」という題で朝っぱらから放送したが、その時私を紹介したアナウンサーは妙齢の乙女で、「ただ今よりエロチ……」と言いかけて私を見ると、耳の附根まで赧(あか)くなった。私は十五分の予定だったその放送を十分で終わってしまったが、端折った残りの五分間で、「皆さん、僕はあんな小説を書いておりますが、僕はあんな男ではありません」と絶叫して、そして「あんな」とは一体いかなることであるかと説明して、もはや「あんな」の意味が判った以上、「あんな」男と思われても構わないが、しかし、私は小説の中で嘘ばっかし書いているから、だまされぬ用心が肝腎であると、言うつもりだった。しかし、それを言えば、女というものは嘘つきが大きらいであるから、ますます失敗であろう。

だから、私は小説家というものが嘘つきであるということを、必要以上に強調したくないが、例えば私が太宰治や坂口安吾とルパンで別れて宿舎に帰り、この雑誌のN氏という外柔内剛の編集者の「朝までに書かせてみせる」という眼におそれを成して、可能性の文学という大問題について、処女の如く書き出していると、雲をつくような大男の酔漢がこの部屋に乱入して、実はいま闇の女に追われて進退谷まっているんだ、あの女はばかなやつだよ、おれをつかまえて離さないんだ、清姫みたいな女だよ、今夜はここへ匿まってくれと言うのを見れば、ルパンで別れた坂口安吾であった。おい、君たちこの煙草をやるよ、女がくれたんだよ、と彼はハイカラな煙草をくれたが、私たちは彼がその煙草をルパンの親爺から貰っていたのを目撃していた。坂口安吾はかくの如く嘘つきである。そして私は彼が嘘つきであることを発見したことによって、大いに彼を見直した。嘘つきでない小説家なんて、私にとっては凡そ意味がない。私は坂口安吾が実生活では嘘をつくが、小説を書く時には、案外真面目な顔をして嘘をつくまいとこれ努力しているとは、到底思えない。嘘をつく快楽が同時に真実への愛であることを、彼は大いに自得すべきである。由来、酒を飲む日本の小説家がこの間の事情にうといことが、日本の小説を貧困にさせているのかも知れない。

日本の文壇というものは、一刀三拝式の心境小説的私小説の発達に数十年間の努力を集中して来たことによって、小説形式の退歩に大いなる貢献をし、近代小説の思想性から逆行することに於ては、見事な成功を収めた。

人間の努力というものは奇妙なもので、努力するという限りでは、ここ数年間の軍官民はそれぞれ莫迦は莫迦なりに努力して来たのだが、その努力が日本を敗戦に導くための努力であった如く、日本の文壇の努力は日本の小説を貧困に導くための努力であった。悪意はなかったろうが、心境的私小説——例えば志賀直哉の小説を最高のものとする定説の権威が、必要以上に神聖視されると、もはや志賀直哉の文学を論ずるということはすなわち志賀直哉礼讃論であるという従来の常識には、悪意なき罪が存在していたと、言わねばなるまい。

私はことさらに奇矯な言を弄して、志賀直哉の文学を否定しようというのではない。私は志賀直哉の新しさも、その稟質（ひんしつ）も、小説の気品を美術品の如く観賞し得る高さにまで引きあげた努力も、口語文で成し得る簡潔な文章の一つの見本として、素人にも文章勉強の便宜を与えた文才も、大いに認める。この点では志賀直哉の功を認めるに吝（やぶさ）かではない。しかし、志賀直哉の小説が日本の小説のオルソドックスとなり、主流となったことに、罪はあると、断言して憚からない。心境小説的私小説はあくまで傍流の小説であり、小説という大河の支流にすぎない。人間の可能性という大きな舟を泛（うか）べるにしては、余りに小河すぎるのだ。けっして主流ではない。近代小説という大海に注ぐには、心境小説的という小河は、一度主流の中へ吸い込まれてしまう必要があるのだ。例えば志賀直哉の小説は、小説の要素としての完成を示したかも知れないが、小説の可能性は展開しなかった。このことは、小説というものについて、ことに近代小説の思想性について少しでも考えた人なら、誰しも気づいていたはずだが、最高の境地という権威がわざわいしたのと、日本の作家や批評家の中で多かれ少なかれ志賀直哉の小説というより、その眼や境地や文章から影響を受けた者が多いという事情がわざわいして、小説を「即（つ）かず離れず」の芸術として既に形式の完成されたものと見る考え方が、近代小説の可能性の追求の上位を占めてしまったのである。そして、この事情は終戦後の文壇に於ても依然として続き、岩波アカデミズムは「灰色の月」によって復活し、文壇の「新潮」は志賀直哉の亜流的新人を送迎することに忙殺されて、日本の文壇はいまもなお小河向きの笹舟をうかべるのに掛かり切りだが、果してそれは編輯者の本来の願いだろうか、小河で手を洗う文壇の潔癖だろうか。バルザックの逞（たくま）しいあらくれの手を忘れ、こそこそと小河で手をみそいでばかりいて皮膚の弱くなる潔癖は、立ち小便すべからずの立札にも似て、百七十一も変名を持ったスタンダールなどが現れたら、気絶してしまうほどの弱い心臓を持ちながら、冷水摩擦で赤くした貧血の皮膚を健康の色だと思っているのである。「灰色の月」はさすがに老大家の眼と腕が、日本の伝統的小説の限界の中では光っており、作者の体験談が「灰色の月」になるまでには、相当話術的工夫が試みられて、仕上げの努力があったものと想像されるが、しかし、小説は「灰色の月」が仕上がったところからはじまるべきで、体験談を素材にして「灰色の月」という小品が出来上がったことは、小説の完成を意味しないのだ。いわば「灰色の月」という小品を素材にして、小説が作られて行くべきで、日本の伝統的小説の約束は、この小説に於ける少年工の描写を過不足なき描写として推賞するが、過不足なき描写とは一体いかなるものであるか。われわれが過去の日本の文学から受けた教養は、過不足なき描写とは小林秀雄のいわゆる「見ようとしないで見ている眼」の秩序であると、われわれに教える。「見ようとしないで見ている眼」が「即かず離れず」の手で書いたものが、過不足なき描写だと、教える。これが日本の文学の考え方だ。最高の境地だという定説だ。猫も杓子も定説に従う。亜流はこの描写法を小説作法の約束だと盲信し、他流もまたこれをノスタルジアとしている。頭が上がらない。しかし、一体人間を過不足なく描くということが可能だろうか。そのような伝統がもし日本の文学にあると仮定しても、若いジェネレーションが守るべき伝統であろうか。過不足なき描写という約束を、なぜ疑わぬのだろう。いや「過不足なき」というが、果たして日本の文学の人間描写にいかなる「過剰」があっただろうか。「即かず離れず」というが、日本の文学はかつて人間に即きすぎたためしがあろうか。心境小説的私小説の過不足なき描写をノスタルジアとしなければならぬくらい、われわれは日本の伝統小説を遠くはなれて近代小説の異境に、さまよいすぎたとでもいうのか。日記や随筆と変わらぬ新人の作品が、その素直さを買われて小説として文壇に通用し、豊田正子、野澤富美子、直井潔、「新日本文学者」が推薦する「町工場」の作者などが出現すると、その素人の素直さにノスタルジアを感じて、狼狽してこれを賞讃しなければならぬくらい、日本の文学は不逞なる玄人の眼と手をもって、近代小説の可能性をギリギリまで追いつめたというのか。「面白い小説を書こうとしていたのはわれわれの間違いでした」と大衆文学の作者がある座談会で純文学の作家に告白したそうだが、純文学大衆文学を通じて、果して日本の文学に「アラビヤン・ナイト」や「デカメロン」を以てはじまる小説本来の面白さがあったとでもいうのか。脂っこい小説に飽いてお茶漬け小説で書きたくなったというほど、日本の文学は栄養過多であろうか。

正倉院の御物が公開されると、何十万という人間が猫も杓子も満員の汽車に乗り、電車に乗り、普段は何の某という独立の人格を持った人間であるが、車掌にどなりつけられ、足を踏みつけられ、背中を押され、蛆虫のようにひしめき合い、自分が何某という独立の人格を持った人間であることを忘れるくらいの目に会って、死に物ぐるいで奈良に到着し、息も絶え絶えになって御物を拝見してまわり、ああいいものを見た、結構であったと、若い身空で溜息をついている。まことにそれも結構であるが、しかし、これが日本の文化主義というものであろうと思って見れば、文化主義の猫になり、杓子になりたがる彼らの心情や美への憧れというものは、まことにいじらしいくらいであり、私のように奈良の近くに住みながら、正倉院見学は御免を蒙(こうむ)って不貞寝(ふてね)の床に「ライフ」誌を持ち込んで、ジャン・ポール・サルトルの義眼めいた顔の近影を眺めている姿は、一体いかなる不逞なドラ猫に見えるであろうか。

ある大衆作家は「新婚ドライブ競争」というような題の小説を書くほどの神経の逞しさを持っていながら、座談会に出席すると、この頃の学生は朝に哲学書を読み、夕に低俗なる大衆小説を読んでいるのは、日本文化のためになげかわしいというような口を利いて、小心翼々として文化の殉教者を気取るのである。一体どちらを読めというのか。いや、正倉院を見学しろと彼は返答するであろう。日本の芸術では結局美術だけが見るべきものであり、小説を美術品の如く観賞するという態度が生れるのも無理はない。奈良に住むと、小説が書けなくなるというのも、造型美術品から受ける何ともいいようのない単純な感動が、小説の筆を屈服させてしまうからであろう。だから、人間の可能性を描くというような努力をむなしいものと思い、小説形式の可能性を追究して、あくまで不純であることが純粋小説だという意味の純粋小説を作るのは、低級な芸術活動だと思い、作者自身の身辺や心境を即かず離れずに過不足なく描写することによって、小説を美術品の如く作ろうとし、美術品の如く観賞されることを、最高の目的とするのだ。私は彼らの素直なる、そしてただ素直でしかない、面白くないという点ではほとんど殺人的な作品が、われわれに襟を正して読むことを強制しているという日本の文壇の、昨日に変わらぬ今日の現状に、ただ辟易するばかりである。彼らの文学は、ただ俳句的リアリズムの短歌的なリリシズムに支えられ、文化主義の知性に彩られて、いちはやく造型美術的完成の境地に逃げ込もうとする文学である。そして、彼らはただ老境に憧れ、年輪的な人間完成、いや、渋くさびた老枯を目標に生活し、そしてその生活の総勘定をありのままに書くことを文学だと思っているのである。しかも、この総勘定はそのまま封鎖の中に入れられ、もはや新しい生活の可能性に向かって使用されることがない。彼らの文学のうち、比較的ましな文学の中には彼らがいかに生きて来たかということは書かれているだろうが、いかに生くべきかという可能性は描かれていない。桑原武夫が、日本の文学がつまらぬのは、外国の文学に含まれている、人間がいかに生くべきかという思想がないからだという意味のことを言っていたが、結局それは私に解釈させれば、日本の伝統的小説には人間の可能性が描かれていないということだ。そしてこのことは、日本の伝統的小説が末期の眼を最高の境地として、近代芸術たる音楽よりも、既に発展の余地を失った古代造型美術を手本にして小説を作っている限り、当然のことである。志賀直哉とその亜流その他の身辺小説作家は一時は「離れて強く人間に即く」ような作品を作ったかも知れないが、その後の彼らの作品がますます人間から離れて行ったのは、もはや否定しがたい事実ではあるまいか。彼らは人間を描いているというかも知れないが、結局自分を描いているだけで、しかも、自分を描いても自分の可能性は描かず、身辺だけを描いているだけだ。他人を描いても、ありのまま自分が眺めた他人だけで、他人の可能性は描かない。彼らは自分の身辺以外の人間には興味がなく、そして自分の身辺以外の人間は描けない。これは彼らのいわゆる芸術的誠実のせいだろうか。それとも、人間を愛していないからだろうか、あるいは、彼らの才能の不足だろうか。彼らの技術は最高のものと言われているかも知れないが、しかし、いつかは彼らの技術を拙劣だとする時代が来ることを、私は信じている。

　私はことさらに奇矯な言を弄しているのでもなければ、また、先輩大家を罵倒しようという目的で、あらぬことを口走っているのではない。昔、ある新進作家が先輩大家を罵倒した論文を書いたために、ついに彼自身没落したという話もきいている。口は禍(わざわい)の基である。それに、私は悪評というものがどれだけ相手を傷つけるものであるかということも知っている。私などまだ六年の文壇経歴しかないが、その六年間、作品を発表するたびに悪評の的となり、現在もその状態は悪化する一方である。私の親戚のあわて者は、私の作品がどの新聞、雑誌を見ても、げす、悪達者、下品、職人根性、町人魂、俗悪、エロ、発疹チブス、害毒、人間冒涜、軽佻浮薄などという忌まわしい言葉で罵倒されているのを見て、こんなに悪評を蒙っているのでは、とても原稿かせぎは及びもつくまい、世間も相手にすまい、十円の金を貸してくれる出版屋もあるまい、恐らく食うに困っているのだろうと、三百円の為替を送って来てくれた。また、べつの親戚の娘は、女学校の入学試験に落第したのは、親戚に私のような悪評嘖々(さくさく)たる人間がいるからであると言って、私に責任を問うて来た。ある大家が私の作品を人間冒涜の文学であり、いやらしいと言ったという噂が伝わった時、私は宿屋に泊っても変名を使った。悪評はかくの如く人の心を傷つける。だから、私は私を悪評した人の文章を、腹いせ的に悪評して、その人の心を不愉快にするよりは、その人の文章を口を極めてほめるという偽善的態度をとりたいくらいである。まして、枕を高くして寝ている師走の老大家の眠りをさまたげるような高声を、その門前で発するようなことはしたくない。

　しかもあえてこのような文章を書くのは、老大家やその亜流の作品を罵倒する目的ではなく、むしろ、それらの作品を取り巻く文壇の輿論(よろん)、すなわち彼らの文学を最高の権威としている定説が根強くはびこっている限り、日本の文壇はいわゆる襟を正して読む素直な作品にはことを欠かないだろうが、しかし、新しい文学は起こり得ない、可能性の文学、近代小説は生れ得ないと思うからである。私は日本文壇のために一人悲憤したり、一人憂うという顔をしたり、文壇を指導したり、文壇に発言力を持つことを誇ったり、毒舌をきかせて痛快がったり、他人の棚下しでめしを食ったり、することは好まぬし、関西に一人ぽっちで住んで文壇とはなれている方が心底から気楽だと思う男だが、しかし、文壇の現状がいつまでも続いて、退屈極まる作品を巻頭か巻尾にのせた文学雑誌を買ったり、技倆拙劣読むに堪えぬ新人の小説を、あれは大家の推薦だからいいのだろうと、我慢して読んでいる読者のことを考えると、気の毒になるし、私自身読者の一人として、大いに困るのである。これは文学の神様のものだから襟を正して読め、これは文学の神様を祀っている神主の斎戒沐浴小説だからせめてその真面目さを買って読め、と言われても、私は困るのである。考えてみれば、日本は明治以後まだ百年にもならぬのに、明治大正の作家が既に古典扱いをされて、文学の神様となっているのは、どうもおかしいことではないか。しかも、一たび神様となるや、その権威は絶対であって、片言隻句ことごとく神聖視されて、敗戦後各分野で権威や神聖への疑義が提出されているのに、文壇の権威は少しも疑われていないのは、何たる怠慢であろうか。フランスのように多くの古典を伝統として持っている国ですら、つねに古典への反逆が行われ、老大家のオルソドックスに飽き足らぬアヴァンギャルド運動から二百一人目の新人が飛び出すのではあるまいか。ジュリアン・バンダがフランス本国から近著した雑誌で、ヴァレリイ、ジイド等の大家を完膚なきまでに否定している一方、ジャン・ポール・サルトルがエグジスタンシアリスム（実存主義）を提唱し、最近巴里で機関誌「現代」を発行し、巻頭に実存主義文学論を発表している。エグジスタンシアリスムという言葉は、巴里では地下鉄の中でも流行語になっているということだが、日本では本屋の前に行列が作られるのは、老大家をかかえた岩波アカデミズム機関誌の発売日だけである。日本もフランスも共に病体であり、不安と混乱の渦中にあり、ことに若きジェネレーションはもはや伝統というヴェールに包まれた既成の観念に、疑義を抱いて、虚無に陥っている。そのような状態がフランスではエグジスタンシアリスムという一つの思想的必然をうみ、人間というものを包んでいた「伝統」的必然のヴェールをひきさくことによって、無に沈潜し、人間を醜怪と見、必然に代えるに偶然を以てし、ここに自由の極限を見るのである。サルトルの「アンティミテ」（水いらず）という小説を、私はそんなに感心しているわけでもないし、むしろドイツのケストネルが書いた「ファビアン」の方にデフォルムの新しい魅力を感ずるし、日本の実存主義運動などが、二三の反オルソドックス作家の手によって提唱されたとしたら、まことに滑稽なことになるだろうと思う。まして私たちが実存主義作家などというレッテルを貼られるとすれば、むしろ周章狼狽するか、大袈裟なことをいうな、日本では抒情詩人の荷風でもペシミズムの冷酷な作家で通るのだから、随分大袈裟だねと苦笑せざるを得ない。だいいち、日本には実存主義哲学などハイデガー、キェルケゴール以来輸入ずみみたいなものだが、実存主義文学運動が育つような文学的地盤がない。よしんば実存主義運動が既成の日本文学の伝統へのアンチテエゼとして起こるとしても、しかし、伝統へのアンチテエゼがただちに「水いらず」や「壁」や「反吐」になり得ないところが、いわば日本文学の伝統の弱さではなかろうか。フランスのようにオルソドックス自体が既に近代小説として確立されておればつまり、地盤が出来ておれば、アンチテエゼの作品が堂々たるフォームを持つことができるのだが、日本のように、伝統そのものが美術工芸的作品に与えられているから、そのアンチテエゼをやっても、単に酔いどれの悔恨を、文学青年のデカダンな感情で告白した文学青年向きの観念的私小説となり、たとえば肉体を描こうとしながら、観念的にしか肉体が迫って来ぬことになる。肉体を描いた小説が肉体的でない、——それほど日本の伝統的小説には新しいものをうみ出す地盤がなくて、しかも、権威だけは神様のように厳として犯すべからざるものだから、呆れざるを得ない。私があえてサルトルを持ち出したのも、実はこのような日本文学の地盤の欠如を言いたいからである。

「水いらず」は病気のフランスが生んだ一見病気の文学でありながら、病気の日本が生んだ一見健康な文学よりも、明確に健康である。この作品の作られる一九三八年にはまだエグジスタンシアリスムの提唱はなかったが、しかし、人間を醜怪、偶然と見るサルトルの思想は既にこの作品の背景となっており、最も思考する小説でありながら、いかなる思想も背景に持たず最も思考しない日本の最近の小説よりも、思考の跡をとどめない。これは当然のことだが、しかしこれは日本の最近の小説を読みならされているわれわれには、異様な感さえ起こさせるのだ。「水いらず」は素直ではないが素朴である。フランスのように人間の可能性を描く近代小説が爛熟期に達している国で、サルトルが極度に追究された人間の可能性を、一度原始状態にひき戻して、精神や観念のヴェールをかぶらぬ肉体を肉体として描くことを、人間の可能性を追究する新しい出発点としたことは、われわれにはやはり新鮮な刺激である。人間の可能性は例えばスタンダールがスタンダール自身の可能性すなわちジュリアンやファブリスという主人公の、個人的情熱の可能性を追究することによって、人間いかに生くべきかという一つの典型にまで高め、ベリスム、ソレリアンなどという言葉すら生れたし、またアンドレ・ジイドは「贋金つくり」によって、近代劇的な額縁の中で書かれていた近代小説に、花道をつけ、廻り舞台をつけ、しかもそれを劇と見せかけて、実はカメラを移動させれば、観客席も同時にうつる劇中劇映画であり、おまけにカメラを動かしている作者が舞台で役者と共に演じている作者と同時にうつっていて、あとで「贋金つくりの日記」のアフレコを行うというややこしい形式を試みてドストイエフスキイにヒントを得た人間の対決の可能性を追究し、同時に、近代小説の形式的可能性をデフォルムした。が、サルトルはスタンダールやジイドの終わったところからはじめず、彼らがはじめなかったところからはじめることによって、可能性の追究に新しい窓をあけたのだ。サルトルは絵描きが裸体のデッサンからはいって行くことによって、人間を描くことを研究するように、裸の肉体をモラルやヒューマニズムや観念のヴェールを着せずに、描いたのだ。そして、人間が醜怪なる実存である限り、いかなるヴェールも虚偽であり、偽善であるとしたのだ。日本の少数の作家も肉体を描く。しかし、描かれた肉体は情緒のヴェールをかぶり、観念のヴェールをかぶり、あるいは文学青年的思考のデカダンスが、描かれた肉体をだしにしているという現状では、やはりサルトルの「水いらず」は一つの課題になるかも知れない。新しい文学が起ころうとする時には必ず既成の「人間」という観念への挑戦が起こり、頑固なる中世的な観念の鎧をたたきこわして、裸の人間を描こうとし、まず肉体のデッサンがはじまる。しかし、現在書かれている肉体描写の文学は、西鶴の好色物が武家、僧侶、貴族階級の中世思想に反抗して興った新しい町人階級の人間讃歌であった如く、封建思想が道学者的偏見を有力な味方として人間にかぶせていた偽善のヴェールをひきさく反抗のメスの文学であろうか、それとも、与謝野晶子、斎藤茂吉の初期の短歌の如く新感覚派にも似た新しい官能の文学であろうか、あるいは頽廃(たいはい)派の自虐と自嘲を含んだ肉体悲哀の文学であろうか、肉体のデカダンスの底に陥ることによってのみ救いを求めようとするネオ・デカダニズムの文学であろうか。サルトルは解放するが、救いを求めない。

　いずれにしても、自然主義以来人間を描こうという努力が続けられながら、ついに美術工芸的心境小説に逃げ込んでしまった日本の文学には、「人間」は存在しなかったといっても過言でない以上、人間の可能性の追究という近代小説は、観念のヴェールをぬぎ捨てた裸体のデッサンを一つの出発点として、そこから発展して行くべきである。例えば、志賀直哉の文学の影響から脱すべく純粋小説論をものして、日本の伝統小説の日常性に反抗して虚構と偶然を説き、小説は芸術にあらずという主張を持つ新しい長篇小説に近代小説の思想性を獲得しようと奮闘した横光利一の野心が、ついに「旅愁」の後半に到り、人物の思考が美術工芸の世界へ精神的拠り所を求めることによって肉体をはなれてしまうと、にわかに近代小説への発展性を喪失したのも、この野心的作家の出発が志賀直哉にはじまり、志賀直哉以前の肉体の研究が欠如していたからではあるまいか。だから、新感覚派運動もついに志賀直哉の文学の楷書式フォルムの前に屈服し、そしてまた「紋章」の茶会のあの饒(じょう)慢(まん)な描写となったのである。

　思えば横光利一にとどまらず、日本の野心的な作家や新しい文学運動が、志賀直哉を代表とする美術工芸小説の前にひそかに畏敬を感じ、あるいはノスタルジアを抱き、あるいは堕落の自責を強いられたことによって、近代小説の実践に脆(もろ)くも失敗して行ったのである。彼らの才能の不足もさることながら、虚構の群像が描き出すロマンを人間の可能性の場としようという近代小説への手の努力も、兎や虫を観察する眼にくらべれば、ついに空しい努力だと思わねばならなかったところに、日本の芸術観の狭さがあり、近代の否定があった。小林秀雄が志賀直哉論を書いて、彼の近代人としての感受性の可能性を志賀直哉の眼の中にノスタルジアしたことは、その限りに於ては正しかったが、しかし、この志賀直哉論を小林秀雄の可能性のノスタルジアを見ずに、直ちに志賀直哉文学の絶対的評価として受けとったところに、文壇の早合点があり、小林自身にも責任なしとしない。小林の近代性が志賀直哉の可能性としての原始性に憧れたことは、小林秀雄個人の問題であり、これを文壇の一般的問題とすることは、日本の文学の原始性に憧れねばならないほどの近代性がなかった以上滑稽であり、よしんば、小林秀雄の驥尾に附して、志賀直哉の原始性を認めるとしても、これは可能性の極限ではなく、むしろ近代以前であり、出発点以前であったという点に、近代を持たぬ現在のわれわれのノスタルジアたり得ない日本的宿命があるのである。

「可能性の文学」は果たして可能であろうか。しかし、われわれは「可能性の文学」を日本の文学の可能としなければ、もはや近代の仲間入りは出来ないのである。小説を作るということは結局第二の自然という可能の世界を作ることであり、人間はここでは経験の堆積としては描かれず、経験から飛躍して行く可能性として追究されなければならぬ。そして、この追究の場としての小説形式は、つねに人間の可能性に限界を与えようとする定跡である以上、自由人としての人間の可能性を描くための近代小説の形式は、つねに伝統的形式へのアンチテエゼでなければならぬのに、近代以前の日本の伝統的小説が敗戦後もなお権威をもっている文壇の保守性はついに日本文学に近代性をもたらすという今日の文学的要求への、許すべからざる反動である。現在少数の作家が肉体を描くという試みによって、この保守性に反抗しているのは、だから、けっしてマイナス的試みではない。しかし、肉体を描くということは、あくまで終極の目的ではなくて単なるデッサンに過ぎず、人間の可能性はこのデッサンが成り立ってはじめてその上に彩色されて行くのである。しかし、この色は絵画的な定着を目的とせず、音楽的な拡大性に漂うて行くものでなければならず、不安と混乱と複雑の渦中にある人間を無理に単純化するための既成のモラルやヒューマニズムの額縁は、かえって人間冒涜であり、この日常性の額縁をたたきこわすための虚構性や偶然性のロマネスクを、低俗なりとする一刀三拝式私小説の芸術観は、もはや文壇の片隅へ、古き偶像と共に追放さるべきものではなかろうか。そして、白紙に戻って、はじめて虚無の強さよりの「可能性の文学」の創造が可能になり、小説本来の面白さというものが近代の息吹をもって日本の文壇に生れるのではあるまいか。

志賀直哉をめぐって③

坂口流の将棋観

坂口安吾（一九〇六年―一九五五年）

初出：『夕刊新東海』一九四七年一二月一〇日
底本：『坂口安吾全集　六』筑摩書房、一九九八年

私は将棋は知らない。けれども棋書や解説書や棋士の言葉などから私流に判断して、日本には将棋はあったが、まだ本当の将棋の勝負がなかったのじゃないかと思う。

勝負の鬼と云われた木村前名人でも、実際はまだ将棋であって、勝負じゃない。そして、はじめて本当の勝負というものをやりだしたのが升田八段と私は思う。升田八段は型だの定跡を放念して、常にただ、相手が一手さす、その一手だけが相手で、その一手に対して自分が一手勝ちすればよい、それが彼の将棋の原則なのだろうと私は思う。

将棋の勝負が、いつによらず、相手のさした一手だけが当面の相手にきまっているようであるが、却々（なかなか）そういうものじゃなくて、両々お互いに旧来の型とか将棋というものに馴れ合ってさしているもので、その魂、根性の全部をあげてただ当面の一手を相手に、それに一手勝ちすればよい、そういう勝負の根本の原則がハッキリ確立されてはおらなかった。これをはじめて升田八段がやったのだろうと私は思う。

私の文学なども同じことで、谷崎潤一郎とか志賀直哉とか、文章はあったけれども、それはただ文章にすぎない。私のは、文章ではない。何を書くか、書き表す「モノ」があるだけで、文章など在りはせぬ。私の「堕落論」というものも、要するにそれだけの原則をのべたにすぎないもので、物事すべて、実質が大切で、形式にとらわれてはならぬ。実質がおのずから形式を決定してくるもの、何事によらず、実質が心棒、根幹というものである。

これは、悲しいほど、当たりまえなことだ。三、四十年もたってみなさい。坂口安吾の「堕落論」なんて、なんのこったこんな当たり前のこと言ってやがるにすぎないのか、こんなことは当然にきまってるじゃないか、バカバカしい、

そう言うにきまっている。そのあまりにも当然なことが、今までの日本に欠けていたのである。

升田八段の将棋における新風がやっぱり原則は私と同じもので、ただあまりにも当然な、勝負本来の原則にすぎないのである。しかし、日本の各方面に於て、この敗戦によって、日本本来の欠点を知って、事物の当然な原則へ立ち直ったもの、つまり、ともかく、当然に新しい出発というものをはじめているのは、文学における私と、将棋における升田と、この二人しかおらぬ。

政治界などは全然ダメだ、社会党、共産党といってもその政策の新味にかかわらず、政治としては旧態依然たるもの、つまり政治というものは、政策の実施にあり、その政策を実施して失敗したらその欠点を直して、よりよい政策を自ら編みだして進歩して行かねばならぬ、要するに、それだけの原則にすぎないものである。ところが、彼らは昔ながらの、いわゆる政治をやっておるにすぎず政治家の手腕だなどとツマラヌことを今もって考えている。まことに救われがたい人種である。

★

しからば升田は強いか。強いけれども、たいして強いわけはない、升田や私は当然すぎる出発者というだけのことで、本当の文学とか将棋というものは、ここから始まるだけのこと、捨て石、踏み台にすぎない。

谷崎、志賀の文章は、空虚な名文というものにすぎず、ただ書き表す対象にだけ主体のある私の文章にくらべて、ニセモノにすぎないものだ。けれども彼らは素質ある人々で、あの時代に生れたからああなっただけのこと、今の時代に青年であったら、私と同じ出発をはじめ、私などのおよびがたい新作品を書いているかも知れぬ。

木村対升田の場合も同じこと、木村はあの時代に育って、ああなった。今、三十の新進であったらたぶん、升田と同じ原則から新風を起こしたに相違ない人物であるけれども、いったん出来た型は却々破られぬ。ことに木村の場合の如くに、名人を十年もやっては、もう一つの完成に達して、この型をハミ出したり、くずしたり、新出発することはむつかしい。

けれども、谷崎や志賀に、そのような新出発がまずほとんどありえないのにくらべて、将棋の場合は、相対ずくの勝負であるから、相手次第で、新展開が行われないとは限らない。その可能性はありうるものだ。年齢もまだ若い。科学には勝負はないが、将棋は勝負だから、その闘魂からくる新生、新出発、そういう展開はありうるはずだ。

しかし私は、木村にこの新生が行われぬ限り、目下のままでは升田に分のよいのが自然だと思う。なぜなら升田は、木村という型のもつ欠点を踏み台にして、そこの省察から新しく現れた美事な進歩だからで、問題は天分にあるのじゃなくて、心構えの新しさ正しさにあるのである。

木村ほどの大豪のものが、自らの型を破って、勝負の当然な原則を自得するに至ったら、また、ひとまわり鋭くなるにきまっている。そして、その新生は不可能ではない。以上、坂口流の文学の原則から見た将棋観である。

（木村・升田戦の日の未明）

志賀直哉をめぐって④

如是我聞（にょぜがもん）（抄）

太宰　治（一九〇九年―一九四八年）

初出：『新潮』一九四八年七月
底本：『太宰治全集　一一』筑摩書房、一九九九年

或（あ）る雑誌の座談会の速記録を読んでいたら、志賀直哉というのが、妙に私の悪口を言っていたので、さすがにむっとなり、この雑誌の先月号の小論に、付記みたいにして、こちらも大いに口汚なく言い返してやったが、あれだけではまだ自分も言い足りないような気がしていた。いったい、あれは、何だってあんなにえばったものの言い方をしているのか。普通の小説というものが、将棋だとするならば、あいつの書くものなどは、詰将棋である。王手、王手で、そうして詰むにきまっている将棋である。旦那芸の典型である。勝つか負けるかのおののきなどは、微塵もない。そうして、そののっぺら棒がご自慢らしいのだからおそれ入る。

どだい、この作家などは、思索が粗雑だし、教養はなし、ただ乱暴なだけで、そうして己れひとり得意でたまらず、文壇の片隅にいて、一部の物好きのひとから愛されるくらいが関の山であるのに、いつの間にやら、ひさしを借りて、図々しくも母屋に乗り込み、何やら巨匠のような構えをつくって来たのだから失笑せざるを得ない。

今月は、この男のことについて、手加減もせずに、暴露してみるつもりである。

孤高とか、節操とか、潔癖とか、そういう讃辞を得ている作家には注意しなければならない。それは、ほとんど狐狸性を所有しているものたちである。潔癖などということは、ただ我儘（わがまま）で、頑固で、おまけに、抜け目無くて、まことにいい気なものである。卑怯でも何でもいいから勝ちたいのである。人間を家来にしたいという、ファッショ的精神とでもいうべきか。

こういう作家は、いわゆる軍人精神みたいなものに満されているようである。手加減しないとさっき言ったが、さ

すがに、この作家の「シンガポール陥落」の全文章をここに掲げるにしのびない。阿呆の文章である。東條でさえ、こんな無神経なことは書くまい。甚だ、奇怪なることを書いてある。もうこの辺から、この作家は、駄目になっているらしい。

言うことはいくらでもある。

この者は人間の弱さを軽蔑している。自分に金のあるのを誇っている。「小僧の神様」という短篇があるようだが、その貧しき者への残酷さに自身気がついているだろうかどうか。ひとにものを食わせるというのは、電車でひとに席を譲る以上に、苦痛なものである。何が神様だ。その神経は、まるで新興成金そっくりではないか。

またある座談会で（おまえはまた、どうして僕をそんなに気にするのかね。みっともない。）太宰君の「斜陽」なんていうのも読んだけど、閉口したな。なんて言っているようだが、「閉口したな」などという卑屈な言葉遣いには、こっちのほうであきれた。

どうもあれには閉口、まいったよ、そういう言い方は、ヒステリックで無学な、そうして意味なく昂ぶっている道楽者の言う口調である。ある座談会の速記を読んだら、その頭の悪い作家が、私のことを、もう少し真面目にやったらよかろうという気がするね、と言っていたが、唖然とした。おまえこそ、もう少しどうにかならぬものか。

さらにその座談会に於て、貴族の娘が山出しの女中のような言葉を使う、とあったけれども、おまえの「うさぎ」には、「お父さまは、うさぎなどお殺せなさいますの？」とかいう言葉があったはずで、まことに奇異なる思いをしたことがある。「お殺せ」いい言葉だねえ。恥しくないか。

おまえはいったい、貴族だと思っているのか。ブルジョアでさえないじゃないか。おまえの弟に対して、おまえがどんな態度をとったか、よかれあしかれ、てんで書けないじゃないか。家内中が、流行性感冒にかかったことなど一大事の如く書いて、それが作家の本道だと信じて疑わないおまえの馬面（うまづら）がみっともない。

強いということ、自信のあるということ、それは何も作家たるものの重要な条件ではないのだ。

かつて私は、その作家の高等学校時代だかに、桜の幹のそばで、いやに構えている写真を見たことがあるが、何という嫌な学生だろうと思った。芸術家の弱さが、少しもそこになかった。ただ無神経に、構えているのである。薄化粧したスポーツマン。弱いものいじめ。エゴイスト。腕力は強そうである。年とってからの写真を見たら、何のことはない植木屋のおやじだ。腹掛丼がよく似合うだろう。

私の「犯人」という小説について、「あれは読んだ。あれはひどいな。あれは初めから落ちが判ってるんだ。こちらが知ってることを作者が知らないと思って、一生懸命書いている。」と言っているが、あれは、落ちもくそもない、初めから判っているのに、それを自分の慧眼だけがそれを見破っているように言っているのは、いかにももうろくに近い。あれは探偵小説ではないのだ。むしろ、おまえの「雨蛙」のほうが幼い「落ち」じゃないのか。

いったい何だってそんなに、自分でえらがっているのか。自分ももう駄目ではないかという反省を感じたことがないのか。強がることはやめなさい。人相が悪いじゃないか。

さらにまた、この作家に就いて悪口を言うけれども、このひとの最近の佳作だかなんだかと言われている文章の一行を読んで実に不可解であった。

すなわち、「東京駅の屋根のなくなった歩廊に立っていると、風はなかったが、冷え冷えとし、着て来た一重外套で丁度よかった。」馬鹿らしい。冷え冷えとし、だからふるえているのかと思うと、着て来た一重外套で丁度よかった、これはどういうことだろう。まるで滅茶苦茶である。いったいこの作品には、この少年工に対するシンパシーが少しも現れていない。つっぱなして、愛情を感ぜしめようという古くからの俗な手法を用いているらしいが、それは失敗である。しかも、最後の一行、昭和二十年十月十六日の事である、に到っては噴飯のほかはない。もう、ごまかしが、きかなくなった。

私はいまもって滑稽でたまらぬのは、あの「シンガポール陥落」の筆者が、(遠慮はよそうね。おまえは、一億一心は期せずして実現した。今の日本には親英米などという思想はあり得ない。吾々の気持ちは明るく、非常に落ちついて来た。などと言っていたね。)戦後には、まことに突如として、内村鑑三先生などという名前が飛び出し、ある雑誌のインターヴューに、自分が今日まで軍国主義にもならず、節操を保ち得たのは、ひとえに、恩師内村鑑三の教訓によるなどと言っているようで、インターヴューは、当てにならないものだけれど、話半分としても、そのおっちょこちょいは笑うに堪える。

いったい、この作家は特別に尊敬せられているようだが、何故、そのように尊敬せられているのか、私には全然、理解出来ない。どんな仕事をして来たのだろう。ただ、大きい活字の本をこさえているようにだけしか思われない。「万暦赤絵」とかいうものも読んだけれど、阿呆らしいものであった。いい気なものだと思った。自分がおならひとつしたことを書いても、それが大きい活字で組まれて、読者はそれを読み、襟を正すというナンセンスと少しも違わない。作家もどうかしているけれども、読者もどうかしている。

所詮は、ひさしを借りて母屋にあぐらをかいた狐である。何もない。ここに、あの作家の選集でもあると、いちいち指摘出来るのだろうが、へんなもので、いま、女房と二人で本箱の隅から隅まで探しても一冊もなかった。縁がないのだろうと私は言った。夜更けていたけれども、それから知人の家に行き、何でもいいから志賀直哉のものを借して くれと言い、「早春」と「暗夜行路」と、それから「灰色の月」の掲載誌とを借りることが出来た。

「暗夜行路」

大袈裟な題をつけたものだ。彼は、よくひとの作品を、ハッタリだの何だのと言っているようだが、自分のハッタリを知るがよい。その作品が、ほとんどハッタリである。詰将棋とはそれを言うのである。いったい、この作品の何処に暗夜があるのか。ただ、自己肯定のすさまじさだけである。

何処がうまいのだろう。ただ自惚れているだけではないか。風邪をひいたり、中耳炎を起こしたり、それが暗夜か。実に不可解であった。まるでこれは、れいの綴方教室、少年文学ではなかろうか。それがいつのまにやら、ひさしを借りて、母屋に、無学のくせにてれもせず、でんとおさまってけろりとしている。

しかし私は、こんな志賀直哉などのことを書き、かなりの鬱陶しさを感じている。何故だろうか。彼は所謂よい家庭人であり、ほどよい財産もあるようだし、傍に良妻あり、子供は丈夫で父を尊敬しているにちがいないし、自身は風景よろしきところに住み、戦災に遭ったという話も聞かぬから、手織りのいい紬なども着ているだろう、おまけに自身が肺病とか何とか不吉な病気も持っていないだろうし、訪問客はみな上品、先生、先生と言って、彼の一言隻句にも感服し、なごやかな空気が一杯で、近頃、太宰という思い上がったやつが、何やら先生に向かって言っているようですが、あれはきたならしいやつですから、相手になさらぬように、(笑声)それなのに、その嫌らしい、(直哉の曰く、僕にはどうもいい点が見つからないね)その四十歳の作家が、誇張でなしに、血を吐きながらでも、本流の小説を書こうと努め、その努力がかえってみなに嫌われ、三人の虚弱の幼児をかかえ、夫婦は心から笑い合ったことがなく、障子の骨も、襖のシンも、破れ果てている五十円の貸家に住み、戦災を二度も受けたおかげで、もともといい着物も着たい男が、短過ぎるズボンに下駄ばきの姿で、子供の世話で一杯の女房の代りに、おかずの買い物に出るのである。そうして、この志賀直哉などに抗議したおかげで、自分のこれまで付き合っていた先輩友人たちと、全部気まずくなっているのである。それでも、私は言わなければならない。狸か狐のにせものが、私の労作に対して「閉口」したなどと言っていい気持ちになっておさまっているからだ。

いったい志賀直哉というひとの作品は、厳(きび)しいとか、何とか言われているようだが、それは嘘で、アマイ家庭生活、主人公の柄でもなく甘ったれた我儘(わがまま)、要するに、その安易で、楽しそうな生活が魅力になっているらしい。成金に過ぎないようだけれども、とにかく、お金があって、東京に生れて、東京に育ち、(東京に生れて、東京に育ったということの、そのプライドは、私たちからみると、まるでナンセンスで滑稽に見えるが、彼らが、田舎者という時には、どれだけ深い軽蔑感が含まれているか、おそらくそれは読者諸君の想像以上のものである。)道楽者、いや、少し不良じみて、骨組頑丈、顔が大きく眉が太く、自身で裸になって角力をとり、その力の強さがまた自慢らしく、何でも勝ちゃいいんだとうそぶき、「不快に思った」の何のとオールマイティーの如く生意気な口をきいていると、田舎出の貧乏人は、とにかく一応は度肝をぬかれるであろう。彼がおならをするのと、田舎出の小者のおならをするのとは、全然意味がちがうらしいのである。「人による」と彼は、言っている。頭の悪く、感受性の鈍く、ただ、おれが、おれが、で明け暮れして、そうして一番になりたいだけで、（しかも、それは、ひさしを借りて母屋をとる式の卑劣な方法でもって）どだい、目的のためには手段を問わないのは、彼ら腕力家の特徴ではあるが、カンシャクみたいなものを起こして、おしっこの出たいのを我慢し、中腰になって、彼は、くしゃくしゃと原稿を書き飛ばし、そうして、身辺のものに清書させる。それが、彼の文章のスタイルに歴然と現れている。残忍な作家である。何度でも繰返して言いたい。彼は、古くさく、乱暴な作家である。古くさい文学観をもって、彼は、一寸も身動きしようとしない。頑固。彼は、それを美徳だと思っているらしい。それは、狡猾である。あわよくば、と思っているに過ぎない。いろいろ打算もあることだろう。それだから、嫌になるのだ。倒さなければならないと思うのだ。頑固とかいう親爺が、ひとりいると、その家族たちは、みな不幸の溜息をもらしているものだ。気取りを止めよ。私のことを「いやなポーズがあって、どうもいい点が見つからないね」とか言っていたが、それは、おまえの、もはや石膏のギブスみたいに固定している馬鹿なポーズのせいなのだ。

も少し弱くなれ。文学者ならば弱くなれ。柔軟になれ。おまえの流儀以外のものを、いや、その苦しさを解るように努力せよ。どうしても、解らぬならば、だまっていろ。むやみに座談会なんかに出て、恥をさらすな。無学のくせに、カンだの何だの頼りにもクソにもならないものだけに、すがって、十年一日の如く、ひとの蔭口をきいて、笑って、いい気になっているようなやつらは、私のほうでも「閉口」である。勝つために、実に卑劣な手段を用いる。そうして、俗世に於て、「あれはいいひとだ、潔癖な立派なひとである」などと言われることに成功している。ほとんど、悪人である。

君たちの得たものは、（所謂文壇生活何年か知らぬが、）世間的信頼だけである。志賀直哉を愛読しています、と言えばそれは、おとなしく、よい趣味人の証拠ということになっているらしいが、恥ずかしくないか。その作家の生前に於て、「良風俗」とマッチする作家とは、どんな種類の作家か知っているだろう。

君は、代議士にでも出ればよかった。その厚顔、自己肯定、代議士などにうってつけである。君は、あの「シンガポール陥落」の駄文（あの駄文をさえ頬かむりして、ごまかそうとしているらしいのだから、おそるべき良心家である。）その中で、木に竹を継いだように、すこぶる唐突に、「謙譲」なんていう言葉を用いていたが、それこそ君に一番欠けている徳である。君の恰好の悪い頭に充満しているものは、ただ、思い上がりだけだ。この「文藝」という座談会の記事を一読するに、君は若いものたちの前で甚だいい気になり、やに下がり、また若いものたちも、妙なことばかり言って媚びているが、しかし私は若いものの悪口は言わぬつもりだ。私に何か言われるということは、そのひとたちの必死の行路を無益に困惑させるだけのことだという事を知っているからだ。

「こっちは太宰の年上だからね」という君の言葉は、年上だから悪口を言う権利があるというような意味に聞きとれるけれども、私の場合、それは逆で、「こっちが年上だからね」若いひとの悪口は遠慮したいのである。なおまた、その座談会の記事の中に、「どうも、評判のいいひとの悪口を言うことになって困るんだけど」という箇所があって、何という醜く卑しいひとだろうと思った。このひとは、案外、「評判」というものに敏感なのではあるまいか。それならば、こうでも言ったほうがいいだろう。「この頃評判がいいそうだから、苦言を呈して、みたいんだけど」少なくともこのほうに愛情がある。彼の言葉は、ただ、ひねこびた虚勢だけで、何の愛情もない。見たまえ、自分で自分の「邦子」やら「児を盗む話」やらを、少しも照れずに自慢し、その長所、美点を講釈している。そのもうろくぶりには、噴き出すほかはない。作家も、こうなっては、もうダメである。

「こしらえ物」「こしらえ物」とさかんに言っているようだが、それこそ二十年一日の如く、カビの生えている文学論である。こしらえ物のほうが、日常生活の日記みたいな小説よりも、どれくらい骨が折れるものか、そうしてその割に所謂批評家たちの気にいられぬということは、君も「クローディアスの日記」などで思い知っているはずだ。そうして、骨おしみの横着もので、つまり、自身の日常生活に自惚れているやつだけが、例の日記みたいなものを書くのである。それでは読者にすまぬと、所謂、虚構を案出する、そこにこそ作家の真の苦しみというものがあるのではなかろうか。所詮、君たちは、なまけもので、そうして狡猾にごまかしているだけなのである。だから、生命がけでものを書く作家の悪口を言い、それこそ、首くくりの足を引くようなことをやらかすのである。いつでもそうであるが、私を無意味に苦しめているのは、君たちだけなのである。

　君について、うんざりしていることは、もう一つある。それは芥川の苦悩がまるで解っていないことである。

日蔭者の苦悶。

弱さ。

聖書。

生活の恐怖。

敗者の祈り。

君たちには何も解らず、それの解らぬ自分を、自慢にさえしているようだ。そんな芸術家があるだろうか。知っているものは世知だけで、思想もなにもチンプンカンプン。開いた口がふさがらぬとはこのことである。ただ、ひとの物腰だけで、ひとを判断しようとしている。下品とはそのことである。君の文学には、どだい、何の伝統もない。チェホフ？　冗談はやめてくれ。何にも読んでやしないじゃないか。本を読まないということは、そのひとが孤独でないという証拠である。隠者の装いをしていながら、周囲がつねに賑やかでなかったならば、さいわいである。その文学は、伝統を打ち破ったとも思われず、つまり、子供の読物を、いい年をして大えばりで書いて、調子に乗って来たひとのようにさえ思われる。しかし、アンデルセンの「あひるの子」ほどの「天才の作品」も、一つもないようだ。そうして、ただ、えばるのである。腕力の強いガキ大将、お山の大将、乃木大将。

　貴族がどうのこうのと言っていたが、（貴族というと、いやにみなイキリ立つのが不可解）或る新聞の座談会で、宮さまが、「斜陽を愛読している、身につまされるから」とおっしゃっていた。それで、いいじゃないか。おまえたち成金の奴（やっこ）の知るところでない。ヤキモチ。いいとしをして、恥ずかしいね。太宰などお殺せなさいますの？　売り言葉に買い言葉、いくらでも書くつもり。

テーマ

将棋と人生

西井弥生子

幸田露伴、菊池寛、小林秀雄、澁澤龍彥。四名の将棋をめぐる文章は、人生の意味を問いながら、それに対立し、あるいは超越する存在への思考を開示する。

露伴「将棋」（収録作①）において、八十一マスの盤こそは、「人心の妄動」を制し、「人欲」を治め、封印するものである。日常生活は後景に退き、「四十の馬子（こま）」は「神将」と化して威を振るう。曰く、飛翔、奔突、変化、馳駆。本文が発表されたのは、日清戦争が終結した年である。「実際の戦争よりは遥に抽象的の戦争」、「純抽象的の争ひ」とあるように、将棋は観念の戦争である。盤や駒は「仮物（かりもの）」であって、「心と心との争ひ」に還元される。冒頭では、三太郎や悪徳の王が将棋、囲碁を知っていたら別の人生を送っていたであろうことが述べられる。露伴は、「至高至純の遊戯」、「思惟の遊戯」としての将棋の考証に先鞭をつけた。また、一九二一（大正一〇）年の露伴、菊池の対局は文壇将棋の先駆けともなった。

菊池「勝負事と心境」（収録作②）は、一九二四年六月の『中央公論』の特集「勝負事の興味」に寄せたものである。徳田秋声は勝負事を嫌い、竹久夢二はスポーツを好む。長谷川如是閑は勝負事を賭博と競技に二分し、偶然性に依拠する前者に否定的見解を示す。執筆者たちには温度差があるが、賭博が違法であるという立場を共有している。それは、一九〇八(明治四一)年一〇月から施行された新刑法に依拠している。一八五条では、「偶然ノ輸贏(しゅえい)ニ関シ財物ヲ以テ博戯又ハ賭事ヲ為シタル者ハ千円以下ノ罰金又ハ科料ニ処ス」として、偶然で決まる勝負事(「輸贏」)に賭けて楽しむ行為が「博戯又ハ賭事」であると規定される。

一方、収録作で菊池は、「人生から勝負事を取られるのと、芸術を取られるのとどちらがいいか」と問い、あらゆる勝負事がチャンスと実力の双方で争うべきものであることに意を尽くしている。「先年文士賭博云々」とあるのは自身の賭博報道(例えば、木村恒「文士賭博に就て(上)」『読売新聞』朝刊、一九二二年九月二四日)を受けてである。いわゆる第二次文士賭博事件で自らも検挙されると、「たゞ新聞社相手のスタンド・プレイ」(「話の屑籠」『文藝春秋』一九三五年六月)と「前警視総監」を非難する。菊池は国家が賭博を罰することの是非をも問うていた(「牧野英一博士に物を訊く座談会」『文藝春秋』一九三一年一一月)。

刑法の賭博概念に風穴を開けるという試みは、「専門書」として刊行した宮武外骨『賭博史』(半狂堂、一九二三年五月)が先行しているが、割愛する。大橋宗桂「象戯(引用者注:百)箇條之次第」は従来、愛棋家の間で知られていた。「勝負を争う場合に於けるあらゆるデリケートな心境」を尽くしたものとして味わいたい。

勝負事の予測不可能性、偶然性の戯れを菊池はポジティブに評価した。だが、テクノロジーの時代において果たして偶然は介在する余地があるか。機械優位の発想を排して、小林は常識の側に将棋を取り戻そうとする。

「常識」(収録作③)は「考えるヒント」の一篇である。学生時代に小林が訳したという、ポー「メールツェルの将棋差し」（一八三六年）。ポーは、メルツェルの「自働人形」の内部で人間が操作していると推理した。時代は下って、「原子核研究所」に小林が見物に赴いた際の話に及ぶ。原子力研究所の敷地が茨城県東海村に決定されたのは一九五六年四月であった。「将棋を差す」という「電子頭脳」がそこにあるという噂は現地で一笑に付されたが、「人間の一種の無智を条件としている」という将棋の概念が揺らぎ始める。「将棋の神様が二人で将棋を差したら」と疑念を抱くも、物理学者の中谷宇吉郎の返答を聞いて、自らの常識に合致することで安堵する。

ポーは、機械には物を判断する能力はない、と考えた。IBMの開発したスーパーコンピュータがチェス世界チャンピオンに勝利するのは一九九六年から九七年にかけてであり、「常識」発表時には人工知能の実用化、市販化には未だ及ばない。だが、平和の名のもとに「核破壊装置」が利用される時代に知が細分化される事態に小林は警鐘を鳴らす。

「常識について」（『展望』一九六四年一〇月）という文章のなかで小林は、常識（「コンモン・センス」）をデカルトに遡って「公平に、各人に分配されているもの」、「精神の働き」、「自然に備った知慧」であると位置付け、「今日の学問を、定義し難い生活の智慧が、もし見張っていなければ、どうなるでしょう」と問いかける。小林による訳は、一九三〇年の『新青年』春季増刊号に「メエルゼルの将棋差し」の題で匿名にて掲載されている。常識に対する矜恃、それを揺るがすまいという強い信念の一つの源泉である。

澁澤龍彥「時間のパラドックスについて」（収録作④）は『思考の紋章学』（河出書房新社、一九七七年五月）に収録されている。そこでは、各地の説話や神話、映画、詩が、盤をめぐるイメージの博物誌のなかで一つに出会う。「将棋盤は人生の縮図」とは繰り返されたフレーズである。ただし、澁澤は脱人間中心的に捉え返す。「人間の力と神の力の二元性」をあらわす魔法の将棋盤にランスロットが勝利しても、それは「地上における人間的完成を実現し得る」に過ぎない。ボルヘス「将棋」（『創造者』一九六〇年）においては人間不在の光景を想起する。『述意記』の二人の童子は万物流転（パンタ・レイ）の支配を超脱して、石室で棋を囲んでいる。「人生は小児の遊戯だ、将棋遊びだ。主権は小児の手中にある」（田中美知太郎『古代哲学史』講談社、二〇二〇年）という言葉をヘラクレイトスが残しているが、われわれは童子を発見する王質の一人であろう。

『思考の紋章学』（河出書房新社、二〇〇七年）の「あとがき」では、「博物誌ふうのエッセーから短編小説ふうのフィクションに移行してゆく、過渡的な作品」であったとも振り返っている。澁澤にも、増川宏一『盤上遊戯』（法政大学出版局、一九七八年七月）を「下敷きとして利用」（「あとがき」『唐草物語』河出書房新社、一九八一年七月）した、「盤上遊戯」（『唐草物語』）という将棋小説があることを附しておく。

将棋

幸田露伴（一八六七年―一九四七年）

初出：『太陽』博文館、一八九五年八月
※掲載協力：博文館新社
底本：『露伴全集　第三一巻』岩波書店、一九五六年

人の心は動いて止まらざるものなれば、静ならねばならぬぞとは能く諦めた無理なことなり。されど動くに任せては、小人閑居して飲みたくなり、三人寄つて三分亡くなす智恵を出すをまぬがれず。そこを見透して馬鹿な児を持たれた聖人が第一番に碁といふものを工夫し出し、これ三太郎や一寸来な、毎日毎日良からぬことして遊ばうより爺が面白い事を教へて遣ろうほどに知恵があるなら試みよ、と四ッ目殺しの法ぐらゐを手ほどきにして、それより段々、こうやらしちやうやらせきやらと六ッかしいはむつかしいだけに面白きことを吹き込まれたりければ、三太郎大きに面白がりて、今までの悪業をいつとなく忘れたやうに廃めて仕舞ひ、おぢいさん一番闘ひませう、もう昨夜のやうな手には乗せられませぬぞ、と二十五目風鈴つきで食つてかかれば、このごろのやうに凝られては、これはまた薬が高じて玩物喪志、ちと毒になるやうな気遣ひも出て来た、と頭を掻きながら相手になるといふ始末にて月日を過ごしけるが、これがため三太郎一生は後の代の烏のやうな歴史家にほじり出さるるほどの悪事も為さず、ただ少し足らなかつたらうといふだけが伝へられて済みけるよし。桀だの紂だのいふ男も碁なりと知つて居つたらば、盤に対つて居る間でも人の命の五つ六つは助かつて飛んだ陰徳になるべきに、ふびんやな五目ならべも知らなかつたと見えて酒池肉林などと下らぬ遊びを仕た末が、あたら身代を棒に振つて仕舞ふたとなれど、また一説には桀紂ともに碁は殊の外強かりしが、賭碁を多く打ちしより心いらひどく慈悲無くなりて遂に天狗道に扯き入れられ、さてこそ残忍不徳の振舞重なり天下を亡ふに至りしとあり。いづれにしても正道に碁の楽しみに遊ばざりしより大難に臨みしに至りしものと見ゆ。

吾邦の将棋は何人の工夫し出せしものか詳ならねど、理屈はいづれ碁に同じく、人心の妄動を制し人欲の途轍無きを治め、八十一格の盤上に八万四千の煩悩を封じ込むるを本来の大作用とはなすなり。されば雨の日のしめやかなる雪の夜の静なる折ふしなど、二人対座して勝負の機に肝胆を砕き先手後手に思案の底をはたく時は、食ひ気も無くなつて菓子皿の羊羹より心構への田楽ざしに秘蔵の香車を摘み居る、敵手は渋茶の冷ゆるを忘れて握りし桂より煙りを立たするといふありさま、風流といふも余りあり。爾時二人の心中にはただ四十の馬子おのれおのれの神威を振ひ能事を逞くして、或は睨み或は搏ち、或は飛躍し奔突し、或は忽然として変化しつ蛟龍畢に池中のものにあらざるを示し、或は悠然として自ら衛り羽翼既に成りぬと誇るもあり、紛々片々として蓮花の天より堕ち神将の雲衢に馳駆するが如きを観るのみ。戸外を美人が通ればとて出て見やうとも思はねば、情婦から文が来たればとて粂の平内が蚊にさされたやうにも思はず、よしや十千万両今儲からずとも歩一つあれかし、宗桂も御気のつかれぬ妙手をあらはして此の将棋に勝たうものをと、取引先から来た電報も傍へ置いたままで封をきらず、極楽も願はず地獄も避けず、名利安養の浮世のいさくさは悉皆からりと棄てて仕舞ふて、蚤に咬れても嗔恚を起こさで闘はずに居る襟懐は王猛に比して一段ゆたかに、火の消えた煙管を其儘啣へ居る趣きは無弦の琴を撫するより可笑味まされりと言ふべきか。此の境界の楽しさは卑き欲の満足なんどを得たる楽しさなんどとは日を同くして語るべきものにはあらずと言ふべし。

　眠気ささぬ時念仏を申されよと尊き僧は教へ、用事仕果てて後付合ひせんこと然るべしと良き師は評せりとかや、人誰か職務無からん。職務を済まさで戦はば将棋には勝つても風流の罪はまぬかれじ。

　盤も仮物なり馬子も仮物なり、畢竟は心と心との争ひなり、実際の戦争よりは遥に抽象的の戦争なり、盤則馬法等は存すれども実は全く純抽象的の争ひなり、確実なる智の一の作用の勝劣の争ひなり。玉突の如く手腕の如何の算入せらるべき遊戯にはあらず、甲者と乙者との間に差異あること無きや否やとの疑ひあるを免れざる人工的物品を勝負の一の要素として成り立つ遊戯にはあらず、即ち玉突競弓の如きものにはあらず、天運即ち人の智慮の及び難きものの如何の算入せられて勝負の決せらるべき如き不正確のものにはあらず、即ち彼の花合わせ骨牌双六等の如く一半は智慮に及び一半は智慮に及ばざるところあるが如くして勝負の決せらるる不正確のものにあらず。腕力、権力、想像力、器世間力等の攙入することを豪も容さざる遊戯なり、純く一の意思協はすべき思惟の正確なると正確ならざるとに由つて勝負の決せらるべき至高至純の遊戯なり。ただ其の忌むべきは碁、チェッスと同じく、思惟の学問の不健康なるが如く思惟の遊戯なるが故に不健康なることを免れずして、また全くの遊戯なるが故に或は時に交際の一助なることのほかは副産物として吾人を利益するの点これ無きことなり。

碁と将棋と孰が趣味深かるべきやとの問は、恰も琴と三絃と孰が面白かるべきやと問ふ如く甚だ愚なる質問にして、将棋に於て深く趣味を解せる人は将棋を趣味深しといふべく、碁の趣味を深く解せる人は碁を面白しといふべし。但し趣味の性質は必ず大同小異なるべきが比較して之を説かんことは難事に属すること勿論にして、少なくとも将棋をも碁をも能くするものならでは之を言ひ難からん。或人の、碁の趣味は寛にして長く、将棋の趣味は烈にして深しと言へるは如何のものにや。

将棋と碁と手数は孰が多きやとの問も能く人の発するところなれど、これまた容易に決する能はざることなるべし、看寿といふ将棋家此問に対して工夫し出せし由に言ひ伝ふる詰手は六百手に余りて、終に敵をして脱する能はざらしむ。予頃日之を演じ試みしが、半途に至らずして眼花神昏ただ瞠若として自失するのみ。

暑中休暇は来らんとす、風通しよき小亭に主客対座して閑に韜略を戦はせ、やまとの神仙はかうしたものと勝負を争ふもまた妙ならずや。

将棋と人生②

勝負事と心境

菊池 寛（一八八八年—一九四八年）

初出：『中央公論』一九二四年六月
底本：『菊池寛全集 補巻第二』武蔵野書房、二〇〇二年

勝負を争う道には、二つある。技倆実力であらそうか、チャンスで争うかの二つである。二つとも勝負事と云えるが、しかし普通は後者の場合、すなわち投機的性質あるものを、「勝負事」と呼んでいるようだ。

ただ、技倆実力の争いにも、チャンスが働くごとく、外見チャンスだけの勝負にも、また技倆実力の働くこと、さいころを使ってのばくちにもなお技倆の高下があるのでも知られる。

角力、剣術、柔術、将棋、囲碁、などは実力技倆の戦いであるが、然れども時のはずみと云うことあり、ふとした偶然によって勝敗を転ずることがある。殊に、野球、テニスなどは、無情の転々し易きひょうきん者のボールを使うことゆえ、勝負を決定する要素の中、一、二割はチャンスを含むと云いて可ならん。バットに触れる球がわずかなる違いにてヒットとなり、或（あるい）はファウルとなることを考えれば、チャンスが勝負を決すること往々ありと云いても可ならん。

ただチャンスだけに勝敗のかかる場合は、さいころを使ってのばくちの如く、花札を使いてなすおいちょかぶの如く、その勝敗すこぶる簡単にして殺伐、ただ勝か敗かの一六勝負に全身の緊張をつなぐところに面白さありと云わば云うべきも、相当発達せる理智と感情とを持てる者の、長く楽しむべき業（わざ）にてはあらざるべし。

我々が楽しむべき勝負事は、その内に自分自身の計画と、実力と、予想力と、胆気と、その他あらゆる精神的機能を十二分に働し得るが如き勝負事ならざるべからず。芸術が人生の縮図であるが如く、その勝負事そのものが、生活の縮図の如きものたるを要す。人生に於て、我々の予想が適中する欣（よろこ）び、計画が成就する欣び、実力が発揮せらるる欣

びなどは、容易に得られない。多くの歳月を払い、多くの犠牲を払わねば得られない。それから人に対して、優越感を感ずることも、甚だむつかしい。

ただ、勝負事に於いては、わずか一時間か二時間かの間に、自分の計画を立て、自分の実力を振るい、胆気を出すなど、あらゆる精神活動が出来、またそれが生む効果を享楽することが出来るのであるから、勝負事が人生の一大慰安である所以である。

我々が、時々新聞の講談などをよむのは何故だろう。それはあしこに現代と全く無交渉の世界が展開しているからだ。そこでは、久米の平内だとか、清水の次郎長などが、時代を超越して、活躍しているからである。そこでは、我々は実生活の労苦を悉(ことごと)く忘れることが出来るからである。

それと同じように、勝負事の世界も、また別世界である。将棋なら、その一局の裡(うち)に、新しい世界が拓かれ、新しい喜怒哀楽があるからである。どんな貧乏人でも、将棋をさしていれば手に金銀を沢山持つことが出来、ゆたかな気がするのである。そして、そのゆたかな気は、かなりリアルで、実生活の労苦を充分忘れるのに足るほどである。そして、実生活では、一度も人に優越を感じたことのない男が、町内で盤面では誰よりも偉くなっているのである。

チャンスだけで争う勝負事が単調で殺伐であると同時に実力技倆ばかりで、戦うものも、何となく息ぐるしくて、するどすぎていけないが、半分のチャンスと半分の実力とで戦うものは面白い。

先年文士賭博云々で文壇の士の間に、八々が盛んであることが、抉摘(けってき)されたが、勝負事として、風情のあるのは、花やトランプが一番であろう。あらゆる実力を発揮してしかる後に天命を待つところが面白い。人生で冒険的企業をやるのと似ている。その遊びは、一つ一つの企業で、銘々の主義や方針や、性格や性情までが勝負の裡に反映して来る。そして、花の勝敗などが結局かなり深い人格的な力によって左右されて来ることが分るのである。一定の資本を擁し、ある事業をするのと、スケールの大小はあるけれども、結局成敗利鈍の依って来るところが同じだとまでに思われる位である。

英国人が、嘘のつきっこをしたとき、「私は生涯賭をしたことがない」と云った男が、一番巧妙なウソとしてほめられたが、それほど英国人は賭が好きである。そんな意味で、人は一六勝負が、すきである。まだるこい事をするよりも、一時に勝負を決し、それによって精神的緊張を味わおうとする。特に、ダルな人生で、心を緊張させる少数の物の中では、勝負事は最大なものであると云ってもいいだろう。

カキガラ町の米穀市場をめぐって、合百師と云うものがありそれが米相場に大影響をしており、合百その物が、弄花よりもっと面白く、一度それに手を出すと生涯ぬけ切れないと云うことを聞いたが、勝負事の面白さは、人心に宿る癌で、結局命をとられるまで、除かないものかも知れない。

そんな意味で、勝負事は芸術と同じ位に、人の生活に喰い入っており、芸術よりは下品であるが、その重要さは同じ位であろう。人生から勝負事を取られるのと、芸術を取られるのとどちらがいいかと、投票してみたら、必ずしも芸術派が勝つとはきまっていないのだろう。そして、勝負事から得る面白さも、やっぱり芸術から来る美観と同じく、生活の実感でないところで似ている。

勝負事は、世の道学者達からしばしば世務を荒廃するものとして排斥せられるが、しかし実際生活で、経済的制限や社会的制限などで、抂屈されている人間にとっては、勝負事の世界で活躍することが、せめてもの慰めではあるまいか。

学問でも技術でも、あるところへ行けば、人格なり精神の問題だが、勝負事もある程度以上へ行けば、精神の問題だ。幕府将棋所大橋宗桂が、将棋工夫の便としてかきつけた精神陶冶の心得書を抜いてみよう。

予象戯深望の餘り萬一斯くの如き心持にて其れを執行致さずば罰す可し、思慮の工夫書附畢

象戯箇條之次第

一、気の勝気の負と云ふこと、業の勝業の負と云ふこと、位詰めの勝位詰の負と云ふこと、熟未熟と云ふこと、気の強弱と云ふ事、業の強弱と云ふ事、気の虚実と云ふ事、業の虚実と云ふ事、強中の弱といふ事、弱中の強と云ふこと、先を取るといふ事、先を待つと云ふ事、先となり後となると云ふ事、先之中の先と云ふこと、先を指すと云ふ事、先之後といふ事、後の先と

云ふ事、乱して之れを取るといふ事、手前を指すと云ふこと、見合せと云ふこと、見届けると云ふ事、見切ると云ふこと、始中終と云ふ事こと、気のそそると云ふ事、気のいらつと云ふ事、気のおこたると云ふ事、拍子に乗るといふ事、位を見ると云ふ事、ねはきと云ふ事、早きと云ふ事、遅きと云ふ事、麁相と云ふ事、芸にはまると云ふ事、なづむと云ふ事、あぐむと云ふ事、中推しと云ふ事、嗜みと云ふこと、思案と云ふ事、しよりと云ふ事、根なくなると云ふ事、見届けて詰めると云ふ事、推量の詰めと云ふ事、駒を進むと云ふこと、駒を退くと云ふこと、駒を引くと云ふ事、駒をよると云ふ事、駒を上ると云ふ事、駒を行くと云ふ事、駒をあてると云ふ事、囲ふといふ事、気の進むといふ事、気の急ぐと云ふ事、気のせわしきと云ふ事、気の静かと云ふこと、気の戻るといふ事、気のこると云ふ事、気の離ると云ふ事、気の移るといふ事、気のおこると云ふ事、気の練ると云ふこと、気のゆるむと云ふ事、気の軽重と云ふこと、気をうばはるると云ふ事、気のはやると云ふ事、気と業と一致といふ事、業のひひきと云ふ事、業の移ると云ふ事、相人を恐ると云ふこと、相人をつつしむと云ふ事、相人をあなどると云ふ事、芸を惜しむといふこと、負けを惜むといふ事、損の徳といふ事、徳の損と云ふ事、釣合と云ふ事、はりあひと云ふ事、あやに乗るといふ事、図に乗るといふ事、打替るといふ事、打棄てると云ふ事、両道と云ふ事、打寄せると云ふ事、突き寄せると云ふ事、両王手と云ふ事、駒をなると云ふ事、待駒と云ふこと、歩を切ると云ふこと、はねると云ふ事、手すきと云ふ事、指掛ると云ふこと、受けると云ふこと、受けとめると云ふ事、指組と云ふ事、盤果気充と云ふ事。

右百箇条は象戯工夫の便ともならんと予一心の楽みに任せ筆する者也

元禄十一寅年春三月吉日

大橋宗桂作之

勝負を争う場合に於けるあらゆるデリケートな心境をつくしていると云ってもいい。これによって心を練れば、凡ての競技勝負ごとに於ける心境の修業となるばかりでなく、人生に於けるあらゆる対人関係に於ても、得るところが多いであろう。

これを以て見るも、将棋の中に、処世観人生観の工夫がつめる如く、他のあらゆる勝負事の中にも、こうした契機はあるだろう。

勝負事をいやしむべからざる所以である。

将棋と人生③

常識

小林秀雄（一九〇二年―一九八三年）

初出：『文藝春秋』一九五九年六月
底本：『小林秀雄全集　第一二巻』新潮社、二〇〇一年

学生時代、好んでエドガア・ポオのものを読んでいた頃、「メールツェルの将棋差し」という作品を翻訳して、探偵小説専門の雑誌に売った事がある。十八世紀の中頃、ハンガリイのケンプレンという男が、将棋を差す自働人形を発明し、西ヨオロッパの大都会を興行して歩き、大成功を収めた。その後、所有者は転々とし、今は、メールツェルという人の所有に帰しているが、未だ誰も、この連戦連勝の人形の秘密を解いたものはない。ある時、人形の公開を見物したポオが、その秘密を看破するという話である。ポオの推論は、簡単であって、およそ機械である以上、それは、数学の計算と同様に、一定の既知事項の必然的な発展には、一定の結果が避けられぬ、そういう言わば、答えは最初に与えられている、孤立したシステムでなければならぬが、将棋盤の駒の動きは、一手一手、対局者の新たな判断に基づくのだから、これを機械仕掛と考えるわけにはいかない。何処かに、人間が隠れているに決まっている。だが、人形が勝負を始める前、メールツェルは、人形の内部も、将棋盤を乗せた机の内部も、見物にのぞかせて、中には機械が充満し、機械のない所は、空っぽである事を証明してみせるから、半信半疑の見物も、すっかりごまかされ、立ち替り出て行く天狗どもが、負かされるごとに、大喝采という事になる。

ポオは、この機械の目的は、将棋を差す事にはなく、人間を隠す事にあるという最初の考えを飽くまでも捨てないから、内部のからくりを見せるメールツェルの手順を仔細に観察し、その一定の手順に応じて、内部の人間が、その姿勢と位置とを適当に変えれば、外部から決して見られないでいる事は可能だという結論を、ついに引き出してみせる。

東大の原子核研究所が出来た時、所長の菊池正士博士が知人だったので、友達と見物に出掛けた事がある。私達素人が、核破壊装置なぞ見物しても、何の足しになるわけでもないのだが、連中の一人に、好奇心に燃えている男がいて、それが見物を熱心に主張したのである。

彼の言うところによると、研究所には、「電子頭脳」があって、将棋を差すそうだ、今のところの性能では、専門家には負けるそうだが、俺くらいなら、いい勝負らしい、一番やるのが楽しみだ、と言う。馬鹿を言え、と言ったものの、実は、みんな、半信半疑なのである。

彼は、研究所に着いて、早速、手合わせを申し出たが、うちでは将棋の研究はやっておりませんと言われて、大笑いになった。大笑いにはなったが、しかし、私達に、所長さんと一緒に笑う資格があったかどうか、と後になって考え込んだ事がある。ポオの昔話を一笑に付する事は、どうも出来そうもないようである。

常識で考えれば、将棋という遊戯は、人間の一種の無智を条件としているはずである。名人達の読みがどんなに深いと言っても、たかが知れているからこそ、勝負はつくのであろう。では、読みというものが徹底した将棋の神様が二人で将棋を差したら、どういう事になるだろうか。実は、今、この原稿を書きながら、ふとそんな事を考えてみたのである。ところが、解らなくなった。どう考えてみてもはっきりしないのが、不愉快になって来て、原稿が一向進まない。

ちょうどその時、銀座で、中谷宇吉郎に、久し振りでぱったり出食わした。この種の愚問を持ち出すには、一番適当な人物だとかねがね思っていたから、早速、聞いてみた。以下は、宇吉郎先生の発言に始まるその時の一問一答である。

「仕切りが縦に三つしかない一番小さな盤で、君と僕とで歩一枚ずつ置いて勝負をしたらどういう事になる」とまず中谷先生が言う。

「先手必敗さ」

「仕切りをもう一つ殖(ふ)やして四つにしたら……」

「先手必勝だ」

「それ、見ろ、将棋の世界は人間同士の約束の世界に過ぎない」

「だけど、約束による必然性は動かせない」

「無論だ。だから、問題は約束の数になる。普通の将棋のように、約束の数を無闇に殖やせば、約束の筋が読み切れなくなるのは当たり前だ」

「自業自得だな」

「自業自得だ。科学者は、そういう世界は御免こうむる事にしてるんだ」

「御免こうむらない事にしてくれよ」

「どうしろと言うのだ」

「将棋の神様同士で差してみたら、と言うんだよ」

「馬鹿言いなさんな」

「馬鹿なのは俺で、神様じゃない。神様なら読み切れるはずだ」

「そりゃ、駒のコンビネーションの数は一定だから、そういうはずだが、いくら神様だって、計算しようとなれば、何億年かかるかわからない」

「何億年かかろうが、一向構わぬ」

「そんなら、結果は出るさ。無意味な結果が出るはずだ」

「無意味な結果とは、勝負を無意味にする結果という意味だな」

「無論そうだ」

「ともかく、先手必勝であるか、後手必勝であるか、それとも千日手になるか、三つのうち、どれかになる事は判明するはずだな」

「そういうはずだ」

「仮に、後手必勝の結果が出たら、神様は、お互いにどうぞお先へ、という事になるな」

「当たり前じゃないか。先手を決める振り駒だけが勝負になる」

「神様なら振り駒の偶然も見透しのわけだな」

「そう考えても何も悪くはない」

「すると神様を二人仮定したのが、そもそも不合理だったわけだ」

「理窟はそうだ」

「それで安心した」

「何が安心したんだ」

「結論が常識に一致したからさ」

「一体、何んの話なんだ」

「それは、来月の『文藝春秋』に書くから、読んでみてくれ」

「へえ、そりゃ読んでみてもいいがね。僕も、近々、文藝春秋画廊で、個展を開くから、見に来てくれ」

「そりゃ見に行ってもいいが、個展とはあきれたもんだ」

「失敬な事を言うな」

「いや、素人ほど恐ろしいものはないな」

さて、そういう次第で、原稿の先を続けるわけであるが、常識を守ることは難しいのである。文明が、やたらに専門家を要求しているからだ。私達常識人は、専門的知識に、おどかされ通しで、気が弱くなっている。私のように、常識の健全性を、専門家に確かめてもらうというような面白くない事にもなる。機械だってそうで、私達には、日に新たな機械の生活上の利用で手一杯で、その原理や構造に通ずる暇なぞ誰にもありはしない。科学の成果を、ただ実生活の上で利用するに足るだけの生半可な科学的知識を、私達は持っているに過ぎない。これは致し方のない事だとしても、そんな生半可な知識でも、ともかく知識である事には変わりはないという馬鹿な考えは捨てた方がよい。その点では、現代の知識人の多くが、どうにもならぬ科学軽信家になり下がっているように思われる。少し常識を働かせて反省すれば、私達の置かれている実状ははっきりするであろう。どうしてどんな具合に利くのかは知らずにペニシリンの注射をして貰う私達の精神の実情は、未開地の土人の頭脳状態と、さしたる変わりはないはずだ。一方、常識人をあなどり、何かと言えば専門家風を吹かしたがる専門家達にしてみても、専門外の学問については、無智蒙昧であるより他はあるまい。この不思議な傾向は、日々深刻になるであろう。

ポオの常識は、機械には、物を判断する能力はない、だから機械には将棋は差せぬ、と考えた。しかし、そのような言葉だけでは、とても、この自動人形の魅惑から、諸君を解放する事は出来まいと思うから、以下、機械の実際の観察に基づく推論を述べる、と彼は断っている。

メールツェルの人形が発明されたのは、私は読んだ事はないが、有名なラ・メトリの「人間機械論」が書かれて間もなくの事である。人間も機械なら、人形の発明も現れよう。人形の興行の大成功は、十八世紀の唯物論の勝利と無関係だったはずはあるまい。

当時、人形の謎を解こうと、その純粋に機械的な構造を想像してみた無数のパンフレットや解説類が現れた事を、ポオも記している。十八世紀の科学で、現代の電子工学を論ずる事は出来まいが、ポオの常識が、今日ではもう古いとは、誰にも言えまい。ところが、「人工頭脳」と聞くと、うっかりしていれば、私達の常識は、すぐ揺らぐのである。

先日も、漫然と教育テレビを眺めていたら、ある先生が、現代生活と電気について講義をしていたが、モートルが、筋肉の驚くべき延長をもたらしたが如く、エレクトロニクスは、神経の考えられぬほどの拡大をもたらした、と黒板に書いて説明していた。一般人に向かっての講義では、そう比喩的に言ってみるのも仕方がないとしても、そういう言い方の影響するところは、大変大きいのではないかと思った。例えば、人間の頭脳に、何百億の細胞があろうが、驚くに当たらない。「人工頭脳」の細胞の数は、理論上いくらでも殖やす事が出来る。ただ、そう無闇に多くのデータを「人工頭脳」に記憶させるには、機構を無闇に大きくしなければならず、そんなに金のかかる機械では実用に向かないだけの話だ。こういう説明の仕方は、これを聞いている人々を、「人工頭脳」を考え出したのは人間頭脳だが、「人工頭脳」は何一つ考え出しはしない、という決定的な事実に対し、知らず識らず鈍感にしてしまう。

私は、電子計算機の原理や構造について、はっきりしたところは、何も知らない。この間、宇吉郎先生に、ついでに聞いておけばよかったが、しまった事をした。だが、私の好奇心の問題などとるに足りない。ポオの原理で間に合う話だ。

機械は、人間が何億年もかかる計算を一日でやるだろうが、その計算とは反復運動に相違ないから、計算のうちに、ほんの少しでも、あれかこれかを判断し選択しなければならぬ要素が介入して来れば、機械は為(な)すところを知るまい。これは常識である。常識は、計算することと考えることとを混同してはいない。将棋は、不完全な機械の姿を決して現してはいない。熟慮断行という全く人間的な活動の純粋な型を現している。

テレビを享楽しようと、ミサイルを呪おうと、私達は、機械を利用する事を止めるわけにはいかない。機械の利用享楽がすっかり身についたおかげで、機械をモデルにして物を考えるというつまらぬ習慣も、すっかり身についた。おかげで、これは現代の堂々たる風潮となった。

なるほど、常識がなければ、私達は一日も生きられない。だから、みんな常識は働かせているわけだ。しかし、その常識の働きが利く範囲なり世界なりが、現代ではどういう事になっているかを考えてみるがよい。常識の働きが貴いのは、刻々に新たに、微妙に動く対象に即してまるで行動するように考えているところにある。そういう形の考え方のとどく射程は、ほんの私達の私生活の私事を出ないように思われる。事が公になって、ひとたび、社会を批判し、政治を論じ、文化を語るとなると、同じ人間の人相が一変し、たちまち、計算機に酷似してくるのは、どうした事であろうか。

将棋と人生④

時間のパラドックスについて（抄）

澁澤龍彦（一九二八年―一九八七年）

初出：『文藝』一九七六年三月
底本：『ビブリオテカ澁澤龍彦 Ⅵ』白水社、一九八〇年

『述異記』の上巻にある王質爛柯（らんか）の故事は、わが国の古典文学にもしばしば比喩として引用されているので、その物語の筋は読者も先刻御承知のことと思うが、話の都合上、簡単に紹介しておこう。――晋の時代に、衢州（くしゅう）の王質という樵（きこり）が、信安郡の山中の石室にはいると、二人の童子が棋を囲んでいる。それを見物していると、童子は棗（なつめ）の種子のようなものを一つくれた。王質がそれを食べると、一向に空腹を感じなくなった。それで、いい気になって見ていると、やがて童子が「お前さんの斧は朽ちたぞ」という。地面に置いた斧を見ると、なるほど、その柄がすっかり朽ちている。そこで王質は村に帰ったが、もう知人は誰もいず、数百年が過ぎて村の様子は一変していた、というのである。

この説話のなかで興味ぶかいのは、私が前に述べたように、時間がある種の酸のような腐蝕作用を示して、斧の木質部をすっかり腐らせてしまったという点であり、また、この仙郷の食物をひとたび口にすれば、時間の作用を防御する一種の被膜、一種の遮蔽物のごときものが身のまわりに生じて、その腐蝕作用を完全に免れることができるという点であろう。石室の内部が現実とは異なった世界であって、現実とは別の時間が流れている、と考える必要はまったくなかろう。時間の流れは同じだが、ただ棗の種子を食べれば、時間の作用を受けず、時間の攻撃を撥（は）ねかえすことができるようになるのだ。つまり、人間みずから石のような硬質の存在になるのだと考えてもよい。ちょうどゲルマン神話のジークフリートが龍の血を全身に浴びて、その皮膚を角質化してしまうように。斧だけは、王質の手から離れていたので、そのまわりに被膜を生じず、時間の攻撃をもろに受けてしまったのである。それでも腐ったのは木質部だけで、刃の部分は鉄だから腐らなかった。まことに

もって論理的ではないか。

もう一つ、この爛柯の故事のなかで、私の気がついたことを述べるとするならば、それは棋というもののシンボリックな意味である。棋は、将棋でも碁でも西洋のチェスでもかまわないが、明らかに時間のシンボルではないかと私は思うのだ。たとえば『捜神記』のなかの有名な説話に出てくる、人間の生死を管理するという北斗星および南斗星も、爛柯の故事のなかの童子に似て、桑の樹の下で夢中になって碁を打っているではないか。

インド起源といわれる将棋あるいはチェスは、一般に、その盤上で戦わせる白と黒の駒により、光と闇、神々と巨人族、善と悪、生と死などといった二元論的な原理の対立抗争をあらわし、その戦いの展開される舞台である将棋盤は、一つの世界をあらわすと解釈されているらしいが、ここでは、そのような既成の解釈にとらわれる必要はないだろう。まあ、せいぜいティトゥス・ブルクハルトの解釈にしたがって、将棋盤は「宇宙的な力のはたらく場」（『将棋のシンボリズム』）とでも考えておけばよろしかろう。それは一定の空間と見なしても差支えなかろうし、時間と見なしても差支えあるまい。

聖杯伝説によると、ある試練に打ち勝ってから、湖の騎士ランスロットは褒美として、神から宝石を象嵌（ぞうがん）した象牙の将棋盤をもらったという。魔法の将棋盤で、その盤上に黄金と銀の駒を動かすのである。黄金は太陽の金属で、銀は月の金属である。ランスロットは見えない敵を相手に、ひとりで勝負をやった。敵の駒はひとりでに動くのだ。それでもランスロットはたくみに局面を運んで、ついに敵の王を一角にチェックメートしたので、勝負を見物していた者はみな讃歎の声を洩らしたという。――この伝説では、魔法の将棋盤は、人間の力と神の力の二元性をあらわしていよう。勝負に勝つには、神の力の法則を知らねばならないのはもちろん、またそれ以上に、人間の力と神の力との弁別を知らねばならない。いわば将棋盤は人生の縮図で、ただ力のある者のみが、人生の逆運を免れて、地上における人間的完成を実現し得るのである。

私は、イングマール・ベルイマンの映画『第七の封印』の一場面を思い出す。すなわち、十字軍の解散で郷里にもどった騎士アントニウスは、海辺の岩かげに置かれたチェスの盤の前にすわり、黒いマントに身をつつんだ不気味な死神と対局するのだ。死神「なぜ私に挑むのだ。」騎士「条件がある。勝負がつくまで生かしておいてほしい。私が勝ったら自由にしてくれ。」——勝負の相手は、ここでは神ではなくて死であり、死と対局するチェスの盤は、明らかに人生における時間の要素を象徴しているはずであろう。

ホルヘ・ルイス・ボルヘスは「将棋」と題された詩のなかで、

落ち着いた一隅で、指し手たちは
ゆっくりと駒を動かす。将棋盤は
二つの色が互いに憎悪をぶつけ合う
苛酷な場に、夜明けまで彼らをひきとめる。

指し手たちがその場を去っても、
時が彼らを滅ぼし尽くしても、
儀式が終わらぬことは確かだろう。

と書いており、これもまた、過ぎゆく時間と永遠との、将棋の指し手と指し手の背後にいる者との、ヘラクレイトス的なパラドックスを扱っているものと見なして差支えあるまい。ちなみに、ここでボルヘスがいっている「儀式」というのは、疑いもなくグノーシス主義的な二元論を意味しているのであって、儀式は人間が時間の腐蝕作用によって滅びても、決して終りはしないのである。

信安郡の山中の石室に住む二人の童子は、すでに棗の種子を常食として、みずから不老不死の神仙と化しているのだから、彼らに向かって逆風のように吹きつけてくる時間の流れにも、笑って堪えることができる。彼らが囲んでいる棋は、彼らのわきをどんどん通り過ぎてゆく、この風のような時間の速さを測るための、風速計のような玩具なのだといえばよいかもしれない。流転する万物の外に超脱して、彼らはあたかも他人事のように、時間というものを玩具にしているらしいのである。

一九二五年、八年にわたって取り組んできた奇妙な大ガラス作品を未完成のうちに放棄して以来、当時四十歳に近づいていたマルセル・デュシャンは、絵を描くことをふっつりとやめ、もっぱらチェスに没頭しはじめたという噂であったが、もしかしたら、この芸術における創造という概念を粉砕した、二十世紀のもっともアイロニカルな精神も、パンタ・レイの原理の支配する現象界の外に超脱して、信安郡の石室に住む童子たちのように、楽しみながら時間をもてあそんでいたのかもしれない、というような気が私にはする。デュシャンはガラス作品の製作を中止して、みずから時間に汚染されないガラスのようなものに化してしまったのではなかったろうか。

あとがき

矢口貢大

本書は将棋が登場する文学作品や評論を収集したアンソロジーです。

将棋と文学——一見すると突拍子もない取り合わせに見えますが、決してそうではありません。将棋と文学は相互に影響を与えつつ、日本の文化の一角を形成してきました。

将棋と文学の大きな共通点として、いずれも物語であるという点が挙げられます。文学作品が物語抜きには語りえないのと同様に、将棋もまた物語性を有しています。

将棋盤に一枚一枚駒を並べて開始される一局の将棋は、それ自体がはじまりとおわりをもった一つの物語です。対局者どうしがさまざまな思索をめぐらせて、終局をめざしてストーリーを紡いでいきます。勝負には相手がいますから、当の対局者どうしもこの物語がどう転んでいくのかコントロールすることはできません。

さらに物語としての将棋は入れ子型の構造をもっています。将棋棋士で日本将棋連盟会長の羽生善治さんは、人工知能（ＡＩ）が台頭する時代の将棋棋士の価値を問われた際に、物語（ストーリー）という言葉を用いてその意義を説明しています。

「一局だけの将棋ではなく、一つの長い歴史やストーリーに価値があるのではないか、と思っています。一局の将棋の中にもストーリーはありますが、もう少し長いスパンの中で応援する棋士の人をずっと見続けていくことに、価値や意味を感じていく。」[1]

このように一局の将棋だけではなく、その外側で織りなされる棋士たちの人間ドラマもまた一つの物語なのです。近年〝観る将〟という言葉が流行し、社会的に認知されつつありますが、かれらは棋士たちの紡ぎ出すこれらの物語を楽しんでいるわけです。

そして文学の側もまた将棋という遊戯をさかんに作品に描いてきました。

本書では近世の滝沢馬琴から戦後の澁澤龍彥にいたるまで、さまざまな文学者の将棋に関する文章が収められています。本書を読むとき、名作とされている作品の意外な場面に将棋が登場することに気づかされます。将棋という縦糸を用いて文学作品をつないでいくことで、これまでの文学史では見えてこなかった作品どうしの意外な結びつきが浮かび上がってくるでしょう。

それから、将棋は抽象的な事象や未知の状況に際したときに、人々が思考するための有用なツールだったということも大切なポイントです。

将棋の比喩を活用して「小説」という新しい概念を定着させようと努めた坪内逍遥の『小説神髄』。坂田三吉の棋風と指し手の紹介を通して戦後文学の方向性を示そうと試みた織田作之助『可能性の文学』。戦争という計り知れない事象を前にして将棋になぞらえながら戦局の行く末や戦い方を思考したⅡ部〈将棋と戦争〉収録の文章群。

来たるべき状況に向けて、人びとは将棋を通して〈次の一手〉を思考していたのです。

*

本書が成立するための母体となったのは、いまも定期的に開催されている「将棋と文学研究会」です。当初は東京大学の駒場キャンパスで大学院生たちが研究の話に花を咲かせつつ将棋を指す集まりでした。いつのまにかプロ棋士や在野も含めた多様な領域の研究者、将棋や文学の愛好家が集い、広く将棋と文学の関わりについて研究する会となり現在にいたります。本書を手に取り、わたしたちの活動に興味を持たれた方は研究会のホームページ[2]をご覧ください。

本書は多くの方々の協力を得て刊行にいたりました。本書の企画を本格的に検討し始めたのは、秀明大学の川島幸希名誉学長が声をかけてくださったことがきっかけでした。「将棋と文学研究会」の皆さんには収録する作品の選定の相談に乗っていただきました。著作権者の方々と各出版社さまは本書への作品収録を快く許可してくださいました。滝沢馬琴「春之駒象棊行路」の翻刻については、明治大学国際日本学部の渡浩一さん、情報コミュニケーション学部の日置貴之さん、大阪商業大学アミューズメント産業研究所の高橋浩徳さんよりアドバイスをいただきました。秀明大学出版会の小森風美さんには編集に際して多くのご苦労をおかけしました。

記して心より感謝を申し上げます。

---

1 羽生善治「スペシャルインタビュー 日本将棋連盟会長 羽生善治氏 価値は盤上だけじゃない 歴史や物語を紡いでゆく」『日経ビジネス』二〇二三年八月二一日。

2 「将棋と文学研究会」ホームページ https://www.isc.meiji.ac.jp/~kotani/shogi/

〈執筆者一覧〉

■編集

矢口貢大（やぐち・こうだい）１９８７年生。明治大学・法政大学兼任講師。

■解題・コラム執筆

小笠原輝（おがさわら・あきら）１９８５年生。将棋めし研究家。

勝倉明以（かつくら・あい）１９９８年生。名古屋市立東丘小学校教諭。

勝又清和（かつまた・きよかず）１９６９年生。将棋棋士。七段。

金井雅弥（かない・まさや）１９９７年生。明治大学大学院博士後期課程。

木村政樹（きむら・まさき）１９８６年生。東海大学講師。

小谷瑛輔（こたに・えいすけ）１９８２年生。明治大学教授。

斎藤理生（さいとう・まさお）１９７５年生。大阪大学大学院教授。

篠原　学（しのはら・まなぶ）１９８０年生。大阪大学大学院講師。

関戸菜々子（せきど・ななこ）１９９９年生。富山大学職員。

田丸　昇（たまる・のぼる）１９５０年生。将棋棋士。九段。

中村三春（なかむら・みはる）１９５８年生。北海道大学名誉教授。

西井弥生子（にしい・やえこ）１９８１年生。東洋英和女学院大学他非常勤講師。

本多俊介（ほんだ・しゅんすけ）１９６４年生。文学（坂口安吾および同時代作家）研究者。

若島　正（わかしま・ただし）１９５２年生。京都大学名誉教授。


（２０２４年7月現在）

本書籍は令和6(2024)年4月25日に著作権法第67条の2第1項の規定に基づく申請を行い、同項の適用を受けて作成されたものです。

将棋と文学セレクション

令和6年7月10日　初版第一刷印刷
令和6年7月25日　初版第一刷発行

監　　修　将棋と文学研究会
編　　者　矢口 貢大
発 行 人　町田 太郎
発 行 所　秀明大学出版会
発 売 元　株式会社SHI
〒101-0062
東京都千代田区神田駿河台 1-5-5
電　話　03-5259-2120
FAX　03-5259-2122
http://shuppankai.s-h-i.jp
印刷・製本　有限会社ダイキ

ISBN　978-4-915855-49-8